国家自然科学基金资助项目(批准号:50208013)
同济大学教材、学术著作出版基金委员会资助项目

城市社会分层与居住隔离

黄　怡　著

同济大学出版社

内容提要

本书以上海为主要观察对象,从城市规划与城市社会学的角度,对现阶段我国城市社会分层与居住隔离的现象进行了全面系统的探讨。全书既有对国内外社会分层与居住隔离概念内涵及相关研究的理论分析,更有对我国所处全球化与城市化同步发生的特定进程中,城市社会分层与居住隔离状况的实证研究。

本书着重揭示了城市居住隔离的特征,概括归纳了其模式与进程,并从住房制度、土地供应、住宅市场、城市历史等方面深入剖析了居住隔离的内在动因。本书提出的城市社会空间融合理念以及城市规划应对措施,是针对构建我国社会主义和谐社会目标所进行的一项积极的理论探索。

图书在版编目(CIP)数据

城市社会分层与居住隔离/黄怡著. —上海:同济大
学出版社,2006.4
ISBN 7-5608-3206-7

Ⅰ. 城… Ⅱ. 黄… Ⅲ. 住宅社会学—研究—中国
Ⅳ. C913.31

中国版本图书馆 CIP 数据核字(2006)第 032897 号

城市社会分层与居住隔离

黄 怡 著

责任编辑 江 岱 责任校对 杨江淮 封面设计 陈益平

出　版 发　行	同济大学出版社	
	(上海四平路 1239 号　邮编 200092　电话 021-65985622)	
经　销	全国各地新华书店	
印　刷	苏州望电印刷有限公司印刷	
开　本	787mm×960mm　1/16	
印　张	17	
字　数	340 000	
印　数	1—3100	
版　次	2006 年 4 月第 1 版　　2006 年 4 月第 1 次印刷	
书　号	ISBN 7-5608-3206-7/C・164	
定　价	38.00 元	

本书若有印装质量问题,请向本社发行部调换

序

　　Segregation，即空间隔离，在 20 世纪 80 年代初期我读研究生时，还是城市研究中的一个禁忌方向，所谓西语中的 taboo。在极左思想之下，其概念如此推演：社会主义城市中的人是平等的，故认定人群的空间分布为无差异，Segregation 题目何源有之？记得当时只是与学友们口谈那些西方城市研究中 segregation 的文章和观点，谈吐中有意无意地避用中文翻译，像是有意无意地避开中国的城市。如此，把 segregation 作为学习西方城市研究理论的知识，而不是研究身边城市现实的一个课题。客观事实是，即使在"文化大革命"中，大城市中的人群在城市空间上的分布并非均质，而只是在城市研究和规划上被封闭了而已。

　　空间隔离（segregation），按照 Blackwell 社会学词典（The Blackwell Dictionary of Sociology），指的是人群按其相互不同类型（category）空间上的社会分离（socially based separation），它通常导致社会不平等和社会压迫的永久性。社会隔离的人群类型，最经典的分类有不同种族、不同阶级、不同宗教、不同教育程度、不同职业、不同性别。

　　其实，城市规划领域必然研究社会分层和空间隔离问题，就像城市社会学必然研究城市社区及其空间格局问题。社会学中的研究方向并非一定与物质空间相关，像群体与社会化、阶层与阶级、组织与制度、问题与控制，等等，这些方向上的研究重点与空间均不存在必然相关。而社会的空间隔离方向上的研究却必然与城市空间相关，是空间特征要素使得社会学在此方向上走向了城市规划研究。城市规划的研究方向也并非一定与社会学研究相关，如工程、地理、地质和基础设施等。但城市规划学科非空间而论空间，其学科中的人文学科特征，空间安排的社会意义，以及对于城市社会中的各个群体，尤其是对于城市弱势群体的特别关怀，使得城市规划走进了城市社会学研究的领域，并视作自己学科发展的支柱学科之一。

　　城市的有些隔离源自法律，拉丁语称为 de jure，比如像美国 20 世纪五六十年代黑人运动之前的一些法律就对黑人与白人有明确的隔离法律条款规定，当然最典型的例子就是南非以前的国家层面种族隔离法律了。与之相对的则是大量的源自现实生活的社会隔离，拉丁语称为 de facto。在今天的美国和西方社会，只有极少数的右翼极端分子才会公开主张社会歧视和隔离，要想保持 de jure，几乎已经不太可能了。但是，人们大脑深层的发应，并不是像公开主张的表面现象如此简单，但在知识文化阶层总体的主流是会反感社会空间隔离的。

可怕的是，由于国内知识界长期缺乏认真深入讨论社会空间隔离问题，一些知识界的人物居然也说着那些在西方社会中也只有极右的新纳粹极端主义分子敢叫嚣的论点，令人瞠目。一些人不但主张我国城市发展中的隔离应该是 de facto，还有个别的幕僚对政策制定者们提出了 de jure 的政策诉求。在我国"和谐社会"作为主调的今日，在国家层面是不可能出现历史性倒退的，在立法系统更无这种诉求的温床。但是在地方的政策层面，比如像豪华富人别墅区的开发中，这种政策诉求是每每可以听见的，也是学界的危险。

黄怡所著《城市社会分层与居住隔离》一书中，针对国内城市社会学研究的状态，特别是那些年轻的城市研究者，或是零散地涉猎过城市研究的学人，或是关心中国大都市近年来出现的最新社会发展动态的读者，是有特别值得推荐和细读的章节的，从中可以得到有价值的知识梳理和时政思考。

首先，此书展示了一条最新系统整理过滤的文脉，城市社会学国际学界关于隔离和居住分离的概念及其理论发展尽收案头，作者几乎把可以得到的中西文相关文献翻到了底边，其书中开篇立即展现了本书追求的学术严谨性，从纵向追溯历史之源，历经百年之嬗变演进，再从广度一展当代学界后现代之多元，而其中针对中国读者需求安排之脉络，可以体会作者其中之苦心。而于我个人，更加多一层的欣慰，那就是中国城市规划学界的年轻一代学者，对于学术严谨性之崇尚，身于此物欲时代之中未有丝毫变异。也正于此，我应下写此序言承诺，书稿压我处半年余，读过两遍，才敢动笔，以认真对得住这份严谨。

其二，作者打开了国内城市研究界的一个新视角，把国外学者对中国城市隔离问题研究的成果，展示到了国内的学者和读者面前，此为国内学界十分可贵。十多年了，我常在国内学界谈一个"奥林匹克上的武术表演"比喻，以鼓励国内学者走上国际学界的主讲论坛。有学人也偶被邀请去国际会议发言，却不问会上主题思想，也不知别人在谈什么怎么想，不说失去了会议的双向交流价值，单就仅仅输出自己也亏了学习机会，打道回府道是轰动了国际会议，每每由此见报，不禁为之伤心。在外国际会议参加多了，我常把此类事比作"奥林匹克大会上特邀的武术比赛"，武术是精粹，但如果今天中国的体育只有武术，就不能站在世界的共同体坛上，参加奥运会规定的田径球类项目上交流。中国的城市研究界也如此。今日的中国城市化问题，已成为世界学界的关心课题，能关注别人的研究动态，实在是加强自己的十分重要视野。黄怡老师不但走上了国际论坛，出色地主持了会议，从她的书中看，她更把国外的研究成果带到了国内。黄怡老师的这本书做到了带入思想，更带入了国际的研究方法，可喜。

其三，本书对于中国大城市的社会隔离与居住分离，建立在作者个人直接参与的社区调查的基础之上，来自作者亲身的体验，为本书写作提供了方向性的立场基础，

而第一手的经验分析是撑起整个框架的支柱。进而，黄怡老师更进入了产生问题的
社会经济背景原因和过程机制的思考之中，世界经济的全球化引入的外来人口，中国
城市化急速发展的涌进外来人口，成为研究的两条线索，最后直指两个问题源，也是
当今世界城市发展的两大动力源：全球化和城市化。读到此两条埋在书中文字之下
的主线，让我想起了 2002 年在希腊召开的欧洲规划院校年会上的主题报告，美国的
哥伦比亚大学著名的新马克思主义学者和城市规划教授 Peter Marcuse 以其一贯的
愚钝的语速、激烈的词语批判了美国行政当局对于全球化之下的墨西哥越界移民，和
对于进入了美国大城市的亚洲移民的非人道迫害。他的报告抨击了墨西哥的城市化
与美国的全球化两条锁链加紧对于阶级的压迫，思辨了全球城市化与城市全球化两
条线索间的互动。这里，与黄怡老师的研究有异曲同工之处。

最后，需要说明的是，黄怡老师作为中国城市规划学界青年一代学者的优秀代
表，她的研究最后回归到了中国的城市发展。黄怡老师的书中关于解决问题的分析，
有其社会哲学层面的思考，"和谐社会"成为这里的核心思想，通过对于社会控制理论
的研究，最后落点于城市社区的建设。从学科方向上，整个研究论述在城市社会学与
城市规划之间游刃有余，架起了两大学科之间的桥梁。静，可以听到其中提升于哲学
层面之上思辨；动，可以看见落实在城市规划对策中明日的建设。

读毕全书，合卷而思，我觉得还有书中两个研究方法特点值得推荐，不妨称之为
两组"两元构造"。

第一，社会分层与居住隔离的成对结构。书中总体构造上，在社会研究上的"社
会分层"与空间分析上的"居住隔离"反复几次前后章节成组地出现，即社会活动与空
间载体间的"戏台"互动观察方法，这就构成了城市社会学与城市规划学科的纽结。

第二，客观现状与理想社会的联动结构。城市规划学者惯于创造，追求理想的明
天，而弱于客观社会规律把握的规划，又何以谈起政府干预行为；而只是谈论客观现
状，对于社会急速转型的今日中国，政府干预问题没有可以逃避得了的。书的整体结
构从"客观剖析"起步，落于"主观理想"的架构，建立从"is"与"should be"研究之间的
双向联动。

序言不可写得过长，这本著作在我处也压得时间过长了。可以肯定地写下的是，
是一本国内现在还写得稀少的题目的书，更是应世的、及时的。

好书值得一读。

2006 年春节于久事园

目　录

导　论

一、研究背景

　　改革开放二十多年,我国在政治、经济、社会、文化领域发生了深刻的变化,这种变化之广、之深,是置身其中的每个中国人都切身感受得到的,也是与每个人都休戚相关的。但是,在社会物质财富极大增长的同时,并非每个人都心满意足地分享到这份改革开放的果实。

　　在农村,"三农问题"远未解决,大量农村流动人口涌进城市后,在城市中的居住问题无法忽略,也无法回避。随着户籍政策领域的变化,离开农村的流动人口如何转化为城市居民,对今后城市居住问题的影响将会日益突出。

　　就城市而言,城市在性质、规模、结构上都发生了巨大的变化:城市人口急剧膨胀,城市用地快速扩张;城市基础设施日趋完善,物质空间形态显著改变。与此同时,亦不断出现新的城市现象和城市问题。其中,贫富差距悬殊、社会矛盾激化在社会领域表现日趋尖锐,并且由此带来的社会暴力和犯罪率日渐上升。在城市空间领域,由于社会阶层分化带来的空间反映已日见端倪,主要表现为城市居住空间的隔离。在大城市核心区,空间的极化趋势已趋于明显,如听任其发展下去,将会加剧城市社会的不平等,造成城市的不均衡发展,并将最终阻滞城市运行的效率。

　　社会贫富差距悬殊、住宅市场分化加剧、财产权的确立以及与财产权衔接的物权法的即将出台,构成了我国现阶段城市社会分层与居住隔离问题研究的鲜明背景。

1.　社会贫富差距悬殊

　　对于社会贫富差距的关注,邓小平在改革之初就曾有论述,在 1984—1990 年期间他先后八次就坚持社会主义的共同富裕、避免社会两极分化问题发表重要讲话,这也从一个侧面表明他对此早有清醒的认识。

　　邓小平在《建设有中国特色的社会主义》(1984 年 6 月 30 日)中指出:"如果走资本主义道路,可以使中国百分之几的人富裕起来,但是绝对解决不了百分之九十几的人生活富裕的问题。而坚持社会主义,实行按劳分配的原则,就不会产生贫富过大的差距。再过二十年、三十年,我国生产力发展起来了,也不会两极分化。"(见《邓小平文选》第三卷,北京:人民出版社,1993 年版,64 页)

邓小平在《一靠理想二靠纪律才能团结起来》(1985年3月7日)中指出:"社会主义的目的就是要全国人民共同富裕,不是两极分化。如果我们的政策导致两极分化,我们就失败了;如果产生了什么新的资产阶级,那我们就真是走了邪路了。"(见《邓小平文选》第三卷,110~111页)

邓小平在《在中国共产党全国代表会议上的讲话》(1985年9月23日)中指出:"在改革中,我们始终坚持两条根本原则,一是以社会主义公有制经济为主体,一是共同富裕。……鼓励一部分地区、一部分人先富裕起来,达到共同富裕的目的。总的说来,除了个别例外,全国人民的生活,都有了不同程度的改善。"(见《邓小平文选》第三卷,142页)

邓小平在《社会主义和市场经济不存在根本矛盾》(1985年10月23日)中指出:"因为我们在改革中坚持了两条,一条是公有制经济始终占主体地位,一条是发展经济要走共同富裕的道路,始终避免两极分化。……只要我国经济中公有制占主体地位,就可以避免两极分化。当然,一部分地区、一部分人可以先富起来,带动和帮助其他地区、其他的人,逐步达到共同富裕。"(见《邓小平文选》第三卷,149页)

邓小平在《拿事实来说话》(1986年3月28日)中指出:"我们的政策是让一部分人、一部分地区先富起来,以带动和帮助落后地区,先进地区帮助落后地区是一个义务。我们坚持社会主义道路,根本目标是实现共同富裕,然而平均发展是不可能的。"(见《邓小平文选》第三卷,155页)

邓小平在《答美国记者迈克·华莱士问》(1986年9月2日)中指出:"社会主义原则,第一是发展生产,第二是共同致富。我们允许一部分人先好起来,一部分地区先好起来,目的是更快地实现共同富裕。正因为如此,所以我们的政策是不使社会导致两极分化,就是说,不会导致富的越富,贫的越贫。坦率地说,我们不会容许产生新的资产阶级。"(见《邓小平文选》第三卷,172页)

邓小平在《旗帜鲜明地反对资产阶级自由化》(1986年12月30日)中指出:"我们允许一些地区、一些人先富起来,是为了最终达到共同富裕,所以要防止两极分化。这就叫社会主义。"(见《邓小平文选》第三卷,195页)

邓小平在《善于利用时机解决发展问题》(1990年12月24日)中指出:"共同致富,我们从改革一开始就讲,将来总有一天要成为中心课题。社会主义不是少数人富起来、大多数人穷,不是那个样子。社会主义最大的优越性就是共同富裕,这是体现社会主义本质的一个东西。如果搞两极分化,情况就不同了,民族矛盾、区域间矛盾、阶级矛盾都会发展,相应地中央和地方的矛盾也会发展,就可能出乱子。"(见《邓小平文选》第三卷,364页)

经过二十多年的发展,邓小平讲话中所强调的"共同致富"成为中心课题的这一天已经来到。现阶段,全社会的财富积累增加,人民的绝对物质生活水平普遍提高,这是不争的事实。但是,在社会内部,财富、资源的分配构成发生了巨大的变化,阶级、阶层的概念开始凸显,并迫使人们去正视这个分化。

在贫富差距悬殊的背景中,城市富裕阶层的崛起与贫困及低收入群体的扩大格外引人注目。据2002年城市居民家庭调查资料显示,高低收入阶层之间的差距继续扩大。占全部调查户10%的最高收入户的人均可支配收入比2001年增长14.8%，而10%的最低收入户的人均可支配收入比上年增长7.1%，使两者收入之比继续扩大，由2001年的5.4:1扩大至2002年的5.8:1[1]。由于财富、资产收入具有滚雪球效应，一般来说，富裕阶层将更富裕。

城市中的富裕阶层可分为两部分，一部分是本土的，另一部分是外来的。本土的富裕阶层构成比较复杂，多数的见解认为，从改革开放至今，在由传统的计划经济向市场经济转轨的过程中，四次机遇造就了当今的富人[2]，分别是：20世纪80年代初流通领域的市场化时期、80年代后期生产资料领域的市场化时期、金融领域的市场化时期，以及90年代中期知识与技术市场化时期。而最后一个时机又是与知识经济时代的到来密不可分的，信息产业、文化产业（或创造性产业①）、新的服务型经济等新经济形态的发展，造就了管理者精英与专业化精英（高级专业人员）阶层。相对于前面三次机遇中或投机取巧或利用制度不完善巧取豪夺的致富者来说，知识经济时代的精英阶层获得了较高的社会认同。

另一部分富人来自于境外的投资者。自20世纪90年代以来，世界经济一体化趋势日趋显著，以跨国公司为代表的全球贸易资本和生产布局的改变深刻影响了世界。伴随着"高度密集的外国投资"[3]，是海外投资者的进驻（见表0-1）。2001年12月我国正式加入世界贸易组织后，城市投资环境进一步改善，吸收外资保持增长势头。这从外国及台港澳常驻代表机构设立数量的大幅增加上得到反映。越来越多的跨国公司将中国总部或者地区总部迁往上海。

据上海市外经贸委、外资委提供的统计数据②，截至2003年底，历年来经原外贸部、商务部和上海市外经贸委批准设立、延期和终止的在上海市的外国及台港澳企业常驻代表机构概况如下：代表处累计总数12003家，其中有效5660家，终止2117家，过期1826家，废止2400家。2003年新申请设立的外商代表处共1570家，占现有有效总数的27.7%。2004年上海新批30家跨国公司地区总部，使落户上海的跨国公司总部累计达86家。这些进驻上海的跨国公司，有着非常相似的背景——制造业或者金融业，如GE工业系统集团以及花旗银行、汇丰银行等等。这与全球部分制造产业向亚洲、向中国转移有密切关系，跨国公司的地区总部正在随经济全球化战略的调整而重新布局。

随着外商代表机构数量大幅度地增长，各代表机构中担任首席代表和一般代表

---

① 创造性产业（creative industries）包括文化、传播及体育产业等。见黄怡《读皮特·霍尔的〈创造性城市与经济发展〉》，《国外城市规划》2001年4期45～46页。

② 引自2004年3月18日上海市政协对外友好委员会办公室组织的"上海优化国际大都市涉外生活、工作环境情况调研座谈会"材料汇编：三、港澳、外国常驻代表机构现状及上海吸引外资基本情况、特点。由上海市外经贸委、市外资委提供数据。

的外籍人士也越来越多。商务部对外籍代表与当地雇员的人数比例曾有原则性要求,如 1:1,上海根据实际情况有所突破,一般是不超过 3:1。截至 2003 年底[①],外企驻华代表共计 13 086 人,上海有 3 939 人,占全国的 30%,这还不包括台港澳地区的投资者以及在外商投资企业从事管理和技术工作的港澳台人员。这些人口中的大多数构成了城市外来的富裕人群和高收入人群。

表 0-1　　　上海市台港澳、外国企业常驻代表机构概况(截至 2003 年底)

项目 排序	2003 年申请新设立常驻代表机构的台港澳、外国企业排名前 10 位的国家和地区	数量(家)	有效期内的台港澳、外国企业常驻代表机构累计设立超过 100 家的国家和地区	数量(家)	历年来台港澳、外国企业常驻代表机构累计设立超过 100 家的国家和地区	数量(家)
1	美国	318	香港	1286	香港	2868
2	日本	272	日本	866	日本	1561
3	香港	268	美国	839	美国	1361
4	韩国	119	韩国	375	新加坡	555
5	新加坡	97	新加坡	364	韩国	481
6	澳大利亚	79	德国	223	德国	423
7	德国	71	澳大利亚	157	澳大利亚	213
8	意大利	44	英属维尔京群岛	152	法国	205
9	英国	36	台湾	132	英属维尔京群岛	189
10	英属维尔京群岛	36	法国	128	意大利	175
11	—		意大利	112	英国	169
12	—		—		台湾	136
13	—		—		加拿大	131

　　城市中的贫困及低收入阶层,主要包括下岗职工、早期的退休人员、进城农民工及其他一些特殊困难的群体。其中下岗(现已称为失业)职工大部分来自于制造行业,这也是世界范围内的经济重组与产业结构调整的必然产物。20 世纪 90 年代以来,我国城市失业下岗的问题日益严重,城市失业和下岗职工规模庞大且继续扩大。表 0-2 是上海主要年份城镇登记失业人数和城镇登记失业率,其中,2002 年的绝对失业人数是 1990 年的 3.74 倍,2002 年的登记失业率 4.8% 则是 1990 年的 3.2 倍。

---

　　① 引自 2004 年 3 月 18 日上海市政协对外友好委员会办公室组织的"上海优化国际大都市涉外生活、工作环境情况调研座谈会"材料汇编:四、上海市常住外国人基本情况及有关政策和措施。由上海市公安局出入境管理局提供。

虽然国家政府公布的登记失业率一直保持在 4％上下,但人们直观的感受及学者们的估计普遍要高于这一水平。2001 年,国有企业登记失业人员为 680 万,下岗人员为 500 多万,总计为1200万人左右,2002 年底上升到1400万人左右[4]。如果把全国享受城市居民最低生活保障的人看作贫困人口,那么,截至 2002 年 9 月底,全国城市贫困人口有1963.5万人[5]。由于最低生活保障的标准是偏低的,所以有的社会学家认为城市贫困人口的规模被低估了,实际应该是3056万人[6]。不管精确的数字如何,在城市经济相对迅速增长的同时,低收入阶层及贫困阶层的数量整体上表现出比较明显的增长趋势。部分学者从我国长期的总量性失业角度出发,运用理论上的失业概念(包括显性失业与隐性失业)研究失业问题,指出我国的总失业率在 30％左右,周期性失业率能解释 5％左右的失业率,自然失业率能解释 4％～6％的失业率,还有 20％左右的失业率属于长期的总量性失业[7]。因此,长期的总量性失业所造成的贫困和社会不公平将成为困扰我国城市经济社会发展的一大顽症。

表 0-2 上海主要年份城镇登记失业人数和城镇登记失业率

年份	城镇登记失业人数(万人)	城镇登记失业率(％)
1978	10.00	2.3
1980	14.75	3.2
1985	1.20	0.2
1986	1.82	0.4
1987	2.90	0.6
1988	4.50	0.9
1989	6.99	1.3
1990	7.70	1.5
1991	7.61	1.4
1992	9.42	1.7
1993	12.97	2.4
1994	14.85	2.8
1995	14.36	2.7
1996	14.54	2.7
1997	14.90	2.8
1998	15.96	2.9
1999	17.47	3.1
2000	20.08	3.5
2001	25.72	4.3
2002	28.78	4.8

注:城镇登记失业率$=\dfrac{\text{城镇登记失业人数}}{\text{城镇单位就业人数}+\text{城镇私营企业及个体就业人数}+\text{城镇登记失业人数}}\times100\%$

数据来源:上海市统计局.上海统计年鉴 2003.北京:中国统计出版社,2003:85.

再看另一个典型的城市底层群体——农民工。20世纪80年代初开始,我国农村中的剩余劳动力开始涌向城市。国家统计局的统计资料显示,1978—2000年期间,中国农村累计向非农产业转移劳动力1.3亿人,平均每年转移591万人[8]。几乎所有发达资本主义国家的农村劳动力大规模流动,都是因为工业革命从根本上改变了社会的经济结构,尤其是深刻地改变了这些国家农村的经济结构[9]。而我国农村劳动力的转移是与城市化进程密不可分的。由戴维·哈维(David Harvey)的资本城市化理论[10]以及西奥多·舒尔茨(Theodore W. Schultz)的资本概念[11],可以得出这样的解释,即我国农村劳动力的大规模迁移,其实质是人力资本的城市化。根据世界城市化过程的发展规律,当城市化水平达到30%时,预示着城市化将进入快速发展阶段。预计在今后30~40年里,中国城市化水平将会大幅度提高,将有几亿人口从农村转向城镇。2004年中共十六大报告指出,全面建设小康社会的目标之一就是:城镇人口的比重有较大幅度提高,工农差别、城乡差别和地区差别扩大的趋势逐步扭转。这从政策上进一步肯定了农村剩余劳动力加快向非农产业和城镇转移的必然趋势。

从统计数据来看,改革开放以来,我国农村劳动力空间转移的主要目的地仍然是城市,而不是小城镇(建制镇),其中转向省会级城市的人口比例保持在10%以上[12]。现阶段,农村人口无节制地涌入城市,以及低级城市的人口向高级城市的人口的流动,其实质是在全国范围内社会空间的流动和重组,城乡之间的贫富差距将逐渐转化为城市内部的贫富差距,今后城市的发展将面临更大的社会与经济压力。1996年联合国全球人类住区报告《城市化的世界》的前言指出:"城镇化既可能是无可比拟的未来光明前景所在,也可能是前所未有的灾难的凶兆。"因为存在着"用乡村贫困换来城市贫困"的可能,而且是"住房或者说缺少住房,是他们(外流的乡村地区居民)面临的最显著问题"[13]。在人口城市化的过程中,农民面临着从职业转移(从农业转向工业、服务业)到空间转移(从农村到城市)和身份变更(从农民到市民)的有机关联的三个环节。在缺少具体制度措施保障的情况下,涌入城市的农民市民化的环节不能有效地实现,从而导致进入城市的农民整体上将沦落为低收入和贫困群体。

以上两类人群构成了城市贫困及低收入阶层的主体,其他还包括一些老龄退休人口及特殊困难群体。

如果在现阶段市场经济已经表现出的自发分化下,政府、社会不能及时有效地进行干预,两极分化将会加剧;而一旦错过恰当的干涉时机,这种分化将难以逆转地持续或者升级,从而构成危及社会稳定、影响社会发展的一个巨大社会隐患。

2. 住宅市场分化加剧

城市中的贫富差距悬殊,集中反映在固定资产多寡及消费水平差异上。财富收入一般情况下具有隐蔽性,而作为个体或家庭最大的不动产的住宅消费是可见的。一方面,富裕阶层的高档住宅不断升级换代,另一方面贫困及低收入阶层面临着居住条件恶劣、住不起房、住不到房的困难。

无论何时,无论在何种社会制度下,作为关系国计民生的基本社会问题,作为个人财富与社会地位的凝聚与物化,住宅是城市居民安居乐业之依据、实现空间权利之根本;而从城市物质形态构成的角度看,住宅、住宅区又是构成城市空间最大量、最基本的部分。因此,城市住宅始终是城市社会公共政策领域与城市规划领域一个非常重要的研究对象。

20世纪80年代初期,我国开始住宅商品化的探索。其中具有决定性的事件是,1998年政府提出启动住宅消费,将住宅产业培育成我国国民经济新的增长点。此后,国家出台了一系列的扶持政策,包括全面开展住房分配货币化、大幅减免房地产税收、开放住房二级市场、加大对住房消费的金融支持力度等。

经过二十多年的孕育,城市的住宅市场已基本成形。在多层次的住宅供应体系下,城市整体居住水平有了本质的转变与提高。20世纪90年代后期以来,大城市的居住水平出现了显著的分化。高端住宅市场的需求增长,高收入者住宅的面积及建造标准、景观环境不断提高,住宅价格也随之急剧上升;中低档住宅的有效需求得不到满足,并且受到住宅市场过高价格的强大抑制,市场的趋利性使得市场结构出现了不合理的趋势;与此同时,贫困阶层的住房困难相对更为严重。因为在自由的住房市场上,不可能给社会下层提供足够的价格便宜的住房,通过住宅商品化和市场化自主解决住房困难对他们来说是根本不可能的。因此,多数城市需要通过经济实用房和廉租房制度的建立,为低收入与贫困群体提供住宅保障。但是,经济实用房和廉租房亦存在着需求量大而供应量小的长期矛盾。

3. 2004年宪法的修正:财产权的确立

2004年3月十届全国人大二次会议通过了《中华人民共和国宪法修正案》,并于建国55年来首次提出了"私有财产不受侵犯"。

建国以来,我国先后产生过四部宪法,即1954年宪法、1975年宪法、1978年宪法和1982年宪法(即现行宪法,曾先后经历了1988、1993、1999和2004年四次修改)。其中,1954年宪法承认和保护公民的生活资料的所有权。1982年宪法,第十三条规定的原条文是:"国家保护公民的合法的收入、储蓄、房屋和其他合法财产的所有权。""国家依照法律规定保护公民的私有财产的继承权。"2004年修改后的条文是:"公民的合法的私有财产不受侵犯。""国家依照法律规定保护公民的私有财产权和继承权。""国家为了公共利益的需要,可以依照法律规定对公民的私有财产实行征收或者征用,并给与补偿。"

从"保护"到"不受侵犯",从"所有权"到"财产权",这是国家对待私有财产、对待公民权利的一次实质性的转变,从法律上对财产权进行了明确的肯定。所谓"财产",《辞海》的解释是"金钱、财物及民事权利义务的总和"。[14] 从经济学的意义来说,财产指的是能带来收益或效用的物或资源。从法律的意义来讲,是指由这一物或资源而来的一系列权利,这些权利统称为财产权或财产权利(property rights),简称"产权",是财产所有者(包括个人或团体)对某特定物或资源的一系列权利,更准确的说是财产所有者对某特定物或资源所具有的排他性的、不受他人干扰的自由占有、使用、处分以及享受其利益的权利[15]。

财产权的确立,为在市场经济条件下保护公民财产所有权以外的其他物权、债权以及知识产权等方面的财产权提供了宪法保障,而且,也与国家发展非公有制经济的方针密切关联。宪法第十一条第二款原条文:"国家保护个体经济、私营经济的合法的权利和利益。国家对个体经济、私营经济实行监督和管理。"修改后的条文为:"国家保护个体经济、私营经济等非公有制经济的合法的权利和利益。国家鼓励、支持和引导非公有制经济的发展,并对非公有制经济依法实行监督和管理。"

改革开放二十多年来的实践表明,非公有制经济是产生富裕阶层的沃土,财产权的确立将进一步鼓励、促进更多富人的产生。新古典经济学家认为,明确定义的产权在市场经济中应能取得帕累托效益——由完整定义的产权所保证的独享性和可转移性可产生强有力的刺激,使产业所有者去追求其资源的最高价值的使用,使资源去寻求最有生产效力的所有者,以获取最高利润[16]。从这层意义上讲,财产权的确立将对社会产生难以估量的激励作用。

至于财产权的保障作用,比较难以说明的是,对于城市中贫富差异悬殊的公民,究竟谁将从法律中获得更大的保障。因为从不同的经济学角度出发,可能得出完全相反的结论。有经济学者指出,经济学是有立场的,马克思主义的经济学就是穷人的经济学,而新自由主义的经济学就是富人的经济学[17]。但是,从社会心理的常识出发,对于一个贫穷的人,他所操心的首先是如何谋取足够的收入维持或改善生活,而非如何保住菲薄的家产;对于一个非常富有的人来说,他首先担心的是如何保护已得的私有财产,其次才是如何赚取更多的财富。因此,在现代社会中,"富人们一方面通过立法规定'私有财产神圣不可侵犯';另一方面,都反对国家干预中的再分配手段来抑制贫富差别"[17]。不过,可以肯定的是,财产权的确立将在很大程度上巩固我国城市现有的贫富差距。

比如,一个拥有100元钱的穷人与一个拥有100万元的富人,如果缺少法律的保障,两人都面临失去财产的可能,失去一元钱所造成的沮丧程度(相对于效用的满足程度而言),穷人为一个单位,而富人为百万分之一,几乎没有感觉。假如同样失去100元钱,穷人意味着失去了全部,而富人只不过损失了0.0001%。从社会损失的绝对财产来看为200元,造成的沮丧程度来看,社会的边际总损失为100.0001个单位,法律似乎对穷人的保障更多些;但是,假如穷人和富人因损失造成的沮丧程度一样,例如50.00005个单位,则富人的绝对财产损失是穷人的1万倍,社会的边际总损失仍为100.0001个单位,但社会损失的绝对财产却是500050.50005。如此看来,法律对富人的保障则又远远大于对穷人的保障。

具体到住宅财产权,是财产权的一个重要的组成部分。L.贝那沃罗认为[18],房地私有的原则不仅保证了一定社会阶层的一系列特权,而且成为统治阶级手中的权力工具,到目前为止,还没有一个政府能完全放弃这一政治手段。我国的土地国有制使得我国的住宅产权有别于西方的房地产权,是指城市住宅所有权和住宅所占用范围内的土地使用权,以及基于产权合法存在所设定的他项权利。

4. 2005年物权法的审议:与财产权的衔接

物权法是民法的重要组成部分,在中国特色社会主义法律体系中起着支架作用,即将推出的物权法,将与宪法中的财产权规定相衔接。从2002年12月物权法草案作为民法草案的第二编提请九届全国人大常委会第31次会议初次审议以来,至2005年10月十届全国人大常委会第18次会议,将近三年时间里已经四次对物权法草案进行审议。物权法的推出,将重点解决当前急需规范的现实问题。对一些重大问题,如不动产登记机构是否统一、农村宅基地使用权能否转让等,均将作出明确规定。

物权法将明确规定"违法拆迁、征收应依法承担责任"。草案规定:"国家保护私人的所有权。拆迁、征收私人的不动产,应当按照国家规定给予补偿;没有国家规定的,应当给予合理补偿,并保证被拆迁人、被征收人得到妥善安置。""禁止以拆迁、征收等名义非法改变私人财产的权属关系;违法拆迁、征收,造成私人财产损失的,应当依法承担民事责任和行政责任;构成犯罪的,依法追究刑事责任。"

物权法将明确规定"物权保护方式可合并适用",草案规定:"物权受到侵害的,权利人可以通过和解、调解等途径解决,也可以依法向人民法院提起诉讼。""本章规定的物权保护方式,可以单独适用,也可以根据权利被侵害的情形合并适用。""侵害物权,除承担民事责任外,违反行政管理规定的,应当依法承担行政责任;构成犯罪的,依法追究刑事责任。""权利人请求排除妨害或者消除危险,不适用诉讼时效。"

物权法还将就"会所车库归谁所有"等作出规定。建筑物区分所有权问题事关每位业主的利益,建筑区划内的绿地、道路以及物业管理用房,属于建筑物区分所有权人共有,但属于市政建设的除外。会所、车库的归属,有约定的,按照约定;没有约定或者约定不明确的,除建设单位等能够证明其享有所有权外,属于建筑物区分所有权人共有。建设规划、环境卫生、公安等行政主管部门应当依照有关法律、法规,对建筑区划内损害他人合法权益的行为予以处理。

物权法的推出,是对财产权的进一步细化规定,将对城市居民的不动产起到重要的保护作用,对于正在演变中的城市居住空间新格局起到定型作用,并将日趋明显的空间隔离现象稳定维持下去。

二、研究的理论意义

正是在社会贫富差距悬殊、住宅市场分化加剧以及财产权明确确立的背景下,本书提出了城市社会分层与居住隔离的问题,并着重从城市规划领域展开对城市居住隔离问题的研究。

西方社会对于城市社会分层与居住隔离的研究起始于 19 世纪末期,并且在现代城市规划、城市社会地理学等学科中已有将近 80 年的研究历史。在我国,学者对社会分层问题的研究于 20 世纪 80 年代后半期社会不平等有所上升后才开始,基本上是在社会学和经济学领域展开的,取得了一定的成果,引起了社会各界对这个问题的关注。其后,社会地理学界亦有涉及,在 90 年代后期对城市社会分异进行了一些研究。但是我国城市规划学界对此领域所作的研究尚不多见,更不要说研究的系统性与深入程度。只有少数规划研究生的论文开始涉及社区与社会弱势群体的课题,但是由于研究方法的局限,仍停留在社会学与城市规划的边缘。

本书论题的提出,就其理论意义而言,主要有以下四个方面:

1) 在纷繁复杂的社会-空间结构中,透过社会分层与居住隔离现象与问题的社会与空间视角,在两者之间建立起一根分析纽带,并深入剖析两者之间的内在关联性,弥补了我国在市场经济转型过程中,城市规划在城市社会学这一研究领域的空白。

2) 以经济地位作为现阶段我国城市社会阶层划分与住宅区价值类型划分的标准与依据,使得对于社会分层与居住隔离问题的研究取得了分析研究中逻辑上的内在统一性,也较为符合当前城市社会的现实状况。

3) 构建了社会分层与居住隔离的理论框架雏形,包括问题的提出、问题的分析直至解决问题的对策,并着力探究了我国城市居住隔离的基本特征、形成机制和社会影响的分析体系。

4) 将已有的社会分层与居住隔离理论融为一体。为了更好地理解现阶段我国大城市正在形成的居住隔离现象,在研究中大量借鉴了西方学界对居住隔离问题的研究,并力求全面地介绍欧美国家居住隔离的发展背景与进程、居住隔离的社会与空间特点、居住隔离的社会影响,以及各国在遏制居住隔离工作中的努力与成效。所谓

"他山之石,可以攻玉"。当然,具体国情的不同,决定了国外的居住隔离理论与实践并不能全盘适用于中国的情况。事实上,在很大程度上,由种族因素引起的居住隔离是国外此类研究的重点,这与我国城市中的情况迥然不同。这也是在本书的研究中时时注意的。此外,通过对社会经济制度、经济发展阶段的比较对照,对于中国的居住隔离相对于欧美的居住隔离现处于一个什么样的发展阶段、有何特定的演变轨迹,也就略微有数。

具体地讲,全书通过对我国城市社会分层与居住隔离问题的研究,试图回答下列一些问题:

1) 现阶段我国城市社会的阶层分化程度如何?

2) 社会分层是否必然导致居住隔离?

3) 居住隔离的模式、进程如何? 技术的判定与衡量手段有哪些?

4) 社会发展到何种程度时居住隔离产生并加剧,换言之,导致居住隔离的机制因素是什么?

5) 居住隔离对城市发展的影响如何?

6) 如何缓解、消除居住隔离? 在城市规划领域能够有何作为?

7) 大众能接受的隔离、混合程度有多大?

全书也正是遵循着以上的线索逐步展开对社会分层与居住隔离问题的研究。在此过程中,既对国外现代社会分层的理论渊源和城市隔离的进程进行一些较为系统、全面的回顾与梳理,又力求对我国城市居住隔离的形成、特征进行细致、深入的演绎与阐述。书中还透视了我国城市住房制度、土地使用制度改革中的得失问题,并在对策部分提出了社会融合的观念。

总之,书中的研究分析,力求能在以往对于城市居住问题研究的内容与深度上有所创新与突破,同时,提供一个研究城市居住隔离问题的可资借鉴的理论框架,以期对我国城市社会空间融合的实现有所裨益。

三、研究的现实意义

我国大城市正在发生的社会分层与居住隔离现象,有着重要的理论研究价值,对于该领域的研究,具有迫切的社会现实意义。简要地说,就是提供社会评价工具、提供决策参考和提供规划技术层次的理论。

1. 提供社会评价工具

由于社会各阶层贫富差距悬殊,关于社会公平与平等的话题在社会舆论中变得日益敏感。而大城市的居住隔离现象,作为贫富差距和社会不平等的一种明确的空间反映,对城市物质空间形态及社会心理将产生复杂而深刻的影响。因此,解释社会

11

现象,剖析问题实质,发现社会一般规律,便成了包括城市规划在内的各城市学科的基本任务之一。

作为学术研究中心的高等院校,在其教育传播中对此非常注重。在世界各国一些著名大学的本科生或研究生课程设置中,社会分层或社会结构分析是必备的课程。在美国,普林斯顿大学社会学系开设有"社会分层"课程;耶鲁大学 2005 年秋季的社会学课程中有"社会结构分析"等课程,其中"富裕与贫困:现代中国"课程,广泛运用了纪录文献和在线资源,分析了自 1911 年以来,财产、资本、教育和政治权力的通道如何影响了中国贫困和财富的分布,着力强调了当代社会的不平等和社会分层。

哈佛大学文理学院对本科生开设的课程中,将所有基础性知识划分为 6 个大类、10 个领域,其中的领域之一是"社会分析",在 2001—2002 年开设的具体课程包括:"世界经济中的贫与富"、"美国社会中的种族、伦理与政治"、"美国城市社会中的种族、等级与贫困"等课程。2005—2006 年开设的具体课程包括:"社会不平等初步"、"性别分层"、"收入和财富的社会学途径"、"社会不平等的范例"等课程。对本科生或研究生共同开设的"社会分层"专题研讨课程,则分析持久的社会不平等的源泉、结构和结果。

以上研究课程较多的来自于城市社会学的视角,除此之外,从其他各城市学科领域出发,提供社会分析、社会评价的工具,尤其是从城市规划学科出发,对于城市社会空间课题的研究,将具有直接的现实意义。

2. 提供决策参考

就我国社会阶层现状来看,大多数贫困阶层都没有发言权,他们的命运决定于权力阶层与富裕阶层怎样看待低收入与贫困问题。实质上所有关于弱势群体问题的讨论也都发自城市其他阶层,真正的弱势群体并没有声音。

社会空间政策的制定,基本上是奠基于以经济学者、城市规划师、社会学者等技术精英为主体和由政府决策来确立的自上而下的过程,这一过程反映了决策者及规划师的基本思想和价值判断,并将这些思想和判断通过政策的执行体现。作为城市社会主体的广大民众,却无法表达更无法决定他们的利益要求和价值偏好。但是,如果弱势阶层的利益长期得不到保障,只会不断地累积社会矛盾,并在达到一定程度时集中地爆发。这当然不是决策层和规划师所期望的结果。

作为城市规划师,洞悉各社会阶层尤其是普通民众的愿望与要求,发现城市运行中的问题与矛盾,并探究其形成机理及制度症结,然后下情上达,传导至决策层,从而提供给城市决策层参考,这既是城市规划的职责,也是为城市规划在实施政策的过程中减少障碍。

具体到城市社会分层与居住隔离的研究,正确剖析城市中的社会阶层及其空间分布特征,对于正确合理地制定我国城市住宅分配制度、建立成熟而完善的住宅市场体系、消除空间不平等,无疑具有明确的现实针对性和重要的理论意义。

3. 提供规划技术层次理论

理论可分为科学层次的理论和技术层次的理论,在具体操作中,理论是不可能直接运用的。因此,任何理论都需要逐步地转化为可直接操作的、具体的技术和方法,在此过程中首先需要建立影响和决定这些技术操作和方法运用的基本原理,也就是技术层次的理论。

在现阶段的我国大城市,以社会隔离和物质形态破碎为特征的社会空间问题日益突显。面对日趋明朗的社会阶层分化现象与居住空间隔离趋势,如何准确地认识产生这些问题的根源,如何科学地判定问题的发展程度,如何合理地去解决这些矛盾,对于城市规划工作者来说提出了严峻的挑战。如果说,城市规划理论界尚未直面这种现实性与迫切性的话,规划实务工作者已陷入越来越多的困惑,遭遇着越来越大的工作难度与阻力。在他们的日常工作中,应付处理城市开发中各种各样的空间权益之争的上访,协调社会各部分与城市空间相关联的社会经济利益关系,占去了他们相当多的时间与精力。

我国的城市规划有着注重城市物质形态规划的长处,也发展了重视社会宏观政策规划的特点,但是仍存在着微观技术层面理论的缺乏不足。城市社会分层与居住隔离的研究,着眼于城市社会居住空间结构这一层面,既有城市居住空间结构的整体宏观分析,更有对于微观空间结构的深入剖析,并试图提供一些实现社会空间融合、谋求城市未来社会空间协调发展的努力方向与具体路径。

四、研究的基本前提

为了分析问题的方便,以及确保前后论述在逻辑上的一致性,在此先设定一些前提条件,这些前提对于全书在内容的安排、材料的遴选、论述的思路以及结构的组织上来说都是至关重要的。

1. 城市空间是物质属性与社会属性的结合

城市的社会经济发展决定了城市空间的形成与演进,反过来,空间状况的改变也会推进或阻碍社会经济的进步。因此,城市空间是物质属性与社会属性的结合。在研究城市空间时,既要研究其具体的物质形态,又要分析支撑在这些物质形态背后的社会经济结构。并且,物质空间规划可以在社会经济分析的基础上,成为实际操作的手段,进而成为社会政策的一部分而影响城市的发展。

2. 分析的数学化、定量化只是辅助手段

在对社会分层与居住隔离的研究中,书中亦介绍了国外的一些居住隔离指标及

其数学公式,但这只是作为一种可供借鉴的手段与工具。本书的主要目的是搭建起一个理论研究的框架及讨论的平台,尚未达到建立一个形式化、模型化工具的阶段。而且,就我国现阶段的发展状况而言,一个精确的数学判断模型远不如一些及时的、导向性明确的政策与措施来得有效。

3. 住宅与社会阶层的对应关系

将所有住宅按照价值(由于现阶段住宅产品在户型设计及建造等质量方面已日趋成熟与定型,决定差异的重要因素已变成区位条件、社区环境与自然景观环境等,因此住宅价值比住宅质量更能综合地反映住宅产品)从高到低的等级排列,整个住宅市场可分为高、中、低三个层次,其中,低档住房市场包括了经济适用房与廉租房。作为常规的假定,各层次住宅相应地服务于社会的富裕阶层与高收入阶层、中等收入阶层、低收入阶层与贫困阶层。

4. 研究案例主要聚焦于上海

尽管本书的研究采用了国际化的视角来研究我国的大城市,但是在案例与材料的选择上,作为对本书研究的一个必要限制,主要材料集中于上海。这是因为,就我国的城市社会分层来说,大都市上海由于受世界范围内的经济重组与产业结构的演替而形成的社会结构分层最为彻底;就居住隔离来说,上海的住宅市场化程度在全国城市中最高,且由于其特定的城市地位,住宅市场吸聚了全国与全球的消费与投资,因而高、中、低端市场发育均极其充分,城市居住隔离的现象表现得最为分明。尽管上海的经验不能生搬硬套给其他城市,但是,本书的研究课题与所阐述的规律,对于其他城市的社会分层与居住隔离研究具有重要的借鉴意义。

五、研究的方法

本书将采取如下一些研究方法:

(1) 宏观研究与微观研究相结合的方法

社会分层着重于从宏观的社会结构进行分析,居住隔离问题则主要侧重于城市微观社会空间结构及模式的研究。在分析论述的过程中,都是既有抽象的、宏观的分析,也有具体的、微观的论述,尽可能多视角、多侧面地对问题进行细致的剖析。

(2) 理论实证分析、经验实证分析与规范分析相结合的方法

理论实证分析是回答如果作出了某种选择,将会带来什么样的后果,不带有价值判断。即先提出假设,然后进行推断论证,最后得出结果;书中通常的叙述是采取先分析、后归纳的方法。在给定"社会分层"与"居住隔离"的概念时,运用了列举法。在理论解释时,综合运用了演绎解释、概率解释、发生解释等多种方法[19]。

这是 Nagel 理论解释的四种主要类型中的三种：

通过理论的演绎推理，可以把解释的现象包容到作为前提的理论之下，使该现象得到解释。比如，当我们运用同心圆理论、扇形理论、多核心理论来解释城市的空间及其发展时，就属于这一类型。被认为是科学解释的理想形式，也是科学解释中运用得最多的类型，它有着形式化的推理结构，在其中被解释的现象是解释前提（理论）的必然结果。

概率解释（probabilistic explanation），对于基于统计性的理论，解释中的推理是归纳性的推理，在逻辑上并不能保证被解释的真是充分的，而只能是可能的，这种解释的前提是统计性的。比如，人口结构的分布。在演绎型解释中，有时也会用到，尤其是在前提尚未经严格论证而只能采用统计性假设时。

发生解释（genetic explanation），该类解释通过描述给定对象如何从某个较早的对象或状态演化而来，由此而解释对象为什么会具有某些特征性的原因。发生解释的任务就是要建立起主要事件通过较早的系统转化为后来系统的序列，因此这类解释的前提必须包含大量关于过去系统事件的单个陈述。

经验实证分析描述现实问题实际上是如何解决的。在我国城市的社会分层与城市居住隔离的分析中，书中采用了经验实证分析方法。在实证分析中，运用了访谈、调查、广泛的第二手资源，包括政府报告、未正式出版的数据和历史文献与统计资料等，并对这些文献与资料进行了整理、综合和分析。

而规范分析则是研究"应该是什么"，或"应该是怎样解决的"，涉及到道德标准和价值判断。在对策研究部分则采用了规范分析方法，以社会空间融合为价值取向，指出城市规划在社会分层与居住隔离中的作用与地位。

（3）比较分析的方法

比较分析主要在下面的情形中采用：国外居住隔离的发展状况、阶段进程与国内居住隔离的发展阶段的横向比较分析；城市历史上的居住隔离与现今居住隔离的纵向比较分析。在比较分析的过程中，认清我国居住隔离的特征与发展规律，以史为鉴也好，"他山之石，可以攻'错'"也好，最重要的是能够正确对待我国现阶段的社会分层与城市居住隔离，通过合理的社会政策、制度及城市规划措施的引导与控制，最终实现社会空间的融合目标。

六、结构安排及内在逻辑

本书在主体结构上分为四个部分。第一部分由第 1、第 2 章构成，第二部分由第 3、第 4、第 5 章构成，第三部分由第 6、第 7、第 8 章构成，第四部分由第 9、第 10 章构成。主体结构之后是全书的结论部分。

第一部分首先是问题的引出与研究概况的介绍。其中第 1 章阐明了社会分层与居住隔离的概念及内涵。第 2 章主要介绍国内外关于社会分层与居住隔离课题的研究成果及研究方法,同时简要概述世界主要国家及地区居住隔离的演变进程及状况,以便于更清晰地对照认识我国城市居住隔离的现状及发展趋势。

第二部分考察了我国城市社会的分层,共分三章。第3章分析来自我国城市内部的社会分层。第4章是关于城市外来人口的社会分层,分别讨论外籍人口与国内的流动人口对城市社会分层的影响。第5章探讨城市社会分层的全球共同背景与区域个体特征,指出城市社会分层由城市性质、规模、历史等多种因素综合决定。第二部分对于城市社会分层体系的分析论述,目的是为了推导出城市居住隔离出现的必然性。

第三部分以第二部分的结论为出发点,考察了我国大城市的居住隔离,亦由三章构成。第6章对我国大城市居住隔离的基本特征进行描述,着重于居住隔离的物质景观特征和不同群体的空间定居模式,然后归纳出城市居住隔离的几种模式,并分析居住隔离的进程与居住隔离的程度判断。第7章分析我国城市居住隔离的形成机制,指出城市居住隔离是广泛的政治经济制度和社会进程的产物。这些制度涉及到诸如住宅制度与政策、土地供应制度、市场开发经营机制等。社会进程主要研究城市历史上的居住隔离对现时城市发展的影响。第8章主要从社会公平与城市效率的角度辩证地分析居住隔离对城市发展的正、负面影响。

第四部分提出问题的对策与建议,分为两章。针对城市居住隔离所产生的负面影响,第9章提出社会融合的概念与目标,并介绍了一些居住融合的实践探索,指出社会融合与居住融合是消除社会分层与居住隔离的目标与途径。第10章探讨社会空间融合中城市规划的角色、作用与地位,并简要介绍国外城市规划在对付社会分层与居住隔离中有益的理论与实践。最后综合分析我国城市规划应对居住隔离问题的可能途径。

结论部分对全书的研究进行了回顾与检验,并对今后的研究方向与重点作出预测与展望。

本章参考文献

[1]　中国城市发展研究会.中国城市年鉴2003[M].北京:中国城市年鉴社,2003:226.

[2]　唐任伍,章文光.论"中国富人"[J].改革,2003(6):110-113.

[3]　吴志强."全球化理论"提出的背景及其理论框架[J].城市规划汇刊,1998(2):1-6.

[4]　郑杭生,李迎生.社会分化、弱势群体与政策选择(节选)[EB/OL].[2003-01-20] http∥www. china. org. cn/chinese/zhuanti/264615. htm.

[5]　洪大用.改革以来的中国城市扶贫(节选)[EB/OL].[2003-01-20] http:∥big5. china. com. cn/gate/big5/www. china. org. cn/chinese/zhuanti/264775. htm.

[6]　朱庆芳.城镇贫困群体的特点及原因[J].中国党政干部论坛,2002(4):17-19.

[7] 袁乐平,周浩明.失业经济学[M].北京:经济科学出版社,2003:2-3.

[8] 学院派.我国弱势群体的形成与特征:访清华大学社会学系教授孙立平[EB/OL].[2002-04-09] http//:www.dajun.com.cn/ruoshiqunti.html.

[9] 顾协国.中外农民工问题比较启示[J].城市管理,2004(1):34.

[10] HARVEY D. The urbanization of capital [M].Oxford:Oxford University Press,1985.

[11] 舒尔茨.人力资本投资:教育和研究的作用[M].蒋斌,等译.北京:商务印书馆,1990.

[12] 石忆邵.中国农村人口城市化及其政策取向[J].城市规划汇刊,2002(5):29-32.

[13] 陈秉钊.上海郊区小城镇人居环境可持续发展研究[M].北京:科学出版社,2001:6-8.

[14] 辞海编辑委员会.辞海:中册[M].普及本.上海:上海辞书出版社,1999:4065.

[15] 江春.产权制度与微观金融[M].北京:中国物价出版社,1999:5.

[16] 朱介鸣.模糊产权下的中国城市发展[J].城市规划汇刊,2001(6):22-25.

[17] 卢周来.穷人经济学[M].上海:上海文艺出版社,2002:34.

[18] 贝那沃罗.世界城市史[M].薛钟灵,等译.北京:科学出版社,2000:849.

[19] 孙施文.城市规划哲学[M].北京:中国建筑工业出版社,1997:94-95.

第一部分
社会分层与居住隔离概述

第1章 社会分层与居住隔离的概念及内涵

恩格斯在《反杜林论》中认为[1]，"定义对于科学来说是没有意义的，因为它们总是不充分的。惟一真实的定义是事物本身的发展，而这已不再是定义了。为了指导和指出什么是生命，我们必须研究生命的一切形式，并从它们的联系中加以阐述。"这也从一个方面说明，准确地或者充分地定义一个事物是非常困难的。但是尽管如此，对于我们所要说明研究的事物本身，首先给予一个大概的界定还是非常必要和有用的，这样才能明确共同的研究对象，在此基础上才有可能进一步广泛、深入地探讨它的发展。

从国外社会学科对于"社会分层"和城市地理学等学科对于"居住隔离"的研究来看，没有普遍认可的定义，但是大多数人都认同社会差异和空间隔离的存在。迄今为止，国内的理论与方法研究基本上以借鉴国外的研究成果为基础，多数概念在很大程度上参照了国外的概念，再结合我国的实际情况给出。

一、社会分层的概念及内涵

"社会分层"一词，英文的表达为"social stratification"，在台湾通常被称作"社会阶层化"。讨论社会分层，就无可回避地要讨论社会阶层。"社会阶层（social class）"这一概念首先是在西方政治学中出现并成熟的，而且也广泛地辐射到西方其他人文学科。它根植于西方的政治制度和社会文化，它在其他学科的应用也无不受其影响。因为社会分层总是与社会阶层密切关联的，而"class"同时包含了阶级和社会阶层的含义，因此在社会分层研究中，既讨论阶层分化，也讨论阶级的分化。一个明显的例子是，1956 年我国基本消灭了剥削阶级，正式进入社会主义社会，建立了由工人、农民两大队伍为基础的无产阶级政权。以此为前提，一个有争议的问题是，我国现阶段是否产生了一个新生的资产阶级[2]。但是我国社会学界基本上回避了这个问题，而从社会阶层的角度分析社会结构的变迁。的确，从社会阶层的视角着眼，更易于准确认识我国现阶段的社会结构。

阶级、阶层是两个既联系又区别的概念。划分阶级的标准是单一的，依据列宁所说，"所谓阶级，就是这样一些集团，由于他们在一定社会经济结构中所处的地位不同，其中一个集团能够占有另一个集团的劳动"[3]。划分阶层的标准则可根据研究目的需要选择不同标准，如职业类别、财富收入、经济关系、社会地位和政治权力等，并

21

可以将不同标准划分的阶层交叉并列。

关于社会分层的定义不下百种,在社会学研究中,它是阶级阶层、社会结构、社会流动等议题都必然涉及的概念,以下列举了 27 种定义。

1. Yahoo 词典里社会分层的部分定义

1) 按照美国俄勒冈州教育网(oregonstate. edu/instruct/anth370/gloss. html)上人类学术语的定义,"社会分层"就是社会成员进入一个优等和次等的等级模式的安排。

2) 根据美国得克萨斯州大学"人类学初步"的定义(www. utexas. edu/courses/wilson/ant304/glossary/glossary. html.),"社会分层"是对考古学如何评定人们进入团体的分级的方式的描述,按照由出身、收入、教育等多样决定的社会地位,就如在一个等级制度里一样。社会分层描述社会是怎样组织的(例如帮派、分割的社会、首领的地位或社会地位)。

3) 按文化人类学专业词典的定义(www. anthro. wayne. edu/ANT2100/GlossaryCultAnt. htm.),"社会分层"是指一个社会中次级团体按照财富、权力和声望的等级排列。

4) 根据普林斯顿教育网中词汇网的定义(wordnet. princeton. edu/perl/webwn),"社会分层"是指被安排进一个团体内的社会阶层或阶级的条件。

5) 依照维基派迪亚(Wikipedia)自由百科全书的定义(en. wikipedia. org/wiki/Social_stratification),"社会分层"是一个社会学术语,用来描述一个社会内部社会阶级、社会团体和阶层的等级制度化的安排。常常这是就经济而言来安排的,然而,它也可以用来指涉一个社会经济级阶级的任何部分。

与维基派迪亚自由百科全书的"社会分层"定义相关的有四个基本原则:一、分层是社会而非个体的一种特性。没有一个人能创造分层,即使它定形了我们所有人的生活。二、社会分层在代际之间持续。在大多数社会里,儿童将总是属于与其父母亲相同的阶级、等级和社会地位。然而,在西方社会,因为更多的社会流动的引入这种情形已开始改变。三、分层在具有普遍性的同时,在如何规定人的次序上是极其多样的。多数文化至少部分地强调经济身份(财富),但是另一些文化认为宗教或社会身份更为重要。四、分层在信仰形成的过程中是工具性的。分层不但将部分人置于其他人之上,它还提供这种权利的合法性。

2. 美国弗吉尼亚大学韦思(Wise)学院教育网[①]关于分层的定义

1) 分层是关于社会中资源如何分配的研究,建立在不同稀缺资源分配上的不同

---

① http://people. uvawise. edu/pww8.

的等级体系,被社会学家定义为分层。

2）分层是诸如财富、收入、权力、阶层等等稀缺的社会物质资源在社会成员、团体、阶级等之间非随机分布的社会过程。

3）分层是在一个等级制度以及不同的（社会的/物质的）物品和资源的一个不平等的分布中产生的任何社会分级体系。

4）分层是一个结构化的社会过程,通过这个过程,社会团体在一个等级制度中被分配一个社会地位。

5）分层是稀缺的"资源"被不平等地分配的一种模式。

6）分层是不平等的制度化：一个产生和再生产不平等的社会关系体系。不平等的制度化意味着由一个层化的等级制度构成的体系,这个等级制度被很好地建立起来,是这样的一个社会关系体系,决定谁获得什么和为什么等等,并提供一个支持不平等的资源分配的意识形态。

一个分层体系有着非正式的"规则",长期内相当固定,受社会上团体冲突的影响。

7）社会分层,是指社会上有价值的物品的不同的分配,以及使这些不平等被看作合法的、自然的和令人向往的社会过程。

8）社会分层等于以社会类别对于基本资源的控制为基础的等级制度化的安排。

3. 因特网上关于社会分层的一些其他的定义

1）社会分层与不平等相关。社会分层与社会中将人们分成个体或团体中的等级有关。一些社会是平等主义的,一些是高度分层的。所有复杂的社会是分层的社会。不管在哪里,所有社会表现出一定程度的分层。

2）社会分层,指的是社会集团就集团的成员拥有的权力、声望和财富按照一定顺序排列。

3）社会分层,指的是就团体成员所拥有的权力、声望和财富被依次排序的社会团体。

4）社会分层是在资本主义的外衣下,将人们分成等级制度化种类的一个分级体系。

5）工业或后工业社会里社会分层体系的定义比在社会主义社会里复杂得多。通常分层指的是牵涉到以下不同方面的人际不平等：① 物品的分配;② 权力关系;③ 流动可能性等。

4. 社会学、政治学和人类学领域一些著名学者研究中涉及到的定义

1）社会分层被定义为在一个社会中不平等的权利和不同地位的特殊待

遇。——Kinsley Davis & Wilbert E. Moore[1][4]

2）社会分层的研究是关于不同的分组或阶层如何相互联系的研究。一个团体可能比另一个拥有和享受更多的经济资源，或受到更多的尊敬，或可能处于一个命令其他团体的位置。——Peter Saunders[1][5]

3）社会分层被看作"个体和团体进入等级制度化的阶层的分等或分级"，依次代表了在奖励、优越性和资源分配上的结构性的不平等。——Michael Hughes & Carolyn J. Kroehler[6]

4）我们称之为社会分层的不平等的体系只是一个社会权力结构的从属结果。——Ralf Dahrendorf[2][7]

5. 国内研究中涉及到的社会分层定义（包括已经翻译运用的国外学者研究的定义）

1）所谓社会分层是一种根据获得有价值物的方式来决定人们在社会位置中的群体等级或类属的一种持久模式。——David Popenoe[8]250

2）阶级（层）分化，当各阶级（层）成员得到的报酬水平差别很大时，当这些阶级（层）的成员充分意识到这些差别时，当只有很少的机会从一个阶级（层）向另一个阶级（层）流动时，这个社会就存在着广泛的阶级（层）分化——对不同阶级（层）所感知到的和真实的差异。——David Popenoe[8]250

3）社会分层是社会分化和社会评价的结果，使用这个术语不是指哪个特别类型的阶级或等级，而只是表明社会的正常生活方式已经在一定的集团和人群之间形成了系统的差别。而且分层的形式已被公认为是地位和声望悬殊的体现。而社会分层体现在个体与群体身上即为社会阶层。[3] ——Bernard Barber[4][9]

4）社会分层（social stratification）揭示了城市的内在结构。所谓的社会分层，就是以财富、权力和声望的获取机会为标准的社会地位的排列模式。通常，社会阶层是以职业和收入来划分的，在多民族不平等的城市中，种族则是决定阶层的一个重要因素。不同的阶层有着不同的价值观念，对城市发展有不同的认识并寄有不同的期望，因此，在城市规划中评价和综合各阶层的目标、利益要求和行为方式，便成为一个重要内容，也是规划师进行取舍的关键。——孙施文[10]

5）阶级与阶层划分其实质就是社会分层，即依据一定标准对某一社会实体中各

---

① Kinsley Davis，Wilbert E. Moore 和 Peter Saunders 皆为英国著名社会学家。

② Ralf Dahrendorf(1929—)，出生于德国的著名社会学家、哲学家和政治学家，1988 年加入英国国籍。这个定义出自他 1968 年的随笔《关于人类不平等的起源》(On the Origins of Inequality among Men)。

③ 定义译文转引自李明洁《转型期社会阶层的语言再现——以汉语泛尊称的社会分层为例》一文，见《二十一世纪》网络版第 16 期(http://www.usc.cuhk.edu.hk/wk_wzdetails.asp?id=233.html.)。

④ Bernard Barber，美国哥伦比亚大学荣誉教授。

个不同的社会集团的划分。阶层（级）都是指某一社会结构中利益、价值、地位权力、生活方式与社会运动能力等具有同质同构性群体的统称。——吴启焰[11]30-31

上述林林总总数十种定义，有理论的视角与实际的操作之分，有古典的与现代的定义之别。概括起来有以下四种基本的性质：

1）社会分层是一种安排、分配或分布方式；

2）社会分层是一种不平等的过程；

3）社会分层是一种不平等的结果；

4）社会分层是一种等级化的制度。

总而言之，社会分层是社会个体与资源（或有价值的物品）的不同配置形成的一个不平等系统，其中最关键的资源包括财富、声望与权力，这些资源由更为具体的职业、家庭背景、所受教育程度、机遇等决定，同时连锁地带来其他优越性（如社会关系、居住空间等）。这三种资源之间存在着不一致性，因此个体在系统中的地位由三种资源综合地确定，这也避免了系统结构的单一性。从系统的水平向度上看，资源总量接近的或者说社会经济地位差距接近的形成各种类型的团体；从系统的垂直向度上看，这些团体形成显著的阶层。阶层间平均的社会经济地位差距越大，系统的不平等程度越大。在社会分层领域里，深入地研究还不可避免地会涉及到种族、性别、教育、阶级和宗教等的分层问题。

二、居住隔离的概念与内涵

围绕"隔离（segregation）"，"居住隔离（residential segregation）"，国外研究中涉及的概念相当纷繁，国内研究中不多的隔离概念基本上来自译语。

1）隔离，指一个群体或阶层中与其他群体或阶层没有社会接触的成员比例。——彼特·布劳（Peter Blau）[12]390

> 对于个人来说，隔离就是指群际交往朋友或与群际交往朋友在一起所花的时间的绝对最小量——零，这对于交往人数和时间来说是一样的。将所有个人二分式地划分为没参与群际交往的人和参与一些群际交往的人，为群体提供了新的资料，以补充群际交往的其他方面所提供的资料。群际交往的平均范围揭示不出，究竟是大多数群体成员参与群际交往，还是大多数群体成员都没有参与群际交往，而只是少数群体成员参与群际交往。……隔离这个概念恰好涉及到这种差异。一个群体中与另一群体的人没有任何交往或没有亲密交往的人所占的比例是一个很有意义的概念。[11]45

2）隔离，指都市居民由于种族、宗教、职业、生活习惯、文化水准或财富差异等关系，相类似的集居于一特定地区，不相类似的集团间则彼此分开，产生隔离作用，有的甚至彼此产生歧视或敌对的态度。——L. Roy[13]

3) 隔离,有或者没有前缀,指的是"两个或更多团体,在城市环境的不同部分,各自独立生活的程度"。——Douglas S. Massey & Nancy A. Denton[14]

Massey 和 Denton 新创了"极度隔离"(hyper-segregation)[15]这个词以描述"真正"的少数民族聚居地,诸如非洲裔美国人聚居地的情形。20 世纪 80 年代在这种聚居地里,80%~90%的人口是非洲裔美国人,超过 3/4 的黑人也居住在这些地区。

4) 自愿隔离(self-segregation),是少数民族群体自愿与主流社会相分离的过程。少数民族群体成员找不到满意的方式与主导群体相处,他们就通过这一过程努力限制与群体外成员的接触。自我隔离最极端的形式是分离主义(separatism),即通过这种形式少数民族群体渴望建立他们自己的完全独立的社会。——David Popenoe[8]320

5) 居住隔离,城市社会隔离(social segregation)表现在城市生活中最明显的是居住隔离。居住隔离指在城市中,人们生活居住在各种不同层次的社区中,这是西方城市的一大特点。在像美国——社会隔离明显的社会里,各类社区均有其自身发展的独特性,邻里单位成为组织这些社区的基本方法。——顾朝林[16]

6) 隔离,其含义是:① 分开的行动或过程,或分开的状态;② 把个人或集团从更大的集团或社会中分离开,如通过强行或自愿地居住在限定地区,通过为社会交往设置障碍,分隔教育设施和通过其他歧视手段,把一个阶层、阶级或少数民族隔离孤立起来;③ 个人或单位离开更大集体或社团,而在共同特点的基础上互相结合的倾向。——吴启焰[11]30

7) 所谓居住隔离,是指都市居民由于种族、宗教、职业、生活习惯、文化水准或财富差异等关系,特征相类似的集居于一特定地区,不相类似的集团间则彼此分开,产生隔离作用,有的甚至彼此产生歧视或敌对的态度。各种不同层次的集居区,在其内部有着趋向一致的价值观念,常为同质的住宅社区。各类集居区之间则差异较大,并有着自身发展的独特性。这一定义基本上沿用了 L. Roy 的定义,偏向于对居住主体社会经济特征与主观认同的描述。——黄怡[17]

8) 居住隔离可以包含两种情形:一、对两个(或以上)团体(阶层群体)而言,居住隔离必须满足:① 居住空间上隔断。② 团体的主体互不接触,也就是说,没有社会交往。二、对一个特定的团体(阶层)来说,其居住分布区是由两个或两个以上有一定空间距离的地区组成,在中间地区里没有该团体居住。这一定义是在先前定义的基础上侧重于居住空间的性质与特征方面的描述。——黄怡[18]

以上众多的概念反映出对于隔离的不同理解,彼特·布劳侧重于从群体社会交往的角度来定义隔离,Popenoe, Massey 和 Denton 的定义则都带有浓厚的美国色彩,较多从种族角度来理解隔离。相对来讲,L. Roy 的定义较为全面。

就目前为止,国内关于居住隔离的研究公开的文献屈指可数,但是有对于"分异(differention)"的研究。在隔离与分异的区别上,有的研究者倾向于用隔离来表述社会极化现象的空间结果,并且认为极化(polarisation)更多的是描述"两个集中于相反极端的部分(实体)"。而极化现象其实只不过是隔离的一种极端情形,隔离所包含的多种程度或多个团体、阶层的情形则被忽略,也正因为这一忽略,才选择了用分异来描述较为复杂的情形与过程。

在辞海中,"隔离"有三种解释[18]:① 隔断。② 自然界中,生物不能自由交配或交配后通常不能产生可育性后代的现象。因所处地理环境不同而造成的,称为"地理隔离";因生物学特性差异所造成的,称为"生物学隔离"。③ 防止传染病传播的一项重要措施。将传染病患者、可疑患者同健康者分隔开来,互不接触。另外的词条"隔离分布",亦称"间断分布",指一个物种或类群间断的分布状态。其分布区是由两个或两个以上相距很远的地区或水域所组成,在中间地区里没有该物种或类群的存在。

因此,从语义上来分析,"分离"强调离、散的行为或状态,"分异"则强调分开部分的差异性及差异化的过程,并且,它对社会阶层的社会距离变化的强调甚于对居住空间分布差异的强调。而结合"隔离"的语义学解释,居住隔离的概念在反映城市居住空间的社会经济特征及物质空间状态上针对性更强,这与城市规划学科对城市空间研究的传统视角也比较契合。因而,"居住隔离"与"居住空间分异"的研究在语义、研究内容及学科背景上各有侧重。

在居住隔离研究中,还经常出现各种涉及隔离或与之相关的概念,如居住分离(residential separation)、经济不平衡和隔离(economic imbalance and segregation)、社会隔离和空间分离(social segregation and spatial separation)、居住和经济分离(residential and economic separation)、社会空间分裂(social and spatial/social-spatial divisions)、社会空间极化(social-spatial polarisation)、社会极化和社会经济隔离(social polarisation and socioeconomic segregation),等等。

本章参考文献

[1] 恩格斯.反杜林论[M].中共中央马克思恩格斯列宁斯大林著作编译局,译.北京:人民出版社,1970:80.

[2] 阎志民.中国现阶段阶级阶层研究[M].北京:中共中央党校出版社,2002:308-309.

[3] 列宁.伟大的创举[M]//列宁.列宁选集:第4卷.北京:人民出版社,1995:11.

[4] DAVIS K, MOORE W E. Some principles of stratification [J]. American Sociology Review, 1945,10:242-249.

[5] SAUNDERS P. Social class and stratification[M]. London: Routledge, 1990.

[6] HUGHES M, KROEHLER C J. Sociology: the core[M]. 7th ed. Boston: McGraw Hill,

2005:176-209.

[7]　BOUDON R, CHERKAOUI M. Contemporary sociology theory:1920-2000:Vol 6［M］. Thousand Oaks, CA:Sage Publication Ltd, 2000.

[8]　POPENOE D. Sociology［M］. 10th ed. Upper Saddle River, NJ:Prentice Hall Inc. ,1995.

[9]　BARBER B. Social stratification:a comparative analysis of structure and process［M］. New York:Harcourt and Brace,1957.

[10]　孙施文.城市规划哲学［M］.北京:中国建筑工业出版社,1997:73.

[11]　吴启焰.大城市居住空间分异研究的理论与实践［M］.北京:科学出版社,2001:30-31.

[12]　布劳.不平等和异质性［M］.王春光,谢圣赞,译.北京:中国社会科学出版社,1991.

[13]　施鸿志,李嘉英.社区(Community)［M］∥于宗先主编.经济学百科全书:第8册 空间经济学.台北:联经出版事业公司,1986:106.

[14]　MASSEY D S,DENTON N A. The dimensions of residential segregation［J］. Social Forces, 1988,67:282-315.

[15]　MASSEY D S, DENTON N A. American apartheid:segregation and the making of the underclass［M］. Cambridge, MA:Harvard University Press,1993.

[16]　顾朝林,全国城市规划执业制度管理委员会.城市规划相关知识:下册［M］.北京:中国建筑工业出版社,2000:119.

[17]　黄怡.住宅产业化进程中的居住隔离:以上海为例［J］.现代城市研究,2001(4):40.

[18]　黄怡.城市居住隔离的研究及其进程［J］.城市规划学刊,200(5):65-72.

[19]　辞海编辑委员会.辞海:上册［M］.普及本.上海:上海辞书出版社,1999:1280-1281.

第2章 国内外社会分层与居住隔离研究

一、国外古典及现代社会分层理论溯源

国外对于社会分层的社会学研究较早,文献成果也很丰富。对于自工业社会以来社会阶层的研究,基本上可以分成两部分。第一部分是社会阶层与社会分层的古典理论;第二部分则是当代社会分层理论。古典理论的研究始于卡尔·马克思的阶级学说,其后在关于社会不平等的基础研究中,马克斯·韦伯确定了社会分层的三个关键纬度,即财富与收入(经济地位)、权力(政治地位)和声望(social prestige,社会地位)。

当代社会分层理论就社会分层的结构与形式、各社会阶层状况特征以及社会阶层流动进行了深入的研究,并从文化、劳动过程、产业与组织经济[1]以及种族与性别的隔离[2]来探讨造成社会不平等的原因。20世纪80年代以后,由于世界政治经济局势的重要变化,一是政治领域的东欧国家的解体,二是经济全球化及随之而来的政治全球化,使得社会分层的社会学研究的重点转向了新的条件下日益增长的不平等研究[3]。主要的议题有:社会阶层、生活方式和阶层流动性,阶级的再生产,去工业化、文化资本和服务经济,阶级冲突和政治力量,以及阶级和不平等的未来趋势等[4]。近年来尤其注重对现代组织在社会分层过程中所扮演的角色以及产业与市场的阶层化的研究。各国社会分层的比较研究,无论是作为研究方法,还是作为研究内容本身,都颇为盛行。这一时期的代表人物有美国的 Gerhard Lenski①,Dennis Gilbert 和英国的 John H. Goldthorpe 等。

二、国外社会分层研究的主要理论学派

在社会阶层与社会分层的古典理论部分,主要介绍马克思的阶级学说、韦伯的阶层理论以及涂尔干的劳动力差异分析。当代社会分层理论主要介绍了功能主义学派和冲突论学派,这两个学派在很大程度上延续了古典学派的思想脉络。除了下述这些理论学派外,还有社会进化论学说等对社会分层也进行了解释。

---

① Gerhard Lenski,北卡罗来纳大学社会学荣誉教授,其著作有《政治和特权:社会分层的理论》、《人类社会:宏观人类学初步》(至 2005 年 11 月共发行 10 版)、《人类社会生态进化的理论:原理和应用》等。

1. 马克思(Karl Marx)和阶级

马克思于 19 世纪六七十年代著书立说,提出社会阶级是由经济生产方式的所有权或非所有权决定的,相信人们由他们所生活的社会定型。按照组织和生产方式的所有制,资本主义社会被分成两个团体。这两个团体是资产阶级(掌握生产方式)和无产阶级(工人)。也就是说,那些拥有工厂、农场矿山和原材料等的团体,成为一个"黏结"的团体看管着他们自己的利益。他们住在相似的环境里,送他们的孩子到相似的学校,形成一个"黏连"的阶级,马克思称之为"资本家",即那些拥有生产的资本方式的团体。那些为这些资本家工作的被称为"无产者"(一个古老的德国词语,意即"工人")。所以对马克思来说,经济资源的私人所有制是关键因素。

马克思主义思想在政治上和理论上深刻地影响了 20 世纪 60 年代的结构主义运动。马克思后来亦被认为是一个结构主义者[5]。作为经典的马克思主义模式,他强调阶段性的生产方式的变化(在一定阶级关系中的社会经济关系)。批判的研究认为马克思主义的问题在于过分集中地强调经济方面,强调阶级意识,是一种经济决定论,而相对忽略文化的方面。

2. 韦伯(Max Weber)和阶层

19 世纪 90 年代初期,马克斯·韦伯深受卡尔·马克思的影响,但不赞同他的理论,他认为马克思的观点太简单了,这个理论太过决定论了。作为一个社会活动理论家,韦伯相信个体通过行动和互动创造社会。他认同不同的阶级存在,但不同意马克思关于分层的理论,他认为社会地位或者社会声望是决定我们每个人属于哪个团体的关键因素。马克思将他的阶级结构观点建立在生产方式的所有制基础之上,而韦伯相信它依赖于生活机会。生活机会依赖财富和技能,上层有最优越的生活机会,穷人(例如失业者、年老者和无家可归者),则拥有最少的机会。阶层可以由经济境况、市场状况、社会地位和政治派别决定。马克思将社会分成两个不同的阶级,韦伯看待社会结构则更复杂,他将社会分成四个主要的等级,即上层(The Upper Class)、中层(The Middle Class)、工人阶层(The Working Class)和穷人(The Poor)。然而,在这些等级内部是其他更微妙的分别,这些依赖于包括收入、升迁机会、失业保障、语言、生活方式和其他人的社会评价的差别等一系列变量。

所以,我们住在哪里、我们说话的方式、我们的学校、我们的休闲习惯,这些和许多因素决定了我们所处的社会阶层,他将这些我们行为方式的不同方面称为生活方式。他认为,尤为重要的是,每个人认为他或她自己拥有生活机会的方式——如果我们觉得我们能成为广大社会里一个受人尊敬的和具有高度价值的成员,那么这可能将我们置于一个较其他人更高的社会等级。例如,一个读私立学校,住在一座大房子里,有着专业人士的父母,有着标准的 BBC 口音的孩子,比一个在拥挤的城内学校接受教育、住在政府地产、带有地方口音的孩子,可能(但不是一定)感觉到他或她有着更多的机会成为普遍受人尊敬的人。

在关于社会不平等的社会学研究之基础的研究中,马克斯·韦伯确定了社会分层的三个关键纬度:即财富与收入(经济地位)、权力(政治地位)和声望(社会地位)[6]。这基本上奠定了此后的社会分层标准的基本框架。

3. 涂尔干(Emile Durkheim)和劳动力差异

涂尔干早在19世纪末期就预言了我们现在的社会状态。从原始社会到今天,劳动力分化的发展对社会结构产生了重要的影响。涂尔干用"有机的团结"描述了现代社会。社会作为一个活的有机体,其中有着特定功能(例如,教育、工作和政府)的不同机构是内在关联的。他发现工作和责任专门化了,个体间大量地相互依靠。因而人们之间的差异将社会维持在一起,生存依赖于其他人的服务。当道德因素被考虑进来时,他的"一个积极的团结的结合"的理论和个人利己主义受到危及。随着现在的劳动力分工日益精细与技术的发展,道德的代码同时被淡化了。个体在从事他们专业的活动时可能变得孤立,失去与周围人的共同特性。他预言,既然人们开始只顾自己,人们因贪婪将导致毁灭。

涂尔干关于下层阶级的解释,对后来有关这个阶层的一些争论也有积极的影响。他将经济发展后城市底层阶级人口不断上升的现象解释为"社会反常"(anomie),即经济发展时期,整个社会处在严重的转型"失范"状态。这时底层人口的增长、底层人的反常行为,正是这种"失范"的直接反映。社会传统价值观念已经崩溃,新的价值规范尚处于酝酿阶段,在这样的空间里,填塞了许多没有道德疆界的贫困事实和贫困者的反常。底层人口的反抗可能酿成与市民整体的冲突。为了减轻公众领域的冲突,他早年一直笃信结构的力量。他以为,只要组织起来,加强非个体的结构,就能够整合社会,以减少穷人的违法行为。但他晚期论著的观点,已经由结构转向了文化。他说:如果没有某种共同的价值观或信仰去联系民众,个体更可能采取威胁社会整合的过激行为[7]。

4. 功能主义学派(Functional Theories of Social Stratification)

功能主义学者认为,社会分层对社会运行来说是基本的和不可避免的。他们相信,所有社会现象的存在,是因为它们有一个积极的功能要执行。功能主义学派的社会学家K. Davis和W. E. Moore,相信社会是一个精英教育机制,这意味着人们受到奖励预期的激励去完成任务。他们认为社会分层是好的,因为不平等驱使人们提升自己,这样确保了社会上最重要的职位由最有资格和最胜任的人担任。他们判定社会中各种职位在实现社会价值目标上的重要性程度是不同的,一些岗位比其他的更重要。并且,相信社会上只有一群有限的天才,从他们当中才能找到这些具有技能的工作者。为了将这些不成熟的天赋转化为有用的技能,人们必须付出努力和作出牺牲。这些牺牲只是为了最后获得回报(较高的工资、工作满足、声望),没有这些刺激,人们将不会费心去通过需要的训练,因此,将会出现训练有素的专业人才短缺[8]。

反之,那些对实现社会主导价值目标的重要性程度不高的职位,社会所提供的回报就低。社会中较为低下、肮脏的工作可以由穷人去承担。穷人为劳动市场提供廉价的劳动力,失业者的存在可以间接地刺激在职者的劳动积极性,保持劳动力市场的竞争性;穷人的消费,延长了一些商品的经济使用寿命;穷人可以成为社会变迁和经济增长的代价,等等[9,10]。总而言之,贫困阶层的存在对社会的整体运行和发展来说是必需的,甚至起到某种积极的功能。

功能主义学派关于社会分层是功能性的理论也遭到许多批判。Melvyn Tumin 批判 Davis 和 Moore 时指出,在稳定的分层体系中,障碍是预先设定的,将更加剥削天才的队伍。这意味着,在一个平滑运行的分层社会中,不平等趋于发展,经常是由于阶层歧视,大量的天才被浪费[11]。

5. 社会冲突学派(Social-conflict Theory of Social Stratification)

社会冲突理论是一个强调在个体、集团或者社会结构之间对立性的理论方向。社会冲突理论认为,社会分层提供了一些人相对于其他人的优越性。这个论点其实早就存在于阶层化的古典源流中,卡尔·马克思和马克斯·韦伯均是社会冲突的分析家,两人都对社会分层、不平等和结构功能理论的结果作了论述。在功能主义观点所遭受的众多批判中,一个关键的缺陷是决策者总是处于使他们的价值和理想永久存在的立场。与功能主义者聚焦于共享的社会价值创造的内聚力不同,冲突理论强调权力在维持社会秩序中的角色[12]。

马克思看到了在一个等级制度的资本主义体系中一个内在的利益冲突,他发展了一个通向革命的理论。马克思思想进程奠基于对社会与世界的辩证分析。他认为社会单元并不是孤立的,社会影响力对大家都有同样的影响。马克思认为社会分层植根于人与生产方式的关系;资本家(资产阶级)是生产方式的所有者,工人(无产阶级)是出卖劳动力换取工资的人。马克思预言,对工作条件和剩余价值不满的占人口绝大多数的工人,如果能够觉悟并团结统一起来,他们将推翻资本主义制度而代之以社会主义制度。

韦伯赞同马克思的观点,认为冲突最后将从不平等和社会分层中出现。社会分层是三种不平等互相作用的结果,财产(阶级地位)决定了人们拥有什么、拥有多少,声望(社会地位)是与特定的社会位置联系在一起的荣誉,社会经济地位是一个基于社会不平等的多个纬度混合的分级,通常就收入、职业、教育或这些方面的结合来衡量。阶级、社会经济地位和权力的不同结合将产生一个比马克思考虑到的更为复杂的冲突。但是,不管怎样,马克思和韦伯都认识到社会分层反映的只是社会的一部分利益,不可能一直保持稳定不变。

社会冲突学派对不平等和贫困现象也进行了解释,他们认为社会各群体之间在利益分配过程中对有限资源的争夺导致了不平等和贫困的结果。不同的群体在任何一种生存与发展的竞争中都趋向于为自己夺取更多的利益,但是由于各群体之间所拥有权力和所占有资源的差异,并且能够给予争夺的资源总是处于相对短缺状态,利益纷争的结果必然是出现不同群体间利益的不平等分割,进而使部分群体陷入相对贫困的状态[13]。

三、英、美国家的社会分层状况研究

由于社会分层研究的理论源自欧洲,后来的研究中心又转至美国,而世界范围内其他国家的社会分层研究基本上都参照了欧美的经典理论模型与研究框架,同时结合各国的实际状况与发展动态,从而建立起各自分析的本土观点与研究体系。这里主要介绍当代美英的社会分层状况研究。

1. 美国的社会分层状况研究

William Lloyd Warner① 运用文化人类学的方法研究美国社会及其阶层结构,他将美国社会阶层分成三个不同层次的团体,分别称作下层(lower)、中层(middle)和上层(upper),每个阶层又再分为一个下层和一个上层,这样形成了上层上层阶级、下层上层阶级、上层中产阶级、下层中产阶级、工人阶级及下层阶级等六个阶级[14]。Warner 的美国社会阶层体系的研究成为政府管理者和公共机构计划的经典模型。其他社会学家在沿用他的分层体系的同时对之进行了简化,将下上、上上合并为上层阶级,五个主要社会阶级论一直延续至今。

美国的现代阶层体系研究成果颇丰。Gerhard E. Lenski 基于对前工业化社会与工业化社会不平等的分析提出了重要的社会分层理论[15]。Jonathan H. Turner 对社会分层进行了理论上的分析,探讨了社会基本特征之间的相互关联。Deniel M. Rossides 在他的《社会分层体系:比较视野中的美国阶级制度》中描述了美国及其他当代社会的分层状态[16]。Harold R. Kerbo 通过美国阶级冲突的历史对社会分层和不平等进行了研究[17]。Dennis Gilbert 等人将阶层分层的研究置于日益增加的不平等环境中[18]。基本上,美国现今的社会阶层主要包括统治阶级与企业阶级(ruling class and corporate class)、中产阶级与劳动阶级(the middle and working classes)、下层阶级与贫困阶级(underclass and poverty)。

---

① William Lloyd Warner(1898—1970),美国著名人类学家。

在美国的社会分层研究中,除了对于社会阶层这种分层的关注之外,相对于其他国家而言,在美国社会已习惯于看到甚于阶层分层的其他形式的不平等,如种族、性别、年龄等,因此这方面的不平等研究也比较集中。但是,即使存在着种族、性别、年龄集团间的明显差异,事实上可以用它们与社会阶层之间的联系加以解释,社会阶层毫无疑问是社会生活和生活机会的唯一的决定。

2. 英国的社会分层状况研究

在英国,阶层的争论始于一个世纪前恩格斯关于阶级社会的著作。在关于阶层差异与不平等问题的研究中,争论的焦点往往集中于职业阶层和其他阶层的分裂。英国社会目前的社会分层基本上是以职业分层(occupational stratification)代替,下面两种社会经济阶层分类法均属于此。

英国政府每十年进行一次全国人口统计调查,按照职业将人们分成七个不同的团体。RG(the Registrar General's Social Scale)[19]等级,1990年被政府重新命名为"以职业为基础的社会阶层",即:① 受过专门训练的职业;② 管理和技术职业;③ 需要技能的非体力职业;④ 需要技能的体力职业;⑤ 部分技能的职业;⑥ 无需特殊技能的职业;⑦ 武装部队。

2001年全国统计的社会经济阶层分类 NS-SEC(the National Statistics Socio-economic Classifications)[20],是新的职业等级,取代 RG 等级:

(1) 较高的管理和专业职业

1) 较大组织的雇主和管理者(例如公司主管,高级公司经理,高级公务员、警察和部队中的高级官员);

2) 较高的专业人员(例如医生、律师、神职人员、教师和社会工作者);

(2) 较低的管理和专业职业(例如护士和助产师,杂志编辑,演员,音乐家,监狱官员,较低职位地警察和部队人员);

(3) 中等职业(例如会计、秘书、驾驶调度、电话装配工);

(4) 小雇主和自有账户的工人(例如客栈老板、农场主、出租车司机、窗户清洁工、油漆工和装修工);

(5) 低级管理、手艺和相关的职业(例如打字员、管子工、电视工程师、列车驾驶员、屠夫);

(6) 半日常的工作(例如商店营业员、理发师、公共汽车司机,厨师等);

(7) 日常工作职业(例如急件投递员、劳力、服务员和废物收集工);

(8) 包括从未有收入的工作和长期失业者。

两位英国社会学家 John H. Goldthorpe 和 David Lockwood 声称有不同的、特定的"工人阶层"和"中产阶层"观念。例如,"工人阶层"住在一个"我们"和"他们"的世界,钱是用来开销和享受的,上学的重要性是有限的,等等;而"中产阶层"将社会看作一个更宽广的机会集团,他们认为钱应该存起来,并高度看重上学的价值等。Goldthorpe 和 Lockwood 通过调查研究,指出英国人并未正在变成"中产阶层",也就是说所有人变得"一样"。Goldthorpe 则对现代英国社会流动性和社会结构进行了一系列的研究[21]。

Lydia Morris[22],Joan Brown 和 Charles Murray[23] 等对于英国下层阶级(包括失业、单亲家庭)进行了深入的研究。

四、国外居住隔离研究发展简述

在马克思将包括英国在内的资本主义社会分成资产阶级与无产阶级两个对立的阶级的同时,恩格斯正展开对 19 世纪曼彻斯特社会居住空间模式的研究[24],从而开创了现代城市居住隔离研究的先河。他在穷人和富人划分成两大社会阶层的基础上,还将其投影到城市空间,旨在揭示城市内在的社会贫富现象。其后的居住隔离研究是伴随着住宅区位的分布及其成因的研究展开的,这些研究从社会、经济,乃至心理学等方面进行了重点探讨。

从 20 世纪 40 年代后期开始,学者们开始对隔离指标的研究。自此以后将近半个世纪,对城市中种族隔离的研究依靠一些简化的指标,最著名的是 O. D. Duncan 和 B. Duncan 在《美国社会学评论》杂志上发表的《隔离指标的方法论分析》[25],他们制定并推广了相异指数(ID,Indices of Dissimilarity)和隔离指数(IS,Indices of Segregation),然而这些只是集中在两个分布间不平衡程度的比较。在 80 年代末期,D. S. Massey 和 N. A. Denton 提出了隔离是一个多维度的概念,并且认定了隔离是由若干独立的部分组成[26,27]。

90 年代两种论点主导了城市居住隔离的研究。一种是,西方资本主义城市由于经济重构而引发的空间转变,出现了诸如"二元城市(dual city)"和"社会空间分裂(socio-spatial division)"的趋势。由于技术变化和劳动力市场调节,社会分层(social stratification)和社会经济隔离(socio-economic segregation)加剧,都市空间极化,介于富裕与贫困的都市地区间的鸿沟日益加深。第二种论点则引入福利分配机制干预社会经济隔离与社会空间分裂。这一论点认为社会分层和居住隔离必须独立地理论化:富人不必住在富裕的地方,在社会的流动与地理的迁移之间不存在一对一的关系。

五、国外居住隔离研究的主要理论学派

在城市居住隔离课题长达一个多世纪的研究过程中,有诸多学科及学派不同程度地涉及,其中主要包括人文生态学、都市人类学、空间经济学等学派。

1. 人文生态学（Human Ecology）

20 世纪二三十年代由罗伯特·帕克（Robert Park）领导的芝加哥学派（Chicago School）所创立的"人文生态学"，着力探讨城市的空间社会环境，集中于对城市中人际关系的研究。他们尝试着将自然生态学的基本理论体系系统地运用于对人类社区的研究，并将导致城市空间使用变化的现实条件归入十个生态过程，即吸收（absorption）、合并（annexation）、中心化（centraliazation）、集聚（concentration）、分散（decengtralization）、散布（dispersion）、隔离（segregation）、专门化（specialization）、侵入（invasion）、演替（succession），这十个过程在人类社会的人际关系中得到了完整的演绎，并揭示了城市空间嬗变进程的实质。

芝加哥学派先后提出了有关城市空间结构的三种描述模型：1925 年伯吉斯（B. W. Burgess）的同心圆模式（Concentric Zone Model）、1939 年霍伊特（H. Hoyt）的扇形模式（Sector Model）以及 1945 年哈里斯（J. R. Harris）和乌尔曼（E. Ullman）的多核心模式（Multiple Nuclei Model）。这三种模式亦成为城市居住空间隔离的基础模式，在工业社会城市中获得了广泛的应用。而 1980 年代后世界经济的重组和产业结构的变迁，带来了城市居住空间形态的演化及居住隔离的新模式，但是这三种传统的模式仍以其经典性在居住隔离研究中占有重要的地位。

2. 都市人类学（Urban Anthropology）

都市人类学研究是在 20 世纪 60～90 年代的 30 年中，伴随着文化人类学者关于农民和部落人口的研究开始的。作为现代化进程的一部分，以前的部落和农民集团大量地迁移到城市，为了在城市中生活形成飞地，并竭力保持他们在先前社区中的社会联系方式。同时也逐步发展新的社会体系，来帮助他们努力应付都市生活中的问题。起初，研究集中在刚刚移民到城市的那些集团的文化转变等课题，后来的研究则扩展为诸如贫困、社会阶层、少数民族集团的适应、种族邻里和城市人群的研究，旨在理解在都市化、工业化和复杂结构的都市环境中生活如何影响集团和个体的命运。

都市人类学的研究最初沿袭了原本在隔绝的人群（isolated band）和部落文化上发展起来的文化人类学研究的基本方法。在 20 世纪五六十年代，随着研究的推进，文化人类学者开始借鉴社会学、经济学和政治学学者们研究复杂都市环境的方法。例如，在都市生活研究中，采用多种人口样本（诸如随机样本和分层随机样本）、口头或书面问卷调查的应用或网络分析方法[28]。社会科学方法与标准的人类文化学方法相结合，形成了当代都市人类学的研究方法，成为文化人类学者在文化和社会生活复杂的都市环境中从事研究的常规方法。

20 世纪 80 年代，都市人类学者第一次在大的都市地区进行了在大城市中的种族集团、贫困集团、新的移民定居点邻里的研究。此外，在研究大城市中各类边缘人群的基础上,还研究大众媒体对都市居住者中特定团体的影响。

在都市人类学者的研究中,O. Lewis 定义并分析了都市化、工业化国家最低收入群体的生活方式,从理论的视角,首创了"贫困文化(The Culture of Poverty)"的概念,从社会、社区、家庭、个人等层面,系统研究了贫困文化,并从文化的角度来分析贫困现象存在的根源[29]。此外,A. Rapoport 自 60 年代中期起亦对空间关系中的人文因素进行探讨,并对城市空间组织提出了新的见解和方法。整体而言,都市人类学对城市人群隔离的研究极其成功。

3. 空间经济学

对于住宅区位分布的研究一直是空间经济学的一个主要课题。其中最主要的一个流派——抵换理论(Trade-off Theory),认为最佳区位的决定是对交通费用与居住费用比较的选择,也有人认为居住地点的选择是居住空间大小与可达性比较的结果,以 W. Alonso 的需求模式、E. S. Mills 的供给模式及供给与需求模式为代表。与居住隔离研究较为密切的是 Alonso 的需求模式,他以一系列假设为基础,根据古典消费者均衡理论,决定个别住户应该会在何处购买多少土地。他建立了数学模型来进行计算,得出:从城市中心到边缘,土地成本递减,由于土地价格成本是住宅费用的重要组成部分,因此住宅的价格或房租也递减,而交通成本递增,人们唯有在居住费用所导致的节省大于通勤费用增加时,才会定居下来。Alonso 的研究在一定程度上揭示了不同社会阶层的居住空间分布及居住隔离的形成[30],但由于其假设太过理想化,其模式与现实的差距较远。另外,现代公共交通系统的发达,也极大地降低了交通费用对人们择居的重要影响。

除了上述几个对居住隔离有集中论述的主要学派外,其他的一些学派亦或多或少地有所涉及。如"新马克思主义(Neo-Marxism)"的代表人物戴维·哈维①在《社会公正与城市(Social Justice and the City)》中认为,城市规划将城市居民分解成为住在郊区的中产阶级和城市中住在政府房产的工人阶级[31]。他还认为,居住隔离的产生是与资本主义生产过程密切相关的,而不完全是人们偏好的自动的结果[32]。

六、国外居住隔离研究的方法

在进行居住隔离研究时,城市社会空间研究的方法最值得借鉴,地理学家与社会学家在 20 世纪初开始的几十年的探索中,采用了城市社会区域分类和划分法,这些方法概括起来不外乎下列三种类型:① 侧重于定性的分析,包括形态分析;② 结合统计学方法确定多变量,以数学模型的建立与运算为目标;③ 以定性描述与数学分

---

① 戴维·哈维(David Harvey),美国约翰·霍普金斯大学著名地理学教授。

析手段相结合。通常在研究的初期,较多地采用定性的描述分析,而后会逐渐产生一个更为具体的量化要求,也因此,在社会以及研究界中存在一种普遍的印象,即数据形式的要比描述形式的更准确,正如科学界类似的规则,实验做出来的要比大脑思考出来的更有说服力。其实不尽然,变量的取舍本身就是定性分析的过程,有时候庞杂数据的复杂关联反而可能掩盖了直观的结论。由于城市社会区域分类和划分方法大都是对城市社会区域的划分研究,居住隔离的研究还不是其直接目的。而且一些方法对统计变量的要求较高,在判定居住隔离的情况时过于复杂。

在居住隔离的研究中,普遍采用的是根据人口普查资料进行居住隔离指标计算,同时与居民的社会问卷调查相结合的办法。隔离指标的计算公式,从 20 世纪 40 年代后期就有不少学者相继提出,得到较多认可与广泛使用的是 O. D. Duncan 和 B. Duncan 1955 年提出的相异指数和隔离指数。然而这只是集中在两个分布间不平衡程度的比较,因此近年来隔离指标在反映隔离程度方面的适用性受到了多方面的质疑。这在 O. D. Duncan 和 B. Duncan 推出隔离指标的计算公式时就进行了适用程度不足的说明。但是由于它在相当程度上提供了一个简便易行的便于衡量的数学方法,所以在居住隔离尤其是多种族隔离中仍被普遍使用。此外,社会问卷调查是在人口普查区的基础上选定适当的样本采集区,以获得普查中缺少的更为翔实的社会经济材料及主观感知资料,两种方法的结合有助于获得对居住隔离状况的全面、准确的了解。

七、主要国家和地区的居住隔离状况与研究进程

世界范围内国家和地区的居住隔离背景与隔离进程、居住隔离的社会与空间特征以及各国在遏制居住隔离工作中的努力与成效各具特点,因此其研究的重点也不尽相同。以下主要介绍三种类型:以种族文化隔离为主导的北美城市居住隔离,受福利制度影响的欧洲城市居住隔离,和作为发展中国家的南非城市居住隔离。通过对这些国家和地区的城市居住隔离状况及研究进程的介绍,力求与我国城市居住隔离的发展状况、趋势及发展特点进行比照,起到拓宽视野、预知发展和避免问题的作用。

1. 以种族文化隔离为主导的北美城市居住隔离

在北美的美国和加拿大,由于经历大量、连续的种族移民潮,所以关于不平等研究经常使用的是种族或文化等词汇。在美国背景中,种族文化与阶层差异是关联的,因为在美国关于种族和阶层差异的相关性在空间上发展得最充分[33,34]。而加拿大的移民城市特征显著,但又不同于美国的种族隔离特点。

(1)美国

在美国,主要是种族隔离带来的居住隔离,尤其是黑人的居住隔离,这是由于国家特定的历史造成的。1920 年的统计资料表明,美国的几个最大城市里约 60% 的人

口是在外国出生的不同民族或种族的人口,或者是在外国出生的人的后代[35]。居民的区位聚集可以说是自愿组成的,隔离区内有语言、文化、行为习惯、宗教信仰等。这些社会区域成为新移民的稳定的转换地,可以使新移民逐渐适应"外面"社区的环境[36]。20世纪50年代以后,美国的多数城市经历了居民隔离的过程(白人和黑人隔离)。例如波士顿城中移民的种族分离很显著,形成了沿海型的具有典型民族或种族分割特征的社会居住空间[37]。继正式的和非正式的隔离措施的废除以及60年代修正的肯定行动政策(affirmative action policies)①的实施,严格的种族聚居地解体,少数民族团体、尤其是各个亚洲裔和拉丁美洲社区也出现了郊区化。这些进程基本与少数民族团体上升的经济地位和因之而起的与主流白人社区的经济融合相关联,尽管没有单一的决定因素可以确定地分辨出来。然而,种族在非洲裔美国人口的隔离的永久性中继续扮演着一个重要的角色。60年代对美国207个城市研究表明:美国种族的平均分离指数高达87.8%[38]。70年代与60年代相比,种族隔离指数仅相差2%。D. S. Massey和N. A. Denton在关于美国城市中黑人和白人空间行为的研究中总结道:种族继续成为美国社会一个基本的分裂,然而不是种族自身……要紧的不是种族,而是黑人种族[26]。美国社会学家Nedan表示,90年代种族多元化稳定的现象仅存在于约5%的城市中[36]。此外,在过去几十年里,迅速的人口变化伴随着增长的经济极化、身份政治和保守的社会运动的上升定形了邻里环境,种族间的紧张关系及至反复的种族暴力犯罪常常导致附近地区居民中更大的种族极化,例如在洛杉矶地区。

20世纪80年代后期与90年代,美国居住隔离研究的重点仍然是种族人口的居住隔离、居住隔离的规模、隔离和下层阶级的产生,以及种族融合等,主要研究者有D. S. Massey和N. A. Denton, R. Farley和W. H. Frey[39-41],还有表现为种族倾向的憎恨犯罪的都市种族冲突问题的研究,研究者有Karen Umemoto[42]等。

(2)加拿大

在加拿大,居住隔离主要表现为少数族裔移民的居住隔离。据加拿大统计局2004年3月的报告[43],多伦多、蒙特利尔及温哥华少数族裔社区(指超过30%的人口来自某一特定的族裔)从1981年的6个上升为2001年的254个。2001年,加拿大400万少数族裔中的73%居住在这三大城市,其中大约三分之一的人于20世纪90年代来到加拿大,其余的则出生在这里。在2001年的254个少数族裔社区中,157个为华人社区,83个为南亚人社区,另外13个为黑人社区。其中,多伦多的少数

---

① 肯定行动政策包括试图积极地摧毁历史形成的造成团体不利地位和不平等的制度化的或非正式的文化规范和体制,以及试图促进内含社区(inclusive community)作为一个民主、融合和多元(文化)主义理想的任何政策。

族裔社区最多,为 135 个;温哥华名列第二,为 111 个;而蒙特利尔为 8 个。

加拿大统计局在研究中运用隔离指数测定"某一少数族裔成员在特定社区仅接触同类族裔的概率",结果显示,大多伦多地区的华人移民隔离指数由 1981 年的 10％上升至 2001 年的 25％;同一期间,温哥华华人的隔离指数从 18％上升至 33％。大多伦多地区的南亚人社区也有类似的趋势,移民隔离指数由 1981 年的 6％上升至 2001 年的 20％;温哥华南亚人的隔离指数同一期间则从 7％上升至 25％。

加拿大统计局的报告还发现,少数族裔社区容易出现失业率偏高、收入水平偏低的现象。在多伦多,华人占人口总数不到 10％的社区的失业率为 5.7％,而华人占 50％以上社区的失业率则在 7.1％。

2. 受福利制度影响的欧洲城市居住隔离

欧洲国家大多拥有相当稳定的社会福利制度,在社会极化和社会经济隔离及空间不平等问题的争论上可分为三种类型:

1）这一类国家趋向于集中在阶层差异上,例如在英国,阶层的争论始于一个世纪前恩格斯关于阶级社会的著作。非英国的研究者们遇到关于英国的不平等问题研究时,很快注意到职业阶层和其他分裂是争论的焦点。

2）另一类国家将中心放在种族或文化议题上,不平等的不同范围得到更多关注,例如经历大量连续的种族移民潮的国家荷兰和德国。

3）第三类是斯堪的纳维亚国家,例如瑞典、挪威、丹麦,面临的主要是贫困与衰落导致的居住隔离。

在讨论欧洲的城市社会不公平及其在空间上的不平等反映时,福利制度的影响是必然也必须引起重视的,诸如劳动力市场准入、社会利益制度的质量和准入、收入分配体系、健康医疗计划、住房政策、住房补贴和住房分配制度等。尽管如此,这些福利国家却不存在一个典型的模型,各国都有着它们自己意识形态上的特质。在此以荷兰、挪威和瑞典三个国家的状况为例。

（1）荷兰

在第二次世界大战后,荷兰以高度的国家干预经济和社会为特征,同时亦以过多的补贴、慷慨的社会福利和良好的教育、健康医疗渠道为特征。所有这些因素,对减少社会不平等和将来自劳动力市场定位的收入水准与住房条件分离开来起到了主要的作用,对理解荷兰社会和种族空间集聚处于比较温和的程度,并表现为居住隔离的低指标是关键的。在荷兰,失业对收入和住房机会的影响远不如在美国那般强烈。荷兰的福利制度在 20 世纪 60 年代已进入成熟阶段,并持续到 80 年代,所以直到 1994 年隔离仍表现为相当稳定和温和的程度。

90 年代以来发生了一些关键的变化,荷兰福利制度已处于倒退状态:补贴被削减,福利减少。除此之外,收入不平等上升,住房供应已转向私有部门,住房协会逐渐像私有公司那样运作,以及其他许多以前的国家设施也私有化了。新的荷兰住房市场趋向于达到一个需求与供应平衡,整体的趋势呈现为日益上升的无规则和缩减,这意味着社会不平等趋向更高程度,有足够支付能力或办法的人们的选择自由增加,其余的人们选择的机会减少。这将不可避免地带来空间不平等。

目前在荷兰,在关于社会融合的争论中,被认为相当重要的问题是种族问题。荷兰的政策倾向于缩小多个种族集团间的文化差异甚于减少阶层差异。为了达到这个目标,荷兰空间政策的一个重要方面是,提供一个人口混合的邻里,或者说异质的邻里。市政府和地方住房协会被鼓励实现异质居住区、创造混合的邻里,这被称为一场"反隔离的战役(battle against segregation)"。社会和种族的融合进程可以通过有意识地混合不同种族和社会地位的人口——一种强制的异质来帮助实现。

但是,结果表明,政策目标和实际发展之间存在着差异。许多研究已经揭示,让分化的人口共同居住而没有提供空间缓冲带,他们之间在社会文化方面的摩擦就会暴露出来。此外,种族空间的集中程度和住房市场的相对混合两者关系的实证分析表明,在两种现象间得出清晰关系的基础是不足的。在探究与住房结构相关的隔离潜在的效果时发现,公共住房的可得性或获取渠道在解释种族隔离的稳定适度上并不重要。

在荷兰,90年代后期的研究重点通常更多地集中在种族、福利状况、公共住房与空间隔离的相互关系上,重点研究的案例城市集中在阿姆斯特丹[44],研究者有 Sako Musterd,W. Ostendorf,M. C. Deurloo,Rinus Deurloo,M. de Winter,H. P riemus,R. van Kempen 等人。这些研究除了立足于本国城市,亦较多从欧洲城市的视角探讨居住及空间隔离的问题。

（2）挪威

在挪威,关于是否已出现日益增长的社会经济隔离和空间极化存在着争论。首都奥斯陆的实际情形是:收入不平等增加了,隔离的程度却保持相当稳定,甚至有所下降。研究者们试图追溯福利国家的各种影响,但这被证明是一件困难的事情,没有经济再分布、相抗衡的住房安排或"有抵抗力的后现代主义"等方面清晰的证据。对于经济重组和福利国家政策合乎逻辑的地位是什么,尚未形成公认的结论。

已经开展的包括住房地理的研究,通过对1970、1980和1990年的住房统计进行的一系列隔离分析,指标包括住房类型、住房大小、所有权和卫生标准四个特征。研究确认了增长的差异的假设,但是,因为采取了修理、重新维护和分散的再开发的融合政策,而非一个严厉的清除政策,导向了隔离指标的下降。

另外一个动力是家庭所有权的扩散。在1983—1985年间,奥斯陆大约11%的存量住房转变成个人所有[45]。住房市场中的机会对区位的依赖比二三十年前的情形少多了。非工业化和旗舰开发加强了新的住房地理的产生。这个转变及其过程，与经济领域的极化背道而驰。两个相反的趋势彼此消减对方，留下一个稳定的社会经济隔离模式。在住房需求方面，最高收入阶层对住房消费拥有的弹性较低，中产阶级的区位参考正在改变，事实是居住空间形态边界已经软化。

（3）瑞典

被西方舆论称为"福利国家的橱窗"、"第三条道路的楷模"的瑞典，二战以后政府推行了一套相当完备的社会福利制度。60年代中期，政府完成了建造100万套住房的计划，并于1969年进一步改进了住宅津贴制度。

与此同时，贫富阶层的居住隔离普遍存在。几乎在每座城市里，富豪者都有专门的聚居地段或地区，一般低收入家庭在这些地段或地区里是无立锥之地的。一些富豪者既有城内住宅，也有郊外别墅，还有森林别墅和海滨别墅[46]。首都斯德哥尔摩的城市中还存在着多种类型的个体边缘化问题，如单亲家庭、半被遗弃的孩子、长期与社会隔绝的、未婚的或守寡的个体。不同地区和生活状态下的人们不容易将各自等同起来，在一些衰败的地区，居民们被迫在留下或逃离之间做出选择，如果想有利于后代的命运，迁离则有更大的可能性[47]。因此，当今瑞典不同政治努力的目标也都集中在防止社会分裂。特别是在繁荣的60年代建造的许多高层住宅的郊区，规划与政治都试图在此形成具有良好功能的邻里。

研究表明，受到后现代影响的政治决策可能影响居住隔离。就建造模式而言，在住房政策和隔离间只是一个偶然的联系[48]；在消除隔离上，社会所面对的主要问题是怎样使被边缘化的人们重新加入主流社会。

3. 作为发展中国家的南非城市居住隔离

南非的种族隔离程度是一个非常特殊的历史产物，但是自1991年种族隔离法取消后，在经济发展中碰到的许多问题反映出发展中国家城市居住隔离的普遍特征。

南非的种族隔离程度自1991年种族隔离法取消后整体下降。一方面，融合背后的政治驱动力量是高度明显的。对于亚洲裔和有色人种来说，隔离程度大幅下降，他们开始回到40年前被迫离开的地区。另一方面，在1991—1996年间，城市中心人口增长率与隔离程度成正关联，迅速成长的城镇较之萧条的城镇隔离更甚。这个结果反映了南非经济增长的缺乏，贫困的乡村地区移民不能在以前的白人团体地区购买或占有财产，只能居住在有效隔离的城市边缘的非正式居住地。很多地区经历了潜在的人口增长，但是没有经济增长。因此，在南非已经出现了"极化的城市"，富裕的郊区和提供了各种丰富机会的经济中心，与城市边缘拥挤、贫困宿舍似的居住区形成强烈的对比。广泛的收入不平等和住房市场中不同质量的邻里，以及生活方式的能力等将人们分类。

按照南非的种族隔离现状,迅速的融合可能需要政府的干预。废除种族隔离将按照牵涉到的团体,按照特定的城市环境特性,在不同等级层面操作。但是,一个抑制变化的制约因素是,在南非极为广泛存在的多团体间收入的悬殊,严重地削减了绝大多数的非洲人口经济改善的机会。另一个现象是,白人人口占据了南非城镇最广大的地区,它本身的构成却是一个日益缩减的少数民族。

90年代的研究议题集中于南非种族隔离法取消前后的城市种族隔离和城市隔离程度。A. J. Christopher 和 Ivan Turok 等人进行了这方面的大量研究,基本上借鉴了美国的研究方法,主要在与美国实践的比较研究的基础上进行。研究涉及到社会和空间的分裂(social and spatial divisions)、社会隔离和物质形态的割裂(social segregation and physical fragmentation)、居住和经济的分离(residential and economic separation)等[49,50]。

八、国内在社会分层与居住隔离领域的主要研究

国内对于城市社会分层与居住隔离问题的研究,涉及到的学科包括社会学、经济学、社会地理学、城市规划等学科。从国内迄今已经展开的工作与取得的成果看,大都集中在社会学、社会地理学领域。其中,社会学侧重于社会分层的研究,而社会地理学(包括人文地理学)则从城市社会空间结构上来分析社会空间分异,对于城市居住隔离方面的直接研究则非常薄弱。

1. 社会学、经济学对社会分层的研究

具体地讲,对于社会分层问题,包括社会阶级阶层划分、具体分层结果及社会分层的形成机制等,社会学者、经济学者都给予了充分的关注,进行了深入细致的分析,并且形诸于大量著作文献(见表2-1)。此外,对于社会分化过程中的弱势群体、贫困人口问题也有广泛的研究。从这些文献的出版时间看,大都集中在20世纪90年代至21世纪初,而这十多年,社会阶层已经发生了显著的变化,整体上的城市社会分层现象日趋清晰。

表 2-1 国内社会分层研究成果一览

序号	作者	书名	出版社、出版时间
社会学、经济学			
1	袁方等	中国社会结构转型	中国社会出版社,1992
2	李强	当代中国社会分层与流动	中国经济出版社,1993
3	李培林	中国社会结构转型	黑龙江人民出版社,1995
4	李培林(主编)	中国新时期阶级阶层报告	辽宁人民出版社,1995

续表

序号	作者	书名	出版社、出版时间
社会学、经济学			
5	陆学艺、李培林(主编)	中国新时期社会发展报告	辽宁人民出版社,1997
6	梁晓声	中国社会各阶层分析	经济日报出版社,1997
7	陆学艺等	社会结构的变迁	中国社会科学出版社,1997
8	杨宜勇等	公平与效率——当代中国的收入分配问题	今日中国出版社,1997
9	唐忠新	贫富分化的社会学研究	天津人民出版社,1998
10	朱光磊等	当代中国社会各阶层分析	天津人民出版社,1998
11	钟鸣、王逸(编著)	两极鸿沟?当代中国的贫富阶层	中国经济出版社,1999
13	张鸿雁	侵入与接替——城市社会结构变迁新论	东南大学出版社,2000
14	"中国改革与发展报告"专家组	中国财富报告:转型期要素分配与收入分配	上海远东出版社,2002
15	边燕杰(主编)	市场转型与社会分层——美国社会学者分析中国	生活·读书·新知三联书店,2002
16	阎志民(主编)	中国现阶段阶级阶层研究	中共中央党校出版社,2002
17	陆学艺	当代中国社会分层研究报告	社会科学文献出版社,2002
18	邱泽奇	当代中国分层状况的变迁	河北大学出版社,2004
19	李培林等	中国社会分层	社会科学文献出版社,2004
社会地理学			
1	王兴中等	中国城市社会空间结构研究	科学出版社,2000
2	吴启焰	大城市居住空间分异研究的理论与实践	科学出版社,2001

2. 社会地理学对社会空间结构及居住空间分异的研究

社会地理学界对居住分异的研究是在 20 世纪 80 年代开始的对城市社会空间结构的研究过程中涉及并展开的(见表 2-2)。中国科学院地理研究所的学者以北京市为例,以社会富裕阶层为研究客体,研究了城市社会阶层分异及其居住空间分异特征和形成机制。虞蔚运用生态因子分析法,对上海中心城区进行了城市社会空间与环境地域分异的研究,其研究结果及解释已经成为城市特定历史阶段的纪录[51,52]。许学强、胡华颖(1989)、郑静、许学强等(1995)对广州市社会空间结构进行了分析研究,两次研究表明影响西方住宅区的经济收入水平因子作用较弱,城市经济发展政策、历史因素、城市规划、住房制度、自然因素等是影响当时广州社会空间结构的主要因素[53]。王兴中等以西安市为例，分别论述了城市居住分化模式、社会区域形成与空间相互作用原理、社区分类与方法等问题。对西安市区进行社会区域划分的结果是：人口密集混合居住区、干部居住区、知识分子居住区、工人居住区、边缘混杂居住带、农业人口散居区等六个社会区域类型[36]。吴启焰则明确针对"社会空间分异"进行研究，他认为居住空间分异是社会阶层分化、住房市场空间分化与个人择居行为交互作用的空间过程与结果，并据此对城市居住空间分异的历史、机制和模式进行了总结[54]。

表 2-2　　　　　　社会地理学对社会空间结构及居住空间分异的研究一览

研究课题	研究方法	目标城市	研究时间	研究者
城市社会空间与环境地域分异	生态因子分析法	上海	1986~1987	虞蔚
城市社会空间结构	因子生态分析法	广州	1989	许学强、胡华颖等
			1995	郑静、许学强等
城市社会阶层分异及其居住空间分异特征和形成机制		北京		中国科学院地理研究所
中国城市社会空间结构	生态多因子法	西安	2000	王兴中等
大城市居住空间分异		南京	2001	吴启焰

从目前国内对于社会居住空间结构研究的方法来看，无论在理论上还是在方法上都尚未突破援引、借鉴西方理论和方法的局面。定性的分析主要借鉴人文主义、结构主义和实证主义等方法；定量的分析依赖于数理统计技术、社会调查技术、心理测量技术等。从表 2-2 可以看出，迄今为止社会地理学对于社会空间结构及居住空间分异的研究基本上都借鉴了国外社会地理学研究采用的生态因子分析法。

3. 城市规划对居住隔离的研究

从城市规划本体角度出发的居住隔离研究极其有限。20 世纪 80 年代主要是关于城市人口迁居[55]与城市居住人口分布及再分布的基础研究[56]，阐明了城市居住人口分布涉及的若干因素，亦建构了初步的理论框架。但是，囿于当时我国城市规划学科的视野及物质形态规划的服务导向，以及其时商品住宅市场尚处于萌芽阶段等原因，一些社会问题尚未展现，所以研究中忽略了社会政治经济因素和市场经济条件下个体与群体差异即将带来的巨大社会和空间变化。90 年代以后，客观上我国城市住房制度改革的影响渐趋明显，同时城市规划学科领域对于西方理论的吸收借鉴也趋于宽广，人类生态学理论开始运用于我国城市居住用地的空间地域分化现象分析[57,58]及城市空间隔离的现象解释[59,60]。此后,从公开发表的文献来看,规划学界在此领域进展不大。

4. 居住隔离研究与社会空间结构研究的关系

西方城市社会空间结构的传统研究涉及城市物质空间与社会空间的差异、居住与住房、城市日常生活空间、社会群体和城市机构、城市中的政治经济、城市生活质量等领域。城市社会空间结构研究强调社会差异的时空性,关注种族的空间分布、城市政策、贫困、城市管理、公共空间、公共服务和设施、社会福利、社会空间的组成等。80年代以来,城市社会空间结构研究又加强了对市民社会、社会底层、新贫困、种族主义、城市主义、社会网络的分析[53]。

居住隔离研究则是从社会空间结构研究内容中抽取、剥离出来的一个方面,从社会阶级阶层、种族因素、居住行为以及与住房相关的市场机制、国家政策、城市规划管理等角度着手,着重于居住空间隔离的形成机制、隔离的空间形态模式、隔离的演化进程、对城市社会与空间的影响及评价,以及对居住隔离的社会价值取向、社会政策与城市规划对策等内容。

社会阶层分化通常是社会学者研究的归宿之一,但地理学者则常以其为出发点,将其空间化结果作为归结[61]。而城市规划学者则以社会阶层分化为起点,以对空间和土地使用关系的改造为手段,以社会融合为归宿。这也清晰地显示出各学科之间各自不同的研究领域与目标。城市地理学的重点在于对城市空间和土地使用关系的认识,城市规划学科不但要求达成这种认识,还要以这种认识为指向,完成城市空间和土地使用关系的改造,以实现社会和空间的优化结果。

本章参考文献

[1] SORENSEN A B. Firms, wages and lncentives[M]//Smelser NJ, Swedberg R. The handbook of economic sociology. Princeton, NJ: Princeton University Press, 1994: 504-528.

[2] GRUSKY D B. Social stratification: class, race, and gender in sociological perspective[M]. Boulder, Colorado: Westview Press, 2001.

[3] SHAPIRO T M. Great divides: readings in social lnequality in the United States. Boston: McGraw-Hill, 2000.

[4] HURST C E. Social inequality: forms, causes, and consequences[M]. 4th ed. Upper Saddle River, NJ: Pearson Education, 2002.

[5] 布洛克曼. 结构主义[M]. 李幼蒸, 译. 2版. 北京:中国人民大学出版社, 2003.

[6] WEBER M. Politics as a vocation[M]. [S. l.]: [s. n.], 1919.

[7] DURKHEIM E. Suicide[M]. New York: Free Press, 1951. 转引自周怡. 贫困研究:结构解释与文化解释的对垒[J]. 社会学研究, 2002(3): 49-63.

[8]　DAVIS K,MOORE W E. Some principles of stratification[J]. American Sociology Review,1945,10:242-249.

[9]　GANS H J. The urban villagers:group and class in the life of Italian-Americans[M]. New York:Free Press,1967.

[10]　GANS H J. Positive function of poverty[J]. American Journal of Sociology,1979,78:275-289.

[11]　TUMIN M. Some principles of stratification:a critical analysis[J]. American Sociology Review,1953,18(4):387-394.

[12]　RITZER G. A historical sketch of sociological theory[M]∥Ritzer G. Sociological theory. New York:Knopf,1983:240.

[13]　LENSKI G E. Power and privilege:a theory of social stratification[M]. New York:McGraw Hill,1966.

[14]　WARNER W L. Social class in America:the evaluation of status[M]. New York:Science Research Associates,1949.

[15]　LENSKI G E. Power and privilege:a theory of social stratification[M]. Chapel Hill:The University of North Carolina Press,1984.

[16]　ROSSIDES D M. Social stratification:the American class system in comparative perspective [M]. Upper Saddle River, NJ:Prentice Hall,1990.

[17]　KERBO H R. Social stratification and inequality:class conflict in historical[M]∥Comparative, and global perspective. 5th ed. Boston:McGraw Hill,2003.

[18]　GILBERT D,WRIGHT M ,JUCHA B. The American class structure in an age of growing inequality[M]. 6th ed. Belmont,Calif:Wadsworth Pub Co,2002.

[19]　The national statistics socio-economic classifications [EB/OL]. http://www. hewett. norfolk. ch. uk/soc/class/NS. htm.

[20]　The registrar general's social scale [EB/OL]. http://www. hewett. norfolk. ch. uk/soc/class/reg. htm.

[21]　GOLDTHORPE J H. Social mobility and class structure in modern Britain[M]. Oxford:Clarendon Press,1980.

[22]　MORRIS L. Danger classes:the underclass and social citizenship[M]. London:Routledge,1994.

[23]　BROWN J,MURRAY C. The emerging British underclass[M]. London:Institute of Economic Affairs-Health and Welfare Unit,1990.

[24]　恩格斯. 论住宅问题[M]∥马克思,恩格斯. 马克思恩格斯全集:第 18 卷. 北京:人民出版社,1964:233-321.

[25]　DUNCAN O D,DUNCAN B. A methodological analysis of segregation indexes[J]. American Sociological Review,1955,20:210-217.

[26]　MASSEY D S,DENTON N A. Trends in the residential segregation of Blacks, Hispanics,

and Asians：1970-1980[J]. American Sociological Review,1987,2：802-825.

[27] MASSEY D S,DENTON N A. The dimensions of residential segregation[J]. Social Forces, 1988,67：281-315.

[28] WILLIAMS T R. Cultural anthropology[M]. Upper Saddle River, NJ：Prentice Hall Inc, 1990.

[29] LEWIS O. The culture of poverty[J]. Scientific American,1966,215：19-25.

[30] 唐富藏,王雪玉. 住宅区位[M]∥于宗先主编. 经济学百科全书：第8册 空间经济学. 台北：联经出版事业公司,1986：86-90.

[31] 吴志强. 介绍 David Harvey 和他的一本名著[J]. 城市规划汇刊, 1998(1)：48.

[32] HARVEY D. The urbanization of capital[M]. Oxford：Basil Blackwell Ltd,1985：111-120.

[33] MASSEY D S,DENTON N A. American apartheid：segregation and the making of the underclass[M]. Cambridge, MA：Harvard University Press,1993.

[34] MORRILL R. Racial segregation and class in a liberal metropolis[J]. Geographical Analysis, 1995,27：22-41.

[35] WARDE B. The internal spatial structure of immigrant residential districts in the Late Nineteenth Century[J]. Geographical Analysis,1969,1.

[36] 王兴中. 中国城市社会空间结构研究[M]. 北京：科学出版社,2000：20.

[37] KANTROWITZ N. Racial and ethnic residential segregation in Boston 1830-1970[J]. Annals of the American Academy of Political and Social Science,1979,441：41-54.

[38] TAEUBER K. Residential segregation[J]. Scientific American, 1965,213(2)：12-19.

[39] FARLEY R, STEEH C, JACKSON T, et al. Continued racial residential segregation in Detroit：'chocolate city, vanilla suburbs'revisited[J]. Journal of Housing Research,1993,4：1-38.

[40] FARLEY R,FREY W H. Changes in the segregation of Whites from Blacks during the 1980s：small steps toward a more racially integrated society[J]. American Sociological Review,1994,59：23-45.

[41] FREY W H,FARLEY R. Latino, Asian and Black segregation in U. S. metropolitan areas：are multi-ethnic metros different? [J]. Demography,1996,33：35-50.

[42] UMEMOTO K. Planning for peace：a strategic planning response to urban racial violence[C] ∥ Planning for Cities in the 21ˢᵗ Century：Opportunities and Challenges. University of Hawaii at Manoa,2001：93.

[43] 加拿大三大城市少数族裔移民集居显隐忧[EB/OL]. [2004-03-12]. http：∥ news. xinhuanet. com/world/2004-03/12/content. 1363123. htm.

[44] DEURLOO R,MUSTERD S. Residential profiles of Surinamese and Moroccans in Amsterdam[J]. Urban Studies,2001,38(3)：467-485.

[45] WESSEL T. Social polarization and socioeconomic segregation in a welfare state：the case of Oslo[J]. Urban Studies,2000,37(11)：1947-1967.

[46] 黄范章.瑞典"福利国家"的实践与理论[M].上海:上海人民出版社,1987:65-71.

[47] ARNSTBERG K-O. Post-modernity and segregation in Stockholm,University of Stockholm Sweden[C]//Planning for Cities in the 21st Century:Opportunities and Challenges. University of Hawaii at Manoa,2001:96.

[48] DANERMARK B,JACOBSSON T. Local housing policy and residential segregation[J]. Scandinavian Housing and Planning Research,1989(6):245-256.

[49] CHRISTOPHER A J. Urban segregation in post-apartheid South Africa[J]. Urban Studies, 2001,38(3):449-466.

[50] TUROK I. Persistent polarization post-apartheid? Progress towards urban integration in Cape Town[J]. Urban Studies,2001,38(13):2349-2377.

[51] 虞蔚.城市社会空间的研究与规划[J].城市规划,1986(6):25-28.

[52] 虞蔚.城市环境地域分异研究[J].城市规划汇刊,1987(2):62-64.

[53] 易峥,阎小培,周春山.中国城市社会空间结构研究的回顾与展望[J].城市规划汇刊,2003 (1):21-24.

[54] 吴启焰.大城市居住空间分异研究的理论与实践[M].北京:科学出版社,2001.

[55] 唐子来.上海市区人口迁居问题初步研究[J].城市规划汇刊,1986(2):12-21;1986(3):11-15.

[56] 朱介鸣.城市居住人口分布及再分布的基础研究[J].城市规划汇刊,1986(5):10-19;1986 (6):2-16;1987(1):21-24;1987(2):23-30.

[57] 张兵.关于城市住房制度改革对我国城市规划若干影响的研究[J].城市规划,1993(4):13-14.

[58] 张兵.我国城市住房空间分布重构[J].城市规划汇刊,1995(2):37-40.

[59] 黄怡.住宅产业化进程中的居住隔离:以上海为例[J].现代城市研究,2001(4):40-43.

[60] 黄怡.城市居住隔离的研究及其进程[J].城市规划学刊,2004(5):65-72.

[61] 吴启焰.城市社会空间分异的研究领域及其进展[J].城市规划汇刊,1999(3):25.

第二部分
我国城市的社会分层

第3章 城市内部的社会分层

一、建国前后我国城市社会阶层的演化及其机制

1925年12月，毛泽东撰写了《中国社会各阶级的分析》一文，运用阶级分析的方法，将当时的各社会阶层具体划分为地主阶级和买办阶级、中产阶级、小资产阶级、半无产阶级、无产阶级，深刻揭示了各阶级的社会经济地位、政治态度及其相互关系，为制定新民主主义革命的战略和策略提供了科学的理论依据。

建国以后，经过了一个过渡时期，完成了农业、手工业和资本主义工商业的社会主义三大改造。通过农业合作社运动，消灭了农村贫农、下中农、中农和富农的差别；通过手工业改造，消灭了农村和城市中的小资产阶级；通过资本主义工商业的社会主义改造，消灭了城市中的资产阶级。直到1956年我国才进入社会主义社会，至此"阶级"的意义与内涵发生了很大变化。在城市中，工人阶级被用来标示各种各样不同的群体，包括党员、领导干部、知识分子、机关工作人员、体力劳动者等等，差不多所有在城市生活的成年人都认为自己属于工人阶级的一分子[1]。但是，在此后的一些运动中，在工人阶级内部还时常有"阶级斗争"发生，阶级作为一个笼统的概括似乎并没有包容其一切组成部分，而且要明确地区分其中的不同人群，并不断地把异化分子排除出来。到了改革开放时期，随着经济制度领域一系列条件的演变，社会的分化悄然出现，用更为细致的社会阶层来分析社会的分化显得更为必要，也更为准确可靠。

江泽民在2001年7月《庆祝建党八十周年大会上的讲话》中首次归纳概括了改革开放以来我国出现的新的社会阶层：

> 改革开放以来，我国的社会阶层构成发生了新的变化，出现了民营科技企业的创业人员和技术人员、受聘于外资企业的管理技术人员、个体户、私营企业主、中介组织的从业人员、自由职业人员等社会阶层。而且，许多人在不同所有制、不同行业、不同地域之间流动频繁，人们的职业、身份经常变动。这种变化还会继续下去。在党的路线方针政策指引下，这些新的社会阶层中的广大人员，通过诚实劳动和工作，通过合法经营，为发展社会主义社会的生产力和其他事业作出了贡献。他们与工人、农民、知识分子、干部和解放军指战员团结在一起，他们也是有中国特色社会主义事业的建设者。

从中不难看出，改革开放前，我国原来的社会阶层分成五类：工人、农民、知识分子、干部和解放军指战员。这五类人群构成了中国共产党的阶级基础，是我国社会主义事业的核心力量。新的社会阶层有六个，分别是：民营科技企业的创业人员和技术

人员、受聘于外资企业的管理技术人员、个体户、私营企业主、中介组织的从业人员、自由职业人员。这六个社会阶层,尽管在财产状况、文化层次、社会地位、社会职业上有所区别,但都具有一个共同的特征,即他们都不属于过去人们常说的"公家人",他们构成了现阶段中国的广泛的社会基础。耐人寻味的是,由于这些阶层中的许多人"在不同所有制、不同行业、不同地域"之间"流动频繁,职业、身份经常变动",因而,社会阶层还处于形成期便是一个合乎逻辑的结论。

纵观建国以来我国城市社会阶层的演化,整体上可以分为改革前后两个大的历史阶段。要正确分析社会阶层的变化,必须首先了解促进社会阶层演化的机制因素以及直接决定社会分层的分配制度的变迁。

(1) 促进社会阶层演化的机制因素

社会阶层的演化,意味着旧的社会阶层的消失或者新的社会阶层的产生,这就必须与社会变革和制度变迁的大背景相联系,可概括为以下三方面原因:

1) 基本经济制度:我国从改革前单一的公有制经济转变为以公有制为主体、多种所有制经济共同发展。所有制制度的变革给我国新的社会阶层的产生提供了制度基础。

2) 经济体制:随着计划经济体制让位于市场经济体制,市场经济体制得以不断发展和完善,社会劳动分工日趋细化,为新的社会阶层的出现提供了从业条件。

3) 产业结构:由于世界范围内产业结构的变迁,我国的产业结构也发生了重大变化,第一产业产值在国民经济总产值中所占的比重下降,第二、第三产业的比重上升。此外,许多新兴产业的诞生也促成了职业结构以至于社会阶层结构的变化。

(2) 决定社会阶层分化的分配制度

在中国共产党的第十一届三中全会以后,在对所有制结构进行改革的同时,对分配制度也进行了改革与调整。主要实行按劳分配为主体、多种分配方式并存的制度,把按劳分配和按生产要素分配结合起来,知识、技术、资本、经营管理、土地房屋等生产要素也参与收入分配,收入分配呈现出多种类型、多种形式。

所谓按劳分配是指劳动成为唯一参与分配的要素,即劳动是参与分配的唯一方式。所有制是隐含的条件,只有在公有制的前提下才能实现马克思主义意义上的按劳分配。按要素分配是指多种要素参与分配,在这个体系下,按劳分配或按资分配可以说是按要素分配的两种极端情形[2]29。

随着资源配置格局的调整,人们在新格局里的利益关系也发生了极大的改变。社会分层的研究亦自然地与收入分配紧密联系起来。

1. 改革前的城市社会分层

每一个政治经济体制都设定有结构分层的准则,并依此给每个层次分配权力[3]111。计划经济下的社会主义,就有一套独特的与计划经济相适应的分层机制。对于改革前的中国城市社会分层,中外学者有着较为系统的社会学研究,运用单位层化理论与社会不平等分析框架进行的社会分层研究是其中较具特色的两种。

(1) 单位层化理论

由于公有制下的单位没有被赋予明确的产权(即占有生产资料、转移生产资料、使用生产资料、分配从生产资料转化出来的利润的权利),单位在公有经济体系中的地位也不是由其生产的利润或对国家贡献的大小来定,而是由单位与其上级单位主管部门的关系来决定的。职工的住房、工资、集体福利亦是按照单位的行政级别来排列的。单位的集体福利项目,包括医疗服务、托儿所、幼儿园、食堂、图书馆、班车、旅游活动等等,每个福利项目都与单位的行政级别成正比;而单位行政级别对每个福利项目的净影响(剔除单位规模和行业的影响)是很强的,其中包括很重要的一点,单位级别越高,单位建房的能力就越大。这些结果表明,计划经济下的社会分层体系,单位地位是很重要的分层标准[3]12-13。

单位制的特征之一就是再分配功能。社会主义国家的公有制体系,事实上是经济资源由劳动者创造,但由国家统一分配的体系,这种统一分配又称"再分配"。国家的分配是由单位统一进行的,没有单位,国家完全不能进行再分配,所以,国家依附单位组织进行再分配,而这一功能又是"单位依附"和"单位层化"的物质基础。总之,在我国改革前的计划经济中是以权力作为分层机制的标准[3]16-39。

(2) 社会不平等分析框架

彼特·布劳认为,所谓不平等,指的是人们在地位纬度上的分布——即他们在权力或财富、教育或收入上的差异程度[4]69。社会不平等分析框架,是20世纪70年代在美国社会学界得到公认的一种分析体系,主要从阶级分化、结果不平等、机会不平等三个方面来考察社会分层。采用社会不平等的分析框架,可以对当时中国城市社会的分层体系进行细致的分析。

1) 在阶级分化方面,20世纪50年代的土地改革运动、农业集体主义政策、社会主义工商业改造,从根本上成功地消灭了农村和城市中的剥削阶级。但是在1956年前,城市中仍然存在着资本家阶级。以上海为例,在1949年,社会主义工业产值只占工业总产值的34.7%左右,而资本主义工业则占63.3%(其中自产自销部分为工业总产值55.8%),公私合营的国家资本主义仅占2%。在商业方面,国营经济所占的比重更小,1950年整个社会主义商业的零售额只占商品总零售额的14.9%,而私营企业却占了85.0%,国家资本主义及合作化商业仅占0.1%[5]。

1951年12月中旬开始,在全国国家机关和国营企业中开展了反贪污、反浪费、反官僚主义的"三反"运动。"三反"运动有力地揭露了资产阶级思想的侵蚀在工人阶级队伍中所造成的贪污、浪费和官僚主义的严重后果。在上海,"五反"运动起始于

1951年12月,于1952年3月全面深入进行。"三反"、"五反"运动斗争的目的不是要立即消灭资本主义和资本家阶级,中国共产党仍然坚持工人阶级继续同资本家保持政治上和经济上的联盟,坚持又团结又斗争、以斗争求团结的方针。美国学者哈佛大学教授Martin King Whyte认为在20世纪50~70年代,阶级表示1949年前的家庭出身。而在城市中,工人阶级代表了各种各样不同的群体,差不多所有在城市生活的成年人都可以划入工人阶级[6]4-5。

2) 在结果不平等方面,可以从收入和消费两个角度进行。

中国20世纪70年代的收入不平等,无论家庭收入还是个人收入,都比市场型的发展中国家要低。如个人收入中,中国的基尼系数是0.2,而市场型的发展中国家是0.54;在家庭收入方面则分别是0.25和0.46。与前苏联及东欧社会主义国家相比,不平等程度相近、略低[7]47。

基尼系数(Gini Coefficient),国际上衡量居民总体收入分配差异程度的主要宏观指标,由意大利统计学家基尼1922年提出。它表示1%人口所占有的社会财富的比重,介于0~1之间。国际上通常认为,0.2以下为绝对平均,0.2~0.3之间为比较平均,0.3~0.4之间较为合理,0.4~0.5之间为差距较大,0.5以上为收入分配出现两极分化。

在消费水平方面,住房消费是半福利性质的,长期实行低租金政策。当然领导住房条件要比工人高。消费品供应以行政分配为主,实行的是一种供给制,可选择性不大。Martin King Whyte指出,消费模式和生活方式的同质化(homogenization)是中国式平等主义的特征之一[6]17。

3) 在机会不平等方面,可以从获得教育、职业、收入三个重要的社会地位的机会不平等问题来考察[7]67-70。

获得教育:以1966年文化大革命开始为界线,以那时达到20岁子女和在此以后达到20岁的孩子做划分。在此之前,有较高教养而又有较高工资收入地位的家庭子女所受的教育更高,较好的教育和较好的工作转变成了高社会地位家庭的高收入。而1966年以后,情况完全改变,政府政策打破了各社会地位集团的再生产能力,教育不再保证职业会成功。

职业地位:文革前,父母的职业地位高,其子女的职业地位也高;职员、商人、资本家出身的青年往往比工人、农民的子女更能获得地位高的职业;受教育水平高的人往往更有机会获得较高的职业地位。而文革后这些情况发生了逆转,受教育水平与所从事职业并无太大关系。对教育程度的收入回报,文革前是正的,但文革后是负的。这说明了机会平等向机会平均的倒退。Parish在1970年的样本已显示出80年代中国城市收入结构的脑体倒挂的迹象。

收入地位:1956年在中国形成了级差工资制度,国家行政部门中的官员和一般办公室人员分成约 30 个等级,技术人员(主要是工程师和技术员)的工资等级则被分成 18 个等级,国有工业企业的工人,其工资收入被分为 8～10 级。图 3-1 显示了 1956 年后中国按职业划分的每月收入。从城市宏观收入分配来看,到 70 年代初,中国最穷的 40％的城市家庭得到城市分配的总收入中的 25％,而在 23 个发展中的市场经济国家里,最穷的 40％仅得到城市收入的 15％。中国基层的劳动者中有 46％的人其收入同行政管理人员相仿,而美国只有 31％中等收入的劳动者达到行政管理人员一样高的收入水平[7]43-50。

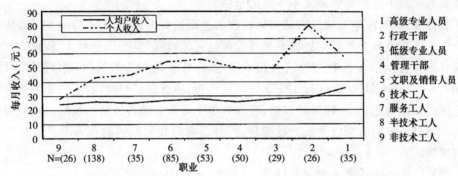

图 3-1　1956 年后中国按职业划分的每月收入[7]49

　　1956 年在中国形成了级差工资制度,国家行政部门中的官员和一般办公室人员,其收入的等级从 1 级(国家最高领导人)排列至 30 级(比如杂务人员),最高级别与最低级别的收入差距为 28：1。同年 12 月,此序列中前 10 个级别的工资额下调,最高等级与最低等级的收入差距比率降至 25.2：1。在 1956 年的工资级别中,普通办公室人员的月平均收入大约是勤杂工的 2 倍,行政部门干部的收入则是勤杂工的 3～4 倍,同一单位的科长和处长则差不多是勤杂工的 4～10 倍。技术人员(主要是工程师和技术员)的工资等级则被编制为分成 18 个等级的序列,1 级和 18 级的工资差距大约为 10：1。国有工业企业的工人,其工资收入被分为 8～10 级,高低相距 3：1。级差工资所适用的范围是国有企业的工作人员,而大多数的合作企业、街道工厂的临时工,没有被这些等级工资系列所覆盖,通常他们的工资会明显地低于国有企业职工的工资水平[6]4-5。以 1963 年为例,政府官员的最高工资为每月 400 多元,普通工人的平均工资每月 50 元[7]45。

　　按照上述社会不平等分析框架的分析,总的结论是:比起其他发展中的社会,中国是相当平等的。而 1966—1976 年的文化革命,对中国社会分层结构进行了彻底的清理,Parish 的研究表明,文化革命将中国从解放后一个比较平均的结构推向几乎是非阶层化(destratification)的大平均主义的结构。

2. 改革开放以来的城市社会分层

我国从计划经济体制向社会主义市场经济体制的转轨,注定要经历一个相当长的过程。在这个转型的过程中,社会分层机制的内在差异取决于社会制度框架的变化,这一制度框架决定刺激和机会结构,从而影响政治和经济行为者摄取最大权力和财富的选择[8]223。经济体制改革对社会分层体系在两个方面形成冲击:一是建立在旧体系之上的政治资本通过正式或非正式的方式继续提供利益的范围,二是市场机制在新的体系下产生新的收入不平等的范围[9]428。

具体来分析,改革开放以后城市居民收入差距的扩大、社会不平等的发展经历了一个先下降再上升并且越到后期不平等程度越甚的过程,呈现出一种 U 型模式。但是这并不符合库尔涅兹对于经济发展和社会不平等之间关系的"U 型理论"(The Kuznets U-curve Hypothesis, 1955)[10]。他认为,经济发展初期,收入的不平等会随着经济的发展而恶化,一段时间以后,收入的不平等又会随着经济的发展而不断得到改善。通过以下的分析将发现,"U 型理论"并不能对我国城镇的收入不平等进行完全的解释。

(1) 1977—1985 年不平等的降低

1977 年后大约 5 年左右的改革,收入不平等略有降低。根据国家统计局利用住户数据估计的结果,在 1978—1984 年期间,城镇居民收入差距不仅没有扩大,反而有所缩小,基尼系数由 0.16 下降为 0.15。

对于此现象存在着完全截然相反的看法[8,9,11]。有的学者认为最初的不平等的下降是市场渗透的结果,以市场为导向的各种经济改革增加了计划经济以外的收入机会,从而提高了生活水平和消费价格;有的则认为 1977 年后的平均主义是国家再分配的结果,目的是通过增加最低收入来为市场改革换取政治稳定。

(2) 1986 年以后不平等的上升

在坚持"效率优先、兼顾公平"的原则下,允许一部分地区、一部分人先富起来,带动和帮助后富,以逐步实现共同富裕的政策,造就了部分富裕地区、部分富裕人群。经过将近 20 年的积累,城市居民的收入差距已经逐步拉开,近年来并呈现出急剧扩大的趋势。

自 80 年代中期,城镇居民的收入差距开始扩大,差距的急剧扩大发生在 1992年以后。据国家统计局对城镇住户调查资料估算,衡量城市居民货币收入分配差异的基尼系数,1980 年为 0.16,1988 年上升为 0.233,1994 年城镇的基尼系数为0.30,1995 年由于各地相继实行最低工资制和贫困线以下困难家庭补助制,使低收入家庭的收入状况得到改善,基尼系数有所下降。1996 年这一系数相对稳定。到了 2000 年已上升为 0.32,2003 年为 0.34。在世界银行及其他各类学术研究机构对我国基尼系数的估算中,国家统计局的数据一向是最为保守的,即便这样,相对于大部分欧洲发达国家的 0.24～0.36,我们的贫富差距显然也越来越悬殊了。

表 3-1　　　　　　　　　中国城镇居民基尼系数

年份	1978	1980	1981	1982	1983	1984	1985	1986	1987
基尼系数	0.16	0.16	0.16	0.15	0.15	0.16	0.19	0.19	0.20
年份	1988	1989	1990	1991	1992	1993	1994	1995	1996
基尼系数	0.23	0.23	0.23	0.24	0.25	0.27	0.30	0.281	0.284
年份	1997	1998	1999	2000	2001	2002	2003	2004	2005
基尼系数	0.29	0.30	0.295	0.32	0.32	0.322	0.34	0.35	—

资料来源:国家统计局数据。

经过经济高速发展的整个 90 年代后,2002 年 6 月国家统计局对城市家庭的财产进行过一次调查,其结果显示,按照调查样本户金融资产由低到高五等份排序,户均储蓄存款最多的 20% 家庭拥有城市中人民币和外币储蓄存款总量的比例分别为 64.8% 和 89.1%,而户均储蓄存款最少的 20% 家庭拥有城市中人民币和外币储蓄存款总量的比例分别仅为 1.2% 和 0.2%[⑬]。由此可见社会财富的高度集中。

1986 年以后,城市不平等的上升,有着多重背景因素。主要是国有企业成为改革的中心,从 80 年代的承包制到 90 年代的股份制的改革,同时在社会经济体制转型时期,城市商品流通体制、金融体制、就业制度的多项改革逐步推进,导致收入分配不均和财富不均的因素越来越多地暴露出来:

1) 基本经济制度。非国有部门内部分配机制是以效率为主导的,而且具有更大的灵活性,收入分配不均等程度自然高于国有部门。非公有制经济的发展,使得一些民营企业主、私营企业主频频出现在一些富豪排行榜上。

2) 经济体制改革。城市收入差距的扩大更多地受到经济体制改革因素的影响。我国的企业改革与改制至少从三个方面对收入分配产生影响。一是企业内部分配体制的改变引起职工之间收入差距的上升。二是现代企业制度的改革加速了企业破产、停产和职工下岗分流的过程,从而导致部分职工的收入下降。三是企业产权改变的过程,就是财产权再分配的过程,财产权的不同不仅能够引起分配结果的不同,还能导致不同的帕累托最优结果。企业股份化以后,即使是职工内部持股,由于股份分配的不均等,红利的分配加剧了企业内部职工之间的收入分配的差距[14][15]199。此外,改革的不彻底与体制的不完善也造成了差距。如电信等行业通过垄断性经营取得了过高收入。

3) 产业结构。城市内部不同行业之间的收入差距仍在持续扩大,高收入群体在不同行业之间的分布是很不均等的。房地产业、IT 业是中国富豪从事最多的行业,在 2003 年内地富豪排行榜[16]上,58％的上榜者都从事房地产或与房地产相关的建材、钢铁、瓷砖、木质地板、基建等行业,从事 IT 业的"网络新贵"以 75 亿元人民币成为中国大陆首富。第三产业的交通运输、金融、保险、房地产、电力、煤气供应业、邮电、旅游等行业职工收入较高。如果加上工资外隐性收入及办公条件、住房、福利等方面因素,差距就更为显著。

4) 再分配手段不完善造成的差距。目前的再分配领域中,无论是对高收入者的税收调节,还是对低收入者的保护都还不完善,致使初次分配中形成的较大差距缓解比较慢。

5) 非法收入造成的差距。由于管理上的疏漏和一些行政法规的不完善、不配套,给非法收入提供了滋生的土壤。特别是存在着行政管理人员权钱交易、以权谋私等严重腐败问题,以及利用制假售假、走私贩私、偷税漏税、投机欺诈等各种非法手段获取高额收入等现象。

二、现阶段城市社会分层的结果

对于建国以来我国城市社会阶层的演化的探究固然必要,对于现阶段城市阶层分化的结果更值得关注,因为它直接关联着后面所要讨论的居住隔离问题。

从已有的现代社会分层方法来看,有以下四种类型:

第一类是资本主义发展早期的个人天赋论,实质上是按照人的天赋与努力程度将个体划分等级;

第二类是资本主义社会最常用的职业群体序列论,我国现阶段社会上比较通俗的"金领—白领—灰领—蓝领"分类法亦属此类;

第三类是针对我国改革开放二十多年来的社会现实状况的新社会阶层和群体论等。

第四类是本书采用的依据财富收入的经济地位分类法,主要是为了便于与后面的住宅区类型相对照。属于此类的还有城镇居民家庭收入分类法等。

这些分类方法之间互有交叉,只是侧重的标准有所差异,同时又相互补充。

1. 个人天赋及出身论

在资本主义发展的早期,社会强调自由竞争,"优胜劣汰,适者生存"。由于各个家庭人口多寡的不同、不同的人的聪明和活跃程度、体力的强弱、工作的辛勤程度、对未来的关心程度等都不同,特别是"有些人聪明、活跃,而且最重要的是节俭,另外一些人则懒惰、死板和浪费"等等,结果必然导致"产权分配的不平等"[17]。

芝加哥学派的"领头雁"弗兰科·奈特(Frank H. Knight)认为,"出身、运气和努力"决定一个人是穷人还是富人,并强调,"这些因素中最不重要的就是努力"。1986年的诺贝尔经济学奖得主布坎南(James M. Buchanan)则对其精神导师的说法进行了补充,加上了"选择",即个人对包括职业在内的生活道路的选择[18]。

严格地说,个人天赋及出身论只是将人简单地分为贫富两类,且其合理性也受到相当多的质疑,在现代社会中已不大适用。

2. 职业群体序列论与"金领—白领—灰领—蓝领"分类法

魏昂德(Andrew G. Walder)将社会主义社会分成五个职业群体:①管理者精英;②专业化精英(高级专业人员);③管理者精英的助理和办公室人员;④一般专业人员;⑤体力劳动者。将五个职业群体及其社会地位进行排序,在不同的社会经济体制下,排序略有不同[19]。

边燕杰等认为,在社会主义经济体制下,居于首位的是管理者精英或行政管理层;第二位的是管理者精英的助理和办公室人员,他们协助行政领导的日常工作且距权力结构只一步之遥;第三类是专业化精英,他们虽有很高学历但不具有政治资本,屈居第三;第四类是一般专业人员,他们没有政治资本,学历又略低;体力劳动者处于底层,因为受低学历和低政治资本这两个条件的限制。而在市场经济社会中,居于第二位的是专业化精英(高级专业人员),管理者精英的助理和办公室人员则居于第三位[3]512-513。

彼特·布劳将精英定义为地位纬度中的最高阶层,它由人口中的一小部分人(通常不到1‰)组成,这一小部分人手里的权力、财富和知识高度集中和垄断。精英人物的收入增加,很可能会带来较大的收入多样性,而不会带来大众的贫困化以及它们在收入差别上的缩小。但是财富的日益集中,尤其是权力的日益集中,很可能会剥夺越来越多的人的财富和权力,从而使多样性减小[4]111。

"金领、白领、灰领、蓝领"分类法与职业群体序列论有某些类似之处。主要也是从职业性质上来划分的,且比较通俗,是当今我国城市社会比较流行的划分法。但是城市中的失业阶层则不涉及。

金领指社会精英高度集中的中高管理阶层,受过良好的教育,有一定的工作经验、经营策划能力、专业技能和一定社会关系资源,收入丰厚。这个阶层不一定拥有生产资料所有权,但拥有公司或企业最重要的技术和经营权。在我国,金领包括三资企业高级管理、外商驻华机构的中方代表、规模较大的民营公司的经理、国企的高层领导等。

白领指以从事脑力劳动为主的中上层被雇佣人员,如管理人员、技术人员,包括商人、工程师、会计、律师、杂志刊物编辑、教师和医务人员(医生和护士)等各类技术人员和包括各级各类公务人员、政务官在内的管理人员。因其工作条件较好,经济收入和社会地位较高,工作时穿着整齐,衣领洁白,而得此称。

蓝领指企业中以从事体力劳动的工人为主的下层被雇佣人员,如机器操作工人、搬运工人、建筑工人、清洁工人等。工作条件较差,劳动时一般穿蓝色工作服。

灰领,指现代生产中掌握比较复杂技术和较高操作技能的被雇佣人员,如制造企业生产一线从事高技能操作、设计或生产管理以及在服务业提供创造性服务的专门技能人员。其工作性质及工作环境介于白领与蓝领之间。

3. 新社会阶层论

上述两类三种分类法基本上来自于西方学界对社会城市阶层的研究,而我国针对改革开放以来的城市现实状况,也有一些研究进展。

(1) 江泽民对于当前我国社会阶层的分析

江泽民在 2001 年 7 月《庆祝建党八十周年大会上的讲话》中首次归纳概括了改革开放以来我国出现的新的社会阶层。在改革开放前,我国原来的社会阶层分成五类:工人、农民、知识分子、干部和解放军指战员。这五类人群构成了中国共产党的阶级基础,是我国社会主义事业的核心力量。新的社会阶层有六个,分别是:民营科技企业的创业人员和技术人员、受聘于外资企业的管理技术人员、个体户、私营企业主、中介组织的从业人员、自由职业人员。同时,他又指出,社会阶层还处于形成期。作为一个社会主义制度下的执政党,领导着 13 亿人口,显然并不希望看到鲜明的社会层化特征以及阶层的固化,而更希望看到并列的社会类群以及稳定的流动,这是国家、政治稳定的需要,也是社会稳定的需要。

(2) 陆学艺的《当代中国社会分层研究报告》(2002)

在目前的新社会阶层论中,比较全面和有较大影响力的是陆学艺的《当代中国社会分层研究报告》,他认为,人们可以"依据对生产资料的占有权"、"依据国家政权组织和党组织系统"而拥有支配社会资源的能力,所以划分阶层的依据是以职业分类为基础,以组织资源、经济资源和文化资源的占有状况为标准,对这三种资源的拥有状况决定着各社会群体在阶层结构中的位置以及个人的综合经济地位。按照这个标准,得出了以下结论,现阶段中国已形成十大社会阶层,分别是:①国家与社会管理者阶层、②经理人员阶层、③私营企业主阶层、④专业技术人员阶层、⑤办事人员阶层、⑥个体工商户阶层、⑦商业服务人员阶层、⑧产业工人阶层、⑨农业劳动者阶层和⑩城乡无业失业半失业者阶层。这 10 个阶层分属 5 种社会地位等级:社会上层(①、②、③、④层中的高层)、社会中上层(①、②、③、④层中的中低层)、社会中中层(跨越

③～⑨层)、社会中下层(⑥、⑦、⑧、⑨)、社会底层(⑦、⑧、⑨、⑩)。

当代中国社会分层研究报告的意义在于,国内社会学研究首次遵循了社会学分层研究的通用方法,将现时中国社会分出了三六九等,并且揭示了一个不可回避的现实,那就是工人与农民阶级已经沦落到了社会的最底层。

还有的学者认为,当今中国社会的利益结构变迁十分迅速,各个社会利益群体正在分化、解组(disorganization)、重新整合(reintegration),因此,使用地位相对稳定的阶级阶层概念就不太符合中国的实际情况。而以"利益群体"描述并区分现阶段中国社会不同利益诉求者及其关系[20,21]。根据改革20年来的利益损益,并结合职业,对社会群体进行分类,将现阶段中国社会成员分为四个利益群体或利益集团,即特殊获益者群体(是在改革20余年中获益最大的人,如民营企业家、各种老板、公司董事长、高级经理、工程承包人、市场上的各种经纪人、歌星、影星、球星等,以及与外资、外企结合的外企管理层、技术层等等)、普通获益者群体(是改革以来在经济以及各种社会资源方面获得了明显的利益的群体,包括各个阶层的人,其中既有知识分子、干部,也有普通的经营管理者、办事员、店员、工人、农民等)、利益相对受损群体(是指在改革的现阶段利益受到损害者,包括在改革前期获益的前两个群体中的一部分,如城镇中的失业、下岗人员)和社会底层群体(最初曾称之为"利益绝对受损群体")。利益的获得与受损是一个过程,而底层、中层和上层是利益分化的一种结果。在此意义上,可以将第一个群体称为上层,第二个群体称为中层,第三个群体称为中下层,第四个群体称为底层。

(3) 区域的社会阶层论

此外,各城市亦推出了地区的社会阶层研究结论。例如,由南京市社会科学院社会发展研究所推出的《南京市社会分层研究报告》[22],对前述十大阶层进行了归并简化,得出南京目前已经逐渐形成六个典型阶层的结论,分别为工人、农民、管理者、知识分子、个体私营业主和下岗失业人员,资源强势阶层包括管理者、知识分子阶层;弱势阶层包括工人、农民和下岗失业者阶层;个体私营业主属于正在分化的阶层。

在上海有对现阶段社会分层结构所作的一些经验研究,仍然以职业地位作为"骨子里"的社会阶层的反映[23],以职业评价为基础,综合职业收入、职业权力和职业声望三要素,对上海的50种职业进行归纳分类,纳入职业地位的五大分段,亦划分出五个阶层,上层(以干部或负责人为主的管理群体)、中上阶层(以办事员或职员为主的职业群体)、中间阶层(以专业技术人员为主的职业群体)及中下阶层(以商业从业人员为主的职业群体)、下层(农民、低级服务人员、失业人员等)。

以下是具体的职业地位综合分数：

在上海职业地位综合分数中,分值最高的是以单位负责人和在国家权力部门工作者为主的职业群体(72分及以上),他们包括企业厂长经理、党政机关领导人、私营企业主、企业党委书记、公安政法干部、工商税务干部;

分值第二的是以各类专业技术人员为主的职业群体(72～54分),他们包括外商代理人、律师、节目主持人、房产商、歌星、医生、经纪人、大学教授、科学家、外资公司职员、音乐家、科研人员等;

分值第三的是以中高级服务人员或职员、技术工人为主的职业群体(54～36分),他们包括工程师、机关人员、会计、个体户、销售员、民政工作者、秘书等;

分值第四的是以一般服务人员和工人为主的职业群体(36～18分),他们包括邮递员、宾馆饭店服务员、理发员、营业员等;

分值第五的是以农民和低级服务人员、非技术工人为主的职业群体(18～1分),他们包括农民、纺织工人、清洁工等。

由于地方经济、产业、文化的差异,也由于分层的标准各有侧重,各地社会分层的结果表面上看来不尽相同,但更多地是分化结果表述上的不一致,或是分类数量上的多寡,或是分类项目上的粗细,一个共同的根本性的结论是,大城市中的社会分层结构已经形成,并且结构上层与底层的社会成员组成基本一致。

4. 经济地位分类法

相对于新社会阶层论的复杂分类来说,经济地位分类法更强调经济资源在社会分层中的主导作用,尽管经济资源本身与组织资源、文化资源密切关联,甚至在特定条件下是可以相互转化的。从居民及家庭收入与财富的角度,可以将城市居民划分为五个阶层,即富裕阶层、高收入阶层、中等收入阶层、低收入阶层及贫困阶层。

经济地位分类的难度在于财富收入的隐蔽性以及随之而来的不可考证性。虽然储蓄实名制、个人纳税记录以及国家干部的财产申报制等,都有助于提供个人财富收入的信息,但是这一切个人的资产收入均不在社会学调查所及的常规手段范围之内。相对而言,职业与住房、汽车等固定资产才是可见的要素。因而,经济地位分类法也是以职业为基础,结合住房等固定财产综合判断的分类方法。

在现代社会里,经济地位与职业、社会地位虽然不是完全对应,但是从目前的社会状况来看,存在着很大的关联性与必然性,也就是说,一方面,经济地位较高的社会成员,往往易于获得相应较高的权力和声望;另一方面,较高的职业地位与社会地位最终也转化成较高的经济地位。并且,采用经济地位分类法,可以与市场上的住宅类型对应起来,为讨论居住隔离问题提供了一致的途径。

与经济地位分类法属于同一类型的还有按照城镇居民家庭收入情况划分的贫

困、温饱、小康、富裕、富有五个类型序列的分类法。

（1）富裕阶层

富裕阶层这一概念本身是相对的，富人可以说是时间、空间等因素的特定结果。按照经济学的通常界定，将收入群体从高到低进行排队，那么处于所有人群最前的 20％人口称为高收入者。在这 20％中，其中最高的 5％的人口称为富裕人口。这是从收入序列中处于一定位置的人口所占比例来判定的一种方法。还有从相对的收入与资产水平比较来判定的方法，即个人收入水平高出人均水平 10 倍以上，家庭资产高出户均水平 15 倍以上，可以视为"富人"。

多数的见解认为，中国在由传统的计划经济向市场经济转变的过程中，四次机遇造就了当今的富人[2]131-132[24]。80 年代初，流通领域的市场化时期，依靠胆量和机会的"机本家"；80 年代后期，生产资料领域的市场化时期，依靠制度不完善的"制本家"；金融领域的市场化时期，依靠资本市场致富的"资本家"；90 年代中期，知识与技术市场化时期，依靠知识、智慧和个人才干的"技本家"或"知本家"。而 21 世纪初期，在住房领域的全面市场化时期，依靠银行贷款谋取高额利润的房地产商以及地产中介营销机构，成为抓住第五次机遇的新富。

如今构成我国富裕阶层的娱乐体育业、个体经营者、私营企业主、证券经营获利者、房地产获利者、少数以权谋私者等都可以对号入座，划入其中。由于财富资产收入具有滚雪球效应，所以一般来说，富裕阶层会更富裕。

（2）高收入阶层

高收入阶层是由收入群体从高到低的序列中所有人群最前面的 20％人口构成的阶层。按职业收入分，高收入群体主要包括单位负责人、文艺工作者、高级专业技术人员和国家权力部门工作者以及商贸工作者等。高收入家庭在住房、生活资料和消费资料上享有更多的支配权，他们在娱乐消费和自我发展方面具有更多的主动性。

对于我国目前的高收入阶层（包括富裕阶层），社会上存在着一些负面的看法，认为高收入阶层（包括富裕阶层）在中国曾中断了二十余年，使得这个阶层在文化上、声望上、规范上、经验上均出现断层，没有文化上的沉淀和积累，与其所处的经济地位还很不相称[2]44-48。

（3）中等收入阶层

事实上，中等收入阶层是包容最广的一个社会阶层，主要分布在社会平均收入水平这一区段里，可以进一步细分为中上、中中、中下三个阶层，两端则分别靠拢于高、低收入阶层。中等收入阶层在人口中所占比例最大，在美国，约三分之二的家庭都属于中等收入阶层，被称为中产阶级。除了通过收入衡量的方法之外，某些经济学者曾通过家庭用电量对中产家庭与贫困家庭进行比较，"一个中产家庭的用电量，通常是一个贫困家庭的 10 倍"[25]。

（4）低收入阶层

按照经济学的界定，若收入群体从高到低进行排队，那么处于所有人群最末端的20％人口称为低收入者。在这20％中，其中较低的一半即10％称为过低收入者，而10％的过低收入者中收入最少的一半5％，则称为贫困人口。

除了用以上排队法界定低收入外，国际上比较通用的还有恩格尔系数法，通过分析食物支出在生活费支出中的比重来把家庭分为富裕、小康、温饱、相对贫困和绝对贫困。如果恩格尔系数在50％～60％就称为相对贫困，而60％以上则是绝对贫困了。

从构成上来讲，大量低端岗位（尤其是消费导向的服务）的从业人员，效益不佳、亏损企业的职工群体，较早退休职工群体，已成为目前中国城市最大的低收入阶层。在上海，按照政策返回上海的支边支内的退休人员等，大部分亦可归入低收入阶层。

（5）贫困阶层

城市中的贫困阶层主要由待岗、下岗（这是一个过渡阶段的提法，现已不用）、失业人员构成，其中的大部分属于中高龄劳动人口，再就业相当困难，长期的失业将导致他们逐渐沦入贫困阶层，只能依靠城市的"低保"维持生活。

据有关部门统计，1996年我国城镇贫困人口有1200万人。1998年至2002年上半年，国有企业下岗职工累计有2600多万人，其中实现再就业的有1700多万人，剩下的900多万人仍处于失业状态。到目前为止，我国现有1400多万城镇失业人员[26]。

为了便于进行比较，表3-2反映了上海"三条保障线"与职工月平均工资的对照比较，结果表明，上海职工月平均工资与最低工资性收入两者之间的差别1995年为2.86倍，2000年为2.88倍，2002年为2.84倍。虽然统计数据反映出的变化不大，但是由于其他隐性收入的差异无法全面翔实反映，实际上，市民主观感受上的贫富差距是日益加剧的。

表 3-2　　　　　　　上海"三条保障线"与平均职工工资比较　　　　　　单位：元

项目 ＼ 年份	1994	1995	1998	2000	2002	2004	2005
职工最低工资性收入线	220	270	325	445	570	635	635
城镇居民最低生活保障线	135	165	205	280	290	290	300
失业保险金标准线	170	200	244	平均330			
职工平均工资	—	773		1285	1621	2033	—

续表

年份 项目	1994	1995	1998	2000	2002	2004	2005
备 注	(1) 职工最低工资标准 1999 年 7 月 1 日调整为 423 元 (2) 2000 年失业保险金为 297 元、324 元、351 元、378 元、405 元、432 元六档，平均为 330 元 (3) 2002 年 8 月起，城镇低保标准从 280 元调整为 290 元。自 1993 年始，2005 年 8 月第 9 次调整为 300 元 (4) 失业保险金标准高于城镇居民最低生活保障线，低于职工最低工资性收入线，按缴费期限与失业时间具体计算						

资料来源：主要依据《上海年鉴》(1994—2004)。其中，职工平均工资系根据职工年平均工资数据整理。

与贫困阶层相关的还有一些概念如"弱势群体"、"边缘人群"等。社会弱势群体(social vulnerable group)用来分析在现代社会经济利益和社会权力分配不公平、社会结构不协调与不合理的状态下，那些由于某些障碍及缺乏经济、政治和社会机会而在社会上处在不利地位的人群。我国城市中的弱势群体主要包括失业职工、进城农民工等。

三、社会分层与住房空间的关系

无论在计划经济体制下还是在市场经济体制下，住房都是社会分层的一个最好的表征。在社会分层与住房空间之间有着很大的关联性。

1. 计划经济体制下社会分层与住房空间的关系

在计划经济体制下，生活资料基本采用分配制度，而住房是在计划经济体制下的分配中"唯一最有价值的物品"[3]170-171。因为公有住房的租金与建筑成本或维修费用不相匹配，住房大的比住房小的、分到住房的比没有住房的，支付的租金相差不多，在实际生活品质与精神心理上却大相径庭。并且，如果将这种分配结果加以引申的话，住房空间往往又是与班车、幼儿园、托儿所等等一系列福利设施联系在一起的。

两部小说体裁的文学作品对此有着极为鲜明深刻的表述。虽然文学作品体裁本身特有的虚构性限制了其作为科学论据的严密性与充分性，但是在反映社会问题与寻求社会理想的学科责任与目标上的一致性使得其作为社会科学研究的佐证，在传达社会意象、揭示时代特质上具有理性研究无可比拟的直观表象与深邃内涵。

一部是著名作家刘震云的《一地鸡毛》，展示了单位这一微观天地中，一对大学毕业、但是仍旧生活在北京社会底层的年轻夫妇的境遇。而且，底层的生活基本上是均质的。

有时小林想想又感到心满意足,虽然在单位经过几番折腾,但折腾之后就是成熟,现在不就对各种事情应付自如了?只要有耐心,能等,不急躁,不反常,别人能得到的东西,你最终也能得到。譬如房子,几年下来,通过与人合居,搬到牛街贫民窟;贫民窟要拆迁,搬到周转房;几经折腾,现在不也终于混上了一个一居室的单元?

——刘震云《一地鸡毛》(1990 年 10 月)

另一部是第五代导演彭小莲的《回家路上》,描述了坐落在上海"上只角"的一条街上的人们的生活状况,街的一侧是高干住宅,一侧是普通百姓的住宅,都是解放前遗留下来的小洋房,近在咫尺,却天壤有别。

沿着小街,周围是一大片茂盛的法国梧桐树。整条街上有五十多栋上世纪初留下来的法国式小洋楼,每一栋小楼都带着一个不小的花园。街道只有二十来米宽,朝南街道上的小楼,他们花园的大门永远是紧锁着,除了有各种各样的小车从那里开进开出外,很少看见人从里面徒步走出来的。

他们那里的院墙在不停地修整,一会儿墙头增高了,一会儿上面插上了许多带尖角的碎玻璃,一会儿又在墙壁上种上了爬藤草。现在,有几家的墙头还被彻底砸掉,装上了可以"透绿"的铁栅栏。从浇铸着复杂图案的铁门后面,我们可以看见花园里面收拾得干干净净,树上开着花朵,那小楼是刚刚油漆过的,藏在树丛和花朵后面,时隐时现,像童话里七个小矮人住的房子,很是迷人。走过那里的时候,总是忍不住要往里面张望一下。

……真是沮丧,只是转了一个方向,面向我们这一排坐北朝南的小楼时,看见的……除了院子里面戳着竹竿,拉着绳子,终年晾着乱七八糟的衣服和被褥,一点情调都没有。隔壁院子居然把草坪都铲了,在那里种上了蔬菜,瓜藤一直爬到我们院子里,为了这事,两个院子经常吵架。我们说他们的瓜藤缠死了我们院子里的树;他们说结出来的丝瓜都被我们院子里的人摘去烧了吃掉了。

……总之,我们这一边是日趋萧条破败。马路越修越高,我们的墙头越来越低。铁门生锈了,斑斑驳驳的破了一两个小洞,这似乎专为我们这些忘记带钥匙的人提供了方便。……从来不记得马路这边,我们的房子和院子是什么时候被修整过的。但是,房租还是每年在涨,房租也每个月按时交,但是房子坏了,屋顶漏了也很少有人来问津。夏天,遇上下暴雨的时候,所有的盆盆罐罐都放在滴水的方位上,以便家里的阳台不会被淹了。马路上已经不再被水淹了,但是水都流到了院子里,于是,我们就在那里放上一块又一块砖头,上面架着木板,踩在上面摇摇晃晃,出去进来,都像在走"勇敢者"的道路。

恭恭敬敬地看着对面的变化,我们这里倒也都没有什么怨言,这让人们看见了一个时代的变化,甚至连嫉妒的愿望都被忘记了。马路对面住的都是大官,一栋房子里只住一户人家,我们这里是七十二家房客。一栋小楼加上汽车间有十间屋子,却住了十二户人家。因为汽车间大,划成了两间。

　　人多热闹，街头小楼里的曾家老三有阳痿的毛病，我们街尾的人都知道得清清楚楚。可是，对面小楼里住着什么人，他们是怎么生活的，我们一点都不知道，连叫什么名字都说不出来。那里显得十分神秘。有时候，对面院子的门突然开了，从里面冲出一个像是跑黑道的年轻人，很壮实，手上脖子上都挂着重重的金家伙。他拉着皮带，牵着两条凶猛的大狼狗，人们一见他出来，就自觉地奔到马路这边，为他让出一条路来。那小伙子不说话，狗也不叫，在街道上急速地奔跑着。马路这边的人刷刷地站成一排看着，也不说话。大概是想说什么也说不出来。小伙子沐浴在阳光下，像被剧场的聚光灯追赶着，照得通明透亮；回头看一眼我们朝北的一面，光线黯淡，一大片阴影投在地面上。大家直着眼睛在那里观赏着。这时候，我们的小街真的变成了舞台，有人在表演，有人在认真地欣赏。秩序很好，连服务员都不需要。欢乐，卑微，还有羡慕在微风里流动着，叶子就在我们头上，把所有的情绪都煽动起来了。我跟着在那里喘息，从身体的边缘感觉到一份急促的渴望。

　　　　　　　　——彭小莲《回家路上》(2003年6月)，原载于《上海文学》2003年12月号

　　在计划经济体制下，住房是特权的一个特别准确的指标。因为住房空间在城市地区极其紧缺，通过利用特权取得住房及其他市场很少供应的产品和服务的方式获得的较大好处，可以补偿行政管理人员的低收入效益，这和行政管理人员在行使组织权力时具有的大量优势完全一致，因为恰恰是凭借这种权利才能分得一套单元房。

　　在住房实物分配制度下，由单位建房无偿分配，绝大多数单位，尤其是机关、事业单位分房采用积分排队的办法，职工要根据参加工作时间长短、职务高低，再论资排辈由单位分房，或是制定一些分房政策。这些办法常常使一个单位分房时间比建房的时间还要长，分房的结果往往造成单位内部不稳定、人际关系恶化。分房的过程中不可避免地容易滋生腐败现象，领导人物徇私舞弊，部分人则找关系批条子，他们往往是分房过程中的得益者。

　　这与其说是住房分配上的不公，不如说是计划经济时代的社会分层关系在住房分配体制中的充分反映。职务高的住大房，职务低的或没有职务的住小房；单位好的容易分到房，单位差的难分到房或没房；参加工作早的住新房，参加工作晚的住旧房。

2. 市场经济体制下社会分层与住房空间的关系

　　在市场经济体制下讨论社会分层与住房问题，有必要引入产权的概念。我国的土地是国家公有制，但是住房商品化以后，就意味着住房实行私人所有制，而且住房堪称是私人财产中最贵重的不动产。城市居民有权要求城市保护他所拥有的住宅财产和维护其价值，以及有权享有健康、卫生的居住环境，并对一切妨害其环境的行为提出反对和进行制止。这种要求在中等收入阶层及富裕阶层与高收入阶层中表现得更为常见与强烈，直接与具体的后果就是在居住空间中对低收入阶层与贫困阶层的排斥。

　　如果将所有住房按照价值从高到低的等级排列,整个住房市场分为高、中、低三个住房市场,相应地,分别服务于社会的富裕阶层与高收入阶层、中等收入阶层、低收入阶层与贫困阶层。富裕阶层、高收入阶层对于住宅有最高的支付能力,选择性很强;而低收入阶层与贫困阶层在住宅市场中几乎没有什么机会,只能依赖政府提供的低收入住宅与廉租住宅。

　　但是,边燕杰指出[3]30,产权的不同安排不太会影响经济运行是不是市场化的,但可能会影响哪些人可以谋取经济剩余,用什么方式谋取等等。这意味着,不管在不彻底或彻底的市场经济体制下,组织权力依然具有大量优势,权力阶层将把权力转化为优先获取拥有住宅的机会,普通行政管理人员也会充分凭借权利牟取机会。与计划经济体制下的优势相比,其区别在于,从优先分得房,转变为拥有购买的优先权与购买价格的优势。典型的案例如2004年上海房地产高涨时期的"紫罗兰家苑"事件。

　　"紫罗兰家苑"位于杨浦区延吉中路,规划建造605套小高层住宅。2003年7月开工建设,8月开发商及其销售代理商在未取得预售许可证前,即开始对外预约售房,前后共签订577份预约书,占项目总套数的95%,预约书确定了室号、单价、面积和购房人,每份预约书收取8万~15万元不等的预约款。除开发公司及销售代理公司8名职工订购10套住房外,其余均为居民个人订购,其中38人购买2套,1人购买3套,1人购买4套(http://www.ehomeday.com,2004年7月8日)。

　　2004年6月26日开盘当日零点至7点,以5951元的价格,在网上销售确认了576套房屋,被投诉和曝光后在社会上造成了很大的影响。据非官方的消息来源,订购567套房屋的"居民个人"大部分为杨浦区政府部门的公务员。不可思议的低价为这个说法提供了有力的佐证。因为同一时期,与之一路之隔、区位条件完全一致的另一楼盘,平均开盘价为8000多元。在当时一房难求、排队抢购的市场状况下,这一完全有悖于市场的行为只能说明,在不完全的市场经济体制下,社会地位与权力对住房空间的获取依然有效。

　　在此情形下,社会分层、收入不平等在很大程度上可以与个人或家庭的住房特征联系起来,居住的地理区域、社区的规模、社区的品质以及住房的数量等等,也就是说分层的结果将会以空间的语汇表现出来,这时便表现为普遍的居住隔离。

　　在市场经济体制下,不但社会分层的结构会投射到城市住房空间上,反过来,住房空间的拥有状况在一定条件下还会拉开财富差距、加剧社会分层。在房地产高涨时期,不充分的市场竞争机制、不对称的市场信息条件、不严密的金融体系,以及不完善的政府调控机制,都有可能迅速形成一个分化的住房阶层。

　　以2004—2005年3月的上海住宅市场为例,出现了一个所谓的"傻瓜炒房"时期,因为期房可以转手,所以买到期房就算赚了。投资客从外地客、外资客广泛扩展到本地居民,由于政府、房地产开发商、房产中介及投资客的互动以及金融机构的协助,将上海的住房价格推倒了一个前所未有的高度。在此过程中,出现了大批利用银行贷款炒房者,少量资金入市,通过按揭首付,住宅转手后赚取的差价再循环支付首付,短期内购买多套房屋抛售。火箭式上审的住房价格,一下子将无房者与有房者、有房者中持有或经手房屋数量多寡者之间的财富以成倍的差距拉开。因此,住房空间不但是通常情形下社会分层的指示器,也成了特定时期促进社会成员财富急剧分化、社会阶层流动的手段。

四、收入差距的调节与财富差距的扩大

收入差距与财富差距是有区别的。"收入差距"是一种即时性的差距,是指社会成员之间表现为工资形式的年收入之差异。"财富差距"是一种积累性、增值性的差距,是指社会成员拥有厂房、住房、金融等资产和储蓄率(货币收入的积累性表现)的比较。前者相对稳定,后者则具有爆发性,是真正可能导致贫富分化加大的因素。下面的两则资料数据充分地说明了这一点。

从 90 年代中后期起,工资收入增长幅度在全国名列前茅的上海,1990 年的人均年工资为 2917 元,2004 年上升到 24398 元,扣除价格因素等因素,实际增加了 10 倍多,平均年增长率超过 10%[27],而绝对增长值仍是十分有限的。随着多种分配形式的发展,职工除了单位工资收入以外,第二职业或入股分红、参加股票期货外汇交易、出租房屋等的收入,使得城市居民家庭实际上人均可支配收入的增长幅度要大大高于职工工资的增长幅度。

另据《新财富》2005 年 500 富人榜数据显示[28],"国美电器"黄光裕 2004 年的资产总额为 28 亿元,2005 年为 128 亿元,财富增长率高达 357%;"苏宁电器"张近东因成功上市,其个人财富陡增 517%。连续两年入选榜单的房地产业富人,财富上升 10.2%,与 2004 年中国房价的升幅 10.8% 相当;人均财富最高的互联网行业,财富上升为 84.5%。财富差距的累积与增值效应由此可见一斑。

政府可以通过转移支付来调节收入差距,比如为那些近期没有得到工作机会的人提供社会保障和失业救济等。转移支付是有很大平均作用的因素,它主要流向低收入的家庭。据美国一项对收入不平等的调查统计[29],如果没有政府的任何转移支付,1970 年美国家庭收入不平等就会比实际规模大两倍以上。美国家庭户主们的大部分收入——约三分之二——来自工资和薪金。他们的分配处于资产收入的极端不平衡和转移支付的平等趋向两者之间。除去 10% 的最低收入分配家庭(在这里转移支付起决定性作用),以及 3%~4% 的最高家庭(这里资产收入普遍存在),那么工资和薪金至少占所有集团收入的一半。

弗兰克·奈特在怀疑自由竞争市场制度的公平性时,指出:"在竞争条件下,收入不平等日益累积"[15]83。阿瑟·奥肯也指出[29],富人和穷人的不同储蓄状况和遗产状况,使财富分配比收入分配更为不平均。美国最富有的 1% 的家庭,大约拥有财富

总量的三分之一,同时他们得到约 6% 的税后收入。全美国收入最低的那一半家庭,仅拥有全部财富的 5%,尽管他们得到大约全部收入的四分之一。由于红利、利息、租金以及其他资产收入来自所拥有的财富,因而这些收入形式反映了财富的集中和其大部分向最高层收入集团的流入。

从美国的情况来看,第二次世界大战期间,国家向平等迈出了一大步;整个战后,在全部收入中,最高收入集团所得的份额与他们在繁荣的 20 世纪 20 年代相比,已有显著减少。然而,40 年代后期至 70 年代后期的 30 年中,家庭收入的有关分配只有很小的变化,各占人口 20% 的最高层和最底层的收入比例,仅仅向平等方向缓慢移动了极小一点儿。笼统地看收入规模的各个方面,家庭实际可支配收入(即经过对通货膨胀的修正),在 30 年中已翻了一翻。但是富人与穷人差距的百分比仍基本稳定地保留下来,这当然也表明他们之间的美元差距扩大了。

在我国,初次分配领域中对收入的调控不完善,社会收入再分配领域中税收调节作用乏力,造成了社会各阶层财富、收入差距的日益加大。

五、社会流动与未来社会分层趋势

社会流动(social mobility)是社会分层的动态面,也是创造、改变及稳定阶层结构的过程。社会流动研究的基本议题及模型,除了传统的"阶级流动(class mobility)"[30-34]、"地位取得(status attainment)"[35]及"职业流动(career mobility)"等理论模型外,近年来还偏重以下一些议题:①现代组织在社会分层过程中所扮演的角色;②产业与市场的阶层化;③社会资本、社会网络与流动(network model of mobility)[36,37];④代际财富转移(intergeneration wealth transfer)[38];⑤自雇创业作为一种流动的渠道(self-employment and social mobility);⑥人口结构与社会流动(demographic model of social mobility)[39];⑦分层与流动的全球化观点(international comparisons of stratification and mobility)。

在收入差距与财富差距日益扩大的整体趋势下,社会流动的机会将相对减弱。但是,计划经济向市场经济的转型,似乎又给了流动以潜在的可能性。完整的市场包括商品市场、劳动力市场、资本市场等,其中,对社会流动影响较大的是劳动力市场和资本市场。

计划经济体制下,劳动力市场几乎不存在,除了同一系统内部纵向的上下流动之外,职工在不同单位之间的横向流动极其有限,而且这种流动与市场无关,只是一些岗位的重新分配与调动。而在市场经济体制下,劳动力市场处于动态之中,存在着供给与需求的关系。在企业中,工龄长不一定能得到高报酬,频频"跳槽"可能会与职业成功联系起来。因为那些受过最好教育和最有抱负的人会流向其经验与受训能力得到回报的单位[40]。劳动力市场上的一部分流动会相应地引起社会阶层的流动。

资本市场是指货币资本的分配。当前中国社会的资本市场特征之一是,政治权力与资本相勾结,使得资本运作的透明度难以提高,金融活动的既得利益集中于极少数人手中,不但没有促进权力的监督和制衡,反而加速了权力的集中趋向。这使得在向市场经济体制转轨中的权力与财富大量地集中地落在富裕阶层与权力阶层手中[41]。

随着市场更深地渗透到经济中,市场本身就变成社会不平等的一个主要源泉[11]576-577,588-589。从宏观角度出发看我国的现状,经济发展的好处在社会各阶层之间的分配是不均衡的,不但因为资本市场的腐败而更加不公平,甚至对贫困阶层来说出现了绝对生活水准的下降,出现了"赤贫"的状态。

在社会空间中改变地位、抵消不平等效应的机会只是一个狭窄的楼梯。它仅限于转型中的一段特定时间。随着新社会秩序的确立,那些处在上层的人会发现,他们能够维持原来的地位,而那些处在低层的人也将最终呆在原地。泽林尼等指出,无论共产主义社会还是资本主义社会,阶级结构的变动往往是例外的结果,而社会秩序的复制将是常规[3]170-171。

因此,无论从理论上讲还是从实践上看,社会主义市场经济条件下都存在着两极分化的可能性。正是基于这种可能性的存在,邓小平再三强调要"避免"两极分化,不容许产生新的资产阶级。他说:"如果我们的政策导致两极分化,我们就失败了;如果产生了什么新的资产阶级,那我们就真是走了邪路了。"[42]

本章参考文献

[1]　边燕杰,卢汉龙.改革与社会经济不平等:上海市民地位观[M]//边燕杰主编.市场转型与社会分层:美国社会学者分析中国.北京:生活·读书·新知三联书店,2002:509-510.

[2]　杨宜勇.公平与效率:当代中国的收入分配问题[M].北京:今日中国出版社,1997.

[3]　边燕杰主编.市场转型与社会分层:美国社会学者分析中国[M].北京:生活·读书·新知三联书店,2002.

[4]　布劳.不平等和异质性[M].王春光,谢圣赞,译.北京:中国社会科学出版社,1991.

[5]　上海社会科学院经济研究所.上海资本主义工商业的社会主义改造[M].上海:上海人民出版社,1980:46-47.

[6]　WHYTE M K.中国的社会不平等和社会分层[M]//边燕杰主编.市场转型与社会分层:美国社会学者分析中国.北京:生活·读书·新知三联书店,2002.

[7]　PARISH W L.中国的平均化现象[M]//边燕杰主编.市场转型与社会分层:美国社会学者分析中国.北京:生活·读书·新知三联书店,2002.

[8]　倪志伟.一个市场社会的崛起:中国社会分层机制的变化[M]//边燕杰主编.市场转型与社会分层:美国社会学者分析中国.北京:生活·读书·新知三联书店,2002:228.

[9]　边燕杰,罗根.市场转型与权力的维续:中国城市分层体系之分析[M]//边燕杰主编.市场转

型与社会分层:美国社会学者分析中国.北京:生活·读书·新知三联书店,2002:428.

[10] KUZNETS S. Economic growth and income inequality[J]. American Economic Review, 1955,45(3):1-28.

[11] 泽林尼,科斯泰罗.关于市场转型的争论:走向综合[M]//边燕杰主编.市场转型与社会分层:美国社会学者分析中国.北京:生活·读书·新知三联书店,2002.

[12] 卢中原.城镇居民收入差距研究[M].北京:中国言实出版社,1997.

[13] 何德旭.居民储蓄的多视角分析[J].财经问题研究,2003(7):34-38.

[14] 李实.中国个人收入分配研究回顾与展望[J].经济学,2003,2(2):379-404.

[15] 卢周来.穷人经济学[M].上海:上海文艺出版社,2002.

[16] 2003年胡润版中国大陆百富榜,2003年福布斯中国内地富豪排行榜[N].新民晚报,2003-10-19(9).

[17] 杜阁.关于财富的形成和分配的考察[M].北京:商务印书馆,1961:24.

[18] BUCHANAN J M. Rules for a fair game:contractarian notes on distributive justice[M]// Liberty, market, and state: political economy in the 1980s. Brighton, England:Wheatsheaf Books, 1986:140-158.

[19] 魏昂德.职位流动与政治秩序[M]//边燕杰主编.市场转型与社会分层:美国社会学者分析中国.北京:生活·读书·新知三联书店,2002:170.

[20] 李强.关于社会利益群体的分析[M]//李培林,等.中国社会分层.北京:社会科学文献出版社,2004:30-38.

[21] 郑杭生,李迎生.社会分化、弱势群体与政策选择[EB/OL].[2003-01-20] http//:big5. china.com.cn/chinese/zhuanti/264615.htm.

[22] 朱力,陈如,张曙,等.社会大分化:南京市社会分层研究报告[M].南京:南京大学出版社,2004.

[23] 仇立平.职业地位:社会分层的指示器——上海社会结构与社会分层研究[J].社会学研究,2001(3):18-33.

[24] 唐任伍,章文光.论"中国富人"[J].改革,2003(6):110-113.

[25] 凌志军.变化:1990年—2002年中国实录[M].北京:中国社会科学出版社,2003:454.

[26] 上海市政协学习指导组编.好日子中的新困惑:正确认识当前我国的收入分配制度和收入差距[J].学习参考资料,2003(1):50-51.

[27] 范彦萍.本市职工年工资14年增10倍[N].上海青年报,2005-04-26.

[28] 杨青.北京富豪人数全国第三,黄光裕丁磊进前五[N].北京青年报,2005-04-29.

[29] 奥肯.平等与效率[M].王奔洲,等译.2版.北京:华夏出版社,1999:64-65.

[30] ERIKSON R,GOLDTHORPE J H. The constant flux:a study of class mobility in industrial societies[M]. Oxford:Clarendon Press,1993.

[31] GOLDTHORPE J H. Social mobility and class structure in modern Britain[M]. Oxford: Clarendon Press,1980.

[32] FEATHERMAN D L, HAUSER R M. Opportunity and change[M]. New York:Academic

Press,1978.

[33] GOLDTHORPE J H. Outline a theory of social mobility[M] // GOLDTHORPE J H. On so-
      ciology: numbers, narratives, and the integration of research and theory. Oxford: Oxford U-
      niversity Press,2000:230-258.

[34] LEWIS O. The culture of poverty[J]. Scientific American,1966,215:19-25.

[35] BLAU P M,DUNCAN O D. The American occupational structure[M]. New York: Wiley,
      1967:163-177,199-205.

[36] LIN NAN. Social network and status attainment[M] // COOK K S,HAGAN J. Annual re-
      view of sociology. Palo Alto: Annual Reviews,1999:467-487.

[37] LIN NAN. Social capital:a theory of social structure and action[M]. Cambridge: Cambridge
      University Press,2001:Chapter 1-7,10.

[38] SPILERMAN S. Wealth and stratification processes[M] // COOK K S,HAGAN J. Annual
      review of sociology. Palo Alto: Annual Reviews,2000:28.

[39] BLAU P M. Structural contexts of opportunities[M]. Chicago: The University of Chicago
      Press,1994.

[40] 戴慧思.毛泽东以后中国城市的职业流动:边缘上的增长[M] // 边燕杰主编.市场转型与社
      会分层:美国社会学者分析中国.北京:生活·读书·新知三联书店,2002:374.

[41] 汪丁丁.风的颜色[M].北京:社会科学文献出版社,2002:13.

[42] 邓小平.一靠理想二靠纪律才能团结起来[M] // 邓小平.邓小平文选:第3卷.北京:人民出
      版社,1993:110-111.

第4章　城市外来人口的阶层特征

一、城市外来人口的界定

对一座特定的城市来讲,外来人口是指现住地与户口登记地不一致的人,具体的讲就是指那些现居住在该市半年以上但其户口登记在外省市的人口,或现居住在该市不足半年、但离开户口登记地半年以上的外省市的人口。采用这个定义的有天津、上海等城市。

1. 外来人口概念的争议

对于"外来人口"这个概念,本身就有相当多的争议。部分学者认为,从文化人类学角度来看,"外来人口"一词带有某些文化中心主义的色彩,暗含着主客、内外的区别,有划分出主流的本城市户籍人口与边缘的外地流入人口的倾向。部分学者提出[1],人口划分的方法之一应是按居住地划分为定居人口和流动人口,而不应按其来源地划分为常住人口和外来人口。理由有三,其一,常住人口与外来人口、定居人口与流动人口都是动态转化的,而非一成不变;其二,将流动人口视为外来人口或边缘人口,不符合城乡公民身份平等的原则,容易导致排斥心理和政策歧视;三,国际学术界中多采用"migrant"(移民、移居者)一词,与"流动人口"的含义比较接近,一般也不使用"外来人口"这类的称谓。

作为对这种说法的部分的反应,首都社会治安综合治理委员会、北京市委宣传部也于2004年要求新闻媒体在新闻报道中将"外来人口"改称"流动人口",以示平等。其实,如果没有实质性的福利与制度保障,即便换个叫法也只是换汤不换药。

关于"外来人口"的歧视涵义,应该说词语本身只是客观地强调了居民的来源地,并不包含歧视的色彩,如同与之对应的"外籍人口"一样。如果说"老外"的称谓还带有某种程度的调侃意味的话,"外籍人口"则是一个不带有任何民族歧视的词语,这一点恐怕毋庸置疑。关键还在于,与"外来人口"相关联的"农民工"、"外来民工"等一串名词,以及随之而来的体力劳动者、街头乞讨者等一系列的负面联想,使得人们对一个原本只具有统计与研究价值的专用名词附会了社会学上的价值判断色彩。

就目前的法律与法规界定以及约定俗成的定义与用法,流动人口并不能替代外来人口。特别是在逗留时间上,对城市的影响及对城市公共设施的配置要求是不一样的。流动人口更接近于"暂住人口",但目前各地对于暂住的具体时间限定尚无统一的规定,如半年以内、3个月以下抑或更短。此外,在具体定义上存在着概念之间相互解释的状况。如《广东省流动人员管理条例》第二条规定"离开常住户口所在地进入本省和在本省内跨市(市政府所在地的市区,下同)、县(含县级市,下同)暂住的人员"称为"流动人员";而《深圳经济特区暂住人员户口管理条例》第二条规定"本条例所称暂住人员,是指没有特区常住户口,持有效证件进入特区,并在特区居留的中华人民共和国境内的公民。"

按照法律界定,《中华人民共和国户口登记条例》第六条规定,"公民应当在经常居住的地方登记为常住人口,一个公民只能在一个地方登记为常住人口。"对于相当一部分人来说,常住户口往往就登记在出生地,而如果日后迁居他地长期居住生活,则常住户口应相应地登记在所在城市,而注销原有的常住户口。但就目前我国城市的情形,显然无法大量地吸纳人口,因此这条法律的潜在涵义也就是,如果没有国家认可的合理渠道,如职位调迁、高考和毕业分配等,一个公民只能在他的出生地登记为常住人口。这个悖论一直延续到近年,才被部分城市的居住证制度逐步突破。例如2005年上海的居住证制度将身份证、暂住证与就业证多证合一,并可通过个体定期交纳预存金,逐步地享受与市民同等的住房公积金与医疗、养老保险、子女就学等社会保障。居住证制度的尝试与推行,可能会给大城市主要通过市场而非行政手段解决外来人口问题开辟一条新的途径。这也有助于廓清"外来人口"的定义,即现住地与户口登记地不一致,在现住城市半年以上,但在现住地不享受市民待遇的人口。至于现居住在某城市不足半年,不管其离开户口登记地多久的外省市的人口,则对该市来说称为流动人口。

2."外来人口"概念的界定

本章所讨论的城市外来人口,主要是从以下几方面来界定的:

一是从人口来源的地理区域讲,可分为国内外来人口与外籍人口两部分。国内的外来人口,是指不具有该城市的登记户口,或具有某种居住登记但未享受市民待遇的人口。外籍人口主要包括由于就业、读书及跟随家人而迁入的外籍居民。城市中除去外籍人口以外的国内其他城市和地方的外来人口,简称外来人口。

二是从时间上区分,确定外来人口系在城市中居留时间在半年以上的人口。主要考虑到与国内多数城市对外来人口的定义以及统计口径的一致,以在城市中居住6个月以上的迁移人口为讨论对象,以区别于在城市中短期停留的流动人口。

而按照国际公认的人口迁移定义[①],一年以内所进行的跨一定区域界线的人口

---

① 见"The Demographic Significance of International Migration",Statement by Mr. Jean-Pierre Gonnot Population Division Department of Social and Economic Affairs,United Nations Secretariat,at the VIth European Regional Conference of Red Cross and Red Crescent Societies,Berlin. April 14-19,2002.

移动为短期移民,而为居住的目的进行的跨一定区域界线的人口移动,一般移入某地一年以上方可成为该地居民。

二、外来(流动)人口政策的演变

流动人口是相对于国内角度来讲的,外来人口是针对城市角度来讲的。外来(流动)人口的产生,与政策因素的关联非常之大,甚至可以说,是社会经济政策因素的直接产物。国家和地方的政策,直接决定并影响着国内的外来人口在城市中的流动与分布。但是国家与地方两个层面的政策既存在着后者服从前者的一致关系,又存在着前者不作详细涉及而后者可以独立解释的部分。以下先回顾国家对流动人口政策、地方对外来人口政策的演变,进而分析两者之间的根本性差异。

1. 国家对流动人口政策的演变

自建国以来,我国长期实行严格封闭的户籍制度。1951年公安部颁布实施《城市户口管理暂行条例》,1955年国务院发布《关于建立经常户口登记制度的指示》,起初只是一个登记手续。1958年全国人大通过的《中华人民共和国户口登记条例》,与1957年底和1959年初分别制定的临时工招聘规定和户口登记制度一起,标志着全国城乡统一的户籍制度的正式形成。例如,图4-1所示的1955—2000年上海流动人口规模的变化中,清楚地显示出户籍制度正式形成的影响。1957年上海的流动人口达到建国后的一个小高峰,此后漫长的时期一直处于低位,直到1980年以后才开始持续上升。1960年开始的"三年自然灾害"造成的粮食供应全面紧张,以及随之而来的对城市人口猛烈压缩,使得该条例在限制人口从乡村向城市流动方面的功能全面

图4-1 1955—2000年上海流动人口规模的变化

(资料来源:2002人口与发展论坛论文集(中国·上海),中国人民政治协商会议上海市委员会编,第133页)

强化和真正执行。这在图 4-1 中表现为 1965 年流动人口规模的低谷。1975 年通过的宪法，取消了关于迁徙自由的条款。1977 年，国务院批准的《公安部关于处理户口迁移的规定》，第一次正式提出严格控制"农转非"，使城乡间城市人口迁移的限制达到了顶峰，反映在图 4-1 中，1977 年上海的流动人口处于 1971 年以后的一个低谷。

至于为什么实行这种制度，赵燕菁认为这是为保障农业产品剪刀差产生的从农村转入城市的隐蔽收入不为自然流入城市的人口所分享，防止由于巨大的城乡利益差对农村劳动力的吸引，导致人口无节制涌入城市，城乡间不得不用户籍手段封闭起来[2]。因此，户籍制度不仅不是限制人口迁徙的原因，它本身也是一个更大战略选择的结果。

配合户籍制度发挥作用的还有非常关键的一点，就是农村的所有制结构。在农村集体所有制制度下，发展的是集体主义农业，依据"工分"来分发家庭收入，并且再分配的收入占据了农民家庭收入的主要部分，这使得当时根本不可能出现什么剩余劳动力。而 1980 年国家制定实施的农村"家庭责任制"，和自 80 年代中期土地承包责任制改革的推行，使得农村家庭能够自主安排其所有的土地，自主选择生产什么和如何推销其产品，正如在市场经济体制中一样。这也解释了为什么 80 年代以后国家的户籍制度并没有丝毫松动，但是大量的农村剩余劳动力却从土地上解放出来，开始大规模朝向城市流动的现象。这种以城市为目的地的向心式流动，可以从城市流动人口规模的变化上可以得到明显的旁证。

80 年代开始并于 80 年代中期形成大规模的人口流动的过程中，中央政策亦经历了一系列的调整和变化。对于社会流浪乞讨人员，1982 年 5 月 12 日国务院颁布实施《城市流浪乞讨人员收容遣送办法》；2003 年 8 月 1 日废止，代之以《城市生活无着的流浪乞讨人员救助管理办法》。办法第三条明确规定："县级以上城市人民政府应当采取积极措施及时救助流浪乞讨人员，并应当将救助工作所需经费列入财政预算，予以保障。"

对于进城就业的农民，2003 年 10 月中国共产党十六届三中全会通过了《中共中央关于完善社会主义市场经济体制若干问题的决定》，这是对此后一个时期国家经济体制改革具有指导意义的纲领性文件。其中明文指出："取消对农民进城就业的限制性规定"，"在城市有稳定职业和住所的农业人口，可按当地规定在就业地或居住地登记户籍，并依法享有当地居民拥有的权利，承担应尽的义务。"这一政策确保了城乡平等就业制度的落实，促使更多的农民逐渐从土地上解放出来，融入城市生活。另据 2003 年 11 月 5 日人民网的报道，公安部治安管理局领导人表示，大城市户籍迁移将逐步改革，逐步放宽。正如当初户籍制度的出现不是限制人口迁徙的原因，而今它的松动也不是鼓励人口迁徙的原因，而是它必须服从于我国农村城市化进程加速这个更大战略选择的结果。

2. 地方对外来人口政策的演变

将近半个世纪，城乡之间、不同城市之间一直严格执行着国家的户籍政策。直到90年代初，这种情况有了极大的改变。全国各地纷纷出台办理蓝印户口、购房入户、投资入户等一系列户籍管理政策和规定，以达到吸引外来资金、搞活房地产市场、扶持民营企业发展的目的。例如，厦门自1993年实施蓝印户口政策，上海自1994年实施蓝印户口政策，武汉于1997年出台购买商品房办理蓝印户口政策，等等。

至21世纪初，各地又相继出台户籍管理新政策。2002年底广东公布户籍改革实施办法，从2004年起广州市将正式以准入条件取代现行的入户政策和城市基础设施增容费。厦门以"准入制"取代"审批制"，取消原来农业户口、非农业户口二元化户口制度，消除城乡身份的差别。武汉2003年6月取消蓝印户口，外地人口购房可直接办理常住户口。江苏省宣布从2003年5月1日起，取消农业户口、非农业户口、蓝印户口等户口性质，全面推行以居住地登记户口为基本形式的新型户籍管理制度，同时取消进城人口计划指标管理、取消申请迁入城市投靠亲属的条件限制、改革大中专院校学生户口迁移办法、下放户口审批权限等。只要有合法固定住所或稳定生活来源，就可以获准迁入县城、乡镇所在地。

"厦门出台户籍管理新政策'准入'取代审批"，http://china.com.cn，中国新闻网，2003-06-19。在户口迁移管理制度上，改变原来实行的政策加指标制度，符合准入条件的，予以核准入户；统一实行居民户口，取消原来农业户口、非农业户口二元化户口制度，消除了城乡身份的差别，鼓励和促进人才引进。通过调整购房入户政策，以引导人口向岛外合理流动，进一步发展岛外经济。适当提高入户厦门岛内"门槛"，降低入户岛外"门槛"，购买2003年4月25日以后取得建筑主体施工许可证的商品住房，入户标准，岛内各区在 $150m^2$ 以上（含 $150m^2$），岛外 $80m^2$ 以上，同时规定买二手房不能入户。

（1）上海的外来人口政策

上海在改革户籍管理政策上的率先举措一直引人瞩目。1994年2月起上海试行对外来常住人口实行蓝印户口政策，相当于国际通行的"技术移民"和"投资移民"。1998年进行了修订，这一政策引发了一轮"投资移民"热，曾对上海的招商引资、引进人才，尤其是繁荣上海的房地产市场，均起到了积极的杠杆作用。

上海的蓝印户口指的是，外来人口在上海投资、购买商品住宅或者被上海单位聘用，具备规定条件的，公安机关就会在他的户口凭证上批准登记并加盖蓝色印章。蓝印户口具备一定的期限及条件可以转为正式居民户口。

但是，在实行"蓝印户口"后，由于外来人口申办"蓝印户口"的增长速度过快，超过申办控制总量而积压待办的数量过多，给上海的人口综合调控造成较大压力。另外，蓝印户口中绝大多数是购房、投资入户，只有2%属于各类紧缺人才，以引进人才为主的初衷没有实现。因此上海停止受理申办蓝印户口。

2002年4月1日起上海停止受理申办蓝印户口,同年6月15日开始实施《引进人才实行〈上海市居住证〉制度暂行规定》,在全国率先推出居住证制度。凡具有本科以上学历或者特殊才能的国内外人员,以不改变其户籍或者国籍的形式来上海市工作或创业的,在上海居住半年以上,并有合法住所、稳定收入和职业的,可分别申领A、B两种《居住证》,从而放宽了对高科技人才的移民限制。居住证的期限分为6个月、1年、3年和5年,上面记录了持有人基本情况、居住地变动情况等信息。从2002年6月15日开始实施至2004年9月,持证人数超过5万人。

《上海市居住证暂行规定》于2004年10月1日起全面推行,并走向居住证"平民化"路线,普通外来人员也可申领居住证。适用对象从原来的引进人才扩大到"在本市居住的非本市户籍的境内人员",所有在上海具有稳定职业和稳定住所的外省市来沪人员都可以提出申领。所谓"在上海具有稳定职业和稳定住所",是指签有半年以上劳动聘用合同或办理了工商执照,同时又在上海拥有产权房或签有半年以上房屋租赁合同的外省市人员。

2002年12月底,为了配合、支持"一城九镇"的发展,上海市公安局曾下发了《关于本市鼓励人口向试点城镇集中的实施办法》。其中规定,在上海有固定工作和稳定生活来源的外省市人员,只要在"一城九镇"购买了新建商品房,就可以申请在试点城镇落户,其配偶及符合计划生育政策的未成年子女,也可以随迁入户。并且,外省市人员落户"一城九镇"后,符合条件的,还可以申请迁移户口至中心城区。这一实施办法的目的在于吸引人口向新城与中心镇的聚集。

(2)广州的外来人口政策

另一个较为有代表性的例子是广州。1998年2月1日《广州市购买商品房申办蓝印户口暂行规定》公布后广州市实行购房可入蓝印户口的政策。起初申请入蓝印户口需缴2万~4万元城市基础设施增容费,2002年该收费规定被取消。据广州市计委统计,截至2003年12月初,广州有两万户左右的居民拿到了蓝印户口指标。但是由于广州城乡结合部房地产发展异常迅速,蓝印户口申请人数不少,而蓝印户口人员在入托、入园,义务教育和普通高中、职业高中教育、计划生育、医疗卫生、就业、申领营业执照等方面享受当地常住城镇居民户口人员同等待遇,对政府财政有一定压力。

外地购房者在购买白云、芳村、黄埔、海珠、天河五区部分区域的商品房可获蓝印户口指标。其中购买建筑面积50~74m²的可办理1人,75~99m²可申办2人,100m²以上可申办3人入广州市蓝印户口。之前申请入蓝印户口需缴2万~4万元城市基础设施增容费,2002年该收费规定被取消。蓝印户口人员在入托、入园,义务教育和普通高中、职业高中教育、计划生育、医疗卫生、就业、申领营业执照等方面享受当地常住城镇居民户口人员同等待遇。蓝印户口的时限为7年。如无违法犯罪被劳动教养或判处刑罚、违反计划生育政策规定,满7年后,由本人提出申请,经市公安机关批准,转为广州市常住城镇居民户口。

从 2004 年起广州市正式以准入条件取代当时执行的入户政策和城市基础设施增容费。同时,当地常住户口可以在市内自由迁移。此后经批准登记、迁入广州常住户口的人员,须同时达到广州市政府公布实施的人口准入基本条件和有关部门联合公布实施的人口准入补充条件。市外农业户口和非农业户口人员登记、迁入广州非农业户口,实行相同的人口准入条件政策。

(3) 北京的外来人口政策

作为首都,北京市的外来人口政策向来备受全国的关注。在对待高层次人口的政策上,北京与其他城市并无太多差异。在针对低层次人口上,自 90 年代起,北京市政府曾制定了一系列的管理规定,对外来人口的户籍管理、租赁房屋、治安管理、计划生育、经商务工等内容进行了具体管理。其中的某些政策因涉嫌人口歧视而引起争议较多,比如对低层次外来人员允许从事行业范围提出的严格的限定。

2005 年 3 月北京市人大常委会会议曾审议拟废止《北京市外地来京务工经商人员管理条例》,拟取消暂住证,而设立北京市居住证。2005 年 8 月,《北京外来人口准入制度》出台,亦引起了强烈的反响。

以下是历年来北京市针对征对外来人口制定的一些管理规定:

1) 北京市劳动局、北京市公安局《关于征收外地来京务工人员管理服务费有关问题的通知》(1996-04-03)

2) 北京市劳动局、北京市公安局《关于印发〈北京市外地来京务工人员管理服务费免减征收的范围〉的通知》(1996-04-03)

3)《北京市外地来京人员租赁房屋治安管理规定》(1995-06-13)(2005 年 3 月修订)

4)《北京市外地来京人员户籍管理规定》(1995-06-13)

5) 北京市人民政府颁布的《北京市收容遣送管理规定》(1999-08-07)

6)《城市生活无着的流浪乞讨人员救助管理办法》(2003-06-18)

7)《北京市外地来京人员计划生育管理规定》

北京市政府已经于 2005 年废止的与《北京市外地来京务工经商人员管理条例》配套的五个政府规章:

1)《北京市外地来京人员租赁房屋管理规定》

2)《北京市外地来京人员务工管理规定》

3)《北京市外地来京人员经商管理规定》

4)《北京市外地来京人员从事家庭服务工作管理规定》

5)《北京市外地来京人员卫生防疫管理规定》。

3. 国家流动人口政策与地方外来人口政策的比较

国家对于一段时期内流动人口政策是相对稳定的,而地方外来人口政策则是随着执行过程中遇到的问题随时在进行调整。对照分析国家流动人口政策与地方外来人口政策,可以发现其中的差异。

(1) 主要针对的对象不同

国家政策关心的是农村进城就业的农民和社会流浪乞讨人员,这两部分人员在城市中不容易被接纳,易受到城市社会的排斥,他们在城市中大部分处于低收入与贫困的状态。而在经济全球化的推动下,各城市的目标是成为生产要素特别是资本积聚与流动的中心,因此对外来人口的地方政策主要针对资本与人力资源,经历了从"引资"逐渐转向"引智"的转变过程。初期的蓝印户口政策侧重于"投资移民",通过投资、购买商品房换取蓝印户口的办法,起到了招商引资的作用,对于繁荣城市的房地产市场起到了积极的杠杆作用;但是一段时期的实践表明,蓝印户口中绝大多数是购房、投资入户,各城市以引进人才为主的初衷没有实现,例如在上海只有 2% 属于各类紧缺人才,蓝印户口的大量增加对城市的人口素质、人口结构改善不大,相反却增加了城市在其他方面的社会负担,因此政策转向了后阶段的以人才引进为主。

(2) 主要的目标动机不同

国家政策趋向于给户籍制度"松箍",让城市逐步消化吸收农村人口,以缩小全国范围内的城乡差距;而城市从地方利益出发,设定准入原则,存在区域自我保护的倾向。从这个意义上讲,国家与地方的利益是矛盾的。现阶段,随着国家对户籍政策的松动,可能导致农村人口无节制地涌入城市,以及低级城市人口向高级城市人口的流动,其实质是城乡范围内以及全国范围内(尽管受整体的区域偏好影响)社会空间的流动和重组。城乡之间的贫富差距将逐渐转化为城市内部的贫富差距,今后城市的发展将不得不承受更大的经济与社会压力。

三、外来人口的增长趋势

自 80 年代中期以后,我国的流动人口开始迅速增长。据国家人口计生委公布的数据,到 2003 年,我国流动人口约 1.4 亿,超过全国人口总数的 10%[3]。另据农业部统计,2002 年农村劳动力外出就业超过 9400 万人,约占农村劳动力总数的 19.6%,比 2001 年的 8961 万人增加约 470 万人,并以平均每年 500 万人的速度递增。而如将这近 9 千万的农民工,再加上其携带的家属,则总人数很可能接近甚至超过 1 亿[4]。

另一方面,从城市接纳的外来人口来看,根据 2000 年第五次全国人口普查资料(以下简称"五普"),部分城市居住半年以上的外来人口总数及其占城市总人口比例如表 4-1 所示。其中,深圳市的情况较为特殊,总人口 700.9 万人,其中户籍人口 124.9 万,外来人口 577.0 万,占总人口比例 82.1%。同期北京、上海和广州外来人口分别为 282 万、319 万、318 万,外来人口比例分别为 20.0%、19.4% 和 30.0%。

表 4-1　　　　　　　部分城市外来人口总量及其占总人口比例(五普)

	深圳	广州	北京	上海
外来人口数(万)	577	318	282	319
外来人口占总人口比例(%)	82.1	30.0	20.0	19.4

　　以北京市为例,据北京市统计局发布[5,6],截至 2004 年底,北京市常住人口达到 1492.7 万人,在四个直辖市中,北京的常住人口位于重庆和上海之后,排在第三位。其中:具有北京市户籍的人口 1162.9 万人,居住半年以上的外来人口 329.8 万人,外来人口占常住人口的 22%。较之 1949 年的 420.1 万人(按现行区划统计),55 年间常住人口增加了 1072.6 万人,增长 2.6 倍,尤其是在 1991—2004 年间,北京经济的快速增长和城市建设的迅猛发展,为外来人口提供了大量适宜的就业岗位,在全市增加的人口中,外来人口占到 63%。

　　以上海市为例,至 2004 年底,上海外来人口总量已达到 536.20 万,比 2003 年底的 498.79 万增加了 7.5%。目前在上海就业的外来务工人员几乎占了上海从业人员的近一半,达到 358.59 万[7]。从"五普"资料 1988—2000 年的外来人口统计中已经反映出下列趋势:①外来人口持续高速增长;②外来人口占常住人口比例同步上升,从 1988 年的 7.75% 已上升至 2000 年的 23.58%,亦即全市生活有将近四分之一的非户籍人口(见表 4-2);③居留时间也越来越长,其中居留半年以上的占外来流动人口总量的比例 2000 年已高达 78.98%(见表 4-3)。

表 4-2　　　　　　　上海市外来人口总量占常住人口比例

年份	1988	1993	1997	2000
外来人口总量占常住人口比例	7.75%	16.24%	15.37%	23.58%

　　数据来源:依据 2002 人口与发展论坛论文集(中国·上海),中国人民政治协商会议上海市委员会,第 348 页数据整理而成。

表 4-3　　　　　　上海市外来人口(非户籍人口)总量变化

年份	1988	1993	1997	2000
外来流动人口总量	106.00 万	251.00 万	237.00 万	387.11 万
在沪五年以上占总数比	9.64%	9.34%	15.20%	18.13%
在沪半年以上占总数比	47.32%	49.38%	71.40%	78.98%

　　数据来源:依据 2002 人口与发展论坛论文集(中国·上海),中国人民政治协商会议上海市委员会,第 347 页数据整理而成。

四、外来人口的阶层特征

　　在分析研究外来人口的阶层特征时,着重从社会经济地位(socioeconomic status)、人力资本(human capital)与空间分布(spatial distribution)几个方面来考察。

1. 外来人口的社会阶层分布

对于城市中大量蜂拥而至的外来人口,其社会构成几乎覆盖了高中低收入各个阶层,不同的是各阶层在数量、素质上的差异较大,因而在城市中的境遇也相距甚远,不可同日而语。

上海的各界学者曾就"新上海人"现象进行了广泛而深入的探讨。王德峰将"新上海人"移民群体的基本构成简要概括为"三高":高学历、高资本和高体力。由"三高",他又进一步将"新上海人"大抵分为三个阶层:①高级白领(主要是技术人才和管理人才)及文化产业的从业人员;②有相当大的资本积累的民间企业家;③企业中的蓝领及以小商小贩为生计的个体劳动者[8]。在上述的技术、资本、劳动力人口之外,还包括求学、居住的国内外迁入人口,以下对他们的社会特征及阶层分布进行较为深入的分析。

(1) 农民工的社会阶层

在外来人口中,相当一部分是农民工。无论从获得教育、职业、收入等几个重要方面来考察,农民工都处在城市中最低层的社会经济地位。

以上海的外来人口为例,从受教育程度来看,"五普"数据显示(见表4-4),上海外来人口文化程度构成中,初中及以下文化程度占85.14%,这部分人的构成主体就是农民工。由于文化程度低下以及职业技能的缺乏,外来农民工只能在一定程度上弥补低层次劳动力的缺口,而且有很大一部人口不能获得正规就业,给城市带来了潜在的社会问题。

表 4-4 　　　　　上海户籍人口与外来人口文化程度构成比较("五普")

文化程度	小学及以下	初中	高中中专	大专及以上
外来人口(6岁以上)	29.90	55.24	11.20	3.66
户籍人口(6岁以上)	25.59	33.36	27.50	13.54

数据来源:上海统计年鉴2003,第73页及2002人口与发展论坛论文集(中国·上海),中国人民政治协商会议上海市委员会,第355页。

从职业来看,由于受到户籍、文化程度及职业技能的制约,农民工在从事的行业与职业上受到主观与客观上均为严格的限制。据农业部统计,2001年中国7800万外出打工的农村劳动力中,80%的人从事工业、建筑业、餐饮业和服务业。从上海2000年的人口职业构成来看,外来人员主要从事制造加工、建筑施工、商业服务、农林牧渔水利业生产人员、餐饮服务、家政服务、废旧物资回收等,其中很大一部分职业城市居民已经基本退出(见表4-5)。

表 4-5	2000 年上海市人口职业构成("五普")	
职业	劳动力职业构成比重(%)	经济型外来流动人口职业构成比重(%)
合计	100.0	100.0
机关企事业单位负责人	3.4	0.6
各类专业技术人员	12.8	3.8
办事人员	11.8	0.0
商业服务人员	22.4	13.9
农林牧渔水利业生产人员	11.3	7.3
生产运输设备操作人员	38.2	2.9
不便分类的其他劳动者	0.1	11.1
制造加工人员	—	25.8
建筑施工人员	—	19.5
餐饮服务人员	—	6.6
居民服务人员	—	6.9
废旧物资回收人员	—	1.6

注:本表仅指 15 周岁以上在沪从事经济活动的外来流动人口。

数据来源:上海统计年鉴 2003,73 页;《上海人口发展报告》上海市第五次人口普查办公室,转引自 2002 人口与发展论坛论文集(中国·上海),中国人民政治协商会议上海市委员会,第 136 页。

从收入来看,农民工与城市工相比享受不到同工同酬、同工同时的待遇。据民建中央 2003 年重点调研课题"关于上海市进城务工农民权益维护和保障问题"调研的结果[9],大部分人员月工资在 600～800 元之间,少数人员为 800～1200 元,个别管理技术人员在 2000 元以上。而 2002 年上海国有单位职工的平均月工资为 1648 元,集体单位职工的平均月工资为 726 元,其他单位的职工的平均月工资为 1824 元,其中港澳台和外商投资单位的平均月工资为 2103 元[①]。另据北京大学中国经济研究中心课题组的调查表明[10],1998 年上海市农民工的各种收益仅为本地城市工的五分之一,其中 3 倍的差距来自社会保障待遇。对于农民工来说目前只存在一个最基本的工资保障,按照上海市规定,外来务工人员月工资不低于该市最低工资水平(自 2003年 7 月 1 日起上海的最低工资标准为 570 元,根据劳动和社会保障部 2004 年 4 月 1日的规定,以后各地最低工资将每两年调整一次)。由此,农民工的工资绝对值也可以相应地提高。

从农民工的社会地位来看,农民工是具有农村户口身份,却已离开土地、在城镇务工的劳动者,是中国传统户籍制度下的一种特殊身份标识。由于传统产业工人数量的萎缩,农民工的数量实际已远远超过传统工人的数量。不少学者从语义学和现

---

① 依据《上海统计年鉴 2003》96 页数据计算。

实情况提出了农民工属于产业工人的见解[11]，国家政策也已经开始把农民工纳入产业工人的范畴①。但是，与户籍制度相关联的诸多社会福利保障制度却只面向城市居民，农民工享受不到如医疗、事故、失业、养老等社会保险与保障，更易遭遇各种意外风险以及陷入生活困境等。

综合上述分析，作为农民分化出来的群体，农民工的农村户口及自身素质阻碍着其真正融入城市社会和工业劳动者群体，从而在社会经济地位上成为城市中的低收入阶层和贫困阶层，也有社会学者将他们归入弱势群体。

（2）外来人口中的中高收入阶层

除了最大量的农民工，即所谓的"高体力"人口之外，外来人口还包括另外两类人。一类是在文化程度在大专及以上人口，他们占外来人口的比例通常很低（上海"五普"数据中这部分外来人口仅占 3.66%，见表 4-4）。这部分具备一定学历的外来人口，有技术人才引进者、外地学生求职者、海外投资代理人、外地国企常驻人员等，他们凭借自身的素质与条件，在人力资源市场中占据着获得较好的职业与位置，从而跻身于中高收入阶层。

其中上海的引进外来人口，有归国留学人员、中外企业职员等。自从 2003 年 6 月 15 日居住证制度在沪出台，至 2004 年 6 月 23 日近一年间，获得上海市居住证的有 2 万余人，学历在本科以上的占 71%，硕士、博士占 11%，近 80%的持有人年龄不到 35 岁。人事局发放国内人才居住证（A 证）2.1 万余张，海外人才居住证（B 证）2000 多张。通过居住证制度引进的人才，大多向上海的重点产业、重点地区集聚：理工、经济管理两类人才各占 44%左右，主要分布在软件、微电子、金融等领域[12]。

此外，还有一类是相当一部分来自外地的投资经商者，他们所受的教育水平可能偏低，但大都是携带资本来上海市场投资发展并在此安家落户的。

这两类具备高技术、高资本的外来人口无论从社会地位还是从经济收入方面分析都可以归入城市的中高收入阶层。

2. 外来人口加剧了城市中的社会分层

在我国现阶段全国性范围的人口迁移过程中，有两个主要的趋势，一是表现为从农村向城市转移，两是表现为从西部内陆的衰落城市向东部沿海的发达城市和地区转移，两者都是由经济发展落后、环境条件不好地区向生活舒适、环境优美地区的转移。这是由我国特定的城乡差距与地域差距决定的。

（1）城乡差异

传统的城乡二元结构导致的我国城市居民与农民之间的实际收入差距在全世界

---

① 2003 年 9 月召开的中国工会十四大提出了"农民工已经成为我国工人阶级的新成员和重要组成部分"，而且农民工加入工会被首次写入了这次大会的报告中。

排名第一。由中国社会科学院经济研究所经过数年跟踪所做出的一份全国性调查报告显示,近年来,中国城乡收入差距在不断拉大,如果把医疗、教育、失业保障等非货币因素考虑进去,中国的城乡收入差距世界最高,甚至超过了非洲的津巴布韦等国家。报告显示,中国城乡之间的人均收入比率由1995年的2.8倍提高到2002年的3.1倍。根据2003年统计年鉴,中国城乡之间的人均收入比率为3.23倍。然而,如果把其他因素都考虑进去,估计城乡收入差距可能要达到6倍[13]。

(2)地域差别造成的差距

由于区位环境、历史文化、基础条件、人口素质、生产力水平等差异以及政策因素,我国区域经济发展部平衡。从总体上看,东部地区发展较快,中西部特别是西部地区发展较慢。统计资料显示,2002年底,储蓄存款最多的五个省份(广东、江苏、山东、浙江和北京)169个城市占全国储蓄存款的45.65%,而储蓄存款最少的五个省份(西藏、青海、宁夏、海南和贵州)32个城市仅占全国储蓄存款的1.86%。考虑到人口总数的差异,从人均储蓄上看,储蓄存款最多的五个省份是储蓄存款最少的五个省份(由于西藏城市的数据不全,严格地讲是不包括西藏的四个省份)的2.14倍(见表4-6);从个体上看,在2003年胡润版中国大陆百富榜上,广东上榜富豪最多,有22人,其次是上海14人、北京11人,并且上海企业家拥有的财富最多[14]。在观澜湖2004胡润百富榜中,广东依然是产生最多富豪的地方,2004百富榜上有19个企业总部设在广东,17个企业家是广东人[15]。

表4-6 全国储蓄存款最多与最少的五个省份多城市的比较数据(2002年末)

省份与城市数	城乡居民年末储蓄存款数(万元)及比重		年末总人口数(万人)及比重		人均储蓄(元/人)
广东(47个城市)	109 427 720	16.85%	5 098.55	8.84%	
江苏(40个城市)	55 913 205	8.61%	4 584.78	7.95%	
山东(48个城市)	46 275 289	7.13%	5 136.72	8.90%	
浙江(33个城市)	41 668 549	6.42%	2 987.62	5.18%	
北京	43 158 635	6.65%	1 067	1.85%	
小计	296 443 398	45.65%	18 874.67	32.71%	15 706
西藏(2个城市,其中拉萨 Na)	0	0	9.4	0.02%	
青海(3个城市)	1 577 801	0.24%	132.02	0.23%	
宁夏(6个城市)	2 030 716	0.31%	237.27	0.41%	
海南(8个城市)	3 521 070	0.54%	405.25	0.70%	
贵州(13个城市)	4 958 096	0.76%	869.94	1.51%	
小计	12 087 683	1.86%	1 653.88	2.87%	7 350

数据来源:依据中国城市年鉴2003,中国城市发展研究会主办,北京:中国城市年鉴社,2003年11月第1版:96-111,160-174数据分类计算整理

注:表中城市包括2002年中国直辖市、副省级市、地级市、县级市。Na(Non-available),不可得的数据。

由于城乡差异与地域差异的长期存在,形成了"吸力"的作用,同时吸引着资金与资本,包括从高端到低端的人力资本。一方面,由于资本总是流向最能产生效益的地方,迁移到市场最为活跃、机会最多、最能获得高额回报的城市和地区。城市与舒适的生活环境、丰富的文化生活、消费层次,吸引了富裕阶层的投资和移民。另一方面,进入城市的农民,由于所受教育程度、个体的适应能力、个人素质等综合因素影响,真正能够彻底改变自己原先生活状态的仍在少数,多数人仍处于社会的底层,与城市的居民相比,还缺乏最基本的社会保障,所以成了城市中最贫困的阶层。

这两部分外来人口在社会梯度的两端,一高一低,在客观上加剧了城市中的贫富差距。由于综合因素导致的外来人口的迁移作为一种社会经济现象,对于城市产生的社会经济影响(包括正负效应)是不容忽视的。在为城市发展注入活力和动力的同时,也给城市带来了潜在的社会问题,例如犯罪、流动人口的子女教育、居住、环境、社会保障等。

五、外来人口的空间分布

按照社会经济地位与人力资本因素,外来人口分成了高收入阶层、中等收入阶层、低收入及贫困阶层,不同阶层的外来人口在城市空间分布上也表现出分化的特征。

1. 中高收入阶层的空间分布

外来人口中的中高收入阶层在城市中的整体空间分布特征不那么显著,这与他们的经济文化素质不无关联。复旦大学陈思和教授认为,这些人员中真正形成一种超越区域文化,以行业或者经济利益、消费形式联结成的一种社会圈子。与农民工阶层不同的是,他们很少保留固执的家乡文化的记忆,而是以提倡新的非区域性的文化为特征的。在民营企业家和外商代理人阶层中间,这种文化族群的特殊性非常明显[16]。这与曼纽尔·卡斯泰尔(Manuel Castells)①对信息化社会(the information society)中精英阶层特征的描述有一致之处,卡斯泰尔指出,精英阶层的认同"并未连结于任何特定社会,而是与横跨所有社会之文化'光谱'的资讯化社会里中高管理阶层的成员资格有关"[17]。

> 曼纽尔·卡斯泰尔在他的信息化社会的流动空间理论中,对精英阶层的活动空间特征及生活方式特征作了细致的描述:
> "一方面,精英形成了他们自己的社会,构成了隔绝的社区,将社区界定为有空间界线的、形成人际网络的次文化。流动空间的节点包括了居住与休闲导向的空间,配合了总部与其辅助设施的区位,倾向与在谨慎地区隔的空间里,汇聚支配性的功能。……区隔包括了不同地方的区位,以及某些只开放给精英的空间之安全控制。从权力的顶峰与其文化传送器,组织了一

---

① 曼纽尔·卡斯泰尔,美国加州大学著名社会学教授。

系列的象征性社会—空间层级;低层的管理人员可以模仿权力的象征,并且构成次级的、将他们与社会其他人隔绝开来的空间社区,以便挪用这些象征。

沿着流动空间的界线,横跨全世界而建构起一个(相对)隔绝的空间:国际旅馆的装饰、从房间设计到毛巾颜色,全世界都很类似,以便创造一种内部世界的熟悉感,以及一种相对于周遭世界的抽象性。

资讯精英之间有日趋均质化的生活方式,超越了一切社会的文化边界:经常使用健身器材(即使是旅行时也使用)和慢跑;烤鲑鱼和蔬菜色拉的强迫节食餐;采用了"苍白的小羚羊"的墙壁颜色,以便创造内部空间的温暖舒适气氛,而其认同并未连结于任何特定社会,而是与横跨所有社会之文化光谱的资讯化社会里,中高管理阶层的成员资格有关。"

在全球化的背景下,我国大城市中"土著的"或外来人口中的中高阶层人口也都不可避免地带有这种文化认同倾向。

由于在职业、社会地位上融入城市的程度较高,这就决定了他们在择居上有相当的余地。相对于城市中土生土长的中高收入阶层来说,他们受城市区位先验的影响小,在选择时更加务实,大多希望自己居住的社区能够有好的居住环境、便捷的交通、成熟的配套以及良好的休闲、运动场所。在 2003 年 6 月 15 日至 2004 年 6 月近一年间,获得上海市居住证的 2 万余人才中,流向呈现了向城市重点发展地区集聚的态势,主要流向浦东、闵行、徐汇、长宁等地区,四区合计占总数的 67%;其中近三分之一的人才落户浦东新区,并且集中在陆家嘴金融贸易区、张江高科技园区和金桥出口加工区等区域[18]。

2. 低收入阶层及贫困阶层的空间分布

外来人口的低收入阶层及贫困阶层在城市中的分布,无论在城市中的整体区域上还是在局部地区的分布都表现出相对显著的特征。以上海市为例。

(1) 在城市区域的整体分布特征

在上海市域内,根据 19 个区县的地理位置特点,将全市划分为中心区、近郊区和远郊区等三个地域层次。根据"五普"统计资料,各区县外来人口的分布如表 4-8。

表 4-8　　　　　上海市外来人口分区县分布位序("五普")

人口分布的区县	各区县人口(万人)	各区县外来人口数(万人)	占外来人口总数的比重(%)	序号	占各区人口总数的比重(%)	序号	备注
浦东新区	240.23	73.28	18.93	1	30.50	3	
闵行区	121.73	48.10	12.43	2	39.51	1	近郊区
宝山区	122.80	37.44	9.67	3	30.49	4	
嘉定区	75.31	25.40	6.56	4	33.73	2	

续表

人口分布的区县	各区县人口（万人）	各区县外来人口数（万人）	占外来人口总数的比重（%）	序号	占各区人口总数的比重（%）	序号	备注
徐汇区	106.46	23.31	6.02	5	21.90	9	
普陀区	105.17	23.11	5.97	6	21.97	8	中心区
杨浦区	124.38	19.68	5.08	7	15.82(15.822)	14	
松江区	64.12	19.05	4.92	8	29.71	5	远郊区
青浦区	58.59	16.82	4.34	9	28.23	6	
长宁区	70.22	16.27	4.20	10	23.17	7	
闸北区	79.86	14.40	3.72	11	18.03	11	中心区
虹口区	86.07	14.38	3.71	12	16.71	12	
奉贤区	62.43	13.06	3.37	13	20.92	10	远郊区
南汇区	78.51	12.42	3.21	14	15.82(15.820)	15	
黄浦区	57.45	9.43	2.44	15	16.41	13	
卢湾区	32.89	4.85	1.25	16	14.75	17	中心区
静安区	30.53	4.64	1.20	17	15.20	16	
金山区	58.04	6.08	1.57	18	10.48	18	远郊区
崇明县	64.98	5.40	1.39	19	8.31	19	
总计	1640.77	387.11	100%				

数据来源:依据《上海统计年鉴2003》第五次人口普查总人口及第五次人口普查外来流动人口数据计算整理。北京:中国统计出版社,2003年5月第1版:68-70。

> 在上海市域内,根据各区县的地理位置特点,将全市划分为中心区、近郊区和远郊区等三个地域层次。其中中心区包括黄浦(包含原黄浦、南市)、卢湾、徐汇、长宁、静安、普陀、闸北、虹口、杨浦;近郊区包括浦东新区、闵行、宝山、嘉定;远郊区包括金山、松江、青浦、南汇、奉贤、崇明县等。

通过对上表中所反映现象的解释,我们不难发现其中起作用的因素:

1) 流入渠道的便捷程度。从上海的地理位置来看,上海南临杭州湾,东临东海,背向长江的入海口,西南与浙江接壤,西及西北与江苏接壤。主要的陆上对外联系方向是西部。低层次外来人口的流入,主要依赖铁路、公路或是水路。所以,同样是远郊区,外来流动人口在松江区、青浦区的分布(合计9.26%)要大于奉贤区与南汇区(合计6.58%)。

2) 经济吸引力与就业机会的多少。上海九大市级工业园区(见表4-9)中分布在近郊区的有莘庄、宝山、嘉定、康桥(浦东)工业园区,离市区较近的地理位置、充分的就业岗位,使得外来人口在这几个近郊地区的分布比例最高,合计约占全部流动人口的 47.59%。尤其是浦东新区的迅速发展,提供了较多的工作岗位。

表 4-9　　　　　至 2001 年九个市级工业园区基础设施投资情况　　　　　单位:万元

园区名	累计基础设施投资	银行贷款	土地批租	自筹资金
莘庄	139 731	42 930	54 598	19 436
宝山	51 986	2 650	14 000	34 586
嘉定	146 861	27 330	1 600	117 331
金山嘴	8 240	1 800	4 380	2 000
松江	202 094	36 300	112 498	3 500
青浦	69 012	24 811	21 977	17 324
康桥	170 000	43 500	34 700	21 180
奉浦	65 259	20 315	17 744	1 000
崇明	22 150	12 950		9 200

资料来源:2002 年上海农村统计,第 94 页。

3) 居住生活成本的高低。地区住房租售价格、共服务设施等级及日常消费水准共同构成的居住生活成本决定了准入的门槛。大多数外来流动人口的职业层次及收入水平较低,这就决定了他们不可能有充裕的资金用于购置房产,只能购置或承租价格低廉的房产。有统计数据表明[9],外来务工人员中 24% 的居住于集体宿舍中,72% 的自行租赁房屋居住,1.3% 的寄宿亲戚朋友家,购买房屋的占 2%。所以外来流动人口在物业昂贵的中心区黄浦区、卢湾区和静安三区分布比重最低(三区合计只占 4.89%)。

依据"五普"的人口资料统计,上海市的外来流动人口整体集中分布在内外环线之间的区域内,中心区、近郊区和远郊区的外来流动人口分别为 130.7 万人、184.22 万人和 72.83 万人,分别占全市外来流动人口总量的 33.6%、47.6% 和 18.8%,呈现为主要在内外环线之间区域内的环形的集中分布①。

对于其他大城市而言,外来人口在城市中的整体分布类似地主要也由以上三个因素共同决定。

---

①　汤志平《上海人口分布变化与人口布局导向战略研究》,见中国人民政治协商会议上海市委员会《2002人口与发展论坛论文集(中国·上海)》第 99～103 页。

（2）在城市局部地区的聚集特征

关于外来人口在城市局部地区的分布,社会学者、地理学者已经开展过一些研究[19,20]。研究发现,外来人口进入大城市后,形成了一个具有共性的社会现象,就是在各大城市的城乡结合部不同程度地形成了一些聚集流动人口的街道或村庄。石忆邵[21]在对当前我国商人流迁的行为特征与地域文化的关系研究中发现,由于受家族经商传统及各地"能人"带动效应的影响,一个市场特别是大型市场的流动商们往往呈现出具有一定血缘、姻缘和地缘联系的群聚性特征,形成具有相似身份、职业、生活习惯、文化水平、价值取向和心理状态的地域性商人群体。如北京南三环附近的木樨园小商品市场,是温州人大量聚集之地。各地存在的"浙江村"、"河南村"、"安徽村"、"新疆村"等外来人口聚集区,突出反映了流动人口在地域空间上呈现的大分散、小集中的分布格局。这在社会学上的解释是,农民进入城市,还是依靠某种关系。社会学家将之称为"关系社会",或者"网络化熟人社会"。

国外的研究表明外来低收入人口也存在着类似的特征,Levine[22]对芝加哥地区住房生产与人口分布的研究表明,低收入人口与少数民族有集中在出租房的倾向。这种效果是平均的,存在于所有的辖区。

城市中的这种外来人口聚居区,普遍存在着居住条件恶劣、布局拥挤混乱的状况。例如,北京"浙江村"大部分地段的景观犹如贫民窟,不但远逊于市区,而且不及一般的乡村和集镇[22]。另外,一项中国流动儿童状况抽样调查表明①,在抽取的流动儿童家庭中,生活问题首推住房,90%在城市里的住房是租用的,79%的流动人口家庭中儿童没有自己独立的房间,45%的家庭没有厕所,36%的家庭没有厨房。

外来人口聚居区给城市带来了许多潜在的社会问题,例如犯罪、流动人口的子女教育、居住、环境、社会保障等。如果不从土地结构、产业结构、就业结构、生态环境等方面加以优化、引导的话,这些地区很可能沦为城市中的贫民窟。

六、外籍人口的阶层特征

外籍人口的阶层特征在大城市中反映得较为明显、集中,因为在大城市中,外籍人口数量较多,对城市经济活动与社会空间可能形成一定的影响。因为上海市目前外籍人数在全国各大城市中已居于首位(在2003年首次超过北京),所以在讨论外籍人口的阶层特征时,基本以上海的数据及状况来分析说明。

---

① 由国务院妇女儿童工作委员会办公室和中国儿童中心共同立项,财政部和联合国儿童基金会资助的中国流动儿童状况抽样调查,历时一年,在全国抽取了九个城市,访问了一万两千多名流动儿童的监护人和七千八百多名儿童。转引自新民晚报,2003-11-10(4)。

1. 外籍人口总数

随着上海国际都市水准和开放度的不断提高,上海正在加快成为国际大都市的步代。管理外国人在上海工作就业的有关机构提供的数据表明,改革开放以来,累计已有约 10 万外国人在上海工作过。最近三年来,外国人在上海就业的人数以每年 10％的速度增长。

据上海社会保障局 2004 年 3 月提供的统计数字,2003 年,在华常住外国人 236 361 人,在沪常住外国人 63 970 人,占全国的 27％;留学生 43 065 人,上海有 13 360 人,占全国的 31％;文教人员 13 924 人,上海有 1 815 人,占全国的 13％;外企驻华代表 13 086 人,上海有 3 939 人,占全国的 30％;侨民 8 029 人,上海有侨民 130 人,永久居留 5 人,占全国的 2％;还有部分经济专家、常住记者以及寄养儿童等。在上海生活的境外人士,分别来自 128 个国家和地区(见表 4-10),其中 2003 年人数占据前 10 位的分别是日本、美国、韩国、新加坡、德国、马来西亚、加拿大、法国、澳大利亚、英国等。

表 4-10   上海的海外居民国别、地区分类统计数据选编

国别	2001		2003	
	人数	外籍居民主要团体占上海全部外籍居民的百分比(％)	人数	外籍居民主要团体占上海全部外籍居民的百分比(％)
日本	10 838	21.42	21 622	33.8
美国	5 150	10.18	7 612	11.9
韩国	3 811	7.53	5 629	8.8
新加坡	1 603	3.17	4 926	7.7
澳大利亚	1 722	3.40	2 239	3.5
德国	1 631	3.22	2 879	4.5
法国	1 604	3.17	2 431	3.8
加拿大	1 400	2.77	2 559	4.0
马来西亚	1 066	2.10	2 878	4.5
英国	934	1.85	2 047	3.2
中国台湾	11 050	21.84	—	—
中国香港	4 121	8.15	—	—
其他	5 656	11.18	9 148	14.3
合计	50 586	100.0	63 970	100.0

数据来源:表中 2001 年数据引自《上海统计年鉴 2003》77 页;2003 年百分比数据引自 2004 年 3 月 18 日上海市政协对外友好委员会办公室组织的“上海优化国际大都市涉外生活、工作环境情况调研座谈会”材料汇编,由上海市社会保障局提供;2003 年人数为作者根据 2003 年在沪常住外国人 63 970 人推算。

2. 外籍人口的职业与年龄构成

职业构成包括学历构成与职务构成两方面。据上海社会保障局 2004 年 3 月提供的统计数字,截至 2003 年底,实际在上海就业的外籍人数有 25 934 人,其中绝大多数是有较高学历的专业技术人才(见表 4-11)。在沪工作的外国人中,70% 以上分布在上海近 2 万家外商投资企业里,主要是外资企业中层以上管理人员,其余引进的外国专家主要分布在上海的工业、金融、科技、商业、中介咨询、农业、教育、文化、出版、卫生、新闻、体育等领域(见表 4-12)。

表 4-11　　　　　　　　**上海的外籍居民学历统计数据选编(截至 2003 年底)**

受教育程度	占总人数比例
博士学位及以上	2.8%
硕士学位	15.1%
学士学位	68.2%
其他	13.8%

数据来源:由上海市社会保障局 2004 年 3 月提供。

表 4-12　　　　　　　　**上海的外籍居民职务统计数据选编(截至 2003 年底)**

职务	占总人数比例
高级管理人员	19.6%
一般管理人员	52.2%
高级技术人员	7.1%
一般技术人员	5.67%
外企常驻代表机构首席代表	5.9%
外企常驻代表机构代表	9.4%

数据来源:由上海市社会保障局.2004 年 3 月提供。

在年龄构成上,在上海的外籍人士中,18~30 岁的占总人数的 21.6%,31~40 岁的占 38.4%,41~50 岁的占 25.3%,其余年龄段占 14.7%[①]。

3. 外籍人口加强了城市中的文化异质性

现阶段常住我国的外籍居民,在职业构成上有着很大的分化。这种职业的分化

[①]　数据由上海市社会保障局 2004 年 3 月提供。

也经过了一个演变的过程。20 世纪 50 年代,在中国的外籍居民主要是分布在各个建设领域支援新中国的建设的前苏联与东欧的"专家学者";60 年代,中国引进外国专家的步伐放慢,只是在文教领域还活跃着一批外国专家。文革期间,这一工作几乎停顿下来,曾经有着 15 万常住外国人的上海,只拥有 70 余名常住外国人[23]。70 年代末至 80 年代初,来沪投资、经商、交流访问的,包括文教专家、经济管理和技术管理的专业人士。90 年代末,由于用工制度的多元化发展,在餐饮业、饭店管理业、文化娱乐业、IT 业等行业到中国谋生求职的外国人不断增加,这些人的社会经济地位差异颇大,难以用一个单一的社会阶层加以涵括。

从收入来讲,外籍居民或外籍家庭总体上应该处于中等收入阶层及以上。这个推断可以通过外籍居民在住宅市场的消费水平间接地加以验证。2002 年 1～9 月,上海市房地产交易中心的"房地产市场数据分析"显示(表 14-13),单价在 7 000 元以上的高价商品房预售的成交套数为 12 926 套,占预售成交总套数的 8.6%,其中境外居民的购买比例达 25.0%,约 3 232 套。而这期间境外居民的购房总数是 6 340 套,也就是说 51.0%的境外居民购买了高价位住宅。需要说明的是,由于境外居民可能包括了港澳台居民,因此实际的外籍居民比例可能会低一点。而 2003 年外籍居民购买单价超过 6 000 元以上的商品住宅占外籍居民购房总数的比例为 79.3%,高于同价位段本市居民和外地居民的购房比例①。而 2005 年 6 月份第一太平戴维斯完成的一项针对新建高档住宅项目的客户调查显示,境外人士已占买家比例的 70.4%[24]。由于 2004 年大规模的境外游资投入上海房地产市场,投资因素增加,因此这高达七成的比例中并不仅仅是常住外籍居民消费,只能作为参照。

表 4-13   2002 年 1～9 月房地产市场数据分析

预售结构细化		2002 年 1～9 月	2001 年同期	同比%
价格结构	小于 3 000 元/m²	24 048 套	25 507 套	−5.7
	3 000～5 000 元/m²	82 741 套	58 047 套	42.5
	5 000～7 000 元/m²	30 160 套	15 363 套	96.3
	大于 7 000 元/m²	12 926 套	6 238 套	107.2
预售对象	本市居民	115 581 套	87 263 套	32.5
	外地人士	27 954 套	16 509 套	69.3
	境外人士	6 340 套	1 383 套	358.4

资料来源:根据青年报 2002 年 10 月 26 日第 2 版《超半数高价房归新上海人》整理。

---

① 所引数据见 2004 年 3 月 18 日上海市政协对外友好委员会办公室组织的"上海优化国际大都市涉外生活、工作环境情况调研座谈会"材料汇编:十二、外籍人士在沪购买、租住商品房情况及居住管理情况。由上海市房地局提供。

由于外籍居民总数在全市人口总数中所占比例还远远不到 0.5％，所以外籍人口在城市社会分层中所起的作用不那么显著，更深刻的影响在于外籍人口的生活方式、观念形态所带来的文化异质性、文化多元性的影响。

七、外籍人口的空间分布特征

上海的外籍人口在浦西主要分布在原法租界、长宁区的古北小区等国际化社区，古北小区现已居住着来自美国、日本、韩国、英国、法国等 34 个国家和地区的 4000 余户居民，其中外籍人口超过 50％，40％ 是华侨和港澳台居民，还有 10％ 是中国居民，因而有小小"联合国"之称[25]。静安区的嘉园小区有日本、法国、加拿大等国的外籍居民近百户，占了小区总户数的四分之一。其他在静安区的四方新城、卢湾区的雁荡公寓等也居住着不少外籍居民。

外籍人口在浦东也形成了相对集中的分布。经过 10 余年的开发开放，浦东已初步形成了境外投资者、经营者、居住者多元聚集的环境和氛围，在浦东工作和居住的外籍人士已达 2 万多人，陆家嘴金融贸易区的商务楼是海外人士进出最集中之地，与这一区域相匹配的适宜外籍人士的生活小区，如三里港林克斯外商休闲社区、碧云国际社区和汤臣高尔夫别墅区、仁恒滨江、浦江茗园等一批外籍人口集中居住的国际社区，其中四季雅苑的外籍业主比例则达到了 100％。位于浦东陆家嘴地区的仁恒滨江园小区属于涉外高档住宅区，拥有 1200 余户居民，其中外籍业主占社区业主总数的 40％ 以上，这些住户来自德国、新加坡、澳大利亚等 30 多个国家和地区[26]。

此外，在市区各高校的生活区内也分布着一定数量的外籍专家及留学生。

与外籍人口的居住分布相配套，是城市提供的各类居住生活设施，在古北新区有着较为成熟的配套生活设施。就教育设施而言，上海现有 20 所外籍人员子女学校、5 所本地学校国际部以及接受外国学生的 150 所本地中小学，2003 年共吸引了 10873 名来自近 40 个国家与地区的外籍学生及港澳台地区学生在上海生活和学习①。2004 年外籍、港澳台人士子女在上海包括在国际、普通学校长年就读的约为 1.3 万②。其中，外籍人员子女学校分布在浦东新区、闵行区、长宁区、徐汇区、虹口区。

八、国际化都市与外籍人口的发展趋势

已经成为国内优秀人才聚集地的上海，正在向国际大都市的目标迈进。其中，外籍居民的多少成为衡量城市国际化的重要可量化指标之一，它反映了城市在国际分工中能在多大程度上吸引外国企业、外国留学生、外国专家和外国人才移民。关于国

---

① 数据由上海市社会保障局 2004 年 3 月提供。
② 见 2005 年 1 月 27 日上海市委副书记殷一璀在上海市基础教育工作会议上的讲话。

际大都市外籍常住人口的比例,存在着 5％、8％、15％、20％ 四种不同的说法。以最低的 5％ 计算,1000 万人口的城市必须拥有 50 万常住外籍人士。

目前,上海国际人口比重较低,境外常住人口只有 6 万多人,仅占总人口比重的 0.37％,离现代化的国际大都市还有很大的差距。相比较而言,纽约这一比重为 20％,香港为 7.6％[1],被弗里德曼和沃尔夫(Friedmann & Wolff)[27] 称为"一座急速出现的全球城市(an emergent global city)"的悉尼则接近 30.4％[2][28];柏林未能获得准确的统计比例,但德国的外籍人口占总人口的 8.9％(其中土耳其人占了很大比重)[3]。因此上海国际人才的加入、常住国际人口的增加、移民的速度与上海的国际化进程是同步的,都将经历一个比较长的过程。

国际集团和跨国机构的密集程度也是国际都市的衡量标准之一。目前云集浦东的世界 500 强跨国公司已达 146 家,跨国公司中的国家或地区总部、营销分部已超过 60 余家,外资金融机构已有 60 家。世界上 78 个国家和地区在浦东投资,外商投资项目达 7850 个。通用、福特、英特尔、IBM、惠普、法雷奥等代表的成千家国际制造企业进入浦东。2002 年,是世界著名跨国公司总部及其研究机构加快向浦东集聚的一年,2002 年上海认定的首批跨国公司总部中,浦东就拥有阿尔卡特、三菱商事、富士胶片、德尔福和霍尼韦尔 5 家[29]。

上海将在努力吸引跨国公司地区总部入驻上海,以及入世后国外主要服务行业与主要工业行业的市场准入方面,不断提升城市的国际化水平。

九、城市外来人口的隔离与同化

城市外来人口的社会分层与空间分布显示,社会经济地位的分层也将全面反映在工作岗位与就业空间、交往与休闲活动空间及居住空间的分层上。由于分层造成了外来人口定居行为(settlement behaviour)与空间分布(spatial distribution)之间的一些规律,主要地表现为隔离。如进入城市的农民大多聚集在近郊区或远郊区,多数租赁私房。而外籍人士由于语言交流上的障碍以及文化背景和生活方式的差异,亦趋向于聚集而居,在城市中形成一些分散的居住集中地。

下面将具体讨论在城市外来人口的隔离中是否存在同化的基础以及同化的可能程度。在此,先提出同化(assimilation)的概念。

---

① 彭希哲《上海人口发展与城市综合竞争力》,见中国人民政治协商会议上海市委员会《2002 人口与发展论坛论文集(中国·上海)》第 29 页。

② 悉尼近年来吸引了澳大利亚 40％ 的移民。按照 1991 年澳大利亚统计局(ABS)统计数据显示,悉尼都市地区拥有 335 万人口,其中 102 万为海外出生的人,占总人口的 30.4％。

③ 见《中国对德国农产品出口指南》第一章德国国情(http://wms.mofcom.gov.cn/table/nongcp/sczn/deguo/2005-11-25.html.)。

1. 关于"同化"的概念

社会学里有一个"自愿同化(self-assimilation)"的概念[30]，主要是指少数民族成员对主流社会的一个反映，选择这种反映的人试图学好主导群体的语言、服饰、行为模式以及其他文化特征，使人们难以辨认出他们实际上是少数民族成员。

K. Newbold 和 J. B. Spindler 在芝加哥大都市地区移民定居模式的研究中指出[31]，同化可以从文化同化(cultural assimilation)、经济同化(economical assimilation)和空间同化(spatial assimilation)三个方面来判断。其中，判断文化同化的变量包括英语语言能力(英语说得不好或不会说的百分比)和美国公民身份(有美国公民身份的百分比)。经济同化可以用拥有(拥有自宅的百分比)、职业(有专门职业的百分比)、教育(高中教育以下的百分比)和贫困地位(低于贫困线以下)判断。空间同化运用综合的移动性，包括所有的移动，不管距离和原因的所有移动来作为判断。

A. Portes 等人的分裂的同化理论(segmented assimilation theory)[32]则代表了对传统的同化模型的再思考，取代了在劳动力市场上通常假设的平等的机会和竞争的前提。同化只是所获得的不公正待遇和不平等的一种，三个主要的因素成为移民结合的条件，包括迁移的性质(nature of immigration)，例如自愿的或被迫的；赋予的资源，例如，人力资本(human capital)、技能(skills)和储蓄金(savings)；和东道国的接收，例如移民政策、劳动政策、种族社区和团结一致。当代学者还认为同化不是必需或自动地导向与主流文化的相似和平等，移民也不是限制在传统的少数民族聚居地[32,33]。

2. 外来人口的隔离与同化

在讨论国内外来人口的隔离与同化时，根据特定的外来人口的历史和城市目的地的整体环境，主要讨论了一般外来人口，其中包括各社会阶层的隔离与同化。此外，针对比较特殊的人口及群体，即我国少数民族与我国港澳台人口的同化与隔离也作了简要的分析。

(1) 国内一般外来人口的隔离与同化

对于一般国内外来人口来讲，经济地位是决定性的，是同化的物质基础。空间的同化是以经济的同化为前提的，因为经济地位决定了人口的居住空间、消费空间和就业空间分布。相对来讲，文化同化的作用在这里被排在最末的位置。作为文化同化最直接的一种表现，就是掌握城市的方言，这不是必需的，却能够帮助人们更快地融入城市，从而容易获得城市居民的认同，特别是在一些有稍许排外情绪的城市里，例如若干年前的上海。

在上海话里，从其他城市或地方到上海来被叫做"上来"，无论你来自南京、北京，还是东京，一句"侬上来了"，短短几个字里透着无比的优越感，全世界除了上海以外的城市和地方统统被上海人当作"乡下"。尽管对于"上海人"本身的概念与内涵众说纷纭,不过,现在的上海人三代以上几乎都不是上海人。陈思和曾就北京与上海作过比较,在同样是移民城市的北京,被称作"老北京"的是土生土长的北京人,而在上海所指的"老上海"往往是在上海居住时间比较长的外地人。

社会经济地位建立的障碍在空间上限制了外来人口(移民)可以获得的定居选择(locational options),经济地位的制约对外来人口中的低收入阶层与贫困阶层来说尤为严格,阻碍了他们在空间上的、文化上的同化,这些阶层人群的隔离在城市里最为突出。

随着时间的推移及城市发展因素的影响,隔离社区的空间也会有变化扩展的迹象。在我国大城市中与民族隔离相类似的是籍贯隔离,籍贯隔离结果在城市内部形成众多的籍贯隔离区,如 20 世纪的上海中心城虹口地区曾是浙江宁波一带人比较集中的地区,南市区是上海本地人比较集中的地区,沿黄浦江上下游和苏州河是江苏苏北人比较集中的地区。由于上海大规模的旧城改造及居民动迁,城市中一些原有的社会网络结构在很大程度上遭到破坏,到了 21 世纪初,经过将近 20 年的发展演变,上述的一些籍贯特征已经渐渐淡褪。

此外,由于跨阶层及团体的不同,就速度、方向或过程,同化在所有的阶层与团体间是不平等的。当同化可能导向与主流社会(中高收入阶层)的融合时,融合也可能出现在社会下层。典型地如城市郊区被征土地上的农民与外来务工者由于租赁住房关系形成的融合。

(2)国内少数民族的隔离与同化

我国是一个多民族国家,少数民族人口集中分布在云南、贵州、广西、新疆、西藏、宁夏等省份和民族自治区,而分布在其他省市的人口则较少;并且少数民族人口在城市中的分布有较明显的社区隔离特征,这主要是由于生活习惯与文化传统的差异造成的隔离,在社会经济地位上与其他民族则是平等的。

在大城市,典型的如西安市大清真寺周围的回族聚集区;在中小城市也有此现象,如山东省青州市(县级市)。根据 2000 年人口普查资料,青州市区总人口为173530 人,其中少数民族人口为 20530 人,占市区总人口的 11.83%;最多的是回族居民 17732 人,占少数民族人口的 86.37%,主要分布在昭德街道;其次为满族居民2607 人,占少数民族人口的 12.70%,主要分布在益都街道。

表 4-14　　　　2000 年青州市区民族构成数据汇编(2000 年人口普查资料)

地区别	少数民族比例(%)	少数民族人口(人)
青州市	2.77	24 775
王府街道	7.47	5 216
益都街道	8.28	4 185
昭德街道	20.95	11 129

资料来源:同济大学建筑与城市规划学院潘海啸教授 2004 年指导的毕业设计"青州市城市总体规划基础资料汇编"。

由于历史上少数民族人口的迁徙形成的集中居住区,在现代城市中有的延续下来,有的则在城市建设中趋于解体。上海静安区江宁路街道原来有回族居民784名,集中居住在东马里(西康路、海防路、常德路、安远路街区)。2002年由于旧城改造居民动迁,原来的社会组织结构不复存在。

由此,产生一些需要进一步探讨的问题,在城市少数民族居民的集中与隔离中,是否存在着一定数量要素的关联,诸如城市的规模与发展程度、少数民族居民定居的年数、团体的规模和主导的经济活动都将形成种族隔离的不同程度,是否存在以下假设:

1) 人口的迁移和隔离程度的下降之间存在着关联。城市的经济增长和改造开发活动显得极为重要,随之而来原来集中居住的少数民族人口向其他地区移动,而且是多向的。在这些新的地区,少数民族人口的隔离程度显著低于改造前或衰落地区社区的隔离程度。

2) 较大的城市趋向于比较小的城市隔离范围更小、程度更低,与此同时同化的进度更快。

(3) 港澳台居民的隔离与同化

目前,港澳台居民来内地经商工作的人口日益增多。在文化、空间的同化中,经济同化一般是最先容易实现的。由于港澳台居民在语言方面的障碍要比外籍居民小,尤其是台湾居民在与内地城市居民的文化同化上并非那么困难,但这并不意味着他们与内地城市居民在思想观念、意识形态上的完全相似甚或一致。因此,港澳台居民在内地城市也表现住一定程度的居住隔离,甚至是与欧美籍居民或其他国籍的居民混居,而不是与内地城市居民的混居。据不完全的估计,我国台湾省居民在上海常住的有20多万人,其中闵行是台湾居民较为集中的地区,浦东的中芯国际住宅区亦以台湾籍居民为主。

3. 外籍人口的隔离与同化

我国城市中的外籍人口,在某种程度上可以与国外研究中的种族移民作类比,这当然仅仅就文化背景差异、生活习俗差异及语言障碍方面而言,两种情境里的相互的社会地位关系则迥然不同。在国外,种族移民普遍地受到社会排斥,种族移民的集中与隔离也是城市中常见的现象。而在我国大城市中,外籍人口的社会经济地位整体上比较高,这在前面外籍人口的构成中已经作过分析。

大城市中的外籍人口亦趋向于聚集而居,在城市中形成一些分散的居住集中地。截至2002年底,上海浦东共有国际社区23个,涉及10个街道、镇,这里的"国际社区"指的是有一定比例(一般为30%以上)外籍人口集中居住的住宅小区。大部分地区境外人员的比例在30%以上,但也有个别社区境外人员的比例只占10%。

其中,位于浦东世纪公园与汤臣高尔夫别墅之间的四季雅苑别墅区的外籍业主比例达到了 100％,一期入住的居民共 140 户、402 人,他们来自 28 个国家或地区,其中美籍居民 33 户,德国籍居民 21 户,加拿大籍居民 10 户,澳大利亚籍居民 10 户,其余有英国、新加坡、比利时、巴西、马来西亚、意大利、新西兰、印度、荷兰、法国、丹麦、西班牙、瑞士、墨西哥、奥地利、南斯拉夫、韩国、南非以及我国台湾省与香港特区的居民。在这个案例里外籍人口表现为一种与东道城市人口的特殊的隔离,多国籍人口混居,其中外籍居民的比例也不等。这种特征在浦西长宁区的古北小区也较为明显。古北小区约有 4000 多户居民,其中外籍人口超过 50％,40％是华侨和港澳台居民,还有 10％是我国居民①。

在另外一些社区里同一种族人口的隔离较为分明。比如东樱花园以日本籍居民为主,林克斯外商休闲社区以欧美籍居民为主。

由于外籍人口在我国城市内部尚未构成重要的团体,也就没有突出的种族话题。在台北,截至 1999 年底,外国居民占台北居民总数仅 1.6％(这和东京的分布差不多)[34]。已经听到一些抱怨,诸如外国蓝领工人占取了本土台湾人的就业机会,他们对当地居民生活质量的影响已经被觉察到,但是严重的大规模的种族冲突尚未出现。

在考察外籍人口的同化问题时,如果 K. Newbold 和 J. B. Spindler 判断文化同化的两个变量,即语言能力(汉语说得好、说得不好或不会说的百分比)和中国公民身份(有中国公民身份的百分比),文化同化是极为困难的。

以上海浦东的仁恒滨江园社区为例,最初居委会由于两个主要的原因无法正常开展工作,一方面是语言交流的障碍,另一方面是外籍居民对居委会的工作方式感到难以理解与适应。后来,通过推选通晓汉语的外籍人士作为“居委会委员”,才算架设起居委会与外籍居民交流的桥梁。来自马来西亚、德国和澳大利亚的四位外籍居民还加入了仁恒滨江居委的调解委员会,专门解决社区里“老外”之间的纠纷。通过鼓励外籍居民参与基层群众性自治组织,让他们也可以确保自己的利益支配[25]。

外籍居民与本土居民的融入,是一个极其缓慢适应的过程,需要在较强的外部作用下才能有所推进。如在浦东汤臣高尔夫别墅和四季雅苑里设有社区工作站,居委和物业公司合作举办一些文化娱乐活动,一方面促进外籍居民相互间的交流,一方面学习欣赏中国文化。如碧云国际社区组织外国家庭学烧中国菜,仁恒滨江的太极拳队、秧歌舞队均得到不少外籍居民的青睐。

相对外籍人口整体来说,用判断经济同化的几个变量,如拥有住宅的百分比(由于工作关系,有的是长期租用住宅)、职业、教育和贫困地位来衡量,经济同化可能算

---

① 2004 年 3 月 18 日上海市政协对外友好委员会办公室组织的“上海优化国际大都市涉外生活、工作环境情况调研座谈会”材料汇编,论文所引数据见“十二、外籍人士在沪购买、租住商品房情况及居住管理情况”,由上海市房地局提供。

不上问题。

空间同化是运用综合的移动性来进行判断,包括所有的移动,不管距离和原因的所有移动,那么,就业活动中的移动与居住空间中的移动以及两者之间的移动是其中最为频繁的构成部分。相对来说,外籍居民的休闲娱乐空间、居住空间都有比较明确的场所与区位。内外销房双轨制的取消,在客观上也起到了一定程度地促进同化的效果。但是,居住空间的同化与隔离存在着此消彼长的关系,从现阶段情况来看,城市中居住空间同化的程度还是很低。

总的来讲,对于像上海这样一座高度城市化和作为中国本土的移民城市的大城市而言,自开埠以来就长期存在的复杂的社会人口结构、多元的地方文化特征以及由此孕育形成的城市历史本身,有助于缓和种族、民族、地域人口的矛盾,虽然空间隔离在一定范围内、在一定程度上存在,但是人口同化也无时无刻不在进行。在这层意义上,上海是个有点类似于纽约(当然国际化程度远不如纽约高)的大熔炉(melting pot)。

本章参考文献

[1]　石忆邵.当前我国商人流迁的行为特征与地域文化之关系研究[J].城市规划汇刊,2001(2):41.

[2]　赵燕菁.经济转型过程中的户籍制度改革[J].城市规划汇刊,2003(1):16-17.

[3]　朱玉,郑黎.我国流动人口约 1.4 亿[N].中国青年报,2004-11-02.

[4]　陈天翔.健全农民工社会保障体系事关全局[N].国际金融报,2004-03-17(12).

[5]　北京市统计局.北京人口发展出现新情况和新特点[EB/OL].[2005-06-21] http://www.beijing.gov.cn/jj/jjgz/t20050601_241418.htm.

[6]　北京外来人口占常住人口 22%,教育程度全国最高[EB/OL].[2005-06-17]http://news.163.com./05/0617/18/1MFJ4F000001124T.html.

[7]　范彦萍.本市职工年工资 14 年增 10 倍[N].上海青年报,2005-04-26.

[8]　王德峰."新上海人"与当代中国的文化使命[M]//上海证大研究所.新上海人.北京:东方出版社,2002:17-30.

[9]　彭镇秋,庄子群,沈志义,等.上海市外来劳力务工情况调查报告[J].城市管理,2004(1):28-30.

[10]　曹阳."农民工"的由来与出路[EB/OL].[2003-05-26]http://www.cnhubei.com/200303/ca230245.html.

[11]　张富良.凤凰涅槃:农民—农民工—产业工人[J].城市管理,2004(1):20-24.

[12]　上海市人民政府.上海居住证制一年引进 2 万多名境内外人才[EB/OL].[2004-04-30] http://www.shanghai.gov.cn/shanghai/node2314/node4656/node4663/userobject34ai67.html.

[13]　赵晓辉,魏武.中国城乡收入差距世界最高[N].国际金融报,2004-02-26(2).

[14] 2003 胡润版中国大陆百富榜 2003 年福布斯中国内地富豪排行榜[N]. 新民晚报,2003-10-19(9).

[15] 张默. 观澜湖 2004 胡润百富榜正式揭晓[EB/OL]. [2004-10-12]http：// news. sina. com. cn/c/2004-10-12/06593890227s. shtml.

[16] 陈思和. 上海人、上海文化和上海的知识分子[M]//上海证大研究所. 新上海人. 北京：东方出版社,2002:91-104.

[17] 卡斯泰尔. 流动空间：资讯化社会的空间理论[J]. 王志弘,译. 城市与设计学报,1997(1):3-15.

[18] 杨金志. 上海：从"蓝印户口"到"绿卡制度"[EB/OL]. [2003-07-15]http：//news. xinhuanet. com/employment/2003-07-15/content_975148. htm.

[19] 李梦白,胡欣. 流动人口对大城市发展的影响及对策[M]. 北京：经济日报出版社,1991:56.

[20] 胡兆量. 北京"浙江村"：温州模式的异地城市化[J]. 城市规划汇刊,1997(3):28-30.

[21] 石忆邵. 中国城市化研究的回顾与展望[J]. 城市规划汇刊,2001(3):24-27.

[22] LEVINE N. The effects of local growth controls on regional housing production and population redistribution in California[J]. Urban Studies,1999,36(12):2047-2068.

[23] 张智丽. 老外在沪抢"饭碗"[EB/OL]. [2003-10-22]http：// www. sh. xinhuanet. com/2003-04-28/content_443312. htm.

[24] 上海高档住宅,七成买家是境外客[EB/OL]. [2005-06-25]http：// property. zaobao. com/page3/oversea 050625a. htm.

[25] 刘海. "老外"当选居委干部,小小"联合国"里有幕后新闻[N]. 上海法治报,2003-01-07(5).

[26] 程艳. "地球村"里的"老娘舅"[EB/OL]. [2003-10-09]http：// www. sh. xinhuanet. org/2003-10-09/content_1030345. htm.

[27] FRIEDMANN J,WOLFF G. World city formation[J]. International Journal of Urban and Regional Research,1983(6):309-343.

[28] BURNLEY I. Levels of immigrant residential concentration in Sydney and their relationship with disadvantage[J]. Urban Studies,1999,36(8):1295-1315.

[29] 上海 WTO 事务咨询中心. 中国"入世"与上海社会经济发展报告（2002 年度）[M]. 上海：上海人民出版社,2003:59.

[30] POPENOE D. 社会学[M]. 李强,译. 10 版. 北京：中国人民大学出版社,1999:320.

[31] NEWBOLD K,SPINDLER J B. Immigrant settlement patterns in metropolitan Chicago[J]. Urban Studies,2001,38(11):1903-1919.

[32] PORTES A,RUMBAUT R G. Legacies：the story of the immigrant second generation[M]. Berkeley,CA：University of California Press,2001.

[33] MASSEY D S. Ethnic residential segregation：a theoretical synthesis and empirical review[J]. Sociology and Social Research,1985,69:315-350.

[34] WANG C H. Taipei as a global city：a theoretical and empirical examination[J]. Urban Studies,2003,40(2):309-334.

第5章 城市社会分层的共同背景与个体特征

一、城市社会分层的全球共同背景

我国现阶段城乡收入差距的激增、东西地区差异的扩大、城市社会阶层的分化，在政治、经济、社会各领域都产生了广泛而深刻的反响，引起了社会各界强烈的关注。若简单地将这些现象归结为我国改革开放带来的结果并不全面，只有将其置于更宽广的国际社会进程以及当今世界经济发展的总趋势中，才能深刻理解我国城市社会分层的现象与实质。

1. 全球化(globalisation)与世界经济重组(economic reconstruction)

20世纪60年代以来，由于在资讯科技方面某些最重大的发展，世界正在经历一种根本的、结构性的转化，曼纽尔·卡斯泰尔称这个新的社会结构为"信息化社会(informational society)"。信息化社会具有一种有别于以往任何历史时期的特征，它主要的结构性趋势是一种全球性的、完全互赖的世界经济的形构，而且作为一个单位即时(real time)运作，具体表现为劳动分工国际化、贸易全球化、世界经济一体化和经济区域集团化的过程[1]。卡斯泰尔这样描述这个社会的经济：

> 全世界的一切经济过程都互相穿透，并且它们是作为一个互赖的单位而运作，而无空间的距离与政治的疆界。资本、资讯、劳动、商品、公司内部的事物与交换，以及决策的流动，围绕着整个地球而搭连起来，不断的重新界定生产、分配、消费与管理的变动几何形势。……然而，社会的基本生产与再生产结构，围绕着这个全球互赖的经济之坚硬核心而组织起来，这个事实决定性地标明了每个社会的动态；因为如果各个社会被编纳进入全球经济的程度，随着它们在国际分工里的相对重要性而剧烈变动的话，它们都被强大网络的全球逻辑不对称地穿透了[1]。

这是一个全球化狂飙突进的时代，在中国加入了世贸组织后，全球自由贸易的人口比例已上升至80%以上。对于全球化及其影响，就发达国家而言，需要在全球化中实现资本、市场的扩张；对发展中国家而言，积极发展市场为导向的外向型经济，参与国际劳动分工，融入国际经济循环中，是获得现代化的唯一选择，自我封闭则面临着被"边缘化"的危险。但是，在激烈的国际竞争与较量中，必然存在着不公正、不公平的两极分化，国家和政府极有可能沦为国际垄断资本的"代理人"，某些地区正被合成一体，其他的地区正日益加剧的被剥夺，世界处于政治、经济格局重新组合的历史时期[2]。

2. 全球城市与社会极化

芝加哥大学社会学家萨斯基娅·萨森(Saskia Sassen)在其"全球城市"(global city)观念中,指涉了遍及全球的指导性功能的结合,依据每个城市在全球互动网络里的位置不同,而有不同的偏重与重要性。在纽约、伦敦、东京等主要的全球城市之外,其他大陆的、全国的以及区域的经济体也有它们的节点,以便连结上全球网络。每个这种节点都需要适当的技术性基础设施、提供支持性服务的一组辅助性公司系统、一个专门化的劳动市场,以及专业劳动力所需的服务系统,这些构成了对全球化城市的要求[3]。

全球城市的研究除了集中在经济方面,也强调其显著的社会分裂。全球城市的城市社会被赋以高度的国际化特征,因为真正的全球城市有着高度差异的"多文化"社会组织。批判的城市研究强调,全球城市以城市人口中尖锐的社会分裂为特征。社会极化虽然不是这种城市的唯一特征,但可能是在一个全球城市中特别显著的特征[4]。

"社会极化(social polarisation)"的思想在西方城市中现在已广为人知,"社会极化"的观察和思考,从最初一个固定的实证基础(纽约和洛杉矶),先是转向"全球城市",进一步延伸至"主要西方城市",最后转移为世界城市等级制度(world city hierarchy)。两位领衔的学者卡斯泰尔和萨森指出,在纽约和洛杉矶观察到的模式可以被普遍推广为"全球城市"。与社会极化紧密联系的另一个概念是"二元城市(dual city)"。早在1989年,卡斯泰尔预测了日益增大的劳动力差异和一个"新的都市二元性"。尽管有所保留,他提出一个相当坚定的结论,"全球城市也是二元城市"[5]225,343。两年以后,萨森发表了相似的论调,但是用了词语"社会极化"作为一个强有力和整体的表示。

极化的观点可以被概括为这样一种变化[3],即职业和收入分布的底端和顶端正日益增长,可能彻底地以中等职业的牺牲为代价。现在的社会转型首先被看作与近几十年来普遍的经济重组进程相关联,就收入、资产和生活方式而言,与新技术和职业重构与职业机会的重新定形相关联的一套共同的具有因果关系的机制,正驱使不同的团体走向对立的两极。极化包含了两个独立的进程,一个是对高层次与低层次岗位需求的扩张,也就是对顶端与底端的服务岗位需求同时的增长;另一个是对中等岗位需求的减少,也就是在工业部门的就业人数下降。诸如非管理(deregulation)和技术理性化(technological rationalisation),这些已导致了在欧洲和北美所有城市诸如纽约、伦敦以及东京等城市制造部门的集中的变化,表现为制造业的衰落,一大部分传统的工人阶层失业了,而另一部分面临着有工会组织的工作存在着较低的工资和较少的机会的状况。

对高技能劳动力的新的需求在服务部门的增长,主要是对具有管理和经营资格的人员的巨大需求,这些团体在真实的收入和财富上有着潜在的获利。通过他们的消费行为,他们也促使低端岗位(尤其是消费导向的服务)的扩大。由于缺乏契约合同的保护和廉价的不熟练工人的剩余,供应和需求的通常机制在此被干扰。来自第三世界的移民和其他边缘集团在血汗工厂经济的形成中都起着重要的作用。然而,他们不直接贡献给低工资服务岗位的生产。

低层次岗位的增加由两股力量产生:与顶层职业和收入结构增长相关的低层次服务岗位需求的增长;同时由于制造部门的降级带来的增长。服务工人在职业分类中的种类主要包括低层次的服务工作,诸如门卫、家庭助理、饭店工人等。这个类型与个人服务部门部分地交叉重叠,后者包括家庭和传统的清洁维护、园丁等,以及理发师、美容师、干洗服务、文化服务、运动和休闲服务等。在服务岗位和在个人服务部门提供的低层次社会地位的岗位均以低平均收入为特征。

作为经济重组对美国社会影响的一个集中的反映,从 70 年代中期开始(大约 1974 年的经济危机之后),美国教育和技术水准最低的劳工的薪资开始下降;到 80 年代,随着科技兴盛,传统服务业工作逐渐减少,教育和技术水准稍高的员工待遇也逐渐滑坡,被迫和没有技术的工人争夺最低劣的工作;到了 90 年代,尽管就业率指标良好,但除了最上层 20% 的"科技贵族"外,美国劳工的薪资不是减少就是毫无增加[6]。事实上,从 1976—1996 年的 20 年间,美国工人的真实收入下降了 20%[7],而"中产阶级的萎缩"构成了自 80 年代中期开始美国最具争议的政治话题[5]343。Lourdes Beneria 通过对纽约科特兰(Cortland)的一则案例,研究了工业再选址(industrial relocation)对失去原来岗位的工人的影响[8]。1992 年 7 月 21 日,斯密斯-考罗那(Smith-Corona)公司宣告,将它的制造部门从纽约的科特兰转移到墨西哥的蒂华纳(Tijuana)。因此而造成的工人离岗虽然带来了一个更加灵活的劳动力市场,但这是以工人的(尤其是女性工人的)保障为代价的。除此之外,离开原位的工人即使在接受额外的培训后,仍经历了重要的收入损失和上升的工资不平等。可见,全球化造成了发达国家国内工作机会的外流和工人薪资的下降。

另一方面,炙手可热的全球投资和股票市场却促成了美国超富阶层的出现。1950—1970 年,占美国人口总数 90% 的中低收入阶层每挣 1 美元,超富阶层可以挣 162 美元,而到了 1990—2002 年,他们已挣到 1.8 万美元[9]。

如此一来,社会极化被认为是经济重组的直接产物,而围绕这个认识的争议包括工人的收入分布和职业分布。要捕捉合乎逻辑认识的争议空间模式则更加困难。萨森和其他人这样认为,经济重构进程将产生增长的社会极化,这也将会以空间的语汇表现出来。一个极化的居住结构是在全球城市中成长和衰落的自然结果。种族极化和隔离可能被觉察,因为介于不同种族集团间的技能上的差异,也可能由于种族歧视或者对外国人的憎恨。卡斯泰尔用平实的语言表达了同样的看法:

结构二元性同时导向空间隔离和空间分割,锐化在信息社会的上层和其余地方居民之间的差异,同时导向在重构的和解构的劳动力许多构成部分间的无尽的分割和频繁的对立[5]227。

这是"二元城市"的概念,在全球城市伦敦、东京、纽约等全球城市中相当明显。严格地讲,中国尚未形成真正意义上的全球城市,但是在最有希望首先成为全球城市的上海,其城市核心区的极化趋势已十分明显。一方面,涌现出城市中最昂贵的房产,居住着来自本市、外省市乃至外国的富裕阶层;另一方面,也保留夹杂着破旧的最差居住质量的旧式里弄,聚集着高失业率的人群。静安区南京西路街道就是典型的例子①。

图 5-1　上海大教市核心区的空间极化(摄于 2004 年)

南京西路街道辖区在地理位置上处于上海市的核心地区,在大都市功能层面上亦发挥着核心作用,是全市最负盛名的商业、娱乐、商务和高档住宅区。其中的南京西路拥有全市最顶级的商圈,包括由"梅(梅龙镇广场)泰(中信泰富)隆(恒隆广场)"构成的金三角,波特曼商城和展览中心以及众多五星级酒店构成的展览宾馆区。约有 40 多座地标式的建筑坐落在南京西路街道地区。同时,这里还汇集了市级的文化、教育、体育、医疗设施。例如上海文化局、上海电视台和文新传媒集团均在此地区。

另一方面,南京西路也是城市中最富历史特征的地区,浓缩了城市丰富的空间形态脉络。从城市开埠至今,经历了一百多年的历史,形成了包括复兴路—衡山路历史文化保护区和南京西路历史文化保护区在内的两片历史风貌保护区,其中有着新旧里弄住宅、旧式公寓和花园洋房等各类具有高度建筑文化价值的建筑类型。

---

① 数据引自作者 2004 年 9 月～2005 年 3 月参与编制的上海市静安区南京西路街道社区规划的社会调查。

　　90年代以来大规模的旧城改造,还形成了大批新的高档住宅区,如平均单价在每平方米3万元以上的中凯城市之光、静安豪景等住宅区,以及外籍人口集中的四方新城等。

　　但是,这里同时还遗留下解放前建造的大片传统住宅区,旧式里弄以及自建房大都建筑质量低下、功能设施不全、空间拥挤、缺少活动场地及绿化空间。尤为突出的是,其传统住宅区中尚有4700只马桶仍未消灭,约占全市尚存总数的四分之一。由于旧城改造的成本日渐上升,这些地区的现状还将会持续下去。

　　如图5-2所示是2004年10月南京西路街道的失业率及分布,街道辖区内约一半地区平均失业率在10%以上,局部地区高达20%以上。而官方统计数据显示2004年上海市登记失业率为4.5%,剔除官方数据中的保守估计因素,其间的差距仍然非常巨大。由此作出一个可能的推断,那就是,社会极化总是从城市等级制度中等级最高的城市与地区开始的。

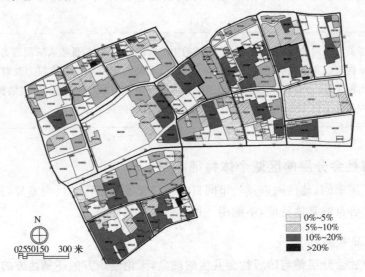

	0%~5%
	5%~10%
	10%~20%
	>20%

N

02550150　300 米

图5-2　南京西路街道失业率及分布(截至2004年10月)

3. 社会极化与社会分层

　　生产制造全球化与经济贸易一体化在建构新的世界秩序的同时,显然已成为推动社会、政治和经济转型的主要动力。它不但带来国家和地区间的分化,也带来了国家和地区内部人群的分化。社会极化作为全球城市的显著社会特征,所带来的社会影响也决不仅仅限于全球城市内部,而是沿着城市网络传递给其他各级节点上的城市,加剧其他城市、地区甚至于整个国家的社会阶层分化。

　　社会极化作为社会分层的一种极端形式,它对社会分层的作用可能表现于两个方面:一方面,社会极化本身就是原本稳定的社会分层结构剧烈变动的结果,正如在美国社会中已经表现出来的；另一方面，社会极化通过使之产生的技术、市场机制在其他国家地区的渗透，而促使这些地区的技术、职业市场的日益分化，从而在资产、收入和生活方式上分化、定形新的社会力量与实体，并在社会结构中确立新的社会阶层。中国大城市无可否认地正在继续受到这种强大的影响，它所产生的结果之一，即日益显著的社会阶层分化；结果之二，就是普遍的城市社会阶层分化与大城市核心区的社会极化同时出现，这个预测还有待进一步观察。

总之，全球化与世界范围内的经济重组的共同背景决定了世界各国贫富差距拉大、社会分层加剧的共同趋势。也正是因为这一点，全球化遭到了来自越来越多的国家与人群的抵制，包括作为网络结构核心节点的美国国内各阶层的广泛反对。可以预言，当这个世界的一小部分人、一小部分地区享受其益处的同时，广大的另一部分人、另一部分地区却必须承受因之而导致的社会极化与一些地方的社会分层甚至分裂。

对于美国国内的社会极化，除了"萎缩的中产阶层"与广大的低收入阶层竭力反对之外，处于社会结构与财富顶端阶层，包括比尔·盖茨、巴菲特与索罗斯在内的权力与财富精英，也对政府发出警告：社会财富如此集聚，会影响美国的经济发展，因为极化的阶层结构鸿沟将阻止社会上大部分努力奋斗和善于创新的人，这将造成社会的倒退。

二、城市社会分层的区域个体特征

由于国家间、地区间以及城市间自身条件及发展进程的巨大差异，社会分层体系也表现出各自的具体特征，不能用一种单一的模式涵盖。

1. 国家间的差异

城市社会分层是与阶级社会共生的现象，无论是东方的还是西方的城市，它们漫长的发展历史本身就是社会各阶层力量相互较量、演替的进程。

西方工业革命以后，经过一百多年的发展，社会处于相对稳定的时期，如在欧美一些发达国家，城市中已形成相对稳定的社会分层体系。属于中间社会层次的中产阶层在整体社会人口平均占到70％左右，在美国这个比例还要高一点。由于有着广泛的职业构成，并同时具有广泛的社会认同感，因此中产阶层在平衡社会政治力量、稳定国家政治上发挥了巨大的作用。由于全球化与经济重构，欧美国家的一些主要城市都经历了日益上升的收入不平等，这种趋势在纽约、芝加哥、洛杉矶、伦敦、兰斯塔德、汉堡、巴黎和斯德哥尔摩相当明显。

大量的研究分析认为[5]，全球化正严重地分裂着美国的中产阶级。尽管大致相似的经济重组进程发生在欧洲国家，对人口社会构成的影响显然与美国不同[10]。这些城市的社会经济隔离模式仍是相当稳定的,这与福利国家在组织和结构上的地方差异是极其有关的,长久建立的社会民主基础与政策机制起到了有力的缓冲作用。

与之相比较,发展中国家正经历着社会阶层分化的加剧,处于对社会分层体系巨大变化的不确定之中。在我国自从 1992 年以来,中国城镇居民的收入急剧扩大。据 2005 年劳动和社会保障部公布的数据,财富多的人(占城市居民的 10%)占有全部城市财富的 45%;财富少的人(占城市居民的 10%)只占有 1.4%。另外,企业的经营职位和一般职位间的收入差距普遍在 20 倍以上[11]。种种的数据统计资料与社会心理调查表明,我国社会中一个明显的上层(upper class)与下层(lower class)已经形成。相反,中产阶层的脚步却姗姗来迟。据一份对 5 860 人的不完全调查表明,我国中产阶层的比例只有 4.1%①。虽然这未必是一个精确的结论,但是至少让我们知晓,要达到一个结构基本平衡的社会,例如中产阶层达到总人口 70% 的目标可谓路漫漫兮。

再者,从我国大城市目前的整体社会状况看,社会结构的分化形态更接近于金字塔型,只是塔的底部是极其松散又无组织的;而在一些朝着国际化城市甚至于全球城市方向发展的大都市核心地区则存在着明显的社会极化趋势。会不会出现这样一个意想不到的结局?即世界范围内相似的经济重组进程将可能阻碍我国大城市中产阶级队伍的扩大,而直接带来一个极化的社会结果?也就是说,"二元化城市"会不会成为我国大城市的未来,一半是美梦,一半是噩梦?

2. 地区间的差异

考察一个社会中各阶层的分化,需要从"质"与"量"两方面加以考察。在这里,"质"指的是某一特定社会阶层的要素特征,"量"指的是构成这个阶层的人口占总人口的比例。由于质与量的差异,社会组织结构的形态与构成也就不同。

例如,确认一个国家的中产阶级标准不能脱离这个国家的实际发展水平,确认一个城市、一个地区的中产阶级标准也不能脱离这个城市的实际发展水平。一个在中国内陆城市过着悠闲生活的中产阶层一员跑到国际化的大都市,朝夕之间,很可能发觉自己什么都不是了,一下子掉到了社会的底层。

在关于现阶段中国社会阶层的讨论中,中产阶层是一个颇受关注又颇有争议的议题。大多数看法认为我国现在是"有中产,没阶级",即还没有形成相对稳定的中产阶层。中国社科院社会学研究所发布的《2004 年:中国社会形势分析和预测》认为,确定一个人是否是中产阶层,基本上有四个方面的标准:一是职业的标准;二是收入

---

① 该调查由中国社科院社会学所李春玲博士主持,调查涵盖我国 12 个地区,其中包括北京、上海、浙江、黑龙江、四川和内蒙古等地,调查对象年龄在 16～70 岁之间。

的标准;三是消费及生活方式的标准;四是主观认同的标准。如果以四个指标共同界定中产阶层,即,某一个人既是职业中产(白领职业),又是收入中产(收入水平在中等以上),同时也是消费中产和主观认同中产(家庭消费达到小康并认为自己处于中等或更高的社会地位),才被归类为中产阶层。

而收入的标准又如何确定呢?据美国官方统计,在美国占决定性多数的白人家庭,中等收入为 5.2 万美元;亚裔家庭略高,为 6.4 万美元[12]。按照中国目前的经济和社会文化发展水平,有人提出国内中产阶级的界定应该是年均收入在 1 万~5 万美元左右,也就是 8 万~40 万人民币左右。只有具备这样的收入水平,才能够具有相应的家庭消费能力,才能够追求一定的生活质量,符合有关中产阶级的硬性或软性的定义。而由于地区、城市经济发展水平的落差,寻求这个统一的标准难度是显而易见的。

但是,城市内部社会阶层之间的差距,大致遵循着大、中、小城市由高到低的程度递减,亦即,大城市的社会阶层分化程度高于中等城市,中等城市又高于小城市。国外也有类似的研究表明,整体上城市中职业和收入的极化比乡村高得多[13]。

3. 自身发展阶段的差异

对一座城市自身来说,在其不同的历史发展阶段,社会分层的状况也不尽相同。纵观 20 世纪初以来的中国大城市,其内部社会分层的变化可以概括为这三个时期:

(1) 1949 年以前

城市中并没有一个单独明确地划分阶级的阶段,只有一些不太正式的分类过程,大致划分为下列几个基本类型:①官僚资产阶级,其资本同国民党和(或)外国利益有联系的资本家和大商人;②民族资产阶级,其资本同国民党(或)外国利益的联系不太密切的资本家和大商人;③小资产阶级,教师、律师、医生、小商人和政府雇员、店主等;④工人;⑤无业者和游民。最后两种属于城市里的无产阶级。

(2) 1949—1977 年

这是一个消灭了剥削阶级,却又时刻以"阶级斗争为纲"的时期。在 1956 年前,城市中仍然存在着资本家阶级。经过对资本主义工商业的社会主义改造后,资本家阶级被彻底消灭。50 年代我国的土地改革运动、农业集体主义政策、社会工商业改造,从根本上成功地消灭了农村和城市中的剥削阶级。城市中的无产阶级主要就是工人阶级。但是"阶级斗争为纲"的社会政治意识形态主宰了这一时期,国家机制不时地通过各类"运动"将干部、知识分子队伍中的一些人"揪出来"再"打下去"或是"清理出去"。

在这个时期,各社会群体基本处于平等的状态。国家采取的政策和手段遏制住了各种类型不平等的加剧,限制刚性的社会分层制度的出现。而在其他社会中,社会分层几乎是与早期工业化发展相伴的常见现象。虽然从50年代起城市中不同行业及行业内部就存在收入差异，但这种差异只是有所差别，还是恰如其分的。在这个阶段，量的差别胜于质的差别。非阶层化(destratification)可以说是这个阶段的城市社会总的特征。

（3）1977年以后

这一时期城市中的社会分层表现出三个显著的特征：一是开始出现新的社会阶层。由于经济体制的改革，实现以公有制为主体，同时允许个体经济及私营经济等非公有制经济存在和发展的政策，允许一部分人、一部分地区先富起来，因而出现了一些新的社会阶层。除了工人、干部、知识分子、解放军指战员之外，出现了民营科技企业的创业人员和技术人员、受聘于外资企业的管理技术人员、个体户、私营企业主、中介组织的从业人员、自由职业人员等社会阶层。

二是各社会阶层的经济社会地位差距日渐悬殊。尤其是大量的制造业工人从"下岗"到失业，滑入城市社会的最底层。一般来说，从新的社会阶层或团体的形成、上升到相对稳定可能要跨越数十年的时间。而新的社会阶层或团体地位的确立和提升，通常发生在处于社会变革和社会转型期的城市。对我国的大城市而言，在这一时期，要避免城市底层群体的数量过大和不合理的社会阶层结构的刚性化。

第三个重要的特征是，关于城市社会分层的方法论本身受到关注。纵向的社会等级体系的建立，打破了解放以来长期采用的横向分列（类）法。这对于深刻认识城市社会结构与社会阶层是至关重要的转变，是在意识形态领域的突破与进步。

本章参考文献

[1] 卡斯泰尔. 流动空间：资讯化社会的空间理论[J]. 王志弘，译. 城市与设计学报，1997(1)：3-15.

[2] MURIE A. Segregation, exclusion and housing in the divided city[M] // MUSTERD S, OS-TENDORF W. Urban segregation and the welfare state：inequality and exclusion in western cities. London：Routledge，1998：110-125.

[3] SASSEN S. The global city：New York, London, Tokyo[M]. 2nd ed. Princeton，NJ：Princeton University Press，2001.

[4] KRÄTKE S. Berlin：towards a global city? [J]. Urban Studies，2001，38(10)：1777-1799.

[5] CASTELLS M. The informational city：information technology, economic restructuring and the urban-regional process[M]. Oxford：Basil Blackwell，1989：225，343.

[6] 赵晓. 把世界停下来，我要下车：全球化与美国中产阶级哀歌[N]. 中国经济时报，2002-04-06.

[7] BUCHANAN P J. 1995年3月20日在曼切斯特艺术与科学大学所作的1996年美国总统竞选人宣言演讲[EB/OL]. [1995-03-20] http：// www. buchanan. org/pa-95-0320 -announce. htm.

[8] BENERIA L. The impact of industrial relocation on displaced workers: a case study of Cortland[C] // WPSC. Abstracts: Planning for Cities in the 21st Century: Opportunities and Challenges. New York: Cornell University, 2001:97.

[9] 钟翔. 美出现超富阶层[N]. 环球时报, 2005-06-22(14).

[10] MUSTERD S, OSTENDORF W. Segregation, polarization and social exclusion in metropolitan areas[M] // MUSTERD S, OSTENDORF W. Urban segregation and the welfare state: inequality and exclusion in western cities. London: Routledge, 1998:1-14.

[11] 我国居民收入六大差距，10%居民占有45%城市财富[EB/OL]. [2005-06-17]http: // xinhuanet. com/new. fortune/2005-06/17/content-309623. htm.

[12] 袁梅."中产"定义困难,让我们一起来中产,"中产"推动经济[N]. 国际金融报, 2004-02-27 (7).

[13] MENAHEM G. Urban restructuring, polarization and immigrants' opportunities: the case of Russian immigrants in Tel-Aviv[J]. Urban Studies, 1999, 36(9):1551-1568.

第三部分
我国城市的居住隔离

第6章 大城市居住隔离的基本特征

一、从社会分层到居住隔离

关于城市中社会结构与空间结构关系的文献与论述极其广泛,社会分层与居住隔离则是在纷繁复杂的社会—空间结构中截取一个断面、聚焦一个问题,在两者之间建立一种分析纽带,并深入剖析两者之间的内在关联性。在对于西方资本主义城市将近一个世纪的居住隔离研究中,两种基本的论点与假设处于主导地位。

观点之一:既然居住空间是居住者社会属性与物质属性的统一,那么社会分层就必然产生居住隔离。观点之二是:富人不必住在富裕的地方,在社会与地理的移动性之间不存在一对一的关系,社会分层和居住隔离必须独立地理论化。其理论依据主要存在于在后现代主义思想中。

从已经取得的研究成果来看,第一个观点处于主导的地位,获得了广泛的验证与认可。第二个观点的实证基础极为有限,但是它却为居住融合的思想奠定了基础。有时,"乌托邦的视角会迫使人们去思考不可想象的事,因而有助于增强社会的转型意识和控制意识"[1]395。

1. 观点之一:社会分层必然产生居住隔离

社会分层必然产生居住隔离,因为居住空间是居住群体社会属性与物质属性的统一。虽然没有对于两者关系的直接论述,但是从以下的一些论述中,不难推断出这个结果。

皮特·霍尔(Peter Hall)①认为:"一旦确定了合适的社会结构,空间结构必将合乎逻辑地随之而定。"[2]150

曼纽尔·卡斯泰尔肯定了"空间是社会的表现(expression)",但是"过于轻易地承认社会与空间之间具有有意义的关系,反而会遮掩了这种关系里根本的复杂性"。这是因为"空间不是社会的反映(reflection),而是社会的表现。换言之,源自既定的社会结构与动态结果的空间形式与过程,构成了整体社会构架的运作,其中包括了依据社会结构中的位置而演出其利益的社会行动者间相互冲突的价值与策略所导致的矛盾趋势。再者,藉由作用于承继自先前之社会-空间结构的营造环境,社会过程也影响了空间。"[3]

---

① 皮特·霍尔,英国伦敦大学学院(Univesity College London)巴特雷建筑与规划学院著名规划教授。

戴维·利（D. Ley）[①]从城市居民认知的角度出发,对城市社会结构与空间关系的研究认为,"人们认识城市区域的过程是一个对城市空间进行'社会标记的过程'",可见,城市区域始终是被打上社会标记的[4]。

亨利·列伏斐尔（Henri Lefebvre）[②]认为,所有的社会活动不但是关于个体间的互动,而且也是关于空间的。社会活动发生于空间之中,它们也通过创造物体产生空间。城市建造的过程,就是创造一定的空间。空间其实是一个社会产物。空间作为一个社会组织的构成部分（space as a component of social organization）,当人们讨论社会互动时,隐含着对空间行为的谈论。他还进一步将空间划分为"抽象空间（abstract space）"和"社会空间（social space）","资本投资者或商人和政府是按照空间抽象的尺度性质——大小、宽度、面积、位置——和利润来考虑空间",他称之为"抽象空间";"个体使用他们的环境空间作为生活的场所",他将此日常生活互动使用的空间称之为"社会空间"[5]。

从20世纪20年代开始,西方学者从社会、经济乃至心理学等方面涉及了居住隔离研究,大致可分为四类:①从经济方面探讨住宅区位的分布并建立模式;②从住宅区位的空间交互作用并建立模式,以引力定律为模型基础,由出行次数的产生,分析住宅区与工作地点间关系,并将收入水准及就业机会数量列为重要因素;③以行为科学为基础,认为居住区位和个人心理因素及因而产生的行为模式有重大的关系;④以都市生态的研究为出发点,探讨归纳都市空间结构的演变情形,提出了三种城市社会空间结构模式。在上述有关社会经济空间结构的研究当中,归纳出城市居住隔离的下列几项特征:

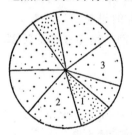

1. 高社会经济地位
2. 中社会经济地位
3. 低社会经济地位

图 6-1　社会经济地位的空间隔离

1）从经济地位（economic status）的特征因素上考察,高收入家庭有寻求更好住宅及区位的倾向,这种倾向配合其他因素（如地价、交通等）,使住宅区位整体上逐渐向外迁移,原有住宅则由较低收入住户移入。城市中社会经济特征相类似的家庭聚集在同一扇形地带,不同社会经济地位的各社会阶层呈扇形分布,并沿交通轴线延伸,高收入家庭选定在最好的放射型通道上（见图 6-1[6]）。

2）从家庭类型（family status）的特征因素上考察,不同家庭结构的人们居住分布呈同心圆状,人口多的大家庭一般处在城市外圈,而小家庭、单身家庭则在内圈。因为

---

① 戴维·利,加拿大温哥华不列颠哥伦比亚大学（University of British Columbia in Vancouver）著名地理学教授。

② 亨利·列伏斐尔（1901—1991）,伟大的法国哲学家,马克思主义理论家。

家庭的生命循环(Life Cycle)对应于不同大小的空间需求,年轻人刚自立时经济拮据,住房小;随着年龄增长、收入增加,房子越住越大;退休后往往卖掉大房子住进较小的公寓,既节省开支,又免去房屋修缮的麻烦(见图 6-2[6])。

3)从种族背景(ethnic status)的特征因素加以划分,在多种族或多民族的城市中,同一种族为了特殊的利益或是习俗偏好,也因为歧视的存在,在城市中某一区域成团状集聚(见图 6-3[6])。

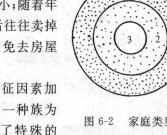

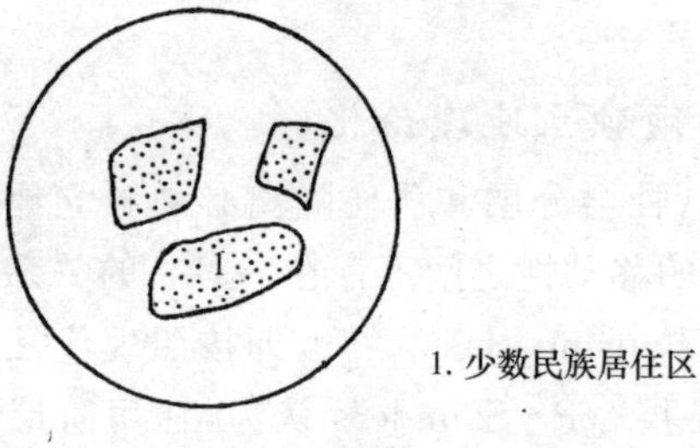

图 6-2　家庭类型的空间隔离

1. 大型家庭
2. 中型家庭
3. 小型家庭

1. 少数民族居住区

图 6-3　种族的空间隔离

50 年代,更为直接的研究是在西方政治经济制度下关于职业分层与居住分布的探讨。以职业为主导的居住分布上的差异,是居民不同经济地位的直接表现。O. D. Duncan 利用人口统计的职业因素,对城市社会居住区分离作了分析后认为,城市居住分离存在一个双智力分布(Bimental Distribution),即脑力劳动者的科技人员与体力劳动者的分离指数最高,差异指数高达 50％以上[7]。一些学者对其他大城市的考察确认了这一点。B. Morgan 认为,这种社会隔离的程度随着城市规模的增大而增高。随着经济的发展,上层白领地位的提高,阶层的社群意识急剧增强,这些社会心理因素便以更强的多种"双智力"分布的居住隔离显现出来[8]。

80 年代,卡斯泰尔在对信息化城市的研究中,提出信息技术、劳资重组促进了"二元城市"的兴起[1]219-220。在技术经济重构过程的影响下,20 世纪 80 年代美国职业结构朝向两极分化的趋势演变,这对薪水、收入和社会地位产生了深远的影响,80年代美国最具争议的一个政治话题就是中产阶级的萎缩。收入的两极分化和社会阶层的分离导致并加速了"二元化"城市的出现。"二元城市"和"社会空间分裂"的概念,表明了在技术变化和劳动力市场调节、社会分层和社会经济隔离间一套简单的关系。二元化城市是富人与穷人、雅皮士与无家可归者并存衍生的都市社会结构。空间构成被最频繁地设想为一种极化的形式——介于富裕与贫困的城市地区间的一道日益加深的鸿沟。卡斯泰尔这样描述曼哈顿的收入与空间分布:

　　就收入而言,城市的中心展现了一种有趣的双重模式。曼哈顿居住人口的收入集中于最高部分和最低部分……内城的外部区域集中了大量的低收入人口,内环人口收入处于分配中较高的部分,而外环人口收入则十分接近于收入分配的总体水平。因此,以收入为尺度,可以看出还同时存在着都市内部的分割(郊区处于有利位置)和曼哈顿内部城市居住人口的分化。曼哈顿包括了收入最高的群体,也包括了一些收入最低的人口。居住人口的种族隔离紧随着这一总体类型而至,黑人是最集中、与外界最相隔离的社会群体,西班牙人次之。很大程度上,各个种族群体的移民者,要么作为小团体容身于与外界隔绝的其他少数民族裔的居住区,要么在白种人所占据的地盘里觅得他们自己的"飞地",与旁人保持着一种共生共存的关系。而只有当他们向那些收入较高的居住人口提供服务时,这种关系才更有可能成功地保持下去。[1]238

人类技术与经济的飞速发展使得社会始终处于发展与变迁之中,社会分层结构也相应地处于动态之中。居住空间分布的形式与过程、居住隔离的模式与进程,皆源自社会结构内部的分化及其嬗变过程。

2. 观点之二:社会分层和居住隔离必须独立地理论化

第二种论点传递了某种程度上乐观的信息,社会分层和居住隔离必须独立地理论化:富人不必住在富裕的地方,在社会与地理的移动性之间不存在一对一的关系。

相对于社会阶层来说,还存在着住房阶层(housing class)[9,10],即按照现代社会中各人的住房状况不同而划分为不同的住房阶层。P. Saunders 认为,住房阶层甚至比职业分层更能准确地划分出现代社会的分层状况。因而,对应于现代社会分层的就是居住分层。其实不但是现代社会,之前的社会就如此。举个简单的例子,解放以前,北京的老民宅主要分为四合院和大杂院两种类型,四合院住的就是中产阶级,劳动人民大多住大杂院。独院介于四合院和大杂院之间,嫌住大杂院有失身份但又住不起四合院的就只好住独院了。

但是,只有当社会分层与居住分层、居住分层与城市空间地理之间同时形成严格的对应关系时,居住隔离才会不可避免地产生。

首先,社会分层不是在所有情形下都必然地导致明确的、等级严格的居住分层,即便绝大多数的情况下如此。存在于这些情形中的前提值得仔细分析。

最直接的解释是个体的价值观、个人心理因素及因之而产生的行为模式。以行为科学为基础,在分析都市居民的择居行为时,有几个重要的影响因素,即住户的特性、住宅的特性、环境特性、住户选择住宅的标准等,都可能成为处于社会分层结构体系中不同阶层人群,尤其是高端人群与低于自己阶层的人群共处的原由。

另外,社会的福利分配机制是另一个相当重要的基础。在社会主义国家计划经济为主体的年代,社会分层毋宁说是单位分层,住房较少涉及个体财富与收入的差异。以单位为特征的聚居模式,表现为一种相对的封闭与隔离,但不是由个体社会经济地位的差异引起的隔离。在福利国家,迄今为止,福利的提供作为虚弱但仍然有效力的分配机制引入。Terje Wessel 通过挪威首都奥斯陆的案例,对福利国家社会极化与社会经济隔离问题进行研究。数据表明,尽管收入不平等增加了,社会和空间隔离的程度依然保持相当稳定,甚至有所下降[11]。

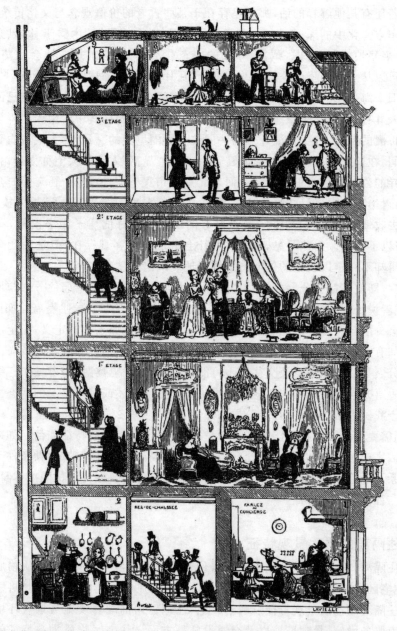

图 6-4　社会分层与居住分层的典型示例（图片来源：世界城市史，北京：科学出版社，2000，849 页）

　　1853 年一幢巴黎住宅的剖面，它表现了不同楼层中各类房客的居住情况；底层住着房主；二层住着感到无聊的富裕家庭；不太富有的住三层，已显得过于拥挤；住在四层的是小市民，房主正在拜访其中的一家；穷人、艺术家和老人住在屋顶层；屋顶上还有猫窝。

倘若还有其他解释的话,那就是存在于某些古老的价值观念与文化传统中,尤其表现在东方文化中的深层理念。中国人向来有"树大招风"、"木秀于林,风必摧之"、"人怕出名猪怕壮"的顾虑,藏富、守拙的心态并不鲜见,特别是在社会动荡的年代。这一点可以从上海的里弄公馆与北京的"吃瓦片人家"的描述中得到验证[12,13]。

在旧上海,社会不十分安定,抢劫与绑票盛行。于是富人们在建造自己的住宅时为了掩人耳目,往往同时修建一片里弄,将自己的大宅安插其中。由于里弄建筑平面有易于扩展的特性,只要保证外墙的一层皮与周围里弄的一致性,大宅可占到三个或五个开间,在长度上也可以适当加长。上海人把"显富"人家的大宅称为公馆,这些建造在里弄的公馆便称为里弄公馆。而老北京的市民一旦有了钱,最流行的办法是置办房产,再出租出去,俗称"吃瓦片"。房主每月都拿着"房(产)折子"挨门挨户、大摇大摆地去收钱,自己住的却不一定是最好的房子。最好的房子用来出租,一能得实惠,二可以不露富。由此可见,城市中的社会分层虽然客观存在,但是各社会阶层身份的显露却不一定以物化的住宅形式鲜明地表现出来。

其次,即使在社会分层与居住分层严格对应的情况下,由于居住分层与城市空间地理(或者说区位)之间对应的模糊性也很难判定是否产生了居住隔离。如图 6-4 可谓是社会分层与居住分层的一个典型示例,但是如果按照隔离的定义,断定产生了居住隔离却有点难度。一是还不足以形成集中的阶层群体;二是隔离更强调在城市空间上的分裂与割据状态以及交往的不可能性,在这里,"隔离"是沿着城市三维坐标体系中的垂直方向发生的,并且,融合似乎比隔离更能描述或接近真实的状态。

对于我国大城市来说,社会分层已经成为事实,那么,如果居住隔离是必然的结果,我们需要观察隔离在我国大城市中是否已经发生,隔离的特征如何。如果居住隔离未必因之产生,我们需要了解社会分层与居住隔离在何种基础、何种条件下没有必然的联系。不管面临上述的哪一种结果,我们都首先需要探讨居住隔离本身的特征,物质的与社会经济的特征。

二、居住隔离的物质景观特征

居住隔离,简要地说,就是无论从居住对象的社会经济特征,还是从物质景观形态,在住宅区内部表现为高度的同质性,而在不同住宅区之间则存在着明显的异质性。居住隔离的物质景观特征反映于住宅、住宅区内部配套设施与景观环境及其周边的城市服务设施、景观环境以及交通设施等方面。住宅区物质景观特征的差异是居住隔离的外在标志,它们从外部特征上揭示了居住隔离的存在。

1. 住宅因素

在以财产权为基础、以住宅为私人财产的社会里,除了作为安居必需的生活资料外,住宅还是居民最贵的不动产,更是某些群体彰显个人社会地位、财富名望的奢侈品。住宅因素大致包括住宅的类型、区位、建造年代、住宅价格及持有方式等。

(1) 住宅类型

住宅从高度上分为低层住宅(又分为独立式、双拼或联排式住宅)、多层住宅、中高层住宅和高层住宅。通常,低层住宅分布在城市外围,高层住宅集中在中心城区,而多层、中高层住宅则分布在中心城与郊外之间的广大区域。一般大城市住宅整体上表现为由内城向外城的高度上的递减。

住宅类型与居住对象之间存在一定关联性。在国外,通常中、高收入阶层住在郊外的低层住宅,也有中产阶层偏爱住在内城的多层或高层公寓,而低收入阶层往往住多、高层公寓。在我国情形不尽相同,高收入阶层的居住有两种去向:郊外的低层住宅(现在大都叫别墅,尽管这种表达名不副实。严格地讲,别墅是指本宅之外另置的园林建筑游息处所[14],对环境有着很高的要求)和市中心的高档公寓。中等收入阶层大多分布在中心城直至郊区的多层、中高层住宅区。而低收入阶层大都住在旧城的低层住宅、80年代以前建造的多层公房和郊区新建的经济适用房里。贫困阶层甚至不能拥有自己的住房,而只能租房或依赖政府提供的廉租房。

(2) 住宅建造年代

住宅建造年代关乎住宅的建筑质量、使用周期和住宅价格。一般而言,建造年代较近的住宅,其价值要高于建成时间长的住宅,因为居住标准及材料、结构、技术总体趋势是不断提高的。当然,对于城市历史上一些优秀的住宅建筑,其建筑价值并不因时光流逝而衰减,经过维护依然保持着很高的地位。如上海解放前建造的一些花园洋房,由于其稀缺性,在住房市场上具有很高的投资价值。

(3) 住宅持有方式

住宅持有方式与住宅的产权相关,目前我国大城市的住宅持有方式分为:①所有者自住的私人住宅,包括商品住宅和售后公房;②供出租的私人住宅;③单位出租的住宅;④供出租的政府直管住房。

在荷兰,住房持有方式分为:私人所有、私人出租、市政公共出租、住房协会公共出租四种形式。在瑞典住宅的所有制亦有四种经营形态:①所有者自住的私人的独家住宅和私人的两单元住宅,占住宅总数的40%;②供出租的私人住宅,占总住宅的20%;③非赢利性社团出租的多层住宅(如公寓),占总住宅数的约15%;④国营房产公司出租的住宅,占总住宅数的25%[15]。在英国,则主要分为自有住房、出租私房与出租公房三种形式,各自所占的比例分别为67.7%、10%左右、20%左右[16]。

单就住房持有率而言,法国与德国占30%～40%,美国占68%。目前,国内大城市的住房自有率普遍较高,北京市已达到85%,上海81%[17]。而政府直管住房大都采用分级管理,例如,上海的直管住房由市房地产管理局代表政府进行管理,建立市局、区局、街道房管所三级管理机构。

（4）住宅价格

根据马克思的平均利润与生产价格理论,在自由的市场中,商品的市场价格围绕"成本价格＋平均利润"(也就是生产价格)波动。作为商品的住宅当然也不例外。住宅的成本价格中,所包含的土建、税费等成本在一个时期是相对稳定的,重要地是其包含的土地价格,两者密切关联,亦步亦趋。并且,土地价格并不总是房屋价格的原动力,从市场经济的传导机制来看,房屋价格也会导致土地价格的变动。土地价格是刚性的,其长期趋势是上升的,但是上升的快慢,是由土地上房屋或其他产出的市场价格决定的。当市场预期某地块上的房屋价格会上升时,也就是利润预期高时,该地块的价格随之上升;反之亦然。

住宅价格与住宅区位有很大关系。从城市不同区位的横向比较来看,质量相近的住宅,价格差异却可能较大;而同一区位的住宅,由于住宅类型、质量不同,价格也会不同。如果要寻找城市住宅价格与住宅区位的关联性的指示,城市房屋拆迁的最低补偿标准可以算是一种替代物。表6-1是上海市物价局公布的上海市部分地区房屋拆迁最低补偿单价标准。当然,从城市发展时段的纵向比较来看,住宅价格虽然受市场影响呈现出周期性的波动,但是同一地段的住宅价格长期的趋势是上涨的。

表 6-1　2003 年上海市部分地区房屋拆迁最低补偿单价标准(上海市物价局公布)

区域名称		区域范围	单价(元/m²)	补贴系数
黄浦区	A	淮海东路、人民路、新开河路以北至苏州河南岸	4 500	20%
	B	陆家浜路以北至区域 A 以南	4 100	20%
	C	区域 B 以南	4 050	20%
卢湾区	一	徐家汇路、肇嘉浜路以北	4 600	20%
	二	徐家汇路、肇嘉浜路以南	4 100	20%
徐汇区	A	华山路以东、肇嘉浜路以北	4 700	20%
	B	华山路以西、肇嘉浜路以南、凯旋路以东、中山西路至中山南一路、中山南二路以北	4 100	20%
	C	凯旋路以西、中山西路至中山南一路、中山南二路以南、龙华港以北、沪闵路西北	3 300	20%
	D	龙华港以南、沪闵路东南、淀浦河以北	2 700	20%
	E	淀浦河以南	1 900	20%

续表

区域名称		区域范围	单价(元/m²)	补贴系数
普陀区	A	长寿街道、长风街道(中山北路以南)、宜川街道(中山北路以南)	3510	25%
	B	长风街道(除中山北路以南)、宜川街道(除中山北路以南)、曹杨街道、石泉街道、甘泉街道	3180	20%
	C	真如镇、长征镇	2840	20%
	D	桃浦镇	1940	20%
闸北区	A	沿铁路、虹江路、宝山路以南至苏州河以北	3750	30%
	B	A区域以北至中山北路内环线以南	3560	30%
	C	中山北路内环线以北至走马塘以南	3270	30%
	D	走马塘以北至闸北、宝山区交界处	2790	30%
虹口区	A	东至大连路、北至周家嘴路——大连西路、西至东江湾路、南沿黄浦江、苏州河	3841	25%
	B	区域A以外、内环线以南	3662	25%
	C	内环线以北	3298	25%
杨浦区	3A	宁国路、黄兴路以西、中山北二路以南	3550	30%
	3B	隆昌路以西、松花江路以南、宁国路、黄兴路以东	3350	30%
	4A	邯郸路、翔殷路以南、营口路以西、中山北二路、松花江路以北	3250	25%
	4B	除上述以外的杨浦区其他区域	3200	25%

资料来源:《青年报》2003-09-19

住宅价格还是住宅类型、住宅区环境、物业管理等的综合反映。在住房私有制度下,住宅价格是城市居民择居时最实质的门槛,是实现居住隔离的最直接手段,能否跨越门槛取决于个人的空间消费与支付能力。通常,居民在确定住宅消费的水平时,也相应地确定了交通、物业管理、商业服务等方面的消费水平。并且,住宅价格的升高会单独地提高生活成本。

2. 公共服务设施因素

这里所指的公共服务设施,既包括住宅区内部的配套服务设施,也涵盖了住宅区周边的各类城市公共设施,如商业、教育、文化、娱乐、体育、休闲、停车等设施。由于居住对象不同,住宅区配套服务设施的内容和服务范围也不一样。在高档住宅区,通常会提供酒店公寓式的服务以及会员制的娱乐、健身等收费服务项目。在低收入住宅区,公共服务设施满足的是基本的日常生活要求,如零售商店、简易健身设施等。此外,住宅区的物业管理也可归入服务设施中,物业管理标准、管理水平的高低是衡量住宅区档次的一项重要内容。总之,公共服务设施的完善程度和服务水准与住户的消费能力与生活方式是相互支撑、相互匹配的。

3. 交通设施因素

交通设施条件及可达性是判断住宅区区位优劣的重要标准之一。高收入住宅区总是有着良好的可达性。由于高收入居民出行多数依赖私人汽车,因此对停车场(库)等设施需求量大。低收入住宅区主要依靠巴士、地铁、轻轨等城市公共交通。中产阶层则介于两者之间。

4. 自然或人工景观因素

城市或多或少都会拥有一些自然景观资源,如河流、湖泊、森林等;天然资源稀缺的城市还会刻意建造一些人工景观以弥补城市先天的不足。这些资源虽然属于城市的公共物品,但临近这些自然或人工资源的"第一排"席位往往被富人占据。与城市社会阶层的分化相对应,城市的空间资源也被等级化(见图6-5,图6-6)。例如,上海的黄浦江小陆家嘴地区聚集着顶级的豪宅区,改造开发后的苏州河与黄浦江畔、世纪公园周边等都是中高收入阶层的住宅区。

图 6-5　拥有自然景观资源的低层住宅　　　图 6-6　拥有城市景观资源的高层住宅

三、居住隔离的社会经济特征

居住隔离的社会经济特征是指不同住宅区居民群体的社会经济特征,它是决定居住隔离的内在动因,直接决定了居住隔离的存在。群体的社会经济特征可运用因素权重,由基本指标建构而成来作为一个社会经济地位的指示,指标可以建立在若干个变量的基础上,诸如:技术的、行政的、职员的职业人口比例,失业率,拥有各种资质(有熟练职业训练和基本职业训练记录)的人口比例,学历比例,人均收入,高、中、低收入者的比例,户均家庭成员数,拥有自宅或正在购房的家庭数,拥有一辆、二辆汽车的家庭数目,等等。对于具有共同或相似社会经济特征的一些特定群体来说,他们有特定的空间定居模式和与之相适应的住宅区类型。

1. 不同人群的空间定居模式

不同人群的空间定居模式(spatial settlement patterns),主要是指居民以社会心理与行为为基础,在择居过程中表现出的行为模式。个人的择居行为由一系列因素决定,家庭的生命周期变迁(如结婚、增添孩子、子女离家独立等)、工作或工作地点的变动以及个人的偏好等,都可能引起居住流动。居住流动发生时,只有少量的是上下层面的垂直流动,更多的是同一层面的水平流动,如搬迁后住宅的面积有所增加、居住环境有所改善等。但是,只要个体在社会经济序列中的位置没有本质改变,居住空间等级中的地位也就不会有大的变动,只是表现为随着社会居住水准整体地提高而"水涨船高"。通常各阶层中社会经济地位短期内发生较大变动的居民以及新迁入城市的家庭是社会垂直流动的主体,当然也有居民或家庭本身的社会经济地位并无变化,只是由于社会中新上升者的加入使得其相对地位下降,从而流向较低等级的住宅区。整体而言,城市中不同的人群形成不同的空间定居模式。

2. 住宅区类型

对居住群体的社会经济特征(住户特性)的考察是与住宅区类型(住宅特性)的考察密不可分的。住宅区类型的划分主要结合居民群体的社会经济特征、住宅类型、住宅价格等几方面因素综合确定,由于每个因素本身又包含了多种变化的可能,因而确切的细分较为困难,以下结合大都市上海的现状作一个大致的类型划分。

(1) 高收入住宅区

顾名思义是高收入阶层居住的小区。虽然高收入者不一定都住在高收入住宅区,但是从住宅私有制度下住宅市场的普遍规律与现状来看,高收入者与高收入住宅区之间存在着较高的关联度。高收入住宅区通常表现为:户型舒适豪华,物业功能齐全,周边具有独特的城市环境,有容易到达的满足高档消费的服务设施,住宅价格高出甚至几倍于城市平均房价。由于城市发展水平不一,高收入及高房价是个相对的概念,其标准确定不能一概而论,也不宜直接拿来作简单的横向比较。

例如,2003年上海市商品住宅平均价格为5 118元/m²,而古北二期楼盘房价均价在14 000～15 000元/m²左右,接近平均房价的3倍;黄浦区河南路、方浜路的太阳都市花园住宅单价在13 800～34 000元/m²,是平均价格的3～6倍。

目前上海的高收入住宅区(图6-7)中,有一部分在向顶级住宅区分化。主要分布在卢湾、黄浦、浦东、静安、长宁等区。例如上海新古北整体规划的二期,住宅类型较为单一,整个区域逐步由原本的涉外型高级公寓区向国际型豪宅区转型;而2003年,淮海路中心地段已出现了住宅单价2 700美元/m²的住宅区,小陆家嘴地区"浦江概念"的住宅区住宅单价达到了 $2\,500\sim3\,000$ 美元$/\mathrm{m}^2$,在近郊区闵行区的顾戴路低层住宅的单价达到 $19\,000$ 元$/\mathrm{m}^2$。

图 6-7　滨江的高收入住宅区

（2）中等收入住宅区

中等收入住宅区包容的层次最多,细分起来又有中高、中低之差异。关于如何定义中低价房目前众说纷纭,如果结合我国城市住宅发展的历史阶段和住宅的建造质量来看,80 年代国家推行商品住宅制度起建造的商品住宅区整体上可以划入中等收入住宅区;而 90 年代中期以后建造的,结合住宅的区位因素,在中心城内的大部分可以划入中高收入住宅区,距离市中心较远的则可以结合房价、居住者人口构成等综合判断是中高或中低收入住宅区。

（3）低收入住宅区

分布在大城市中心城区尚未改造的危棚简屋、旧式住宅区和解放后建成的老式公房大都可划入此列,共同的特征表现为布局混乱、房屋破旧、交通落后、基础设施差、居住拥挤、人口密集。其中,前两者大多为解放前建造,亟需改造。老式公房主要建造于解放后直到 20 世纪 70 年代末期,由于当初建造标准偏低,加上使用年久,到了 90 年代,这些外形单调的老公房不同程度地存在着屋面渗漏、保温、隔热性能差等问题,而且近期大规模地拆除不太可能,只能通过适当地维护改造来加以改善。通过住宅市场的过滤,这些住宅可以进入住宅租赁市场或作为廉租房源。

（4）外籍人口住宅区

外籍人口在城市中的居住表现出较高程度的集中倾向,在城市中形成一些分散的居住集中地。在一些社区里为多种族外籍人口的住宅区,也有同一种族的外籍人口住宅区。上海的"国际社区"指的是有一定比例(一般为 30% 以上)外籍人口集中居住的住宅区。

(5) 郊区的非正式居住(informal residence)

非正式居住,某种程度上类似于违章搭建的简易居住地。在城市边缘或城乡接壤处,由于城市管理力量不足或管理力度不够,一些无固定职业和收入的外来人口,往往租住农民住宅或临时搭建简易房。这些非正式居住集中地,基础设施欠缺,居住条件恶劣,常常成为城市中犯罪率较高之地,而且往往成为流动商贩们加工制造伪劣商品的据点。

上述类型的住宅区之间是否产生居住隔离,极大程度上取决于居住群体在社会经济地位序列中所处的位置,取决于进入它们门槛的相对高差。即使是处于同一门槛高度的住宅区,由于居民除了经济地位之外还有其他社会特征,也还有形成居住隔离的可能。

四、居住隔离的模式

城市居住隔离是一个随着时间渐进的动态过程,但人们还是试图总结出一些模式。芝加哥学派总结出的传统的居住隔离模式在工业社会城市中获得了广泛的应用,而城市经济的发展和产业结构的变迁,使得人类的某些活动和与之相适应的空间特征已发生了改变,带来了后工业社会城市居住空间形态及居住隔离的新模式,主要表现为城市更新中的替代与隔离以及城市扩张中的不均衡与隔离。

1. 居住隔离的传统模式

居住隔离的理论与住宅区位理论及都市社会空间结构研究的理论有很大的关联。早期的研究是从都市生态为出发点,以探讨归纳都市土地使用的模型与空间结构的演变情形,以 1925 年伯吉斯(E. W. Burgess)的同心圆模式、1939 年霍伊特(H. Hoyt)的扇形模式以及 1945 年哈里斯和乌尔曼(J. R. Harris & E. Ullman)的多核心模式最具代表性[18-20]。

1925 年伯吉斯运用社会生态学原理,在对美国芝加哥的城市生态地图进行分析、抽象的基础上,提出了一个城市空间组织的模型——同心圆模式。这是一个理想型模式,广泛地适应了不同城市的各种特征。作为对伯吉斯模式的修正和补充,霍伊特根据美国 64 个中小城市以及一些大城市的研究,提出了扇形模式,哈里斯和乌尔曼则通过对美国大部分大城市的研究,分析了城市活动分布的特征,提出了多核心模式。

(1) 伯吉斯的同心圆模式(Concentric Zone Model)(见图 6-8)

伯吉斯的这一理想型模式主要是土地利用和社会经济构成的空间反映,第一地带的中心商务地区(central business district)是城市的核心,集中了城市所有主要的商业、办公及零售商店;第二地带是围绕核心的过渡地带(zone of transition),是有贫民窟存在其间的衰败地区;第三地带为工人住宅地带(zone of working men's houses),由第二地带衰败地区逃避的工业与工人居住在该地带,容易接近工

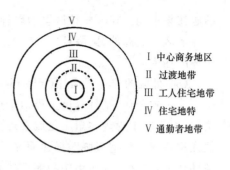

Ⅰ 中心商务地区
Ⅱ 过渡地带
Ⅲ 工人住宅地带
Ⅳ 住宅地特
Ⅴ 通勤者地带

图 6-8　伯吉斯的同心圆模式

作地点;第四地带为较好住宅地带(zone of better residence),为中产阶级的独立式住宅;第五地带为通勤者地带(commuter's zone),处在城市边界之外,包括郊外地区或卫星城,距市中心约 30～60 分钟车程。城市迫于增长压力,围绕单一核心有规则地向外扩展成圆形区域;由于低收入阶层的不断向外扩展,迫使高收入阶层向更为外围的地区迁移,形成了城市内部空间的演替(succession)过程。

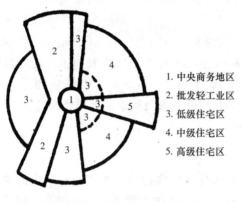

1. 中央商务地区
2. 批发轻工业区
3. 低级住宅区
4. 中级住宅区
5. 高级住宅区

图 6-9　霍伊特的扇形模式

(2) 霍伊特的楔形和扇形模式(Wedge and Sector Model)(见图 6-9)

这是霍伊特于 1938 年、1942 年提出的模式。他根据美国 64 个中小城市及纽约、芝加哥、底特律、华盛顿、费城等大城市的调查得出了结果,在同心圆模型基础上进行了发展,产生了放射扇形模式。他认为,城市就整体而言成为圆形,其核心只有一个,交通路线由城市中心作放射状分布。当城市人口增加时,城市将沿着该线路扩大。社会-经济特征相似的家庭聚集在同一扇形地带,并始终在该扇形范围内流动。高收入阶层选定在最好的放射性通道上,而低收入阶层则集中在市中心周围及工厂和仓储区两侧的其他扇形区域内。

(3) 哈里斯和乌尔曼的多核心模式(Multiple Nuclei Model)(见图 6-10)

哈里斯和乌尔曼则通过对美国大部分大城市的研究,分析了城市活动分布的特征,提出了多核心模式。对大城市来说,实际上不只有单一的核心,而是有许多相互分离的中心。多中心的概念并不排斥同心圆模式的存在,城市内的每个副中心或次级中心区域都可能具有同心圆模式的特质。

这三个模式均产生于 20 世纪上半叶,此后赫伯特(D. T. Herbert,1972)、赫伯特和约翰斯通(D. T. Herbert & R. J. Johnston,1978)等学者的一些实证研究表

明[21]，北美城市具有比较相似的社会空间结构模式。由于经济地位(economic status)造成城市内部成扇形分布的整体的空间隔离；由于家庭类型(family status)造成同心圆状的空间隔离，人口多的大家庭一般处在城市外圈，而小家庭、单身家庭则在内圈；由于种族背景(ethnic status)造成多核心式的空间隔离。虽然对于北美以外的城市，这些居住隔离的模式并不一定适用，但是仍然被作为一种基本的方法，广泛用以检验对照其他国家和城市的空间结构与空间隔离状态。

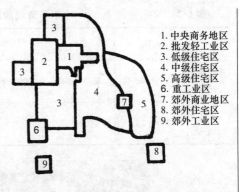

1. 中央商务地区
2. 批发轻工业区
3. 低级住宅区
4. 中级住宅区
5. 高级住宅区
6. 重工业区
7. 郊外商业地区
8. 郊外住宅区
9. 郊外工业区

图 6-10　哈里斯和乌尔曼的多核心模式

2. 城市更新中的替代与隔离

在城市的更新改造中，常常对某些地段原先的土地使用功能进行适当的转变与调整，或以居住功能取代其他功能，或以新的居住结构与形态取代旧的结构与形态。在此过程中，由于多种客观因素的制约，城市的更新改造经常无法做到成片、整体、连续进行，于是改造后的住宅区相对于基地周边居住环境产生了居住隔离。

（1）复苏的水道空间——带状居住隔离(belt segregation)

城市中一些重要的天然岸线，在工业化时期大都被工厂、仓库、码头、堆场占据，或者是贫困人口的聚居区。而在城市更新中，城市河道空间的生态、景观价值在市场中得以充分凸现，结合滨水空间再开发，城市中建造了大量住宅，形成了中高收入阶层的聚居区。在替代过程中，城市物质形态与社会结构实现了双重转变。

对滨水用地来说，一方面，居住功能替代了工业与仓储等功能；另一方面，高收入阶层住宅区替代了低收入和贫困阶层的住宅区。例如上海的苏州河两岸，解放前是逃荒难民、失业贫民寓居的棚户区，即便解放以后，大部分地区仍然是危棚简屋。普陀区的"两湾一宅"地区即是其中的典型。伴随着 90 年代苏州河水质与环境的综合治理初见成效，经过大规模的改造，原有居民动迁了，除了少量回迁户外，新建的中远两湾城成为中高收入住宅区(见图 6-11)。从 1999 年 10 月一期开盘至 2003 年 10 月三期开盘，其间价格由 3200～4200 元/m² 升至 12000～14000 元/m²，翻了 3～4 倍，涨幅惊人(见表 6-2)。通过住宅次级市场的转让，在中、高收入阶层之间产生了二次甚至多次替代现象. 例如一期购买的住户将已经升值的房产以高于当初购进的价格转手，从中获取差价。两次替代的结果使得该住宅区与周边城市住宅区的隔离程度不断加强，而这种隔离是在对城市公共资源的竞争与占有中通过住宅市场的价格实现的。

131

表 6-2　　　　　　　　　　　　中远两湾城的开盘时间与房价变化

	一期	二期	三期西	三期东		四期
开盘日期	1999 年 10 月	2000 年底	2002 年 4 月	2002 年 10 月	2003 年 10 月	2004 年 12 月
价格（元/m²）	3 200～4 200	4 000～6 000	4 500～8 000	5 800～8 000	12 000～14 000	12 500～15 500

图 6-11　　城市滨水空间的高收入住宅区替代了原先的低收入和贫困住宅区

在后工业化时期，由于城市更新而带来的滨水空间价值的提升，对城市整体空间隔离来说构成了一个重要的因素，它在空间结构上改变了由传统的同心圆模式与扇形模式叠加而成的城市空间隔离模式。而带状居住隔离的带状形态只是一种示意性的描述，极可能沿着滨河空间在不同地段有着不同的腹地与进深，带上的各段亦并非均质（见图 6-12）。

80 年代对于上海中心城的研究表明[22]，脑力劳动者和受高等教育者大多居住在城市的西南和正北两个扇面地区，而体力劳动者和受较低等教育者大多居住在沿黄浦江、苏州河的三个扇面地区，在这两种扇面间是一个过渡性的扇面（见图 8-13）。由于城市更新中的替代，引发了新的居住隔离，城市居住隔离的动态性在此表现得极为充分。

在城市更新中，复苏的水道空间所产生的带状居住隔离与传统的扇形模式有所区别又有所联系。区别在于，扇形模式是以同心圆加放射性交通体系为基础，强调以城市中心为出发点，是集聚经济下的一种形态模式；而带状居住隔离是以路网密度平均的城市网络状交通为基础，对自然资源、人文历史资源的依赖胜于对单一市中心活

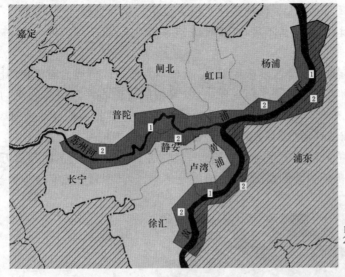

1. 水道景观空间
2. 高级住宅区

图 6-12　复苏的水道空间——带状居住隔离

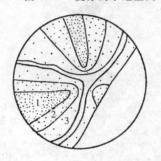

1. 受较高等教育脑力
   劳动者集中地区
2. 过渡地区
3. 受较低等教育体力
   劳动者集中地区

图 6-13　上海人口文化职业构成空间示意图[22]

动的依赖,带状空间可以横穿城市而不必经过市中心,更多是分散经济下的一种形态。

(2)新兴的都市活动磁石——簇状居住隔离(cluster segregation)

在旧城更新过程中,还存在另一种形态的隔离。一些原本居住条件较差的地区,由于获得政策、资金的支持实现了实质性的转变,围绕一些新的都市活动形成了高收入住宅区,因而在城市原有的居住肌理中产生簇状的居住隔离。

以上海卢湾区东北角的太平桥地区为例①。它在 1900 年开始的法租界第二次扩张中得到发展,成为大量中层和中下层华人家庭居住的社区;从 1930 年代起逐渐

---

① 太平桥地区隶属于上海市卢湾区,大致范围在西藏南路以西,马当路以东,兴安路、太仓路以南,合肥路以北。

沦为"下只角";至90年代,太平桥地区除了极少数新式里弄和新公房外,绝大部分是旧式里弄,建筑陈旧,公建配套不足,市政设施和绿化缺乏,属于卢湾区旧区改造的范围。

根据1996年的太平桥地区改造规划(见图6-14),该地区将成为现代化的国际性商住园区。其中,新天地广场属于历史保护区,保留原有旧石库门里弄格局,并对建筑外观进行保护性改造。地块功能由原来的居住转为开发公共性的商业和文化活动,充分利用毗邻淮海路商业街的独特区位优势,最大限度地发掘地段的潜在价值。太平桥公园兴建在拆除的旧式里弄街坊用地上,包括1万 m² 的人工湖和3万多 m² 的公共绿地。太平桥公园北侧是商务区,南侧是住宅区,其中紧邻太平桥绿地当时定为外销住宅区。

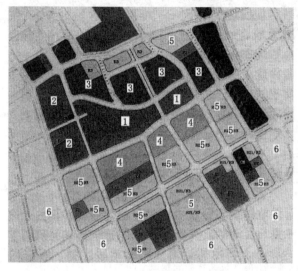

1. 平太桥绿地
2. 文化商业综合区
3. 商业办公区
4. 外销住宅区
5. 新建住宅区
6. 旧住宅区

图 6-14   1996 年的太平桥地区改造规划方案

由于新天地广场延续和重塑了地区的历史文化环境,太平桥公园改善和优化了地区的生态环境,周边地区的开发价值显著提升。2001年太平桥公园和新天地广场北里陆续完工,该地区后续开发的住宅价格飙升,2002年"翠湖天地"一期销售均价达到2500美元/m²,2003年底"锦麟天地"销售均价为2800美元/m²,2004年底"华府天地"的开盘价是6300美元/m²。2005年下半年即便在宏观调控的影响下,新天地板块平均仍维持在5100美元/m²,华府天地依旧坚守着58000元/m²的价格高位。至此,太平桥公园和新天地广场仿佛是太平桥地区的一颗磁石,在它的周边吸聚和簇集了一批高收入阶层和富裕阶层的住宅区。但是,相对于其周边尚未改造的广大旧式里弄来说,居住隔离与社会阶层的分化程度是令人触目惊心的(见图6-15)。

围绕新兴的都市活动磁石的簇状居住隔离,似乎是多核心模式的一个注解,但问

图 6-15　尚未开发的太平桥绿地周边住宅区(上海影像地图集)

题的核心在于,这颗磁石不是传统意义上的 CBD 地区或是副中心和分区中心,而是一些新兴的产业,如文化产业或者说文化和娱乐相结合的一些基地(见图 6-16)。以新天地为例,因为淮海路的浓厚的文化底蕴,这里成为国际化都市的时尚前沿。在此簇集的高档住宅区也成为秀(show)场的一部分,以提供富裕阶层一个炫耀性消费的机会与场所。而其背后依然是尚未改造的"下只角"旧式里弄地区。这种居住隔离在某种程度上为该地区的吸引力提供了更大的刺激性与戏剧性。

(3) 伦敦内城绅士化(gentrification)现象的回顾与对照

作为与上海城市更新中——沿滨水空间的带状居住隔离与新兴的都市中心簇状居住隔离——两种形式的对照,让我们不妨来仔细回顾一下 20 世纪 60 年代发生在英国伦敦的内城绅士化现象[2]48。

内伦敦的东部(East End)与西部(West End)之间几百年来都存在着传统上的区别。东部位于伦敦繁忙的河港下游的旁边,在 17 世纪已是伦敦穷苦人民的居住场所,而有钱人居住的郊区则从威斯敏斯特议会所在地向西和西北方向扩展。19 世纪时,由于工业革命,东区又迁入很多新到伦敦的最穷苦的人,以及 1880—1910 年间许多受迫害和贫苦的东欧犹太侨民。

东区的劳动人民居住的是两层小屋,伊斯灵顿(Islington)街道和广场旁一般是中产阶级的职员和专业人员居住的"坚实住宅",肯辛顿(Kensington)是有钱人居住的"有拉毛粉饰墙和宽大阳台的住宅"。

1939 年爆发的第二次世界大战为伦敦提供了处理贫民窟问题、重建东区的机

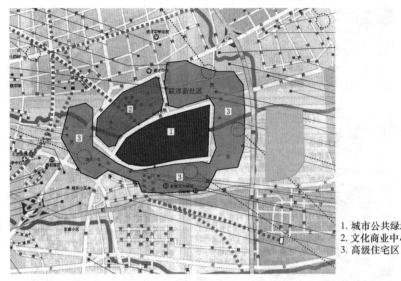

1. 城市公共绿地
2. 文化商业中心
3. 高级住宅区

图 6-16　新兴的都市活动磁石——簇状居住隔离

会,大部分建设项目是在战争后期的 1943 年和 1944 年设想出来的。1943 年由著名规划师帕特里克·阿伯克隆比(Patrick Abercrombie)爵士与旧"伦敦郡"的规划人员合作提出《伦敦郡规划》,并于 70 年代完成,取得的建设成果惹人注目,东区大片地方已变成新的街坊,高大的公寓和三四层平台屋顶的单元住房,坐落在开阔的经过美化的风景地区内。最大的全面建设的项目集中于伦敦东部,即泰晤士河以北的陶尔哈姆莱茨(Tower Hamlets)区及其南面的萨瑟克(Southwark)区的伯蒙德西(Bermondsey)地区(见图 6-17)。

对于 70 年代的规划人员来说,伦敦最大的问题出现在西部的富人居住区。西部切尔西(Chelsea)、肯辛顿和帕丁顿(Paddington)是 19 世纪 60 年代末和 70 年代初有钱人和生活舒适的中产阶级居住的。第一次世界大战后,随着内伦敦的地价逐渐上涨,原来的居民逐渐向较远的郊区迁移,西部的独户住宅随之被分割变成了"多户住宅"。例如北肯辛顿的中产阶级住宅区就成了工人阶级的公寓区,被低层次服务性行业人员以及不得不靠近工作地点居住的人占用。由于租金低廉,住宅的设备相当差,且维修不良,加之两次世界大战的结果,租金冻结,因此房产的维修更糟,住房质量日趋恶化。

20 世纪 60 年代情况逐渐发生了变化。因为 1957 年英国解除了对租金的部分限制,以及出于要求购置自有房屋的压力,住在衰落的西部富人居住区的许多工人阶级家庭正处于被排挤状态。例如在厄尔斯考特(Earls Court)地区,原有住宅被分割成为单身的学术界和秘书一类的人居住的"卧室兼起居室",这里靠近伦敦中心区的

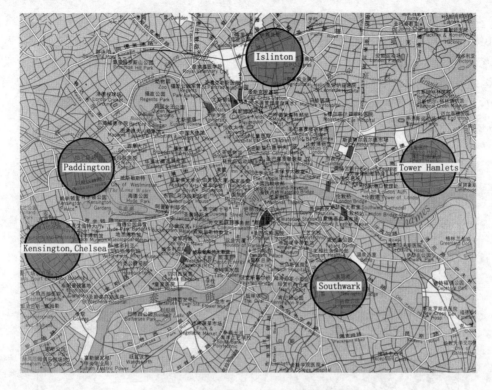

图 6-17　内伦敦典型住宅区位置示意图

学习、工作地点，但是房租较高。伦敦中心区的经济发展，使得社会上这部分人的数量还在增长，并且逐渐把其他居民排挤出去。

　　其他的几种情形是：部分工人们的住宅转给了从西印度或英联邦其他地方新迁入的移居者，这些有色人种因为在别处受到了歧视而宁愿花高租金租市中心的房子。一部分住宅也许是黑人迁入者住了一段时间以后，转给了高工资的专业人员和行政官员，后者愿意用高价购买，然后把它们恢复成为独立住宅。还有一些住宅是由房产经纪人改造成为豪华的公寓，这种做法使得那些贱买贵卖的人得到很大利益。职业投机商与中产阶级中希望得到自有住宅的人结成一气的做法，使得中产阶级逐渐渗入到工人阶级居住区，这种由上而下的滤进（trickle up），从而使 70 年代初的英语产生了"绅士化（gentrification）"这个新词。

　　从 20 世纪 60 年代伦敦发生的"绅士化"现象中，我们可以发现，直到 20 世纪初依然是贫民窟的东部地区通过城市更新改善了居住环境；而西部富人区则在第一次世纪大战后逐渐衰落，沦落为下层阶级居住区；由于城市经济发展与产业结构的变化，60 年代又面临着中产阶级的回归，从而产生了将贫困阶层再度排挤出去的社会问题。

与三四十年前的伦敦相比,上海现在正在经历的城市变化与之何其相似:原是贫民窟的城市滨水空间,代之以中高收入阶层的入住;在城市中心地区也正在发生"贵族化"现象。而且,不难发现,城市更新活动中的替代是产生新的居住隔离的主要原因之一,并且城市中的居住隔离模式经常处于动态变化之中。

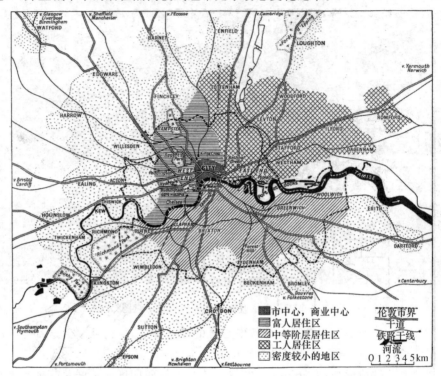

图 6-18   20 世纪 70 年代伦敦总体规划(图片来源:世界城市史,1002 页)

3. 城市扩张中的不均衡与隔离

在城市的扩张中,有三类值得注意的居住隔离趋势:沿着城市交通轴的发展在城市扩张地区形成的镶嵌状居住隔离;沿特定功能轴的发展形成的扇形居住隔离;此外,还有城市扩张中一类特殊现象"都市里的村庄"形成的位向居住隔离,都侧重于揭示在城市新区所形成的局部隔离现象。

(1)沿轨道交通轴的发展——镶嵌状居住隔离(mosaic segregation)

城市轨道交通以地下铁路和轻轨铁路为主体,同时也包括市郊铁路,由于运送量大,运送效率高,环境效益好,对于城市就业范围和城市生活圈的扩大,有着巨大的作用。而沿着城市轨道交通轴的发展,产生了镶嵌状的居住隔离。

上海西南闵行居住区的形成是最为典型的例子。1997 年地铁一号线新客站至莘庄段的全线贯通使得闵行成了上海住宅开发最为集中的地区之一。初期的居住对象主要是市中心动迁出来的居民和急于改善住房条件的中低收入住户。此后,也吸引了一部分高收入阶层及富裕阶层在此居住,成为目前上海最大的生活类别墅供应地,伊莎仕、雅阁、同润、君临天下花园以及绿洲比华利、虹山半岛、蓝乔圣菲等一大批别墅楼盘集中于此。另外,一些原本居住环境欠佳的地段,如顾戴路一带,由于道路的拓宽贯通,区位条件得到提升,沿线逐渐形成了中高价位的房产。这样,初期的中低收入住宅区与后来的中高收入住宅区呈现为马赛克式的镶嵌状隔离。这种镶嵌状居住隔离状态可以从以下几方面得到解释:

1) 轨道交通线路的开辟所需时间周期较长,市政建设与公建生活设施的配套相应会经历一个逐步发展完善的过程,沿线地价与房价也由低到高不断上升。随着地区的成熟,能够进入的有支付能力的低收入阶层居民会逐渐减少,直至被中高收入阶层居民完全取代。

2) 轨道交通轴通常代表了城市的优先发展方向,属于城市新的建设点和聚居区,居民受城市历史上对住宅区位和居住隔离的心理暗示与影响较少。

3) 尤为重要的是,便利的交通条件、宽裕的用地、优于市区的环境,使得各阶层的居民都能够普遍接受。

由轨道交通带动的城市边缘地区开发,初期往往表现为沿着轨道交通线路延伸方向,临近各交通站点地区的带状、分散型、跳跃式的开发,这个时期的住宅区主要针对中低收入阶层;经过不均衡的开发期,然后进入结构性填充阶段,在这个阶段,土地的开发活动日趋集中和成熟,住宅区的定位也逐渐转向中高收入阶层,这样便产生了镶嵌状居住隔离的模式。

(2) 沿特定功能轴的发展——扇形居住隔离(sector segregation)

在城市新区开发中,特定的城市功能定位与政策引导可以使地区沿着某一主要功能轴发展,并产生一定特质的住宅区。

1979 年上海为安排外商投资建设旅游宾馆、贸易中心基地及驻沪领馆基地,经过对虹桥、漕河泾西侧两个选址方案在交通、环境和用地各方面的综合比较,市政府决定在距市中心 6.5km 的延安西路虹桥地区建设涉外小区。1984 年 5 月,为扩大虹桥新区开发,在虹桥路以南、古北路两侧开发古北新区。至 1996 年古北小区已基本建成涉外性综合居住区,而如今整个区域正逐步由原本的涉外型高级公寓区向国际型豪宅区转型。

扇形居住隔离模式在这一特定功能轴上表现得较为充分。一方面,古北新区与虹桥新区以虹桥路为界,相互依托发展。另一方面,由于虹桥路是城市中一条主要的汽车交通轴,向西通向虹桥国际机场,向东抵达淮海西路与徐家汇,因而,上海西南方向沿着虹桥路的发展,自东向西形成了古北涉外住宅区、虹桥别墅聚居区,基本是外籍人口与富裕阶层的住宅区。并且,该地区的发展在西南方向继续向西沿着沪青平公路,向南越过延安西路有带动闵行区的高收入住宅区发展的趋势。

特定的政策因素(而政策仍是区位与交通因素综合的结果)促进了虹桥古北地区的发展,并决定了该地区就业居住人口的主要社会经济定位。其次,地区特定的区位与人文历史背景是形成富裕人群隔离的另一重要因素。加之,虹桥路作为城市西部重要的汽车交通轴之一,与富裕阶层家庭主要依靠小汽车出行的交通方式相适应。霍伊特关于高收入阶层选定在最好的放射性通道上的扇形模式在此得到了验证(见图 6-19)。

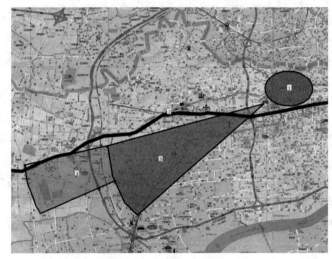

1. 城市中心商务地区
2. 主要交通轴
3. 原有高级住宅区段
4. 新建高级住宅区段

图 6-19　沿特定功能轴的发展——扇形居住隔离

(3) 都市里的村庄——位向居住隔离(exposure segregation)

在我国部分城市的外向扩张过程中,还出现了一种特殊的“都市里的村庄”现象,原有的农村像“荷包蛋”一样[4]121 被城市包围在建成区内,形成具有一定区位隔离的社区。这种“都市里的村庄”,在改造前面临着城市用地与功能区的包围,形成一种位向居住隔离。而在改造或建成新的住宅区后,住宅区中征地安置的农民与迁入的城市居民间仍然保持着位向隔离。

> “位向”本是材料界面研究中的一个术语,如“界面位向关系”,含有位置、朝向、向度的意思。社会学里借用来研究外来人口或少数民族团体与主流社会共存的关系与状态,对应的英语译法是“exposure”,其解释是“the state of being in a place or situation where there is no protection from sth. harmful or unpleasant”,主要描述了处于被动或弱势地位的一方的状态处境,也就是说,社会学研究中的“位向”概念主要针对的是外来人口或少数民族团体一方的视角。

这在我国南方尤其是沿海经济发达地区较为突出,如广州珠江新城范围内的杨箕村[23]、珠海的吉大村[24]。它们共同的形成特点是,由于城市面积不断膨胀,郊区的农田、菜地被征收,包括自然村落来不及改造便被整体划入城区,由此形成了"城中村"。许多丧失了耕地的农民靠出租多余房屋作为家庭收入的主要来源,这些村民的生活方式及收入来源已经完全不同于一般意义上的农民,有的生活水准甚至超过了城市居民。但是多数"城中村"存在村落空间拥挤、居住环境恶劣的问题,有的住宅、厂房、甚至仓库连为一体。外来租户人口远远超出当地村民①,且大多来自外省市,背景复杂。这类"都市里的村庄"所形成的位向居住隔离,构成了物质形态与社会文化双重异质的城市边缘。

对于这类村庄,无论是夷平重建,还是采取特殊的保护改造策略,只要原来居民全部回迁,社会结构就不会有太多变动,只是居民具有了市民和村民的双重身份;再就是城市中大量外来流动人口在此栖息。由于原来村民较低的文化素质及与城市居民的沟通较少,相对于城市周边发展环境来说易于形成较强的封闭性与自我隔离。即便就地安置的农民与购买商品住宅的城市居民共处一个住宅区,由于生活习惯与行为方式上的差异颇多,往往需要经历很长时间的隔离。随着邻里交往逐渐有所增加,隔离程度可能会有所降低;还有一种可能的情形是有支付能力的城市居民再度迁移出小区。

> 如农民们不习惯城市住宅区里"老死不相往来"的各家独立的生活方式,"还保持了农村人串门蹲墙根的老习惯;⋯⋯说话满口方言,穿着随便,找人从不上楼,总喜欢站在楼下大喊大叫。春天小区楼前楼后开满鲜花,他们也会满不在乎地摘大把鲜花带回家,看了真叫人心疼⋯⋯与这些不文明的农民住在一个小区,不好,还是少接触为妙⋯⋯"[25]

4. 上海的居住隔离模式

以上述居住隔离模式的探讨为基础,上海现阶段的居住隔离模式可以整体上描述为:内外圈分明的圈层式隔离和中心城区的镶嵌状隔离与簇状隔离。此外,复苏的水道空间所产生的带状居住隔离、围绕新兴的都市活动磁石所形成的簇状居住隔离,以及沿特定功能轴的扇形居住隔离等也都是以上海城市居住空间的特征为基础归纳出来的。

(1) 内外圈分明的圈层式隔离

上海的建成区面积 1949 年约为 $80km^2$,至 20 世纪 80 年代初为 $120km^2$,现在的中心城区面积为 $440km^2$。20 多年来,上海中心城区的扩展速度异常迅猛,且突出地

---

① 在珠海吉大村的改造案例中,当地村民 315 户 1170 人,外来租户 5500 人。

表现为同心圆圈层式扩展,由内、中、外环线将城市依次分为内环线以内地带、内中环线之间地带、中外环线之间地带和外环线以外地区。当然,由于交通条件的不同,实际上的城市同心圆并非以空间同心圆发展的,因此各环线之间的实际住宅用地空间呈现为不规则的圈层。城市土地级差地租整体上决定了全市的圈层式隔离,而内、外环线、以及后来中环线的建设则强化了各自区域内住宅用地的地租级差(见图 6-20)。

1 核心区
2 内环线以内区
3 中环线以内区
4 外环线以内区
5 外环线以外区

图 6-20　上海的圈层式隔离

内环线以内,除保留了大批的里弄住宅之外,就是解放以后兴建的大片工人新村,包括 50 年代在普陀、杨浦、长宁、徐汇区的工业区附近的 9 个住宅建设基地,和在沪东、沪南、沪西、沪北和浦东工业区附近的 25 个住宅建设基地。80 年代以后,商品房建设在旧城更新和新区开发两个领域齐头并进。在城市的核心区,商业繁荣、文化设施丰富、人文气氛浓厚,始终是居民心目中理想的居住地,结合城市更新而开发的新住宅区大多属于富裕阶层住宅区。在旧城区结合用地结构调整、"369 危棚简屋改造"、"两万户改造"等建造的一批环境良好、房型合理、设施完善的中小规模住宅区,成为新的中高收入住宅区。在中心城区周边,新建住宅主要沿着腹地宽广的西南、北部方向和浦东的南北和东面地区不断向外蔓延。

形成于 1951—1952 年的 9 个住宅建设基地,分布在控江路、志丹路、曹杨路、天山路和大木桥路一带,辟建了 18 个新村。1953 年起新辟的 25 个住宅建设基地,包括大连、玉田、凤南、广灵、柳营、沪太、宜川、真如、普陀、光新、金沙、东安、虹桥、崂山、乳山、天钥、龙山等。

就新建住宅而言,同样建筑标准与质量的住宅,价格表现为随着离市中心距离的增加而不断递减,并且以环线作为价格等高线:2000 年,内环线内的住宅价格大多在 4 000 元/m² 以上,至外环线附近的价格则在 2 000 元/m² 左右。2003 年,上海市平均房价达到 5 118 元/m²,市中心(黄浦、静安、卢湾三区)的中高价房价格区段为 7 800～10 000 元/m²,单价万元以上的高价房又可细分为 1 万～2 万元以及 2 万元以上。内环线以内已没有单价低于 6 000 元的新建住宅。外环线以外的宝山地区住宅均价才在 4 000 元/m² 以下。解决中低收入家庭的"四高住宅"(住宅单价在 3 000～5 000 元)已远远地分布在外环线以外。有研究者将上海各环线价位与档次大致地总结为"4—6—8—10",即外环外地区 4 000 元/m²(低档)、外环至中环地带 6 000 元/m²(中档)、中环至内环区域 8 000 元/m²(中高档)、内环以内地段 10 000 元/m² 以上(高档)。2004 年甚至出现了"3—2—1"的说法,即楼市均价会达到内环 3 万元/m²、中环 2 万元/m²、外环 1 万元/m²。由此可见,城市中住宅价位的差距及分布受到的圈层影响是显而易见的。

但是由于多种条件因素的作用与影响,城市住宅随着由内而外的圈层扩散所表现出的价格递减趋势,在局部地区并不那么清晰。首先,在很大程度上归因于城市交通状况的改善,住宅的区位条件整体上得到了改善;其次,旧城改造的深入从根本上改变了许多地区的居住水平与居住社会空间结构;再次,土地供应所采取的拍卖方式使得住房价格中包含的土地价格上涨迅速,因而住宅价格整体低不下来;最后,住房市场的需求面广量大,除了本地居民的需求之外,还有来自全国乃至世界的住房消费需求,其中包括了相当比例的投资需求。旺盛的市场需求(2003 年上海住宅市场上的供需比例基本约为 1.06∶1[26])一方面使得投资集中于利润较高的高价位住宅,另一方面也使得住宅市场出现了价格背离价值的非理性现象。

由于住房价格起着强大的"水闸"功能,可以将不同社会经济地位、不同收入阶层的居民保持在不同的位势。而住房价格的非理性分布也使得原本层次分明的整体圈层式隔离在内外环线之间变得不那么分明,取而代之的是镶嵌式居住隔离。

(2) 中心城区的镶嵌状隔离与簇状隔离

由于城市土地的稀缺性,中心城区地价的整体上升是总的趋势。更何况,中国的大城市并没有出现西方城市在 20 世纪六七十年代郊区化进程中经历的内城衰落,恰恰相反,城市综合交通体系的建立,交通状况的改善以及中心城生态环境品质的提高,使得中心城区始终是大多数居民钟情的居家宝地。因此,随之而来的住宅价格的上升也在情理之中。这不但表现在住宅一级市场,也反映在住宅二、三级市场上。

先看交通的影响。一般来说,城市主要交通轴上的区位优于其他地区,形成城市轴向辐射发展的态势。例如在上海北部地区,通过共和新路高架的建成与轨道交通一号线向闸北、宝山的延伸,极大地改善了共和新路周边的交通条件。逸仙路高架的开通与轨道交通三号线的建设将改善杨浦北部与宝山的住宅区位。

上海目前采用由内、中、外环线构成的同心圆加放射状交通主干道体系(根据上海市总体规划通过"三环十射"把中心城与卫星城紧密联系起来,为市区与郊县乃至外地的联系提供有利保障),并通过区域快速轨道交通加强区域间的联系,使得中心区与近郊区都获得了良好的住宅区位条件(见图 6-21)。

在城市的交通主轴之间,通过区域的一系列次要短轴相连接,"手套的各手指(The Fingers of The Glove)"[2]48之间的空隙最终被扩展区所填满。还以闵行区为例,由于开发建设经历了十几年的时间跨度,其间各住宅区的土地获取方式、市场定位、售房时的区位条件和配套程度都处于差异与不断的变化中,因而产生了镶嵌状的居住隔离。北部的闸北区与宝山区在今后较长的建设进程中也将形成这样的居住隔离。

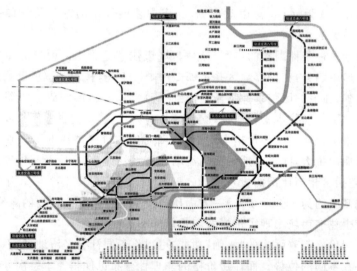

图 6-21　区域间快速轨道交通系统极大地改善了区位条件,
促进了圈层式隔离向镶嵌式隔离转变

再看环境景观的影响。"九五"以来,上海新建了世纪公园、黄兴公园、大宁公园等一大批公园,中心城区建成古城公园、不夜城绿地、四川北路绿地、徐家汇公园(二期)等大型开放式公共绿地(见图 6-22 上海市中心城绿地系统分布)。此外每个街道均拥有一块 3000m² 以上的绿地。环绕着这些绿地兴建的住宅区,价格普遍高于周边住宅区,从而形成了中高收入阶层的住宅区。即使在同一小区里,能看到公园景观的住宅要比其他普通住宅的价格贵 500~1000 元/m²。这些绿地的功能和作用虽然与前面提到的新天地的都市活动功能不同,但在某种程度上也起着磁石的作用,将城市局部地区的中高收入住宅区集聚于其周围,促成中高收入阶层居民向着较好的环境资源的流动,形成簇状的居住隔离模式。

图 6-22 上海市中心城绿地系统分布

在上海中心城区第一轮大规模的旧区改造中,基本遵循的是先易后难的原则,改造难度小的项目先进行。成片改造的不多,多数开发地块规模不大,常常是见缝插针,导致新旧住宅区镶嵌布置,造成社会隔离和物质形态的破碎。

2002 年以来上海住宅市场的异常升温,使得现今正在进行的新一轮旧区改造难度显著增加:一方面,土地拍卖竞争激烈,造成地价上涨;另一方面,住宅价格的上升比地价还快,动迁户重新购房困难,拆迁补偿要求提高,动迁费用大幅上升,动迁难度加大,于是开发商转而再大幅提高房价。过高的房价毕竟孕育着风险,作为规避市场风险的正常反应,今后旧城改造的数量和改造速度都会显著下降。这也意味着,在今后较长一段时间内,仍然有相当数量的居民不得不居住在面积狭小、功能不全、设施条件落后、环境较差的旧住宅里。从住宅市场的价格看,这些住宅区的房价随着城市地价、房价整体也上升了,但实际的居住质量与周边更新改造过的住宅区相比,差距更大,居住隔离有进一步加剧的趋势。

五、居住隔离的进程

居住隔离现象表现为随着时间演进的一个动态过程,不但隔离的模式处于变化之中,其在城市发展中的阶段性特征及阶段性结果也不相同,并且居住隔离进程在很大程度上受到城市开发进程的影响。

1. 居住隔离进程的阶段性

毫无疑问,就现代城市而言,在解放前我国大城市中就普遍存在着居住隔离的现象。上海就有"上只角、下只角"之分。解放以后,国家的住房制度发生了根本的变化,福利住房制度实行达三十多年之久,这种住房制度的特征是:绝大部分靠国家财政拨款统一建设,少部分由企业单位投资自建,但也必须纳入国家基本建设计划。根据规定的条件和住房标准统一分配,并实行低租金政策。

> 关于我国城镇居民住房分配标准,1983 年 12 月 5 日,国务院发表了《关于严格控制城镇住宅标准的通知》,通知指出要严格控制住宅建筑面积标准。全国城镇和各工矿区住宅应以中小型户(1~2 居室)为主,平均每套建筑面积控制在 40~50m² 以内。其中一类住宅为 40~50m²,二类住宅为 45~50m²,适用于一般职工;三类住宅为 60~70m²,适用于县团级干部及相当于这一级的干部;四类住宅为 80~90m²,适用于厅局级干部及相当于者以及的高级知识分子。以建一、二类住宅为主,在住房紧张的城市和单位,应暂缓建三、四类住宅。上述标准可暂作为分配住房控制标准。

那么在 1949 年解放以后至 80 年代住房制度改革这段时间,是否存在居住隔离呢?80 年代以后的居住隔离状况又怎样?下面将 1949 年至今的这段时间分成三个时期,对我国大城市的居住隔离状况进行考察。

(1) 第一阶段(1949—1979 年):消减与蛰伏的居住隔离

相对于解放前来说,解放以后的前 30 年,由于社会住房分配机制直接造成居住隔离的条件不复存在,居住隔离现象大量减少;或者说,这一时期是对解放前遗留的居住隔离的消化分解,而未新生出大量的居住隔离。

相对于 80 年代推行住房商品化制度后城市居住隔离的日渐普遍来说,在建国以后 30 年间,城市居住条件的差异主要是由基础差异、单位差异、建设差异三方面原因造成的。由于这些差异的存在,隔离仍在城市中蛰伏下来。下面仍以上海为例进行分析。

1) 基础差异。由于特定的租界分割的历史,解放前上海的住宅已经形成了严格的等级与区位差别。在民国三十七年(1948 年)六月编制完成的大上海都市计划二稿中《上海市建成区营建区划和道路系统图》上,城市住宅区结合当时的现状被分成三个等级(见图 6-23),即第一住宅区(见图 6-24、图 6-25)、第二住宅区(见图 6-26)、第三住宅区。老城厢区、肇家浜棚户区、苏州河南岸及北外滩部分岸线地区属于较差的第三住宅区;原法租界范围内的大片高级住宅区被定为第一住宅区,余下的为中等质量的第二住宅区。

1949 年上海解放,城市人民政府接管了旧政权公产和国民党战犯、官僚资本、反革命首恶分子的房地产,区别不同情况接管和代管外国人业主的房地产,形成了第一批 1100 万 m² 的公共房屋。对于一般私有房产,从 1949—1956 年,首先采取承认和保护其所有权与经营权的政策。1956 年通过社会主义改造,以公私合营和政府经租的方式,把出租面积在150m² 以上的私人业主出租房屋纳入公有房屋轨道,加上政

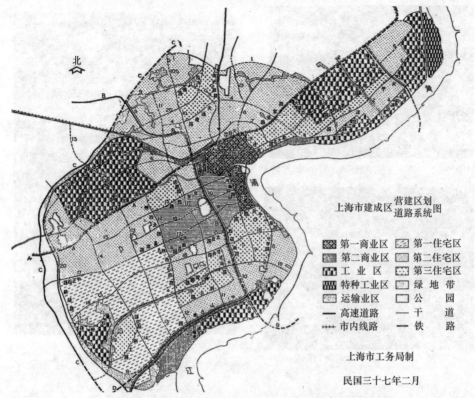

上海市建成区 营建区划
道路系统 图

第一商业区　第一住宅区
第二商业区　第二住宅区
工业区　　　第三住宅区
特种工业区　绿 地 带
运输业区　　公　　园
—— 高速道路　—— 干　　道
┼┼┼ 市内线路　—— 铁　　路

上海市工务局制

民国三十七年二月

图 6-23　大上海都市计划二稿中上海的住宅区分布

（图片来源：上海城市规划志，302 页）

府历年投资建造的房屋，形成了巨大的公有房屋体系。由房管部门直管的和各系统单位自管的公有房屋占全市房屋的 80％ 以上，直管公房占公有房屋的的 60％ 以上，直管住房占公有住房的 90％ 以上[27]。

由此可见，在解放初期对于城市居民原有住房的认定中：①全市房屋中尚余将近 20％ 的私有房屋，其中包括出租面积在 150m² 以下的私人房屋；②再就是，单位拥有约占公有住房 10％ 不到的自管住房。这些仅是私有房屋数量上的反映，至于住房类型和住房质量却不得而知。不过可以得出的推断之一是，在拥有一定面积私宅的人中，至少有部分人的居住条件不会太差；推断之二是，解放以前存在的居住隔离，可能会以某种隐性的形式保持下来。对于解放以前中产阶级的职员或专业人员以及大多数的低收入市民来说，住房虽然变成了公有性质，但他们可以继续住在原地，并不需要搬迁。虽然职业和工作可能有所调动，但地区原有的居民社会结构可以基本保持下来，这样就潜伏着居住隔离的薄弱的社会和空间基础。

2）单位差异。解放以后，我国城市社会占主导地位的资源占有制度是社会资源

图6-24 "第一住宅区"示例（刘家方摄）

图6-26 "第二住宅区"示例　　　　　　图6-25 "第一住宅区"示例

的公有制或国有制,国家按照单位组织在国家权力体系中的地位、等级性质及分派任务分配资源,并负责供应资源。单位代替国家按照既定的标准向其成员分配资源。绝大部分社会资源沉淀在国有或集体性质的单位组织之中,且具有不可流动性

对于我国特有的单位现象,不少学者从组织制度方面着手进行了深入的研究。张鸿雁指出,我国城市单位组织具有下列结构性特征:①城市单位组织资源的公有制或国有制;②单位组织的非独立性;③单位组织功能泛化;④单位组织边界相对封闭化;⑤单位组织之间的权力功能差别。其中,后三点对城市居民居住水平影响较大[28]。单位组织功能泛化,单位承担着包括经济、政治、社会等多方面的功能,直接导致了条块分割,造成许多自成体系的小社会。如行政机关、大学、科研机构及企业等,基本上由办公区或生产区、后勤区、职工及家属生活区等三部分组成。单位组织边界相对封闭化,则单位之间壁垒严重,流动困难。单位组织之间的权力功能差别,主要体现为行政级别等级上的分化和部门间的分化,同一级或同一部门的组织具有高度的同质性,而不同等级或不同部门的组织在享有权利、获取资源和平均收入上有一定的差距,而且这些差别较为固定。单位的再分配能力高,则职工的社会经济地位认同就高,并且与收入、住房、居住地段等直接挂钩。

林南、边燕杰在论述我国改革前父亲的工作单位部门对子女受教育程度的影响时指出,住房的分配由工作单位直接或间接负责,不管是直接的还是间接的,较好的核心工作单位部门一般供给好一点的住房,而这些住房又往往设置在较好的学校所在的地区。这种层化的住房格局为孩子们创造了不同的邻里环境和互动机会,因此,工作单位部门影响了子女的教育质量[29]。就上海而言,在建国初期也存在着具有优势的经济或社会单位组织占据较好地段和区位的特点。

另一方面,在全国重生产轻生活、优先发展重工业的战略思想指导下,上海市委和市人民政府贯彻为生产服务、为劳动人民服务,首先为工人阶级服务的方针,有步骤、有计划地解决工人住宅问题,着手兴建工人新村。但是,上海的住宅建设以政府统建为主,单位自建所占的比例很小,而且,新建住宅区是结合市区工业分布和职工就近工作、就近生活的要求来确定布局的。50年代初期在沪东、沪西等工业区附近兴建两万户工人住宅。统一建造户数为 2 万户,自建 1830 户;统建单元数为 2000 个,自建 183 个;统建建筑面积 50 万 m²,自建建筑面积为 5.04 万 m²;统建居住面积为 34.67 万 m²,自建居住面积为 3.18 万 m²。[30]514 统建的户均居住面积约为 17.34m²,自建的户均居住面积约为 17.37m²,面积标准几乎接近。50 年代后期到 60 年代初期,为配合近郊工业区的开辟及卫星城镇的建设,在近郊区和卫星城镇"成街成坊"地建设了大批住宅新村。

从居住主体来说,这一时期上海新建工人住宅区之间的差异不大,由于业缘关系人们聚居在一起,会表现出一些与职业、受教育程度、生活方式相关的共同特征,但不足以归入单位制引起的居住隔离。如第一个工人住宅新村——曹杨新村,第一批入住的是沪西地区纺织、五金系统的部分劳动模范和先进工作者。50 年代后期至 60 年代初,在近郊工业区兴建的工农新村,原来是上海柴油机厂、化工研究院、港务局、水产局的职工宿舍,因与农村相连故名工农新村。由此可以看出,以统一建造为主的住宅建设方式对于融合跨行业的职工的居住是有益的,避免了住宅区的单一的社会构成和由此引起的居住隔离。

3) 建设差异。上海居住水平的差异在这一时期,较多地表现为住宅建造时期与经济发展水平的纵向差异。城市住宅分配实行的是强制性的资源倾斜配置,局部地区建设服从于城市整体建设进度的安排。

1951 年 9 月—1952 年 5 月,上海建成了第一个工人住宅新村——曹杨新村(见图 6-27)。1952 年市人民政府决定建造两万户工人住宅,近 60 万 m²。按"重点建设,一般照顾"的总原则,以沪东、沪西两个工业区为重点,在这两个工业区防护带 1km 以外的地方,同时适应顾及沪南工业区,规划了长白、控江、甘泉、天山、日晖等 9 个新村。1953—1954 年,又先后在原有各基地附近建造了一批工人住宅,分布在中区四周的居住区,为沪东、沪西、沪南 3 个工业区服务。到 1957 年,共兴建住宅建筑

面积 328 万 m²,平均每年建设 65 万 m²。[30]513-514

图 6-27　上海建成的第一个工人住宅新村——曹杨新村

（图片来源:沧桑——上海房地产 150 年,上海教育出版社,1998,133 页）

从 50 年代后期至 60 年代初,上海工业有了很大发展,先后规划开辟了 10 个近郊工业区和 5 个卫星城。住宅建设遵照"适用、经济、在可能条件下注意美观"的方针,在近郊工业区如五角场工业区附近兴建了工农新村,彭浦工业区附近兴建了彭浦新村,桃浦工业区附近兴建了桃浦新村等等。这些新村距市中心较远,交通条件差,公共服务设施配套不齐,加上有些新村的居民属郊县户口,对市区居民缺乏吸引力,发展缓慢。

60 年代,住宅建设大幅减少,少量新建住宅一部分在已建新村中"填空补齐",一部分在市区旧房改造中安排。70 年代开始,在控制市区不再扩大的条件下,住宅建设利用土地潜力,适当向空间发展,编制了高层住宅建设试点规划。1970 年,在改造北京西路万航渡路田基浜危房棚户区的同时,建设了高层住宅;1975 年,配合体育馆建设,改造了漕溪北路西侧的棚户简屋区,建起 9 幢高层住宅建筑群。随后,在天目路、康乐路、天目西路、华盛路和威海路、成都路等地,也出现了高层住宅。

旧上海最大的贫民窟——蕃瓜弄,从 1952 年起,陆续拆除了"滚地龙"、地窝子,翻建成草平房或瓦平房。此后,通过旧市区的改造结合市中心主要干道改造同时进行,1963 年 10 月—1965 年 12 月,又改建为多层住宅。

杨浦区的明园村,是上海较大的集中成片棚户区之一。改造前简棚屋毗连密集,人均建筑面积仅 4.1m² 左右。1973 年明园村开始动迁、分批进行建设,至 1979 年基本建成,高层商住综合楼于 1981 年建成,解决了原住户中平均每人建筑面积 2m² 以下的居住困难户和结婚待房户共计 193 户的住房,占原住户的 16%[30]570-571。

市民村是徐汇区最大的棚户区,居住环境恶劣,居住矛盾突出。但是由于该处规划保留作为交通大学发展校舍用地,长期限制民房翻建。直到 1980 年交通大学另在闵行选址建设分部,不再规划保留市民村土地,1985 年开始拆迁,1986 年拆迁完毕并开工,1992 年 11 月全部竣工交付使用。

从解放以后上海住宅区建设进程的简要回顾中不难发现,同样是解放前遗留下来的居住条件恶劣的一些住宅区,改造时间的前后跨度颇大,有的直到 90 年代才根本得以改善。这一阶段的居住隔离是客观存在的,只是这种隔离与社会经济地位的关联度较低,更多的来自于住房严重短缺的社会问题。旧住宅区获得改造与否对居住质量的影响是极其明显的,但是由于这个时期住宅不被视作一种商品,没有定价,缺少了市场衡量的标准;更重要的是,虽然社会成员有干部群众级别之分,有职业之分,但社会阶层没有显著分化。与解放前相比,广大居民的社会地位与权益都是平等的,并且获得了相对稳定的社会保障,因此,虽然居住条件差异较大,但普遍的意识会认同这只是反映了居住隔离的物质层面,而较少涉及社会经济层面。

(2) 第二阶段(1980—1999 年):显露的居住隔离

在这一阶段,改革开放使得人们的经济收入与消费能力的梯度开始显现。土地使用制度与住房制度的改革,住宅商品化的探索,适应了住宅消费需求日益增长的需要,使得一部分先富裕起来的人有了改善住房的机会,也从根本上扭转了长期以来城市居住水平低下的问题。

这一时期,城市政府对于住宅建设工作的重点包括:加快旧公有住房的出售、促进商品房的建设、结合改造城市旧区建设商品住宅等。北京的住房综合改革包括八项内容:优惠售房、市价售房(面向社会),合作建房,改造破旧危房,新房新租,旧房小步提租,收取租赁保证金、超标加租等。上海的住房综合改革包括:推行公积金,提租发补贴,购房卖债券,买房给优惠,建立房委会等。

1979 年上海市新建住宅 182 万 m^2,1980 年跃升至 304 万 m^2,新建住宅数量之所以能够大幅度上升,主要是开辟了企业自建住宅这一层次,以后又发展到企业建房数量超过国家投资的建房数量[31]。

1980—1990 年的十年间,上海全市住宅建筑面积 5 407 万 m^2,占 1949—1990 年 41 年来住宅竣工面积的 82%,市区人均居住面积由 1950 年的 3.9m^2 提高到 1990 年的 6.6m^2,1995 年达到 8m^2。[30]512,526

在国家经济体制改革与随之而来的社会阶层分化的整体背景下,大城市居住空间的隔离现象渐露端倪,并且隔离现象首先在上海、北京、广州及其他一些大城市表现得较为明显。这主要是因为:①大城市产业结构的演替较为完整、彻底,行业职工的所得变化差异悬殊;②大城市的房地产市场兴盛活跃,住宅商品化程度较高;③大城市的住宅消费需求更加多元化。各大城市逐渐建立起多层次的住房供应体系,为市场经济条件下住户的自由择居、也为居住隔离创造了物质前提和可能。

大城市中开始陆续出现豪华小区、高档小区、高价小区,甚至还有"高尚小区"(应该理解成高档、时尚的意思吧)。如广州的二沙岛居住区,1980年代初期开始开发建设,是广州乃至珠江三角洲地区深具影响力的高档居住区,居民主要由外国驻华高级官员、外籍人士、外资公司职员、国内事业成功人士等组成。原自然村居民全部外迁。位于广州市新城中心天河区的"名雅苑"住宅小区,1992年多层住宅平均售价为8600元/m²,1993年高层住宅售价10800元/m²,最高售价为14500元/m²,租金价格也在同地段中最高[32]。上海的古北小区是上海当时最高档的涉外住宅区,"住在古北"是一种身份与社会地位的象征。

进入90年代,由于住宅市场的日趋成熟,居住品质不断提高,商品住宅区在整体规划理念、住宅单体设计、住宅区环境景观设计上都有了普遍的长足的进步。这个时期的居住隔离带给社会的刺激是巨大的,可以说激励与困惑并存。城市面貌的改变、部分居民居住水平的大幅改善、政府多种鼓励改善住房条件政策的实施,使得城市多数居民看到了希望;与此同时,对于社会贫富差距拉大,主要是社会不公平现象的议论开始增加。

在住房制度改革的转型期,确实存在着制度的疏漏和操作环节的缺陷,造成了住房分配不公的现象出现。1978年以后,我国城市住房不同程度地存在着结构性短缺和结构性过度消费并存的现象[33]。由于福利住房的按需分配是靠行政规定软性制约的,而制定、执行行政规定的人同时又是住房分配对象,这就难免出现分配不公的现象。

此外,关于优惠出售公房也存在着不同意见。1988年国务院住房制度改革小组发布了《关于鼓励职工购买公有旧住房的意见》,将公房以低价出售给住户。这样,有房的人不仅先前的居住条件好,而且享受了房租补贴,实质上等于多拿了工资,住房出售时又以比新房优惠得多的价格买了房子;没有住上房的人,在房改时,却要多掏钱买房,原来的损失不仅得不到补偿,反而要增加损失,出现收入分配向富裕阶层和特权阶层的倾斜,无形中扩大了收入和财富差距。

1998年底全国停止住房的实物分配,1999年各地制定住房分配货币化的方案。不少行业单位赶在此前,搭末班车集体购房,增加新的住房福利,也进一步增加了不同行业间人群的居住水平差异。总之,在住房制度改革的转型期,居住差异所带来的社会不平等矛盾开始显露,居住隔离开始对社会心理产生影响,积极的和负面的影响并存。

(3) 第三阶段(2000年至今):加速的居住隔离?抑或遏制居住隔离?

自2000年以来,房地产业成为国内部分城市与地区经济保持较稳定增长的支柱产业。例如,上海及至长三角地区,房地产业已连续多年成为城市经济的重要动力。上海房地产业增加加值占GDP总量从1990年的0.5%增长到2000年的5.3%和2003年的7.4%,目前上海GDP增长中有一个百分点是房地产业贡献的[34]。

对于住宅市场来说,完全放任"无形的手"去操纵,已经产生极为严重的社会问题。住宅价格是城市居民择居的最实质的门槛,能否跨越过去取决于个人的支付能力,在通过层层升高的门槛的过程中,社会各阶层的经济地位已经自然地排成了一个等级序列(有时我们称之为消费梯度)。住宅市场上的不同等级序列,对应于不同的住宅区。各住宅区之间是否产生居住隔离,极大程度上取决于它们所处的序列位置,取决于进入它们门槛的相对高差。即使是处于同一门槛高度的住宅区,由于其居民除了经济地位之外还有其他社会特征,也还有形成居住隔离的可能性。

以上海2003年一季度高价位住宅(单价0.8万元/m²以上)的购买对象来分析(见表6-3),这些都是已经处在一个相当高直至最高序列中的人群,但他们的社会经济特征仍可以继续被细分,表中反映出的是人群的来源地及住宅市场的支付能力。对购房对象的统计表明,2003年一季度,境外人口和外地人口购房比例占总量的56%。在单价0.8万~1.0万元之间本市人口的购房比例较高,超过外地人口与境外人口;随着价格升高,本地人口的购房比例逐渐下降;外地人口在1.0万~1.5万元与2.0万元以上价格段基本超过本市人口;而境外人口的购房比例是随着价格的升高逐渐上升。由于没有对应的住宅区空间位置分布,根据表中的数据,不能推断出住宅区的人口构成特征,假设去掉投资房的因素,在价格2.0万元以上的住宅区中,可能的情形是,一都是本市居民,二都是外地居民,三都是境外居民,四是任何比例的混合,但是不管是哪种情形,都已具备了构成居住隔离的基本社会经济结构,不同的只是隔离对象之间的差别而已。

表6-3 2003年第一季度均价0.8万元/m²以上的购房对象结构

单价段 (万元/m²)	购房比例(%)			
	合计比例	本市人口	外地人口	境外人口
0.8~1.0	100	54	26.6	19.4
1.0~1.2	100	31.4	32.4	28.2
1.2~1.5	100	31.5	31.3	37.2
1.5~2.0	100	30.8	22.1	47.1
2.0以上	100	25.6	28.7	45.6

资料来源:上海楼市,2003年第5辑,14页。

对于近年来的住宅价格猛涨现象,可以从经济学的"价格发现"上给出一个比较合理的解释。在金融市场上,买卖双方的交换活动决定所交易的资产的价格,从而决定资产的盈利率。市场上的供求决定价格的高低,资产在双方满意的价格下成交,这是一个价格发现的过程。在这个过程中,价格信号将引导资金流向收益率高的用途上[35]。由于城市住宅尤其是城市中心的住宅已经从买方市场转向卖方市场,所以上海的住宅价格在2003—2005年上半年以来近乎直线的上涨也就在意料之中。

此外,我国现阶段,整个住宅市场运行机制已基本上以市场自由运行为主,间接控制为辅,作为显著特点之一,价格水平波动对利益分配和资源分配起着决定性的导向作用,而国家宏观调控往往受制于诸多行业政策的协调效应,反应滞后,收效不明显,甚至有时还起到反作用。

2000年以后尤其是2003—2004年,我国大城市短时期内住宅价格的急速上涨已完全超出理性,存在着诸多不合理的方面。

首先,严重脱离了房价收入比。房价收入比指的是一个国家或城市居民的平均收入与平均住房价格之比。从房价收入比来讲,住宅价格与居民收入应该有一个合理的比例关系。国外的研究表明,一个国家的房价收入比在1∶3到1∶6之间比较合适。也就是说,一套中等收入者能够支付的住宅以其3~6年的收入为度。

据抽样调查,2002年上海城市居民家庭人均年可支配收入13 250元[36],则一户三口之家的家庭全年可支配收入为39 750元;而2004年上半年上海内环线附近一套100 m^2 的住宅以8 500元/m^2 单价计,加上住宅税金,总价将接近90万元。也就是说,家庭年可支配收入全部用于支付住宅消费也需要23年的时间,而普遍的看法是在住宅上的花费占家庭收入的比例不应超过20%~25%[37]。这样一算,就可以发现中等收入阶层要在内环线以内安置新家简直不可能。

2003年上海城市居民家庭人均年可支配收入为14 867元[38],比上一年增长了12.2%。而2003年上海市商品房价格同比上涨29.1%,2004年底上海内环线附近住宅单价最低得以11 000元/m^2 计。房价收入比在严重不合理的基础上越拉越大。

其次,导致大部分利润流向了开发商。因为土地价格的增幅远远低于住宅价格的涨幅,上海市2003年平均房价达到5 118元/m^2,比2002年增长29.1%,其平均地价水平为2 164元/m^2,比上年增长5.34%,地价增幅只占房价增幅的20%[39],因而由于住房价格大幅上涨带来的利润主要流向了开发商而非城市政府财库。

再次,引发了"投资房—空置房"的假性需求。本来,投资或投机都是市场经济下市场主体的特性,无可厚非。但是自2003年11月起,上海住宅市场上的投资房比例已达到16%,已逼近国际公认的20%的投资警戒线。而且,投资房直接造成了市中心空置房比例的上升。据不完全的统计,上海市中心商品住宅空置率接近10%,根据覆盖黄浦、静安、长宁、徐汇、普陀等区的某电力公司2004年第一季度电费的回收记录,在44万应出账户数中,有4.3万户因为"空置房"原因无法交费[40]。这些空置房中60%为外地业主所有,空置时间在半年以上。黄浦区的东淮海公寓,交房已一年有余,入住率仅达到1/6,大多数为温州人士炒房之用。虹口区的虹叶茗园,入住率也仅达到70%。

房价猛涨和空置率增加形成了恶性循环,在住宅市场形势貌似繁荣的背后,存在着"房地产"泡沫吹大的隐患。城市政府的调控政策面临着两难抉择,既不希望出现住宅价格下跌,影响住宅产业的发展势头,又迫于社会多阶层的不满与市场投资的过热双重压力。在中央政府将城市住房消费中暴露出的贫富差异上升为政治问题后,地方城市政府才不得不痛下决心,配合宏观调控的步调。作为政策的补偿性倾斜,上海 2004 年新开工 350 万 m² 中低价商品房,其用地供应量为内环线内、内外环线间、外环线外分别占总量的 20%、40%、40%[41],以此来保障中低价住房供给和平衡城市居住空间上圈层式、隔离性的分布。

2000 年以后,在住宅市场的"一路狂奔"中,我国大城市中的居住隔离是无可否认地加速了。现阶段对城市未来的隔离状况来说已处于一个关键时期,加以强有力的引导调控,则也许可以保持在一个整体上尚算温和的程度;听凭市场"无形的手"操纵,则会急剧加大并加速极化。因而,对现阶段的城市政府来讲,是加速居住隔离还是遏制居住隔离,对于改变城市居住隔离的进程来说至关重要。

2. 居住隔离进程的多样性

居住隔离进程有其阶段性,而且是与城市社会经济发展的阶段性密切关联的,当城市社会经济发展进入一个相对稳定期时,居住隔离也相应地表现为一个阶段性的结果。这种阶段性的结果具有多种可能,从国外种族居住隔离进程的多样性中我们可以得出一些启示,也可以对我国城市居住隔离进程的趋势与结果形成一些预测。

(1) 国外的种族居住隔离进程

居住隔离产生的背景、动力机制不同,居住隔离的进程也不一样。F. W. Boal 将美国种族隔离进程的多样性概括为四个方案[42]:

1) 同化(assimilation)。当一个种族团体和全州(市)人口在经济上和文化上的差异随着时间消失时就出现了同化,伴随着居住隔离的程度的下降。正如波尔表述的"差异减少了,社会和空间的边界消除了"。

2) 多元化(pluralism)。多元化包括文化差异的保留,个别的种族团体鼓励"团体多样性和团体界限的保持"。这些团体可以全面参与社会某些领域,尤其是经济,但是他们的成员(或至少他们中的一部分)可以保留他们的文化特征,这包括居住在只集中在居住结构的某些部分的相当隔离的社区里。

W. Zelinsky 和 B. A. Lee 指出,对同化模型的早期批判激励了论证文化特色(cultural distinctiveness)和领地独立(territorial separatism)的多元化模型[43]。

3) 分割(segmentation)。这在社会中产生了更加尖锐的空间分裂(spatial divides),因为团体间的对抗性以及与已将同化奉为准则的更广泛的社会部分间的对抗性,种族团体在城市中占有明显的地域。在这个方案里,Boal 对比了"由不安全与不信任而定义的恶化的种族内部关系"与"温和的多元化的分离"。与多元化相对照,

155

分割由社会中占支配地位的团体发展并维持(如在南非的种族隔离社会制度)。

4) 极化(polarisation)。它是分割的一个极端的情形,在那儿,地方的分裂——也许反映了更加广泛的国际和(或)国内的冲突——导致一个破裂的、甚至分成两部分的社会环境,涉及到来自许多地区和被定义为"少数民族聚居区(ghettos)"的团体成员的实质性的被排斥。

上述四种方案都是针对于在一个存在着现实的、明确的隔离困境的社会里隔离结果的描述,而且,因为其研究重点是种族隔离,因此,轻易地评估哪一种适用于我们目前的情形或套用某种情形未免太过简单和草率。

(2) 我国城市居住隔离进程的趋势

在我国,居住隔离的进程在不同城市是有着显著差异的。在一些住宅市场发育程度不高的中小城市,居住隔离还处于初期的形成阶段。而在一些大城市中,不同的社会阶层或群体在空间上向城市中特定地区集中的现象已非常明显。尤其是富裕阶层、高收入阶层、外籍人口、外地人口在城市中都有清晰的并被社会认同的居住范围。对上海这样的大城市来说,居住隔离的进程已进入一个关键时期,是进一步加剧还是引导调控,都应该提到社会学、城市规划和政策部门的议事册上。

对我国大城市来说,外来人口的居住隔离是研究的一部分,不同社会经济阶层的居住隔离是更为主要的部分,在这两部分之间有交叉的领域。

1) 外籍人口与多元化。从目前常住在我国的外籍人口来讲,大部分属于中高收入阶层,只有少量务工的属于中低收入阶层。外籍人口从数量上来说,对城市的本地居民构不成任何威胁,但却是支撑城市高收入住宅市场的主要力量(其中亦包括我国的港澳台地区人口)。据第一太平戴维斯2005年6月份完成的一项针对新建高档住宅项目的客户调查显示,境外人士已占买家比例的70.4%。一方面,他们占据了城市中自然条件、人文条件、经济条件最好的空间资源,将"土生土长"的城市居民逐出城市的中心地段;另一方面,境外人士的高消费力刺激了高档住宅区的房价,而高档住宅的高昂房价整体地拉升了城市房价。按照普通市民的支付能力,他们也许只能住到城市外环以外的地区,这大大提高了他们包括交通成本、时间成本在内的生活成本。正如温州人由于在全国各地炒房,哄抬了当地的房价,因而在全国遭受公共诚信危机一样,对于境外人士一向的友善态度在不久的将来也会被一些抱怨与不满所替代。这对于一个正迈向国际化都市的城市来说,不是一个适宜的社会环境。上海坊间流传的一则"区域语言论"的调侃颇为引人注意,即未来的上海"内环线以内说外语,中环线内说普通话,环线外说上海话",其间透露出土生土长的上海人对于在城市居住空间中被边缘化的满腹无奈与愤懑。

2) 外来人口的同化与分割。外来人口中,中、高收入阶层除了在地方语言上可能碰到的小小的差异外,几乎不存在被社会排斥的问题,因而在经济、空间与文化上的同化只是顺序差异与时间长短的问题。

关键是低层次外来人口,确切地讲,是低收入和贫困外来人口在城市中的社会隔离与居住隔离问题。由于户籍政策的松动而涌向城市的大量农村人口如果在城市中沉淀下来,我国现在的巨大城乡差距将转变成城市内部的贫富差距沟壑。由于城市中心的非正规就业和低层次服务业的机会相对较多,在未经改造的旧城区尚有小规模、低档次的经济活动场所的存在,一部分贫困人口或低收入人口将会滞留在市中心,租住在尚未改造的条件恶劣的旧房中。

在上海静安区南京西路街道与江宁路街道中,就有越来越多的这样的外来人口,有的居委会里有近一半人口是"外来户"。附近的大量老房为他们提供了栖息之地,白天他们在附近打工、做生意、卖菜,晚上则到附近住处休息,虽然房子窄小,但却省去了奔波。在句容居委会已经有上千名外来务工人员居住,同乡合租,或举家租借当地居民的房屋,形成了一种独特的社区,多数房租在每月 500 元左右。但是这些房龄超过半个世纪的老房子,随时面临着拆迁的危险[44]。而这也成了这些外来"部落"在对现状总体而言还比较满意的基础上最大的担忧了,生怕哪天就失去了这些栖身之地。在南京西路街道的古柏居委,情形亦相差无几。

只要旧城改造不立即实施,城市的这种分割状态就会继续保持下去,并且有可能持续几十年之久。上海曾经"北有虹镇老街,南有多稼新街",说的是城市中两个最乱的地区,分别位于原来中心城北部的虹口区与南面的原南市区,几十年前也是这样形成的,一直延续至今。被誉为"都市里的村庄"的虹口区新港街道天镇地区是虹镇老街的棚户区,外来暂住人口占常住人口的一半。长期以来,这里人的生活仍保持了乡村的习惯,乡音不改。在他们的门牌号码上,也真的有着村落的名称。而在它的周围,矗立着大片新建的中高收入住宅区。这种长期的隔离与分割任凭时间的流淌仍旧顽强地存在于大都市中。

3) 核心区的极化。前面的外籍人口与多元化、外来人口的同化与分割都是从他们与城市主流人口的关系角度来分析的,而核心区的极化则是强调了在城市局部地域空间上的特征。核心区居住空间的极化也部分地包括了外籍人口与地方人口、地方人口与外来人口、高收入阶层人口与低收入及贫困阶层人口在社会经济与居住空间两面同时发生的极端隔离。

对于我国的大城市来说,分割、极化是与我国的社会主义制度与意识形态相背离的,政府与社会还是会采取各种手段与措施来阻止这种情况的发生。问题是,在现阶段的大城市,当居住隔离处于一个加速期时,及早地控制居住隔离的进程可以达到事半功倍的效果。文化的同化以及多元化,对于像上海这样的城市从来就不是问题,城市兴起与发展的过程本身就是一部不断实现社会文化同化的历史。但是经济的同化,外来的和城市内部的贫困阶层、低收入阶层向社会构成的主体部分——中等收入阶层的靠拢,从而最终消灭贫困,却不是一个一蹴而就的过程。

(3)居住隔离进程受城市开发进程的影响

从我国大城市居住隔离的发展进程来看,在很大程度上受到城市整体开发进程的影响。城市开发本身包含了新的开发及旧区的再开发,在再开发,尤其是商业性再开发的过程中,居住隔离现象更易于产生,并且再开发进程越快,居住隔离的现象越普遍,涉及范围越广。

对于小规模的物质修缮性更新改造来说,由于原居住人口的社会结构没有变动,一般不会形成居住隔离。90年代初期,上海的里弄住宅更新改造,实现了绝大多数居民的回搬;由于未能有效地降低居住密度,这些街坊的总体居住水准并未得到大幅度的改善,很快又需要实施新的改造,如黄浦区的蓬莱路303弄[45]。在这种情况下,更新改造并没有拉开与周围住宅区的距离,也就谈不上居住隔离。

而一些有计划的房屋整治计划,对于改善城市旧区居住水平,同时避免居住隔离来说是比较有效的措施。如上海局部地区的房屋整治计划,主要针对解放后各时期建造的旧住宅区,2004年综合整治1100万 m^2,电梯整治改造291台,其中无人管理小区120万 m^2。并且对无人管理项目补贴资金40%,其他房屋整治均按30%比例进行补贴[46]。

至于里弄住宅更新改造后期实施的"里弄住宅拆落地改造",名为"旧住宅成套改造",实为"拆除新建、实施房地产开发",对居民的回搬条件苛刻,且只有10%左右的居民能顺利搬回原住地。而一旦再开发后迁入的居民在社会经济地位或经济收入方面远远高于原居民时,再开发后的住宅区往往与周围的旧区形成隔离。

大规模的城市再开发往往是政府推动的结果。1990年至2000年,上海拆除包括"365危棚简屋改造"在内的成片旧式里弄2800万 m^2,竣工住宅面积达1.2亿 m^2,人均居住面积由6.6 m^2 增加到近12 m^2,约有近130万户380万市民动迁,约占上海市中心人口的四成多[47]。绝大部分基地采取的是居民全部外迁,建筑全部拆除的方式。

除了旧区改造之外,还结合如南北高架路、延安高架路、明珠二期等市政重大工程建设、延安中路中心绿地建设等进行了大规模的动迁。其中,为建设延安中路中心绿地动迁了9000多户居民。

所以说,上海的住宅市场发展迅速,购房需求大,个人购房率高,很大程度上是通过市政动迁推动的。并且旧区改造与新区开发基本上是联动进行的,从旧区迁出的居民成为新区居民的主体。市政动迁政策一直随着住房制度改革的推进不断进行调整,并且都更多地惠及居民,这也正是这一时期的动迁能够顺利进行的原因所在。

在前面的研究中已经指出,1986年以后城市社会的不平等上升了,在1980—1999年期间居住隔离开始逐渐显露,但是这一时期除了外销住宅及90年代末期的住宅质量与价格出现显著区别之外，城市内部居住水平的差异及住宅价格差距的分布还在合理的或者说居民能够承受的范围之内。

而随着旧区再开发的深入，以及房产市场走势的良好，居民动迁的矛盾开始加剧。2001年2月，上海市建委、市城市规划管理局、市住宅发展局、和市房屋土地资源管理局曾联合下发了"关于鼓励居民回搬，推进新一轮旧区改造的试行办法"（沪建城〔2001〕第0068号文），在新一轮旧区改造的实际操作过程中，房地产开发企业都尽量回避"居民回搬"问题，而作为直接指导和控制区内"新一轮旧区改造"的区级政府，对此问题也基本放任不管。从全市范围的实践情况看，只有极少数新一轮旧区改造基地考虑了部分居民回搬，而且居民回搬比例也普遍很低，一般在10%左右，高一点的回搬率大致在三成左右[48]。

图6-28　最后的"留守"（拒迁的居民）

住宅价格的持续走高，成为动迁问题的导火索。2001年8月上海的内外销商品房并轨，并推行土地公开招标、拍卖、挂牌方式。土地价格的上升直接带动了住宅价格的走高。一部分动迁居民本来不具备即时改善住房的条件，在被动拆迁的情况下，被迫提前购买住房。大量动迁导致中低档住房需求的上升，旺盛的需求推动了住房价格的持续上扬。过高的住房价格又抑制了中低收入阶层的消费能力，形成了市场供应的结构性不合理。市中心动辄万元以上的高价房的出现，与远离市中心、各方面设施都不够完善的动迁新居两相对照，动迁居民的心态严重失衡。此外，商业动迁与政府公益动迁在性质上完全不同，开发商给与居民的拆迁补偿费如果不足以让市民在市场上觅到合适的住宅，市民有理由拒绝搬迁（见图6-28）。

至此，政府也感觉到旧城改造的压力与阻力日益增大，既要照顾开发商的利益与积极性，又不能让市民的权益受损。放慢旧城改造的步伐，成为必然的选择。从2004年开始，上海计划连续3年每年提供300万m²低价位商品住宅，但是住宅区的位置普遍分布在离市中心较远的郊外。据一项调查分析表明，目前市民对郊外住宅区还是有一定对抗性，只有27.6%的人乐意接受郊区低价住宅，而有45.5%的人坚决表示无法接受[49]。一方面，是生活和交通的不便。选择购买郊区低价住宅的人群,日常出行主要依赖公交或是轨道交通,虽然上海的公交网络日益完善,但耗时较多,那些在轨道交通不及之处开发的低档住宅自然难以令市民接受。另一方面,居民在心理上对这种圈层式的隔离表现出一定程度的排斥。

图 6-29　通过住宅市场机制优胜劣汰,实现人口置换
(原来居民被迫外迁,新的居民迁入)

从某种意义上说,通过 90 年代的旧城改造与居民动迁,上海城市决策层实现了优化城市综合功能和生产力布局的目标,而 2000 年以来的城市改造,目标之一就是要实现中心城区人口的优化布局。这不但表现在量的方面,即 2010 年力争上海中心城区常住人口控制在 850 万左右;更表现在质的方面,这 850 万人口将主要是通过住宅市场机制优胜劣汰的结果(见图 6-29)。这是城市范围内的圈层式隔离。当然,这种人口置换不会那么彻底。随着开发进程的减速,城市大范围居住隔离的进程也会减缓。

六、居住隔离的程度

在探讨了居住隔离的模式、进程之后,不可回避地将转向居住隔离程度衡量的问题。程度的衡量又不可避免地涉及到数字、数学的工作。马克思曾认为,一门科学只有在成功地运用数学时,才算达到了真正完善的地步。计量研究的方法,使得数学几乎成为各门学科的共同语言,并作为最为一般的科学思维方法进入各个领域。居住隔离的研究也不例外,这里主要从国外居住隔离指标体系的形成、发展、适用性,包括对其应用和不足两方面进行分析。

1. 隔离程度的衡量——隔离指标

隔离程度的衡量是通过隔离指标完成的,隔离指标的形成经历了一个不断完善的过程,其构成内容即指数也不断被充实,其中部分指数至今仍为西方学界广泛使用。当然,社会学研究中的隔离指标在进行居住隔离分析时也有其局限之处。

（1）居住隔离指标体系的形成过程

早在 20 世纪 40 年代后期,为了测定一座城市中非白人人口的居住隔离程度,提供"一个令人满意的生态隔离的量度"[50],就已开始出现对芝加哥学派的生态隔离概念的指标及数学公式的研究。因为学者们对于究竟什么是隔离有着不同的概念,多种指标被制定出来,数学问题对这一类指标的发展作出了贡献。在 50 年代,有相当多的讨论围绕关于所使用的最好指标展开,如 Donald O. Cowgill 和 Mary S. Cowgill(1951)的"基于街区统计的一个隔离指数",Julius A. Jahn(1950)的"生态隔离的测定:基于再生产能力标准的一个指数的由来",以及 Julius A. Jahn, Calvin F. Schmid 和 Clarence Schrag(1950)的"生态隔离的测定"。O. D. Duncan 和 B. Duncan (1955)将这些研究归结为一个单一的几何建构的功能,即隔离曲线(segregation curve)。正是在这一系列工作的基础上,两位 Duncan 于 1955 年发表了"隔离指标的方法论分析"[51],其中的相异指数成为用来评估隔离程度的最简单、最广泛的指标之一。进一步的讨论发生在 20 世纪六七十年代,证实隔离指数的问题被认为是重要的,不但从它本身利益出发,而且为了表明许多社会学研究在使用指数数据时寻找一个充分的理论基础的困难性。

而在当今国外城市的居住隔离研究中,相异指数与隔离指数已被作为常规使用的判定隔离程度的指标。隔离指标(segregation indices)在美国被较多地用于在黑人移民和白人之间、黑人移民和非洲裔美国人之间、不同文化适应地位①的黑人移民和非洲裔美国人以及白人之间分别地进行计算。居住隔离指标的研究也已从证实其有效性转向对其作为隔离程度证据的数值规律的经验研究,如 N. Kantrowitz[52]、D. S. Massey 和 N. A. Denton[53] 的实证工作。

（2）居住隔离指标的构成

这里使用了"居住隔离指标"与"居住隔离指数"两种说法,其含义是不一样的,指标(indexes 或者 indices)是由若干指数(index)共同组成的,必须注意区分。

1) O. D. Duncan 和 B. Cuncan 的居住隔离指标(见图 6-30)。

k 表示一座城市的人口统计地带数目,i^{th} 地带包括非白人 N_i 和白人 W_i,总人口是 $N_i + W_i = T_i$。对 i 累加,$\sum_1^k N_i = N$,$\sum_1^k W_i = W$,$\sum_1^k T_i = T$。计算每一个地带的非

---

① Lance Freeman (2002)用三个指标来代表文化适应地位:进入美国的年份、国籍身份和英语流利程度。

白人比例，$q_i = \dfrac{N_i}{T_i}$，按照 q_i 的大小从 1 到 k 顺序排列统计地带。按此顺序逐个地带累加非白人和白人的比例，让非白人通过 i^{th} 地带累加的比例作为 X_i，白人通过 i^{th} 地带累加的比例作为 Y_i。例如，

$$X_2 = \frac{N_1 + N_2}{N}, \quad Y_2 = \frac{W_1 + W_2}{W}。$$

隔离曲线是函数 $Y_i = f(X_i)$，如图 6-30(a)所示。用于观察的隔离曲线，与全城非白人比例一起，$q = \dfrac{N}{T}$，包含了该方法中涉及任何隔离指标计算的所有信息。正如下面建议的，如果研究问题被局限于仅仅这个信息的研究，关于隔离的研究不可能前进多远。

"Gini 指数"，G_i^2 是隔离曲线与对角线之间的区域，它表示对角线以下整个面积的比例。它也可以被定义为成本效用曲线（cost-utility curve）中的"平均成本级别（mean cost rating）"，以 $Y =$ 成本，$X =$ 效用。计算 G_i 最简单的公式是

$$G_i = \sum_1^k X_{i-1} Y_i - \sum_1^k X_i Y_{i-1}。$$

按照建立隔离曲线的顺序排列地带。

"非白人阶层指数（Nonwhite Section Index）"，这里被定义为 D，表示相异性（dissimilarity）或替代（displacement），是在图 6-30(a)中对角线与曲线之间垂直距离的最大值，也就是，差异 $k(X_i - Y_i)$ 的最大值。可选择地，假设有 s 个地带 $q_i \geqslant q$，那么 $D = X_s - Y_s$。如果 x_i 和 y_i 是城市的非白人和白人未经累积的比例，即，$x_i = \dfrac{N_i}{N}$ 和 $y_i = \dfrac{W_i}{W}$，那么

$$D = \frac{1}{2} \sum_1^k |x_i - y_i|。$$

更进一步，它也可以被理解为将不得不改变居住地的非白人比例以取得在所有的 i 地带 $q_i = q$（由此要用词语"替代"）。

"广义的 Cowgill 指数（the generalized Cowgill Index，Co）"，指居住在专有白人地区的白人的数目占城市全体白人的比率。那么它是图 6-30(b)中曲线一段的长度，要是恰好与从 $(1,0)$ 到 $(1,1)$ 垂直的拉长一致就好。

"非白人少数民族聚居指数（Nonwhite Ghetto Index Gh）"，在图形上划分的直线 $Y = \dfrac{q(1-X)}{p}$。指数值是 $(X_g - Y_g)$，由这根直线与隔离曲线相交的点 $(X_g - Y_g)$ 定义，见图 6-30(c)。

"再生产能力指数（Reproducibility Index，Rep）"，与预告工作中的效率指数形

态一致。为了获得 Rep，在图形上建立平行于 $Y=\dfrac{qX}{p}$ 的直线，它正切于隔离曲线。

也就是，它与曲线仅相交于一点，或者恰好与有一个斜率 $\dfrac{q}{p}$ 的那一段（要是正好）一致。那么 Rep 的指数值是由坐标原点与辅助线的 X 两点截取的距离。

2）C. Peach 的居住隔离指标[54,55]。

Peach 的居住隔离指标，包括相异指标（Indices of Dissimilarity）和隔离指标（Indices of Segregation）①。Peach 等的概念中包括了隔离指数或差异指数（Index of Segregation or Differentiation）概念的表达公式，即

$$D=\frac{1}{2}\sum_1^n |X_i-Y_i|,$$

式中，D 是差异指数；X_i 指生活在区域单元 i 内的某一阶层占群体的百分比；Y_i 是指定居于区域单元 i 内的所有其他人群的百分比。

这个公式在形式上与 O. D. Duncan 和 B. Duncan 的"非白人阶层指数"D 几乎完全一致，只是在指数的名称上不同，Peach 用了"隔离或差异（segregation or differentiation）"，Duncan 用了"相异（dissimilarity）"来定义。

相异指数反映了不同社群在空间分布上的差异；隔离指数则揭示了某一社群与所有居民在居住上的分离程度。隔离指数揭示的隔离程度涉及日常生活中人们的各种差异，如社会结构与职业基础所反映的文化差异、生活方式、生命周期等各种各样的社会分化现象。

3）其他的居住隔离指标。Lance Freeman 研究在美国空间同化对移民是否起作用时，使用了一系列隔离指标[56]。包括隔离指数（the Isolation Index）、相异指数（the Dissimilarity Index）及位向指数（the Exposure Index）。

为了判定一个社会群体是否形成聚集居住，隔离指数表示典型的社会群体经历的居住隔离的程度。它是由某一社会群体构成的典型的邻里的一个平均百分比。它从 0 分布到 1，0 表明没有其他的该社会群体的成员住在典型的该社会群体邻里，1 表明某社会群体邻里平均地全部由该社会群体的其他成员构成。

O. D. Duncan 和 B. Duncan 将隔离指数定义为

$$IS=\frac{1}{2}\sum_1^k |x_i-z_i|\Big/\Big(1-\frac{X}{Z}\Big),$$

式中，X 代表城市中次级组团 X 的全部；Z 代表城市的全部人口；x_i 代表在第 i 个地带 X 人口的百分比；z_i 代表在第 i 个地带总人口的百分比。

---

① 有的译法将两者分别译成分离的差异指数（Indices of Dissimilarity）和分离指数（Indices of Segregation）。

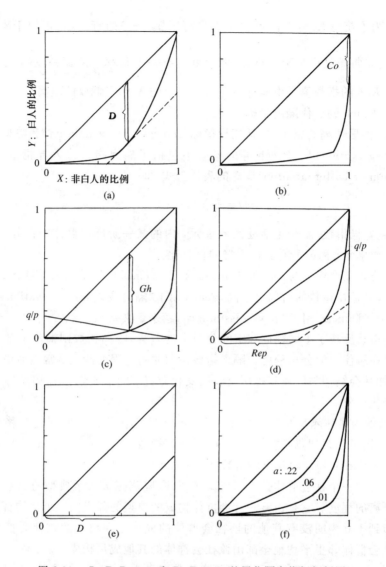

图 6-30 O. D. Duncan 和 B. Duncan 的居住隔离指标解析图

（a）与隔离曲线相关的"阶层（Section）"指数（佐治亚州，梅肯（Macon）曲线，1940 $D=0.47$）

（b）广义 Cowgill 指数（纽约州，锡拉丘兹（Syracuse），$Co=0.42$）

（c）"少数民族聚居（Ghetto）"指数（肯塔基州，路易斯维尔（Louisville），$Gh=0.60$）

（d）"再生产能力（Reproducibility）"指数（阿拉巴马州，伯明翰（Birmingham），$Rep.=0.62$）

（e）隔离曲线的威廉斯模型（Williams' Model），$D=0.56$

（f）双曲线（Hyperbola）模型，$Y=aX/(1-bX)$，适于筛选过的 a 值。

为了判定外来移民同化进入什么群体,可以用在不同文化适应地位的外来移民和城市人口间的相异指数和位向指数来加以计算。

相异指数是两个社会群体在大都市地区平衡分布程度如何的一个量度,反映不同社群在空间分布上的差异。相异指数也是从 0 分布到 1,0 意味着每个地带与作为整体的大都市地区有着每个社群的相同的比例,1 意味着没有地带拥有两个社群中任何一个的成员。因此较高的数目表明较高的隔离程度。

位向指数是典型的外来移民可能与另一个社会群体分享邻里的程度指示。它是由与其他某个社会群体一同组成的一个典型的外来移民邻里的平均百分比。

确实,因为学者们出于对隔离概念的不同理解,制定和选用了多种指标,但是这些指标有的只是在名称表述上不同,在内涵和数学表达上则大同小异,有的进行了一定的变形。在介绍到国内时,由于转译,又增添了不少混淆,在引用时需加以注意。

(3) 隔离指标的不足

由于衡量隔离程度离不开数字和数学的表达,而人们通常比较迷信数字描述,认为数字描述的总归比较确切,其实不然。

隔离指标的不足首先在于它所确立的前提不足。O. D. Duncan 和 B. Duncan (1955)指出在使用与阐述隔离指标时有一定的困难,因为所有的隔离指标都建立在假设上,即隔离可以被度量而不考虑城市中白人和非白人居住的空间模式。但是在某些城市有的现象已经是一个常识,例如,在芝加哥,非白人人口主要地聚集在一个"黑人带(Black Belt)",而在其他城市非白人以"岛状(islands)"或"袋状(pockets)"的形式占据城市空间。可以肯定,与隔离程度相关的生态组织和变化的任何变量必须也受隔离空间模式的影响。他们发现,在 1940 年研究的 51 个非郊区地带的城市 (non-suburban tracted cities)中的 50 个,非白人人口比白人人口朝城市的地理中心更加集中。这个研究涉及到"中心化指数"的使用,在当时已出版的著作中还未被描述,但在某些方面类似于基尼隔离指数(Gini Segregation Index)。

此外,他们指出隔离空间模式的其他方面也需要被研究。所以,O. D. Duncan 和 B. Duncan(1955)总结道,"看起来任何单一的隔离指标对这种研究来说是不可能充分的。"在此之前,没有任何关于隔离指标的文献讨论过如何使用它们来研究隔离进程或隔离模式的变化。作为在这个方向迈出的第一步,他们尝试应用预期案例的的适应性改变方法来决定:①非白人隔离多少程度上能解释在白人与非白人之间收入、职业地位和支付租金上的差异;②在 10 年期间隔离程度的变化与这些变量的变化相关。但是,在对一些社会空间变化关联的解释上,发展数学的和实证的基础,对隔离指标的研究来说是十分需要的。

再者,隔离指标还面临着从理论概念到指标公式以及指标公式自身的数学关系的有效性难题。隔离的概念在人类生态学的文献中是复杂的和有些模糊的,那就是,概念涉及到一定数量的分析上可辨别的因素,它们中没有一个能够进行操作上的描述。它仍然是一个有着丰富的理论启发的概念,具有无可争议的启发价值。隔离指标及公式则多少有点主观地将一些方便的数字的程序与隔离的词语概念相配。对于这个问题,在已经对这个概念所进行的工作上,考虑一定数量的可能的数据的选择以及对这些数据的操作,努力在方法论上捕捉什么是有价值的,优先于某个指数的形成。因为隔离概念的复杂性,牵涉到在诸多因素中对空间模式、分布的不平衡、隔离团体的相关规模和次区域的同质性等的考虑,正如 O. D. Duncan 和 B. Duncan 的认识,可能没有一个单一的指数是充分的。简言之,他们强调两点,即,从一套有限的数据到数学上方便的扼要指标的工作;为了挑选和操作数据,从一个理论上疑难的情形到一个理论基础的工作两者问题间的区别。

2. 居住隔离的空间范围

由于居住隔离反映的是不同社会群体间的空间联系,因此在研究隔离程度时,确定研究的空间范围是非常重要的。

Cowgill(1951)强调了用于隔离研究的适当的地区单元(areal unit)问题。正如他指出的,为了人为地提高或减少明显的隔离程度,不公正地划分地区边界是很容易的。然而,仅仅通过减小地区单元的尺度,例如减至街区(block),问题是不能解决的。人口普查地区基础的障碍也如此,虽然在细节上已作必要的修正,调整至街区。例如,如果所有的非白人居住在小巷,而所有的白人居住在面向大街的建筑物里,那么即使一个街区的指数在解释隔离的高程度上也是失败的。莱特(Wright)给出了地区单元问题的最完整的讨论,他们指出在发现隔离量度与使用的地区单元体系不相关之途上存在着难以克服的困难。

尽管如此,两个方法通常被运用来分析两个社会群体间的空间联系。一个方法是使用邻里(通常定义为统计地区)层面的集合数据,来计算城市或大都市范围的隔离指标。这些指标表示了两个团体如何在空间上相互隔离。另一个通常使用的方法是运用个人层面的数据,来评估定位获得模型(Locational Attainment Models)。这些模型反映出个人特点(individual traits)是如何被转译成邻里特征(neighbourhood characteristics)的。两种方法都很有成效,集合层面的隔离指标更好地揭示了两个社会群体如何在空间上相互联系,个人层面的数据倾向于评价个人特征如何影响空间结果,有时这两种方法也相结合使用。

3. 居住隔离研究的调查区及数据来源

在居住隔离的集合层面的研究中,为了将社会经济信息与空间信息相对应相结合,研究范围通常与人口统计地区迭合,统计区一般是按照行政区、邻里、邮政编码区(postcode areas)等划分,再有就是采集区(collection districts)。

Henry G. Overman 以邮政编码区来定义一些较大范围的邻里,用采集区来定义较小的邻里[57]。采集区在某种程度上更为主观,但是它们的小尺度意味着它们很好地反映出即刻的空间上的邻里。除此之外,用这些作为邻里的定义,意味着可以就整套的社会经济指标在两个不同的邻里层面上获得非常详细的信息。

Lance Freeman 为了计算纽约和迈阿密大都市层面的隔离指标(Metropolitan-level Segregation Indices),采用了 1990 年的十年统计数据①(Decennial Census)中的 Summary Tape File(STF)。以数据为基础的分析集中在纽约城主要大都市统计区(the New York City Primary Metropolitan Statistical Area,PMSA)和迈阿密联合大都市统计区(Miami Consolidated Metropolitan Statistical Area,CMSA)。为了弥补(STF)数据信息的不足,他还采用了 1999 年纽约城市住房和空置房调查(New York City Housing and Vacancy Survey,NYCHVS)的数据。这个调查由纽约城市统计局(the Census Bureau for the City of New York)每 3 年进行一次,对纽约城大约 15000 住宅单元进行调查。NYCHVS 中提供了关于应答者父母的出生地和可以被用作社会经济地位相近的指示的信息。

此外,在美国,城市的公共应用微观数据样本(Public Use Microdata Sample,PUMS)也是较多被采用的统计数据来源。

在加拿大,较多运用的是标准大都市统计区(the Standard Metropolitan Statistical Area,SMSA),统计地带(census tract,大致等同于一个都市邻里)作为分析的基本地理单元也被频繁采用。其他的潜在资源包括社会普查(the General Social Survey)和消费经济调查(the Survey of Consumer Finances)[58]。

在澳大利亚,包括两个地理层面:统计的当地地区(Statistical Local Areas,SLAs)和普查采样区,后者大致相当于英国的点查区(enumeration tract),较为精细地划分地区网格。例如,悉尼有 43 个 SLAs,有 5000 个统计分区(SD,Statistical Division)。悉尼统计分区在地理范围上大于悉尼都市区[37]。

由于计算机系统的运用,现代统计技术的误差已大大减少,只要调查数据是精确、可靠的,以人口普查数据及其他专项调查为基础,可以建立起一个数据库,包括人口、家庭社会经济特征的各种信息及其对应的空间范围。如果还有住房的统计信息与空间分布,在此基础上就可以进行较为全面的居住隔离分析了。

4. 隔离是个多纬度概念

由于意识到隔离指标存在的不足,两位 Duncan 早在 1955 年推出隔离指标时就

---

①　自 1790 年起,美国全国范围的人口普查每 10 年进行一次。联邦人口调查是最重要的人口数据来源,其综合性与完备性要超出其他任何同类的报告。并且这些数据向任何人开放。

明确表示,"我们不指望寻求形成决定一个隔离指标有效的一套通用的准则。这样的企图在目前隔离现象的调查和概念化的阶段很可能是不成熟的。在社会研究中指标发展的普遍问题是建设性的。"[51]

由两位 Duncan 推广的相异指数和隔离指数,只是集中在两个分布间比较的一个方面——它们的不平衡程度,不管采用了什么样的指标,这些指标只是判断了社会经济、文化或区别对待过程的结果[59]。

Massey 和 Denton 也指出隔离是一个多维度的概念[53,60],并且认定了五个独立的组成部分:①不平衡(unevenness):一个城市中跨地区单元的彼此相关的任何两个团体的分布,正如由隔离和相异表示的;②位向度(exposure):在一个少数民族团体和主体社会间邻里共享的程度,因而新来者受到主体的潜在的影响;③集中(concentration):少数民族团体在如何在物质形态上占有一个城市中的空间;④中心化(centralisation):内城集中的程度;⑤丛集(clustering):彼此相关的种族团体的空间分布。

K. Bruce Newbold 和 John Spindler(2001)运用 1990 年 5%的芝加哥大都市公共应用微观数据样本(Public Use Microdata Sample,PUMS)进行分析,他将移民群体的集中建立在两个互补的门槛上。第一,集中地区被定义为在芝加哥联合大都市统计区(Consolidated Metropolitan Statistical Area,CMSA)该团体人口的 10%或超过 10%的 PUMAs,表示出最重要的聚落。第二个门槛,是基于在芝加哥联合大都市统计区(CMSA)该团体全部人口的 4%或更多(4%~9.9%)。这与 Allen 和 Turner(1996)在郊区位置的移民集中的的定义一致。这些定义的地带对每个团体和帮群(cohort)来说是具有特征性的。

由于居住隔离现象是个复杂的社会、经济、政治、文化过程,是城市社会经济因素、空间因素以及文化种族因素等众多因素多层面综合作用的结果,这就决定了隔离是个多纬度的概念。不同的学科从各自的领域出发,进行侧重性地研究,形成有交叉有区别的成果,汇聚在一起才能形成对城市居住隔离的较为全面的认识。

本章参考文献

[1] 卡斯泰尔.信息化城市[M].崔保国,等译.南京:江苏人民出版社,2001.

[2] 霍尔.世界大城市[M].中国科学院地理研究所,译.北京:中国建筑工业出版社,1982.

[3] 卡斯泰尔.流动空间:资讯化社会的空间理论[J].王志弘,译.城市与设计学报,1997(1):3-15.

[4] 王兴中.中国城市社会空间结构研究[M].北京:科学出版社,2000:73.

[5] GOTTDIENER M,HUTCHISON R. The new urban sociology. 2nd ed. Boston:McGraw-Hill,1999:133-134.

[6] 虞蔚.城市社会空间的研究与规划[J].城市规划,1986(6):26.

[7] DUNCAN O D, DUNCAN B. Residential distribution and occupational stratification. American Journal of Sociology, 1955,60(5):493-503.

[8] MORGAN B. The segregation of society-economic groups in urban areas:a comparative analysis[J]. Urban Studies,1975,12:57-60.

[9] SAUNDERS P. Domestic property and social class[J]. International Journal of Urban and Regional Research,1978,2:233-251.

[10] SAUNDERS P. Beyond housing classes:the sociological significance of private property rights in means of consumption[J]. International Journal of Urban and Regional Research,1984,8(2):202-227.

[11] WESSEL T. Social polarizations and socioeconomic segregation in a welfare state:the case of Oslo[J]. Urban Studies,2000,37(11):1947-1967.

[12] 罗小未. 上海新天地:旧区改造的建筑历史、人文历史与开发模式的研究[M]. 南京:东南大学出版社,2002:42.

[13] 徐城北. 老北京:巷陌民风[M]. 南京:江苏美术出版社,1999.

[14] 辞海编辑委员会. 辞海:上册[M]. 上海:上海辞书出版社,1999:520.

[15] 黄范章. 瑞典"福利国家"的实践与理论[M]. 上海:上海人民出版社,1987:65-71.

[16] 包宗华. 住宅与房地产[M]. 北京:中国建筑工业出版社,2002:407.

[17] 易宪容. 哪里曾大涨哪里必大跌[N]. 21世纪经济报道,2005-06-08.

[18] BURGESS E W. The growth of the city[M]// Park R E, et al. The city. Chicago:Chicago University Press,1925.

[19] HOYT H. The structure and growth of residential neighborhoods in American cities[R]. U. S. Federal Housing Administration,1939.

[20] HARRIS J R,ULLMAN E. The nature of cities[R]. Annals,American Academy of Political and Social Science, 1945:242.

[21] 唐子来. 西方城市空间结构研究的理论与方法[J]. 城市规划汇刊,1997(6):1-11.

[22] 虞蔚. 城市社会空间的研究与规划[J]. 城市规划,1986(6):26-27.

[23] 田莉. "都市里的乡村"现象评析:兼论乡村-城市转型期的矛盾与协调发展[J]. 城市规划汇刊,1998(5):54-56.

[24] 常青. 建筑遗产的生存策略:保护与利用设计实验[M]. 上海:同济大学出版社,2003:89-117.

[25] 卢达甫. 小区里的农民[N]. 新民晚报,2004-04-15(27).

[26] 王云. "调整"成为今年上海楼市主基调[J]. 上海楼市,2004(3下):23.

[27] 蔡育天. 沧桑:上海房地产150年[M]. 上海:上海教育出版社,1998:1.

[28] 张鸿雁. 侵入与接替:城市社会结构变迁新论[M]. 南京:东南大学出版社,2000:292-294.

[29] 林南,边燕杰. 中国城市中的就业与地位获得过程[M]// 边燕杰主编. 市场转型与社会分层:美国社会学者分析中国. 北京:生活·读书·新知三联书店,2002:98-99.

[30] 上海城市规划志编纂委员会. 上海城市规划志[M]. 上海:上海社会科学院出版社,1999:

514.

[31] 上海市八年解决居住困难户住房研究课题组.科学性·社会性·经济性:试谈解决居住困难户住房规划[J].城市规划,1984(4):44.

[32] 广东省房地产研究协会.高品味住宅小区研究与实例[M].广州:广东省地图出版社,2001.

[33] 朱勇,潘屹.社会福利的变奏:中国社会保障问题[M].北京:中共中央党校出版社,1995:153.

[34] 顾建发.三大政策为上海楼市护航[N].国际金融报,2004-04-19(M6).

[35] 江春.产权制度与微观金融[M].北京:中国物价出版社,1999.

[36] 上海年鉴编纂委员会.2003上海年鉴[M].上海:上海年鉴社,2003:406.

[37] BURNLEY I. Levels of immigrant residential concentration in Sydney and their relationship with disadvantage[J]. Urban Studies,1999,36(8):1295-1315.

[38] 上海年鉴编纂委员会.2004上海年鉴[M].上海:上海年鉴社,2004.

[39] 佚名.上海地价增幅低于房价[J].上海楼市租售情报,2004(4上):17.

[40] 陈誓骠,钱程灿.上海市中心4.3万空置房电费欠收引出房产问题[EB/OL].[2004-04-13] http://sh. eastday. com/eastday/shnews/fenleixinwen/chengjian/user objectlai 181603. html.

[41] 佚名.上海重拳出击调控房价[J].上海楼市,2004(4下):12.

[42] BOAL F W. From undivided cities to undivided cities:assimilation to ethnic cleansing[J]. Housing Studies,1999,14:585-600.

[43] ZELINSKY W,LEE B A. Heterolocalism:an alternative model of the sociospatial behavior of immigrant communities[J]. International Journal of Population Geography,1998(4):281-298.

[44] 宋宁华.外来"部落"节日过得好吗[N].新民晚报,2005-10-07(A3).

[45] 徐明前.上海中心城旧住区更新发展方式研究[D].上海:同济大学建筑城规学院,2004:89.

[46] 佚名.今年沪上房屋整活1100万平方米[J].上海楼市,2004(3下):10.

[47] 康燕.解读上海:1990—2000[M].上海:上海人民出版社,2001:148-150.

[48] 上海房产经济学会虹口分会课题组.虹口区新一轮旧住房改造的调研报告[J].上海房产,2002(6):54.

[49] 刘因.市民购房心理价位上调[N].新闻晚报,2003-12-04(4A).

[50] JAHN J A. The measurement of ecological segregation:derivation of an index based on the creterion of reproductivity[J]. American Sociological Review,1950(2):100-104.

[51] DUNCAN O D,DUNCAN B. A methodological analysis of segregation indexes[J]. American Sociological Review,1955,20:210-217.

[52] KANTROWITZ N. Racial and ethnic residential segregation in Boston 1830-1970[J]. Annals of the American Academy of Political and Social Science,1979,441:41-54.

[53] MASSEY D S,DENTON N A. The dimensions of residential segregation[J]. Social Forces,

1988,67:282-315.

[54] PEACH C. Urban social segregation[M]. London:Longman,1975.

[55] PEACH C, ROBINSON V, SMITH S, et al. Ethnic segregation in cities[M]. London: Croom Helm, 1981.

[56] FREEMAN L. Does spatial assimilation work for black immigrants in the US? [J]. Urban Studies,2002,39(11):1983-2003.

[57] OVERMAN H G. Neighbourhood effects in large and small neighbourhoods[J]. Urban Studies,2002,39(1):117-130.

[58] LANGLOIS A,KITCHEN P. Identifying and measuring dimensions of urban deprivation in Montreal: an analysis of the 1996 census data[J]. Urban Studies,2001,38(3):449-466.

[59] JOHNSTON R,FORREST J,POULSEN M. Are there ethnic enclaves/ghettos in English cities? [J]. Urban Studies,2002,39(4):591-618.

[60] MASSEY D S,DENTON N A. Trends in the residential segregation of Blacks, Hispanics, and Asians: 1970-1980[J]. American Sociological Review,1987(2):802-825.

第 7 章　我国城市居住隔离的形成机制

一、住房政策与制度对居住隔离的影响

住房政策是国家和政府为解决住房问题(主要是住房短缺问题)而制定的各种法律、条例、措施和办法的总称。国家住房制度是执行政府制定的住房政策的保证,住房制度必须体现住房政策的要求。在西方国家制定和发展现代住房制度的过程中,都把研究制定住房政策放在首要地位[1]。住房政策与制度对于城市居住空间形态的形成与演化起着决定性的作用。

1. 1949—1979 年的城市住房制度

从 1949 年新中国建立到 70 年代末的 30 年中,在以产品经济为主,加上相当程度的自然经济的整个经济模式下,城市实行的是福利分房和公有住房低租金政策。下文以上海为例。

1949 年 5 月上海解放,由房屋部门直管的和各系统单位自管的公有房屋占全市房屋的 80% 以上,直管公房占公有房屋的 60% 以上,直管住房占公有住房的 90% 以上[2]1,24。这一体系是当时社会主义公有制和计划经济体制的一部分,在经济恢复时期和社会主义建设起步阶段发挥了积极的作用。

截止 1980 年之前,土地由城市政府计划调拨,职工的住房由财政投资统建统配。1949—1978 年,上海新建居民住宅 1791.5 万 m^2,是旧上海居住房屋的 0.76 倍,人均居住面积从 $3.9m^2$ 上升到 $4.5m^2$。1951—1952 年形成了 9 个住宅建设基地,辟建了 18 个新村;1953 年起,新辟 25 个住宅建设基地,集中建造工人新村。

> 形成于 1951—1952 年的 9 个住宅建设基地,分布在控江路、志丹路、曹杨路、天山路和大木桥路一带,辟建了 18 个新村。1953 年起,新辟的 25 个住宅建设基地,包括大连、玉田、凤南、广灵、柳营、沪太、宜川、真如、普陀、光新、金沙、东安、虹桥、崂山、乳山、天钥、龙山等。

在这个时期,住房的社会经济特征被淡化了,更多体现的是依附于行政单位的特性。虽然城市居住空间地段优劣的意象植根于人们的意识深处,但至少从当时的住房分配制度、社会氛围上都没有体现出来。这一点从 1952 年上海市机关宿舍租金标准试行办法的有关条款上可以清楚地反映出来。

而作为上海特定历史时期产物的"两万户"住宅,于 1952 年建成第一个工人新村,1953 年建成 17 个工人新村,共 20000 套住宅分配给工人居住,就是俗称的"两万

户"。其主要的居住对象是青壮年工人,对于大多数刚刚摆脱了解放前极度贫困恶劣的生活环境的劳动者来说,能够居有定所已感觉到是天壤之别了,根本不会去计较地段的优劣。

> **《上海市机关宿舍租金标准试行办法》(摘录)**[2]132
>
> 二、宿舍租金按照房屋结构装修设备环境等条件区分为八级,坐落地段优劣不予考虑,其基本租金每平方公尺定为最高人民币○.三○元,最低人民币○.○六元。并按各户使用房间地位高度方向等主要条件予以加成减成,求出实收租金单价,再按面积乘算求出月租。
>
> 六、各机关宿舍计租的测估计算工作由各机关管理宿舍部门自行办理,但公房的级次可由上海市房地产公司供给。
>
> 八、公共房屋租金各机关按本办法规定的宿舍租金标准计算,每月月底前向上海市房地产公司缴付,空关损失由各机关自理。

但是,即便在建国初期,区段和区位的概念并未被完全忽略,主要体现在城市土地使用的安排上。城市土地使用的安排,实质上是在新的社会经济制度实行伊始一种初始产权的分配。事实上,具有优势的经济组织或社会组织都占据了较好的地段和区位,如上海外滩地区的建筑,原先大都由政府机关使用,各政府单位分割用地,各自形成较小的配套相对独立的社会。许多中央下属企业以及部队都占据了城市中大片的用地,以至于在城市以后的发展中长期地成为制约因素,如浦东的上海船厂、杨浦区的江湾机场地区等。

具有较高的社会经济地位(主要取决于单位性质与级别)的人群居住在较好的地段,例如较多的政治要人、政府领导以及文化名人集中居住在徐汇、静安等区。之所以当时人们并不觉得不平等或隔离的存在,一是因为建国初期的舆论宣传与其他许多政策同时作用,减轻了不平等现象所造成的主观后果;二是因为与解放前城市社会的高度分化、居住的极度隔离来说,建国后的这一段时期客观上处于一种隔离的消减期。

2. 80年代的商品房制度提供了居住隔离的潜在可能性

1980年国家的土地使用制度与住房制度均发生了重大改革,这一年邓小平发表了关于建筑业是支柱产业的重要讲话,虽然讲的是建筑业,但是把房屋这个建筑业的产品作为商品提出来,这就为房地产业成为一个经营商品的现代产业奠定了基础。

从1987年开始,商品房的生产计划正式列入国民经济计划,这是住房产品作为商品第一次在国民经济中找到了自己应有的位置。经国务院批准,1987年7月起,烟台、蚌埠、唐山、沈阳的住房制度改革方案分别出台;1998年底,全国停止住房的实物分配;1999年各地制定住房分配货币化的方案。

就上海的住房制度改革而言,经历了以下的历程:

1）1980年改革住房由政府统建统配的体制，调动了各系统单位解决职工住房困难的积极性，系统公房在数量上开始超过直管公房。

2）1991年5月，公积金制度开始建立。住房制度改革出台，"推行公积金、提租发补贴、配房买债券、买房给优惠、建立委员会"等方案付诸实施。

3）1994年5月，以"购房自愿，产权归己，维修自理"为原则的出售公有住房办法出台，成套独用新公房的售出，加快了住房商品化的进程。到2000年，累计出售公有住房130.85万套、7045万 m²，出售率占到成套可售公有住房的75％以上。住房自有率显著提高。

4）1996年推出了已售公有住房上市试点、搞活房地产二、三级市场的政策措施。到2000年底，全市已成交"二手房"74095套。

5）1997年已售公房上市试点逐步向全市扩大，促进了存量的流动和增量的吸纳。

6）1998年5月，不可售公有住房差价交换开始，住房存量市场随之放开。

7）1999年2月，以停止住房实物分配，逐步推行住房分配货币化为核心的综合改革措施出台，上海房改进入重要转折阶段，全面建立新型住房制度。

随着住房逐步从计划经济下的福利型向市场经济下的商品型的转变，住房的商品特性得以充分发挥，居住空间与居住者的价值利益空间逐渐合一，住房的价值内涵日益受到关注。此时，住房建筑质量、住房区段环境等因素，与社会领域的分化相辅相成，促使了城市中居住隔离现象的产生。由此可见，我国现阶段的城市居住隔离是在住宅商品化和住宅产业化的进程中逐渐衍生的。倘若换一个视角，从城市历史的角度说，则是居住隔离的重新复苏。

3. 大城市外销房政策揭开了居住隔离的序幕

在80年代我国城市普遍推行住宅商品化政策的同时，大城市还推出了外销商品住宅。上海开始住宅商品化的试点工作，利用外资开发经营商品住宅便是试点之一。初期的外资只限于开发外销房，直至1994年，外商被允许开发经营内销商品住宅。而从1992年起，外资已被允许进行旧区改造。

外销商品住宅的出现，可以说标志着城市居住隔离的第一次显性化。外销住宅的居住隔离是通过下列这些方面体现出来的：

1）居住对象：主要是外籍居民或港澳台居民，后来也包括国内高收入阶层。长宁区华阳路兆丰苑的一则广告词表达得颇为清楚明了："兆丰苑——中山公园稀有尊贵世家，一座成功人士与海外人士共享殊荣的住宅"。（1998年9月25日《新民晚报》）

2）产品形态：外销房是主要服务于外国投资者的高档住宅，由外资开发，住宅面积标准较高，而且通常按照外籍人口的生活习性、居住特点来设计户型；全装修交付；大多是高层公寓与低层别墅。例如,长宁区虹桥路龙柏花苑三期"森林海"的房型建筑面积,二房为 $150m^2$、三房为 $190m^2$、四房为 $255m^2$;浦东汤臣豪园,主要房型为 4 房 2 厅 3 卫,面积为 178 $\sim284m^2$。这些外销住宅不但在建筑面积上远远高于同期的内销住宅,在内部功能布置、空间组织、舒适标准上也大大优于以经济实用为主的内销房。

3）外销住宅区环境好（见图 7-1）,有专业的物业管理、家政服务等配置项目,会所设施齐全、高档,包括游泳池、网球场、健身房等,同期的内销住宅几乎很难具备这些设施。如 1996 年 9 月竣工、位于虹桥路的美丽华花园,由 8 幢花园别墅、4 幢 18 层公寓组成,住宅区中心则是一个 6 000 多 m^2、环境优美、带有室外游泳池、儿童游戏场的花园。

4）销售价格较高。同一地段外销住宅比内销住宅的成本要高出 20%～30%,一方面由于获取土地价格的差异,另一方面是住宅品质的差异。在 1994 年上海的外销住宅发展顶峰时期,古北小区的住宅均价接近每平方米 2 000 美元左右,是同期中高价位内销住宅单价的 3～4 倍。

除了上述因素造成的外销房与内销房之间的客观差距之外,外销住宅的隔离毋宁说是某些强制性的规

图 7-1　环境优雅的外销住宅区商业服务设施

定制造出来的。对上海市城市规划管理局 1980—1990 年期间所处理过的案例的调查分析表明,选址在普通居住区中的外销房项目在上报规划部门审批时都会因为"选址不当"而不予以批准,理由是出于保安的要求[3]。但是在各种公开的涉外房地产制度与规章中,从未出现任何明确的表述甚至于暗示,可见,这只是一条内部默契的不能明文的规定。

外销住宅区,作为与国际商务服务紧密相联的一项功能,某种程度上是在城市中建立起国际区,它是国际都市在适应和容纳跨国经济上的"一个基地、一种能力和一个形态模式"[4],将对整个城市产生全面的影响。这种经济、社会和政治影响在城市空间与文化上表现得十分明朗,居住空间的隔离在此超越了城市中一般贫富差距意义上的隔离。

在 80 年代,古北小区成为上海当时最高档的住宅区,在功能和空间上与虹桥经济技术开发区相连（见图 7-2）。它在住宅价格、居住人群上都与城市其它住宅区大相径庭,"住在古北"成了一种身份与地位的标签。在经过了 30 多年的平均生活状态以后,差异与隔离清晰地在城市空间文化中显现,上海城市历史与市民集体记忆中的

隔离也随之再度浮现。

图 7-2 上海古北小区

　　我国的内销商品住宅市场,起初发展比较缓慢,本应经过相当长的发展,才会产生市场的分化;而外销房的产生,迅速揭开了我国大城市居住隔离的序幕,缩短了大城市内销房在产品形态上、在形成梯度市场上走向成熟的进程。伴随着经济发展与经济体制的改革,深刻影响了 80 年代后期及 90 年代大城市经济、空间的需求及其结构秩序的调整。

　　对外销房所作补充说明是:1994 年后外销房开始进入低谷,特别是 1997 年东南亚金融危机的爆发,导致外销房市场萎缩。直至 1999 年,在内销房市场的带动下,外销房市场逐渐回升。而此时,内销房的品质不断提升,一些优质楼盘在产品上、价格定位上已接近甚至超过了外销房。1999 年徐汇区宛平南路的恒昌花园外销房的推销概念是"定用徐汇内销行情,买全装修外销房"。可见,内、外销房在市场方面的差异已不太显著。在 2001 年中国加入世贸组织后,上海、北京等城市相继实行内外销房并轨,其中上海于 2001 年 7 月率先实现内外销房并轨。

二、土地供应制度对居住隔离的影响

　　城市土地是城市一切社会经济活动的重要物质基础与保障,城市土地供应制度、土地开发利用形式在很大程度上塑造和影响了城市的社会、经济、空间结构,当然亦包括了城市的居住空间结构,并对居住隔离的产生、模式和进程形成直接的影响。

1. 我国土地使用制度的演变

　　城市土地制度主要包括土地的分配制度、产权制度和土地市场制度。就土地的分配制度来讲,不外乎市场机制、国家控制以及国家控制与市场调节相混合三种模式。城市土地市场可以分为三个层次：①土地所有权转变，即政府征用农村土地，使之转变为国有土地。②一级市场土地使用权的转变，指通过行政划拨或土地有偿转让将土地使用权转移给使用者。③土地使用者之间进行交易的二级市场。

我国的城市土地属于国家所有。建国以后至改革开放前，我国实行的是行政划拨、无偿使用土地，并禁止土地使用者转让土地的制度，造成长期的城市土地使用的低效率以及国有土地收益的流失。

1980年国务院批转的《第二次城市规划工作会议纪要》中提出，实行城市综合土地开发和土地有偿使用，这标志着我国城市土地使用制度改革的开始。而1986年起，国家开征三资企业（中外合资经营企业、中外合作经营企业、外资企业）土地使用费，则标志着土地使用制度改革的正式起步。国有土地有偿使用机制的建立，土地租赁和土地批租两种形式的城市土地市场的建立，使得土地资源通过市场机制配置和分配，实现了土地使用权的转变和转移，这为城市政府提供了实质性收入，从而保证了城市基础设施和公共设施的建设。

2. 土地供应方式

在市场经济条件下，城市土地供应政策和供应方式决定着城市土地资源在空间和时间上的配置。自1980年起我国开始实行土地有偿使用机制，除了一定程度上存在的行政划拨方式之外①，大多数采用土地批租方式。1999年1月，国土资源部《关于进一步推行招标拍卖出让国有土地使用权的通知》要求豪华住宅等经营性用地有条件的都必须招标、拍卖出让国有土地使用权。2001年4月30日，国务院《关于加强国有土地资产管理的通知》要求："商业性房地产开发用地和其他土地供应计划公布后同一地块有两个以上意向用地者的，都必须由市、县人民政府土地行政主管部门依法以招标、拍卖方式提供。"2002年4月国土资源部发布《招标拍卖挂牌出让国有土地使用权规定》，规定自2002年7月1日作为"招拍挂"制度的起始时间，但是由于各地社会、经济、法律制度发展不平衡，国有土地使用权"招拍挂"制度的贯彻落实情况不一样。2003年4月，监察部、国土资源部将该项制度的起始时间推迟至2003年7月1日。

80年代初，上海土地管理部门与规划部门曾合作编制过土地批租计划，由土地管理部门提出年度土地批租控制量，由规划部门选址可供批租的地块，并编制土地批租规划条件，由土地部门公开招标。1985年，外商开始在沪投资；1988年8月，以招投标的方式出让虹桥经济技术开发区26号地块50年的使用权，这是上海的第一幅

---

①　行政划拨的方式还在一定范围内存在，如对于国家机关用地和军事用地、城市基础设施用地和公益事业用地，以及国家重点扶持的能源、交通、水利等基础设施用地仍然可以以划拨方式取得土地。

土地批租成功。土地使用权有偿、有限期使用的新机制取得重大突破。此后,还有协议方式的土地批租以及补地价方式的土地批租。

1992年1月,上海首次提出利用土地资源,将旧区改造与商业设施改造、涉外房地产开发结合起来的方案,计划多渠道、多形式地吸引和筹集国内外资金。作为首个利用级差地租改造旧区的卢湾区三地块正式签约。1995年1月,内资商业性六类用地纳入土地使用权出让轨道。

与《招标拍卖挂牌出让国有土地使用权规定》同步,2001年7月1日《上海市土地使用权出让招标拍卖试行办法》开始推行土地公开招投标、拍卖方式。土地供应实施招标,最初是出于以下目标的实现:①强化政府对土地一级市场的调控,有利于土地总量控制,防止圈地;②规范土地市场,也有利于城市规划有效的实施;③增加政府财政收入,确保城市基础设施和服务设施建设;④与国际惯例接轨,提供一个内外资企业公平竞争的市场环境。但是实际上,自2001年至2003年5月底,在上海只有少数土地进行了公开招投标。

土地"招、拍、挂"方式的实施,对市场来说有利有弊。它在一定程度上引入了透明的市场竞争机制,但是客观上也推动了城市土地价格的攀升。据某些房地产商的分析,招标出让土地的平均价格为协议出让价格的4.32倍,拍卖出让土地的平均价格为协议出让价格的6.03倍,挂牌出让土地的平均价格为协议出让价格的3.34倍[5]。与商业性用地等开发用途不同,对于住宅用地的"经营性"前提是否完全放开,采取何种适宜的方式出让,本身就是一个值得商榷的问题。虽然对到底是土地价格带动了住宅价格还是住宅价格带动了土地价格的争论喋喋不休,毫无疑问的是,住宅用地供应方式的转变对居住隔离的形成起到了助推作用。

土地"招拍挂"出让方式的相关定义如下:

1) 协议出让土地使用权,是指出让方与受让方(土地使用者)通过协议的方式有偿出让土地使用权。

2) 招标出让土地使用权,是指在规定的期限内,由符合规定的单位或个人(受让人),以书面投标形式,竞投某块土地的使用权,土地使用权出让方评标决标,择优而取。

3) 拍卖出让土地使用权,是指在指定的时间、地点,利用公开场合由土地行政主管部门主持拍卖指定地块的土地使用权,由拍卖主持人首先叫出底价,诸多的竞投者轮番报价,最后出最高价者取得土地使用权。

4) 挂牌出让国有土地使用权,是指出让人发布挂牌公告,按公告规定的期限将拟出让宗地的交易条件在指定的土地交易场所挂牌公布,接受竞买人的报价申请并更新挂牌价格,根据挂牌期限截止时的出价结果确定土地使用者的行为。

2001年8月以前,上海土地一级市场上一直存在内销房土地协议转让和外销房土地批租两种方式,土地供应方式的不同,造成了土地价格的差异很大。住宅价格包

含建筑成本、土地转让价、配套费、发展商利润等，其中土地价格是决定住宅价格的极为重要的部分。土地价格反映到住宅价格上，对应于不同类型、不同层次的住宅区，也因此产生了居住隔离。早期的外销商品住宅，其土地批租价格远远高于内销商品住宅的土地转让价格，而且这类住宅区在住宅品质与公共服务设施配置方面也优于一般住宅区，形成了与周边居住环境的隔离。

随着 2000 年以来上海房地产形势的好转，在中心城区，由于可供出让的土地紧缺，造成城市中心地价的急剧攀升。据统计，2003 年上海 1～8 号土地公开招标公告共推出 164 幅土地，实际出让土地 151 幅，出让总面积达到 1 259.8hm²，平均每亩中标价为 105.4 万元，而市中心中卢湾区出让的一幅地块达到了每亩 1527 万元的天价，是全市土地平均中标价的 14.5 倍[6]。土地公开出让方式，尤其是刺激性很大的竞价出让（拍卖）方式，直接导致了市中心土地价格近乎火箭式的上升，由此，市中心的住宅房价一路飙升，并呈现出涟漪状的价格扩散。价格越低的住宅，分布在离中心城区越远的区县地段，城市整体范围内形成了圈层式的居住隔离。

我国城市土地的供应方式，目前仍然处于一种不完善的状态，土地批租过程中无法杜绝"暗箱操作行为"。尤其是经营性土地使用权出让过程中，在投标资格审核环节、投标金额底价与最高限价的设置，以及在招标、拍卖、挂牌出让中的"虚假竞争"，都存在着政府部门操盘或个人及利益集团徇私舞弊的可能。这对于哄抬城市地价与房价，引导城市范围内不同档次的居住区域进而形成隔离，起到了推波助澜的作用。

3. 土地供应数量与区域分布

除了土地供应方式以外，土地的供应数量与区域分布也受政府控制与引导，影响到诸如用于新开发的土地的可得性、开发土地的平均价格、住宅区到附近设施的可达性等。

在 20 世纪八九十年代的我国城市建设中，城市的新区开发和旧区改建大都齐头并进。从城市建设用地来看，既有新开发用地，也有再开发用地。土地供应的区域分布，与这个时期形成的居住隔离有着相当大的关联。具体地说，在再开发用地上易于形成镶嵌式的隔离，在新开发用地上较多地表现为圈层式的隔离。

就上海而言，再开发用地约占城市建设用地的 25％左右，主要集中在浦西地区，主要是对环境与建筑质量较差的居住用地、工业仓储用地、对外交通用地等的改造用地，开发建设为居住和绿化用地。其中，在浦西内环线以内的改造居住用地比例达到总改造居住用地的 35％左右[7]。

在这些再开发用地上，上海 90 年代进行了第一轮旧区改造，并且以"365 危棚简屋改造"为重点，主要改造对象是成片的危棚简屋基地。由于这一轮改造本着先易后难的原则进行操作，土地级差效益较明显，也容易吸引开发商进行开发建设。但是由于诸多原因,开发的地块规模普遍不大,成片规模改造的较少,加之开发商实力各异,由此在规划实施上带来的直接后果是房地产见缝插针、遍地开花的局面,从而呈现为一种镶嵌式的居住隔离。经过第一轮改造后,再开发的新住宅区往往与周边原有的各类旧住宅区毗邻而立,但在住宅建筑质量、公建配套设施、环境气氛上迥然不同,新旧并陈,对比赫然,伴随着这种居住物质环境的隔离,社会心理上亦产生了隔阂与对立。

新开发用地约占建设用地总量的20%,这些地区主要以居住为主,新增居住用地包括农田、水面等非建设用地转化为居住用地(中心城内外环线之间的大型居住区等)和由工业用地、仓储用地等非居住用地转化为居住用地。相对于旧区改建,新开发用地中的土地价格较低,其他成本也低,开发单位的风险较小,房价定位比较合理。因此,在新开发的居住用地上,住宅价格随着与市中心距离的增加而递减的总体规律比较明显。

至2003年底,上海全市在建住宅比例的区域分布是:内环线内33%,内外环线间45%,外环线外22%。内环线内的在建住宅比例较高,但是并未遵循"量多价低"的一般市场规律,由于市场的预期与哄炒,直接后果是住宅市场的产品结构失衡,高价位住宅供应量偏大、平均价格上升。大量旧城改造后的新建商品房房型过大,致使中低收入者无力承受市中心住房。2004年6月,上海城市建设委员会表示,将调整住宅建设区域布局,增加中低价位住宅,缓解供应结构性矛盾。具体做法是放缓旧区改造节奏,控制环线内的住宅容量,争取将内环线内、内外环线间、环线外在建住宅比例调整为2:5:3。

事实上,随着市中心旧区改造的深入,改造成本日益增加,而可供再开发的土地又日益减少。据统计,2003年上海公开招投标出让的地块,在区域分布上,外环线以外的地块占到近88%,出让面积为1105.9hm²,主要集中在上海郊县,其中松江、青浦和南汇土地出让面积最大。而内环线以内的市中心出让的土地仅占1.41%(见表7-1)。而2004年1—3月上海市土地使用权出让招标挂牌汇总表(表7-2)显示,不管内环线内外,中心区可供出让的土地总共只占5.98%。中心区土地供应数量的稀少必将使得此区域内住宅价格居高不下,也决定了新建的住宅必然走高端产品路线,形成高档住宅区。

2004年5月,距离市中心25km的地区的住宅已定价为每平方米3500元,有看法认为,按照通常向内每7km增加每平方米1000元计算,市中心的房价将控制在每平方米8000~12000元左右,而事实是市中心内环线以内住宅价格已达到每平方米2200~3500美元左右。由此,土地供应数量与区域分布通过减少或扩大市场供应,传递紧缺或放量的信号预期,其中市中心供应量短缺的信号无疑促成了圈层式隔离由内而外的形成,也许结果是与政府的初衷相悖的,但是市场的逻辑便是如此。

表 7-1   **2003 年上海市土地使用权出让招标挂牌汇总表**

(出让日期:2003-01-01—2003-12-31)

区 属	区 县	用地性质	幅 数	土地面积(m²)	所占比例(%)
中心区	静安区	住宅用地	1	9 480	
		合计	1	9 480	0.03
	黄浦区	综合用地	3	34 173	
		合计	3	34 173	0.12
	卢湾区	住宅用地	2	28 228	
		综合用地	1	11 014	
		合计	3	39 242	0.14
	长宁区	综合用地	6	70 219	
		合计	6	70 219	0.25
	虹口区	住宅用地	3	51 341	
		综合用地	6	102 902	
		合计	9	154 243	0.56
远郊县	崇明区	住宅用地	3	360 547	
		合计	3	360 547	1.30
中心区	杨浦区	办公楼	1	32 478	
		商服用地	1	13 365	
		综合用地	3	93 345	
		住宅用地	8	241 916	
		合计	13	381 104	1.38
	普陀区	办公楼	1	3 035	
		商服用地	1	100 411	
		综合用地	1	65 342	
		住宅用地	4	314 253	
		合计	7	483 041	1.74
	闸北区	住宅用地	7	270 611	
		综合用地	2	249 765	
		合计	9	520 376	1.88
	徐汇区	住宅用地	13	490 016	
		综合用地	2	55 965	
		合计	15	545 981	1.97

续表

区　属	区　县	用地性质	幅　数	土地面积(m²)	所占比例(%)
近郊区	宝山区	商服用地	2	135731	
		住宅用地	13	920564	
		合计	15	1056295	3.81
远郊区	嘉定区	商服用地	4	477791	
		住宅用地	8	831102	
		综合用地	1	18268	
		合计	13	1327161	4.79
	金山区	商服用地	10	993748	
		住宅用地	8	642915	
		合计	18	1636663	5.91
	奉贤区	商服用地	5	27315	
		住宅用地	22	2000603	
		合计	27	2027918	7.32
	南汇区	商服用地	3	210138	
		住宅用地	25	2151583	
		综合用地	1	11259	
		合计	29	2372980	8.56
近郊区	浦东新区	商服用地	1	10167	
		住宅用地	12	1128750	
		综合用地	15	1492961	
		合计	28	2631878	9.50
远郊区	青浦区	商服用地	11	704458	
		住宅用地	23	2355576	
		合计	34	3060034	11.04
中心区	静安区	商服用地	3	169466	
		住宅用地	41	3534712	
		综合用地	3	83677	
		合计	47	3787855	13.67

续表

区 属	区 县	用地性质	幅 数	土地面积(m²)	所占比例(%)
远郊区	松江区	商服用地	3	386 014	
		住宅用地	46	6 326 844	
		综合用地	8	501 516	
		合计	57	7 214 374	26.03
		2003 年总计	337	27 713 564	100.00

资料来源:上海市房屋土地资源管理局网 www.shfdz.gov.cn

表 7-2 **2004 年 1—3 月上海市土地使用权出让招标挂牌汇总表**

(出让日期:2004-01-01—2004-3-31)

区 属	区 县	用地性质	幅 数	土地面积(m²)	所占比例(%)
近郊区	闵行区	商服用地	1	65 340	
		住宅用地	1	118 684	
		合 计	2	184 024	8.91
中心区	杨浦区	办公楼	1	8 363	
		住宅用地	1	38 667	
		合 计	2	47 030	2.28
远郊区	松江区	住宅用地	1	115 144	
		综合用地	2	117 001	
		合 计	3	232 145	11.24
	青浦区	住宅用地	2	247 869	
		合 计	2	247 869	12.01
近郊区	浦东新区	住宅用地	2	128 821	
		综合用地	1	29 430	
		合 计	3	158 251	7.66
中心区	普陀区	办公楼	1	54 217	
		商服用地	1	7 676	
		综合用地	1	1 461	
		合 计	3	63 354	3.07

续表

区 属	区 县	用地性质	幅 数	土地面积(m²)	所占比例(%)
远郊区	嘉定区	办公楼	1	11 113	
		商服用地	3	130 530	
		住宅用地	2	196 041	
		综合用地	1	24 902	
		合 计	7	362 586	17.56
中心区	长宁区	住宅用地	1	12 942	
		合 计	1	12 942	0.63
近郊区	宝山区	住宅用地	10	756 436	
		合 计	10	756 436	36.64
		合 计	33	2 064 637	100

资料来源:上海市房屋土地资源管理局网 www.shfdz.gov.cn

三、住宅市场对居住隔离的影响

住宅市场是由土地资本、金融资本、工业资本、商业资本等多要素共同作用的复杂市场,直接表现为,围绕住宅这个特定产品,住房开发商与住房消费者之间的供需关系。在市场上从事交易活动的组织和个人,称为市场主体。住宅市场的主体包括四部分:①开发、出售、出租住宅和为居民提供住宅服务的机构;②住宅商品和服务的购买(含租赁)者和消费者——居民;③某些中介机构,如房产代理人、经纪人、房地产估价机构、房地产咨询公司、律师事务所、会计事务所等;④政府,既是住宅市场运行的宏观调控者,同时又往往会以某种方式直接介入住宅市场活动。这四个主体分别从需求、供应和政策三方面在不同程度上影响和决定着居住隔离的形成和发展。

1. 市场利润最大化原则加剧居住隔离

在市场经济条件下,对第一类市场主体中的开发商来说,往往抱着"择肥而噬"的投机心态,他们所遵循的市场利润最大化原则,主宰着他们在城市中的住宅开发活动,从住宅供应上直接促成了居住隔离。

在房地产界流传着一条"二八定律",简要地说,就是住宅产品作如下分布,即:以规模开发小康住宅为主业的 20% 的开发商占有 80% 人口的大众市场;另外 80% 的开发商主要是开发高档精品楼盘,他们通过提供特性化的产品,服务于 20% 的小众市场。在市场中,高、中等级住房的盈利高、回报率高,因此房产开发商从经济利益出发,推崇房屋的高档化,强调个性与品牌。而由于低收入阶层支付能力低,一般兴建低等级住房的市场利润率较低,发展商往往不愿意自发建造低收入住宅。

　　2005 年年初,国内网络上曾爆发了一场针对"为富人造房"观点的激烈争论。地产开发商任志强在"2005 宏观经济引导力"论坛上发言,他声称:"我坚持一个观点,不要让所有的老百姓都买房子,因为我们没有那么大的生产量。在供应量很少的情况下,一定是先满足最富的人。我是一个商人,我不应该考虑穷人。如果考虑穷人,我作为一个企业的管理者就是错误的。因为投资者是让我拿这个钱去赚钱,而不是去救济穷人。"

　　2005 年 5 月,国务院办公厅转发了建设部等七部委颁发的"新八条"。作为对其前述论点的补充,任志强认为,七部委新八条认同开发商"为富人盖房子"的观点。即经济适用房、廉租房是地方政府责任,解决中低收入人群和贫困人群的住房问题是政府应该承担的责任,而市场和企业应该承担其相应的市场责任。市场应该承担的责任是,向提高生活质量的方向去发展。

　　近两年上海住宅市场上的住宅商品结构越来越不合理,中低价位的商品住宅太少,并且已经高于城市多数居民的购买能力。2001 年,上海住宅价格结构中的细分标准是:低于 3 000 元/m^2 为低价位住宅,3 000~5 000 元/m^2 为中价位住宅,5 000~7 000 元/m^2 为中高价位住宅,高于 7 000 元/m^2 为高价位住宅。建设部副部长刘志峰 2003 年 9 月 18 日在北京谈到上海、杭州住宅市场时曾提及"所谓低价位,即 2 700~3 200 元/m^2 左右"。2000—2003 年,上海市住宅价格指数上涨近 50%,远远高于同期居民收入水平的增长幅度。2004 年住宅价格发生了惊人的变化,至 2005 年上半年,浦西新天地附近的华府天地以单价 10 万元/m^2 出售,浦东陆家嘴地区俯瞰黄浦江景的汤臣豪景亦以顶级住宅的姿态出现。并且,由于高档住宅开发成本与风险的上升,出现了中小投资开发商让位于大开发商,国内开发商让位于国外地产投资开发商的现象。

　　从现阶段上海市中心的空间发展趋向看,正朝着物质空间以及与之相适应的社会结构的两极分化趋势演变。因为,中心城的旧区尤其是核心区面临着两种结局,要么被改造成高收入住宅区与高消费的场所,要么继续衰败,非此即彼,别无选择,原因在于:

　　一是城市中心只有较少的可获得的土地维持持续地开发,可供开发的土地资源越来越少,造成土地价格的大幅上扬;

　　二是近年来住房价格持续的、整体的上涨使得居民动迁的费用日益升高,加之中心区的人口密度高,旧区产权交易过程复杂,交易成本高;

　　三是城市政府在土地使用决策上的权威能直接影响可开发的土地的获得,同时间接地影响对土地的需求。上海城市规划对城市中心城区开发强度、城市景观的控制日益严格,导致了大部分开发商从市中心转移至其他区域以减少开发成本和开发时间。

　　上述三个因素的综合影响,造成大部分开发的外溢,移至开发成本比较低、开发风险比较小的新区或城市郊区,当然同样推动了这些地区的住宅成本上升。有能力在市中心开发的开发商被鼓励转向更昂贵的住宅,因为这些住宅更有利可图,因而停止了中低价位住宅的供应。

由于区位越好的地段越能吸聚投资,集聚各种高层次消费。而开发难度大的地区则无人问津,所以尽管城市中心整体的二手房价格上升了,但客观上原有的恶劣居住条件得不到改善。如果政府的调控不力,若干年后很可能出现经济重组下的资本主义社会的"二元城市"现象,城市中心区居住人口分化,就如在纽约的曼哈顿,既包括了收入最高的群体,也包括了一些收入最低的人口。只不过是一座城市的完全贫富隔离现象代替了另一座城市的种族隔离与贫富隔离现象的差别而已。

2. 居住空间消费者选择居住隔离

在住宅市场上,住宅开发商等工业资本对住宅供应的类型、数量、位置等起到很大的引导作用,而住宅市场的另一重要主体——社会各阶层居民则根据自己的消费能力选择适合自己的住宅和住宅区,他们在住宅需求与住宅消费中可能自发地选择居住隔离。

从表面上看,高收入阶层成员的自主性最大,他有能力在住房市场上自由选择各种类型、层次的住宅和住宅区,至于他最终的选择是什么则是另一回事;中等收入阶层成员的选择范围相对缩小,因为高档的住宅他消费不起;低收入阶层成员首先考虑的也许是购房还是租房,其次才是租购怎样的住房。实际上,如果没有强制性的外力干预,较为典型的市场结果是,富裕阶层、高收入阶层居住在高收入住宅区;中等收入阶层居住在中等收入住宅区;而低收入阶层住在低收入住宅区。

对一个住宅区来说,其中的居民构成了一个初级群体,所有成员之间有可能建立起直接的交往关系。如果群体成员有着相似的社会属性(如经济社会地位等),他们之间便很容易建立起经济、地理、文化与社会的价值认同感,同一住宅区的居民就形成了一个内群体。而如果住宅区居民只是一个各色人等杂居而缺少内在联系的随意群体,对于这些随意群体来说,内群体关系与外群体关系并没有什么差异。具体地说,由于同一住宅区内居民们社会经济地位相差悬殊,在社会价值、住宅区管理等很多问题上就难以达成共识,居民在住宅区中的利益空间无法叠合,所有人的利益也就失去了全部实现与保障的前提,最终造成住宅区居民的流动,直至形成一个新的群体定位。

因为消费需求层次及消费方式的差异,不同收入阶层的居民在以价格为主导的市场上很容易被分层。对部分富裕阶层来讲,住宅早已超越单纯的居住功能,而已成为一种体现身份与地位的特殊奢侈品。因此地理景观位置的独特、周边历史底蕴的渊源以及地区的知名度,都成为豪宅的衡量标准。2004 年上半年上海卢湾区新天地板块的锦麟天地楼盘,每套住宅总价均超过 400 万元,有 900 人参加预定,最后摇奖决定仅有的 90 套房屋。虽然其中不乏开发商炒作之嫌,但是以现阶段上海住宅市场的高端购买力讲,却也在情理之中。

　　而对一些旧区改造中的动迁户来讲,他们迁移的性质是被迫的,他们是被动的住宅消费者。在动迁户中,只有少部分人能原地安置;绝大部分的工薪阶层和普通消费人群,对于动迁是"又盼又怕"。盼的是早一点改善生活环境,怕的是现行的动拆迁费买不到适用、经济的住房,甚至于在上海外环线以外 $3500\sim4000$ 元/m^2 的住宅也支付不起。对于低收入阶层,包括失业人员家庭、离退休的老弱残疾人群,更无法负担这一笔额外的费用。

　　地铁、轻轨应是我国城市里中低收入阶层的主要交通工具,因此,在交通沿线也必须满足中低收入者的住宅需求。而目前,沿着地铁、轻轨周边的地价涨幅太大,尤其在市郊。闵行一号线延伸段,2003 年上半年地铁沿线房价基本维持在 $4\,800\sim5\,300$ 元/m^2 左右,而至 2004 年 3 月份地铁沿线房价已涨至 $5000\sim7000$ 元/m^2 之间。随着轨道沿线住宅价格的持续升高,中等收入阶层的住宅消费压力也日益增大。

　　住宅市场的运行既是一种城市经济现象,又是一个十分复杂的社会空间调整过程。住房消费市场上价格分化的趋势无可避免地将导向居住隔离。这种居住空间的隔离积累到一定程度后,反过来也会加剧社会各阶层的矛盾,甚至于影响社会的安定。

3. 政府调控影响居住隔离

　　斯韦尼(Sweeney)于 20 世纪 70 年代创立了住房市场"过滤模型",在住房一、二级市场联动条件下,考虑不同收入阶层和不同等级住房间的供求关系,较好地从微观机理上反映了住房市场,适用于住房政策分析。自创立至今,在西方发达国家被广泛地应用于住房政策研究。对"市场过滤模型"的推导演绎表明,完全依赖市场作用,并不能有效解决低收入阶层住房消费不足的问题。

> 　　"三市场过滤模型"推演过程是,假设住房市场已处于供求平衡状态,此时开发商建造高等级住房,高等级住房存量增加到 H',如果高收入阶层住房需求没变,则房价将为 $R_{H'}$,一部分住房因维修费等的减少加速"过滤"到中等级市场,导致中等级市场住房存量也进一步加大到 M'。与高等级市场一样,中等收入阶层需求也没变,租金水平降为 $R_{M'}$,多出的维护不善的住房进一步"过滤"给低等级市场,住房供给函数变为 $S_{L'}$,低收入阶层的住房消费提高到 $Q_{L'}$。可见,在完全市场化下,短期内低收入阶层的住房消费水平似乎能得到提高。但市场对低等住房的供应是缓慢的,其中一部分低质量住房因过于破旧要拆毁,同时高、中等级市场中的开发商,因房租水平下降也将减弱建房积极性,最终供应又将回到均衡状态。因此,完全依赖市场作用,并不能有效解决低收入阶层住房消费不足的问题。
>
> 　　低收入阶层住房消费不足,反过来又通过市场向上传导。中等收入阶层由于找不到下家(低收入者)转让自己的旧房,无法回笼资金,因此购房能力减弱,需求降低,最终导致租金水平下降,发展商也不愿意建造中等质量的住房了。同理,高等级住房市场中的租金水平,也因中等级住房市场租金的下降而下降,同样导致高等级住房建造的停滞[8]。

一方面,这也正好成为某些开发商冠冕堂皇的托词,即,经济适用房、廉租房是地方政府责任,解决中低收入人群和贫困人群的住房问题是政府应该承担的责任,而市场和企业只要承担其相应的市场责任。所谓市场应该承担的责任是,向提高生活质量的方向去发展。

另一方面,毋庸置疑,政府在解决中低收入及贫困人群住房问题上起着决定性作用。80 年代我国提出的住宅产业化目标,目标之一便是建立多层次的住房供应体系。中高收入者的商品房,其价格和标准主要依靠市场调节;对于中低收入者住宅,中央及地方曾经先后推出过试点小区、小康住宅以及安居房工程(1994 年推行)、经济适用房(1998 年开始推行至今)等政策。1999 年,建设部出台了《城镇廉租住房管理办法》,由政府实施社会保障职能,向城市最低收入者中住房和生活困难的双困户提供廉租屋。京、津、沪等地相继推出了租金补贴、实物配租等形式。

政府在投入大量财力解决中低收入及贫困人群住房问题时,无论是中央政府的宏观住房政策也好,还是地方政府的具体措施也好,"有形的手"力量虽大,但是终归受"无形的手"牵制,政策调控仍然必须遵循住房市场运行的内在规律,调控的效果也最终通过市场运行的规律反映出来。并且,政府在解决低收入阶层住房问题上如何作为,对促进或改善居住隔离的程度影响很大。坦率地说,在一个时期里,各级政府的一系列政策、标准甚至于目标是相互矛盾、效果是相互抵消或相互否定的。

(1) 大规模的经济适用房建设造成大范围的居住隔离

经济适用房,广义地说,就是中低收入者的住房,既包括新建的住房,也包括存量住房在内,而且存量住房占有绝大多数的比重。我国建国以来建设的成套住房,除了少数超标准的非普通商品住宅以及已经或准备用作廉租屋的住房外,只要是没有超过使用年限的,基本上都可以归入经济实用房的范畴。2005 年 5 月国家七部委出台了统一标准,对普通商品住宅进行了若干限定,必须同时满足以下条件:①容积率必须大于 1.0;②建筑面积在 120m² 以下(地方标准不得上浮超过 20%)。普通商品住宅,从其满足居住功能的角度来讲,介于经济适用性与舒适性之间,也可以宽泛地归入经济适用房。

狭义地讲,经济适用房是享受有关开发税费减免等政府优惠政策,同时政府在住房标准及销售价格等方面相应给予必要调控的商品房。其中,在土地优惠政策上,也经历了从初期的行政划拨到目前的限定价格的转变。由于经济适用房面对的是中低收入阶层,这是一个庞大的比例。另外,经济适用房在选址上,也都是被安排在远离城市中心、地价较低的城市外围地区。因此,大规模的经济适用房建设很可能造成城市在较大范围内的居住隔离。

以上海为例。上海市经济适用房建设从 1995 年开始启动,市政府鉴于大多数居民有能力购买商品房的实际情况,逐渐缩减经济适用房建设规模。在关于"内销商品住房种类归并若干规定通知"中明确规定：土地由无偿划拨向有偿使用归并，对于已列入经济适用房专项计划取得建设用地批文并于 1999 年 11 月 30 日前取得预配售许可证的经济适用房项目可直接转为内销商品房；对于尚未取得预配售许可证的经济适用房项目，按内资六类用地土地使用权出让金标准的 20％补缴出让金后，转为内销商品房。

2004 年，面对住房市场价格的一路狂飙突进、普通市民无力购房的局面，上海制定了连续三年每年建造 300 万 m^2 的中低价商品房计划，各区也对口"搭桥"建设中低价商品房，力求使普通商品房（5000 元/m^2 及以下，2004 年上半年价格）从占当时总量的 54％上升到 70％，主要用于安置重大工程动迁、旧区改造的居民。中低价商品房建造在中心城区以外，售价控制在 3500 元/m^2 以下，土地价格锁定，造房方案和销售价格政府进行招投标。

而 2005 年上半年，在住宅市场持续"高烧不退"的情势下，在普通市民真实住房机会几乎被封堵的情况下，政府又推出了"两个 1000 万"建设计划。即，通过政府控地价、控房价的"双控"手段，建设 1000 万 m^2 配套商品房和 1000 万 m^2 中低价商品住房，可预售 2000 万 m^2，上市总量将近 20 万套。以配套商品房为主的中低价普通商品住房供应将占房产供应总量的 65％。2005 年计划开工的 1000 万 m^2 配套商品房分布在 14 个区县，1000 万 m^2 中低价普通商品住房分布在 11 个区县，主要集中在宝山、闵行、青浦、松江及浦东外环等距离市区较远的地方。

"三年三个 300 万"也好，"两个 1000 万"也好，如此大规模地中低价商品房建设计划，在解决低收入阶层住房危机、平息民怨的同时，其即将产生的社会后果是令人怀疑的。

由于住宅面积限定，按照上海"中低收入家庭购房贷款贴息细则"为建筑面积 90m^2 以下，住宅单价亦基本限定，这样一来，利用住宅价格机制，通过重大工程建设结合旧区改造，将城市居民按照经济收入（经济地位）重新布局，无异于对中心城区社会结构重新"洗牌"，从而是否达到一种市场导向的人口"优化配置"？而且，旧城改造愈彻底，这种由市中心豪宅到中心城区高收入住宅再到外围中低收入住宅区的整体式隔离愈加明显。

彼特·布劳对于隔离下过这样的定义，隔离是指一个群体或阶层中与其他群体或阶层没有社会接触的成员比例，他还认为各群体之间的隔离程度取决于四个条件，其中第二个条件是，一个大的群体规模使普遍的隔离成为可能，这是建立在定义基础上的一个合理的推断。因此，在城市外围大量建设经济适用房对于消除城市中的居住隔离并没有什么实质性的帮助，只是将居住隔离在不同地域与范围之间进行了转移，消除了市中心和中心城区小范围的居住隔离，代之以更大范围的普遍的居住隔离。

如果重温一下恩格斯 1844 年 9 月—1845 年 3 月在《英国工人阶级状况》中描述

的情形,其结论是耐人寻思的。

> 无论起因是为了公共卫生或美化,还是由于市中心需要大商场,或是由于敷设铁路、修建街道等交通的需要。不论起因如何不同,结果到处总是一个:最不幸样子的小街小巷没了,资产阶级就因为有这种巨大成功而大肆自我吹嘘,但是……这种小街小巷立刻又在别处,并且往往是在紧邻的地方出现。
>
> ——恩格斯:《英国工人阶级状况》,《马克思恩格斯全集》第 2 卷 292 页

类似的观点在早年的曼纽尔·卡斯泰尔那里也得到验证,他认为,城市的发展比如公共住房的建设,目的之一就是配合政府的经济发展政策,诸如收回市区土地,将人口迁移到新区等[9]。

目前大城市在城市外围大规模地建造经济适用房,孤立地看,的确是为了解决市中心房价高昂,中低收入阶层无法在市中心购房的问题。但是,对于中低收入阶层来说,他们原先在城市中心并非无房可居,改善居住条件固然是自身愿望,更是形势所迫。因为城市形象要更新,市中心的居住标准要提高,这是来自地方政府的意愿。开发商在本质上根本不会关心城市更新过程或更新目标本身,他们关注的是这个过程所带来的赢利。借助于市场对城市中心居住标准的重新设定,政府让中低收入阶层欲哭无泪地离开城市中心。这时,政府又以负责任的形象开始造房运动。"有形之手"与"无形之手"的有力相握,实现了城市政府"中心城区体现繁荣繁华"和市场区别对待、资本集中服务富裕阶层的皆大欢喜。

由此看来,在城市大范围的居住隔离问题上,政府的干预和调控行为变得既是结果又是起因。

(2)廉租屋对居住隔离影响较小

廉租屋由政府的住房管理部门直接管理。从目前的情形看,各地的廉租房数量很小。例如,深圳向具有常住户籍的"双困"家庭和其他需保障的特殊家庭提供廉租住房以货币配租为主,实物配租为辅;广州每年提供 500 套左右的廉租房[10];厦门、天津等城市也都只建了几百套廉租屋,所以对城市住宅分布的影响甚微,对居住隔离也不会造成很大的影响。

廉租房源不适合通过政府建造新的廉租住宅来提供。一方面,随着整个社会平均居住水准的提高,廉租房的认定标准也会逐渐提高。例如,上海 2003 年廉租住房对象认定标准是家庭人均居住面积在 5m² 以下的低保家庭,2004 年 1 月《政府工作报告》将廉租住房对象的认定标准从人均居住面积 5m² 又提高到 7m²。另一方面,通过住房市场的过滤,不断有存量房可以成为廉租房的房源。而建造新的廉租房就社会资源利用来说是非常不经济的,在地价较高的城市中心新造标准低或临时性的廉租房可行性不大,在城市郊外偏远地区建造廉租住房,则无异于从根本上剥夺了贫困家庭出行、就业等活动的可能性。

天津建造新的廉租房的实践从一个侧面验证了这一点。2000 年 10 月,天津的廉租住宅小区普康里建成,按照程序 146 户最低收入且住房困难的家庭住进了廉租房,而剩余的 250 多套却闲置了近两年[11];与此同时,全市 2.7 万户双困户却未能改善居住拥挤的局面,其中最主要的原因是《天津市城镇最低收入居民家庭住房社会保障管理试行办法》迟迟不能出台。一边是 400 多套,一边是 2 万多户,所以根本不可能也不必新建大量的廉租房。

无论是经济适用房,还是廉租房,如果充分利用住宅市场的过滤机制,还可以有效地调节和改善居住隔离。一般而言,住宅区在建成六七年后,居民的流动开始频繁出现,这与居民家庭周期的变化有关。同时,住房因陈旧或维修费的减少有"过滤"到下一等级市场的趋势,在完全进入下一等级市场之前,会经历很长的过渡时期。过渡期中居民的流动增加了人群的异质性,提高了混合居住的程度。但是当迁入的非同质居民的数量达到一定程度,导致最初的居住氛围遭到破坏,住宅区完全沦落到下一级市场之时,新的居住隔离又可能开始了。

所以,城市政府在对土地及房地产市场的调控上要谨慎为之,运用好"土地一级市场由政府高度垄断,房地产二、三级市场充分放开搞活"的宏观调控机制,利用住宅市场的过滤机制,有效地控制居住隔离的范围与程度。

4. 金融信贷对居住隔离的影响

在政府的调控行为中,除了住房政策方面的举措外,还包括金融信贷等方面的调控。住宅金融与住宅市场密切关联,住宅金融贯穿了住宅开发、营销与消费的全过程。这样,金融信贷就间接成为是否促成城市居住隔离的主要影响因素。

金融信贷首先决定着供应端的资金流。例如,金融机构贷款给哪些地区建造住宅,贷给哪类住宅开发类型,贷给哪类开发商。毫无疑问,贷款总是优先流向那些城市建设基础好的地区,流向那些服务于富裕及高收入阶层的高档住宅区,流向那些规模大、声誉好的开发商。因为资金投入的回报高,安全程度亦高。在国外就存在着由于金融家对城市不同空间的偏好问题因而造成 D. Ley 所称的贷款的空间歧视(spatially discrimination)[12]。

金融信贷还决定着需求端的资金流。例如,贷给谁,买哪类住宅? 在我国 2005 年 3 月之前的住房借贷资格审定中,不难发现,对贷款购买第一套自住普通商品房和配套商品房等经济适用房的资格审定是严格的,可是对同一借款人申请第二套、第三套甚至于更多套个人住房商业性贷款的资格审核反而不那么严格了,在贷款的成数和利率上也没有限制与提高。因为只申请一套经济适用房的借贷者,其住房通常只是用来自住,其偿还能力也许是值得担忧的;而一旦拥有了第二、第三及至更多套住房依次作为抵押,银行根本就不去怀疑他的偿还能力了。

2004 年上海房地产融资统计数据[13,14]

· 截至 2004 年末,上海全市人民币房地产贷款余额约为 3500 亿元,占全市本外币贷款余额约 25%,占人民币贷款余额约 30%。其中,个人住房贷款与企业类贷款的比例约为 4∶6。

· 人民银行上海分行提供的数据显示,2004 年,上海全市中资金融机构人民币房地产贷款累计增加 1023 亿元,同比增长 204 亿元,占全部贷款新增额的 76%。其中个人住房贷款累计增加 728 亿元,同比增加 106 亿元,新增个人住房贷款占中长期贷款增量的比例高达 48%。

· 上海房地产项目的开发商自有资金比例正逐年下降。来自上海市统计局的数据显示,2001 年这一比例为 18.84%,2003 年降为 16.94%,2004 年下降到 15% 以下。上海房地产项目的自有资金比例非但远低于国家有关部门要求的 35% 的比例,也低于全国 20% 的平均比例。

· 2004 年,上海新房成交额逾 1400 亿元,而全年新增个人住房贷款 728 亿元,可见房地产市场的过半需求是靠银行贷款来支撑的。

· 上海银行业同业公会秘书长朱德林分析,银行信贷资金占上海房地产业整体资金比例高达 70%。

如上述统计数据显示,银行系统贷款几乎支撑了 2004 年上海房地产市场的半壁江山,但是从中尚无法进一步反映出这些资金具体流向了哪些区域和哪些住宅区。住宅市场结构不合理,由高端消费拉动了整个房地产。

我国金融机构部门受政策影响较大,金融制度本身尚不完善,银行系统体制改革还相当滞后,造成金融机构或个人以权谋私,或是遵从政府意志的现象比较严重,对于城市居住隔离的影响比起成熟市场社会的作用可能影响更甚。

5. 住宅市场各方面对居住隔离的影响

以上从住宅的供应、需求、政策三方面分析了各市场主体在形成居住隔离中所起的不同作用。随着我国住宅市场各个环节的细分,住宅市场中的还有一个市场主体——中介机构,如房产代理人、经纪人、房地产估价机构、房地产咨询公司、律师事务所、会计事务所等,将逐渐在城市居住隔离中发挥影响作用。虽然就现阶段而言,我国城市中的住宅代理机构、住宅中介机构等还处于起步发展阶段,许多环节尚未完善,从业人员的素质和资质参差不齐,中介行业的信誉度也低。而在西方国家,房地产代理商也被视作城市的主要"看门人"。第二代芝加哥学派的关键人物休斯(E. C. Hughes)指出,房地产代理商对城市社会空间的认知很大程度上影响着城市居民在居住再选址中的分布,依据他们对住宅所处物质环境与社会环境的理解与经验,有选择地向雇主推荐,他们的种族偏好和个人倾向往往诱导住宅需求者选择那些与他们本来的社会地位、民族种族相适应、相一致的社区[15]。这种过程在很大程度上加强了城市的居住隔离。

正如西方资本主义城市的大量事实表明的,与土地资本、工业资本、商业资本、金融资本在内的资本流动相关联的机构以及公共机构是形成居住隔离的直接执行者，各方面通过自己的社会职能与权利对城市空间隔离起着直接的影响，对它们作用的研究已形成了城市看门人论（Gatekeeper Thesis of Urban Development）。在此借用M. Cadwallader对各方面作用的论述[16]：

> 银行等金融资本机构出于资本积累最大化和安全性需要，运用抵押贷款等工具引导富人郊区化和内城绅士化；住房开发商等工业资本对住房供应的类型、数量、位置等起很大的作用，形成了新住房供应主要面向高收入阶层，低收入阶层主要依靠住房市场中的过滤机制——旧房供应体系而获得住房；住房交易中介服务等商业资本机构也是维护居住差异的看门人（gatekeeper），如运用种族导向为黑人等少数民族住房需求者提供较少的不完全信息和不平等贷款服务等手段，有意引导他们租购相同种族人的住房，维护种族隔离；房地产主等土地资本所有者和以地方政府为主的公共住房机构也出于自身利益，运用多种手段维护居住差异。

四、城市历史对居住隔离的影响

城市历史上的居住隔离是影响城市居住隔离的另一个极为重要的因素。城市是否存在过居住隔离，居住隔离的格局又是怎样，对于城市以后的空间结构发展有着不可低估的影响。一方面，历史上的居住隔离易于导向新的居住隔离；另一方面，历史上的居住隔离格局虽然会随着时间在空间上发生演变，但是仍会遵循着某些既定的轨迹。因此，与理解城市中空间隔离模式相关的是城市自身发展的历史。

1. 历史上的居住隔离易于导致新的居住隔离

我国自1980年代开始实行住宅商品化以来，大城市居住隔离的现象渐露端倪，对于一些历史上曾经存在过居住隔离现象、并且隔离程度非常严重的大城市来说，这种现象尤为显著，例如上海、北京、天津等。作为新兴的近代城市，上海具有这方面的典型性与代表性。城市的半殖民地性质，以及列强割据的分裂状态使得城市中存在着华洋之间以及各租界之间多种势力与形态的对峙与隔离。在具体分析城市中的居住隔离之前，先简要介绍一下上海租界的历史。

> 中国近代被外国人所占据的城市或地区，按照殖民统治性质可以分为殖民地和半殖民地两类。租借地和割让给外国的城市属于殖民地性质；开埠城市中的租界属于半殖民地性质，如上海、天津、汉口等城市的租界。

（1）上海租界发展简史

第一次鸦片战争后的1843年，上海属五口通商之列，被迫开埠，相继开辟了英、美、法租界，整个城市由华界地区和租界地区连结而成（如图7-3）。1853年，太平军攻占南京，江浙一带的豪绅富商纷纷逃往上海县城。同年，上海县城内爆发了小刀会起义,大批华人开始涌入租界,"华洋分居"的禁令不攻自破。据统计,1852 年,租界内中国居民只有 500 人,1854 年即达到 2 万人,1860 年骤增至 30 万人,到 1864 年,竟达到了 50 万人之多[17]。1899 年租界扩张,对于这次扩张出来的地区,一个时期内被人们称之为"新租界"。1937 年 8 月后,闸北、南市、浦东以及虹口部分地区沦入日本势力统治,形成了与英、美、法各租界的对峙局面(如图 7-3)。1941 年 12 月 8 日,太平洋战争爆发后,上海全部地区包括所有租界范围完全被日本所控制。1945 年抗日战争胜利,国民政府接管上海。这时租界已经收回,上海人口增至 500 万人。

> 1845 年,上海道台与英国领事议定《上海租地章程》,划定黄浦江西侧大片土地为英国人"居留地","通商居留,租地造屋",面积约 830 亩(55.3 公顷)。1848 年,英租界扩大到 2 820 亩(188 公顷)。1849 年,法国领事与上海道台划定上海县城北门外面积 986 亩(66 公顷)为法租界用地。1863 年 6 月 25 日,美国领事与上海道台正式划定虹口地区的美租界地域,总面积 8 865 多亩(591 公顷)。9 月,英美租界合并,称英美公共租界。后来正式命名为国际公共租界,以为这个租界不光是英美人而是所有居留于此的外国人共同的租界。后公共租界几经扩充,从合并时的万余亩,扩大到 1899 年的 34 333 亩(2 289 公顷)。[22]18-19

中国收回租界肇始于 1917 年,当时外国在华租界正处于繁荣兴盛阶段,收回租界主要是收回行政管理权和外国政府对整个租界的永租权,但外国商人通过永租等方式获得的土地使用权不属于收回范围。至第二次世界大战后,租界在法律程序上已全部收回。

(2) 上海历史上的居住隔离

上海历史上的居住隔离可以说集中了多种隔离的形态与特征:租界与华界的隔离带有某种种族隔离特征,却又有其特殊的政治经济意义;各租界之间的隔离属于典型的种族隔离;此外,还有城市中一直存在的贫富隔离。多种隔离形态的混杂,造成了这座城市的多元性与复杂性。

1) 租界与华界的隔离。租界作为殖民统治者的居留地,英美租地时自称 settlement,就英文来讲,含有定居的意思,不带任何种族色彩;法租界用了 concession,由"让与"或"特许"的涵义;而通常情形下,会用 enclave 指一个特定的种族群体在它主要的文化家园以外占据的地方,这种领地也许存在几个世纪,经常是自治,有着独立的土地持有和继承的体系。在此可以看出,租界与华界的关系,并非正常情形中的东道国与外来种族的关系,而是西方列强以东道国的殖民统治者的角色与地位出现,双方处于完全的主客颠倒的关系,这从各方在城市中的占地位置与规模上得到完全地反映与验证。外国人租地造屋居留,其居留地位置与中国人居住的旧城相对独立,既毗邻商业发达的县城,又无城墙的限制,具有广阔的发展余地。随着各国租界的历次扩张,至 1915 年,公共租界由 1845 年最初英租界的 830 亩(0.553km²)扩展到 36km²,法租界由 1844 年最初的 986 亩(0.66km²)扩展到 10km²,而老城区不过

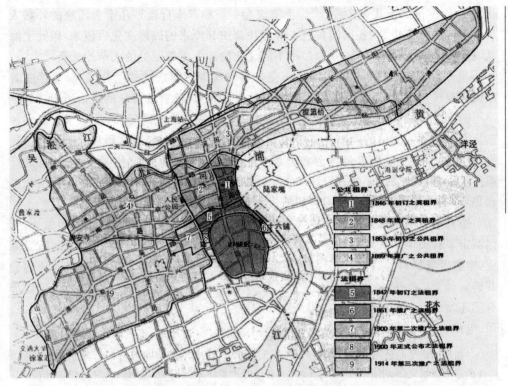

图 7-3　上海的旧城区及租界地区分布

2.2km²,上海逐步被侵略者夺占了面积远远超过老城区的大片租界。

当时的上海道宫慕久认为"华洋分居"可以避免发生纠纷,在《上海租地章程》中核准了英侨居留地经界。租界内不准华人居住,当时的"建筑工匠白天进入租界干活,晚上要回到城内居住"[18]。"华洋分居"实质是一条强制隔离的准则,它的提出固然有其管理上的方便,另外很重要的一条原因不可被否认,那就是,在被"船坚炮利"的西方列强攻破国门后受到的震慑与无奈,抱有"井水不犯河水"的态度。事实上,西方侵略者并不满足,多次要挟、勒索扩大租界,并不断"越界筑路"。

在开埠后很长一段时间内,租界和华界互不干扰,各自独立发展。租界完全依照西方城市的模式从无到有地进行建设。从 1843—1853 年,"华洋分居"的政策实行了11 年。在此期间,英国人发现仅仅依靠为数不多的外侨,各方面都难以形成气候。后因华人大批涌进租界避难,租界亦顺势接纳,"华洋分居"政策告终,从此进入华洋杂处的时代。

1865 年,公共租界的外侨 5129 人,法租界 460 人[19]。19 世纪 70 年代,公共租界华人已达十余万,外侨人口仅占 2%左右;20 世纪 30 年代,公共租界的华人已近

100万,外侨相当于其 3％强[20]30。上海成为一座拥有来自世界几十个国家的外籍人口的国际性大都市。"各国的各色人等往往都挟其原来的民族文化以俱来,因此上海就成为一个不仅华洋杂处,并为多种不同文化的洋人汇聚错处的大杂烩处所。"[21]

租界与华界的对峙是上海城市历史上第一次深刻而广泛的居住隔离,是伴随着殖民强权统治发生的,因此既有种族隔离的某些特征,又有其特殊的政治历史背景。

2) 租界与租界之间的隔离。主要是英、美、法租界之间的隔离,类似于一个多种族社会中的不同团体的隔离。英美租界(后合并为公共租界)及法租界的范围及扩展见《上海的旧城区及租界地区分布》(图 7-3)。租界范围由多国共同支配,各自进行道路规划与市政公用设施建设。城市整体布局分割,呈现为"三界(公共租界、法租界和华界)四方(英、美、法和中国)"的畸形状态。

公共租界的工部局除在土地规章和道路规划中规定边界、房屋适用性等以外,专门制定了有关中国式房屋的建筑规则,并不定期修改建筑法规,鼓励采用钢筋混凝土、电梯等新材料、新设备。公共租界的突出成就是外滩、南京路和福州路等处的公共建筑[22]58。此外,城市的外贸、金融、工业、邮电通讯、市政公用事业和交通运输都有迅速发展。在公共租界先后出现大英自来火房(煤气公司)、电话、英商自来水公司、电厂、汽车、无轨电车、铁路等设施[17]。

> 租界内最早的公用事业是煤气。1864 年,大英自来火(煤气)房建成,1865 年供气。起初仅供路灯照明之用,用来点燃英租界内 58 盏路灯。翌年增加到 205 盏灯,并开始供应外侨家庭的煤气灯。1881 年,英商上海自来水公司成立,1883 年 6 月开始供应优质过滤水。紧随其后,法租界和华界也创设各自的供水系统,向市政机构和居民供水。1882 年,英商上海电光公司成立,租界内路灯及家中照明开始使用电灯。与此同时,租界内交通、通讯事业也渐趋发达。1881 年,市内电话业务。1908 年,英商、法商电车公司投入运行,取代马车和人力车,成为市内主要交通工具[17]。

法租界的开辟晚于英美租界,多次通过越界筑路扩大租界范围,并运用西方管理城市的办法管理租界。在城市规划建筑管理方面,侧重在建筑形式的控制。法租界公董局几次发布规定,几乎整个法租界不准建造中式房屋。对法租界内房屋划分类型,对不符合类型的不予批准建造;曾先后公布 A 字住宅区、B 字住宅区、C 字住宅区,并对建造要求作不同规定。因为法租界规定道路系统、公布市容管理法规,并严格管理,使法租界的城市形态、建筑风格均有一定特色。有轨电车首先出现在法租界[22]64。

虽然租界多元统治、各自为政,外国资本之间亦勾心斗角,但是随着"华洋分居"的禁令消除,各国侨民的居住隔离也逐渐减弱。在法租界的法国侨民数量不多,其中较多为神父、修女、教授、医生、艺术家等,因此这一带人口数量是最稳定的,一直保持在 2 000 人左右[20]16。法租界在经过 1914 年的第三次扩张,在二三十年代经过大规模的建设高潮后,成为上海最富魅力的国际化街区,其时,整片法租界西区,形成所有西方殖民者新的聚居中心。这就是今天的淮海中路及其以西以南的广阔住宅区所保留的旧貌。按照1936年《上海市年鉴》的统计,卢家湾捕房区外国人占7%。当时的俄籍人口约两万名左右,且一半以上居住在法租界的霞飞路两侧。

3) 华洋杂处时期的阶层分化与贫富隔离。从上海开埠以后的公共租界、法租界、华界至二次世界大战时的法租界、公共租界、国民政府管辖区相互分割的格局,上海长期处于分裂割据的状态。随着各国人口、国内各地人口的涌入,社会阶层与团体逐渐分化,并且贫富差距惊人,居住隔离极为严重。

在华人五方杂处之中,除了官僚、地主和高利贷商人,就是为数众多的劳动者(见图7-4)。极端贫穷的劳动群众居住在工厂周围的棚户区里,贫穷与不自由的程度为"世界各民族中少见"[23]。产业工人之外,是各阶层的单位雇员及其供养人口,即所谓广大的小市民,他们在消费上比工人多一点选择权。通常居住在初期殖民者建造、后亦有华商投资建造的专供租售的房屋,初期为毗连式木板屋,后来形成里弄住宅。

图7-4 20世纪20年代初,华洋杂处时期,富人的汽车、职员的自行车、马车、脚踏三轮车、人力车等各种西式的、中式的交通工具混行在城市街道

(图片来源:世界城市史,883页)

政界要人、工商大亨、社会名流的花园洋房最初出现在19世纪中下叶,到20世纪初达到高潮。此类建筑均为独立式住宅,位于租界内环境良好的地段,如法租界的西区、公共租界的西区等地段。高级雇员通常住在公寓中,高层公寓一般均建造在租界内的商业繁华区域,以法租界的数量最多,质量也优。

除了住宅之外,城市基础设施与公共服务设施在租界与华界的分布差别亦较大。租界内很早就制定有较为完整的道路红线规划、建筑规则和土地使用的局部区划规定,据以实施营造管理。租界或居留地在道路交通等市政建设与煤气、路灯、自来水、通讯等公用事业方面的建设也较为完善,并在解放后一直使用。

而华界由于受到租界的影响才起步兴建。清政府在属其管辖的被分割的县城、闸北、吴淞、浦东地区,相继成立了上海马路工程局(1895年)、闸北工程总局(不久改名为闸北工巡捐局,1895年)、吴淞开埠工程总局(1898年)和浦东塘工善后局(1898年),负责各自区域内的辟筑道路等市政公用事业[22]56。

　　中国领土上的租界存在了一个世纪,租界中西方式的社会制度、社会文化和生活习俗已相当完备,对中国近代经济、文化等方面向现代化的转变起到了积极的推进作用。这种影响在开埠约半个世纪后展露出来。此时,各租界大多完成了殖民地开拓时期的基本建设,进入全面发展阶段,主要租界的外国人口急剧增加,工业、商业、金融业及交通运输、邮电通讯、文化娱乐等事业迅速发展。经济活动、市政建设、建筑风格和管理体制都远远超过华界,中国人的社会心理发生变化,西方化风潮在民间迅速普及[24]。

　　(3)居住隔离的历史后续影响

　　以上主要从租界与华界的隔离、租界之间的隔离以及华洋杂处时期的贫富隔离三个角度分析了上海近代历史上的社会空间隔离。租界与华界的居住隔离,究其实质,是带有殖民主义色彩的种族的隔离,是现代工商业文明与落后自然经济的隔离。后期的社会、文化同化则在很大程度上奠定了上海文化特征中"崇洋"的思想基础[24]。而华洋杂处时期的贫富居住隔离直接导致了解放后城市中长期蛰伏并在住宅市场形成后重新显露的居住隔离。

　　上海近代历史上的社会空间隔离,对城市后来的发展影响深远。它在城市社会心理与居民集体意识中烙上了深刻的印记,它通过城市历史、文化、社会心理的积淀以及市民对于隔离的意象,使得这一特定历史时期的社会空间隔离在以后的城市发展中持久地发挥作用。

　　2. 历史上的居住隔离模式在新的模式中延续

　　要理清城市历史上居住隔离的模式,顺着具有城市典型特征的住宅发展演变的脉络是最有效、最直接的办法。在上海主要的住宅类型就是里弄住宅。

　　上海里弄民居的开始和发展是与租界的演变同步进行的。随着时间的推移、区域的扩展、建造形式与质量的变化,里弄住宅经过长期发展嬗变形成了高级住宅区和低级住宅区的明显差别,突出地反映了里弄住宅贫富悬殊的特征。

　　上海的早期石库门民居主要布在黄浦江以西,西藏路以东,苏州河以南,旧城厢以北,即2001年黄浦、南市区合并以前的黄浦区的中心部位。接着建造区域向西、北、南三个方向扩展,首先填补了黄浦区的空隙部分,再向苏州河北岸的虹口区、成都路以西的静安区、延安东路以南的卢湾区推进。随着区域的扩展,建造形式也从早期石库门里弄转入到后期石库门里弄。同时因工业发展的需要,在黄浦、普陀两区也出现了不少后期石库门里弄民居和广式石库门民居。此外还有一小部分后期石库门里弄民居渗入到徐汇、长宁两区。这样,大致上形成了一个以黄浦区为中心的早期石库门里弄民居的居住区,和环绕在北、西、南三面的后期石库门里弄民居的居住区。这是早、后期石库门民居在租界内的分布概况[25]。

　　南市区与闸北区不属租界范围,由国人自管。由于受到租界兴建里弄民居的影响,也发展了一些早期石库门里弄民居。在环城马路两旁及内外空地上,建造了一些后期石库门里弄民居,总的说来,数量不多,也比较分散。

第一次世界大战结束后,出现的新式里弄民居,主要分布在虹口、静安和卢湾三个区。虹口区是从苏州河北岸和大名路西侧逐步向北向西推移的,该区东部、南部的里弄民居较为陈旧,往西往北的较为新颖,质量也较好。当时这三个区的人口密度和土地价格都低于市中心地区,且环境干扰不多,属于闹中取静的地段,适宜于社会中上层人士居住,新式里弄民居就因此应运而生和发展起来。当此三区次第繁荣热闹时,新式里弄民居建设又往西推进,转入现在的徐汇和长宁两区。其他五个区:黄浦、杨浦、普陀各有少数几处;南市仅有尚文路龙门村一处;闸北为空白。

至于花园里弄民居和公寓里弄民居本身数量不多,早期建造的,黄浦与虹口均有一部分。1930 年前后建造的分布面较广,比较集中的有静安、卢湾、虹口、徐汇、长宁五个区。抗日战争以后建造的绝大部分在徐汇区。高档的高层公寓一般建造在租界内的商业繁华地域,以法租界的数量最多,质量最优。

里弄民居在上海的分布大致如上所述。至于上海的花园住宅的分布,与租界的扩展亦有着密切的关系。最早建于外滩英国领事馆附近及美租界虹口昆山路一带。其后,随着租界的扩张,沿南京路(今南京东路)、静安寺路(今南京西路)、爱多亚路(今延安东路)和霞飞路(今淮海中路)等干道,自东向西分布。此外,在越界筑路地区,如今日的溧阳路、多伦路、华山路、愚园路、虹桥路等道路的两侧,独立式住宅也不少。

表 7-3　　　　　　　　1958 年上海独立式花园住宅的分布

独立式住宅分布地区	所占比例
徐汇区(原法租界地区)	39%
长宁区(原公共租界地区)	29%
卢湾区(原法租界地区)	9%
新成区(今静安区一部分,原公共租界地区)	8%
虹口区(原美租界地区)	7%
其他区	8%

资料来源:陈从周等,上海近代建筑史稿,上海三联书店,1988 年第 1 版,170 页。

此外,在沪西苏州河两岸及闸北一带大量分布着棚户区,俗称作"滚地龙",是逃荒难民、失业贫民的寓居地。城市里这种居住分布的格局亦奠定了上海城市意象中社会空间隔离的格局。不同社会经济地位的各阶层大致按区分布,分为"上只角、下只角",上只角指的是西南面的徐汇、静安、长宁、卢湾等区,下只角指的是杨浦、普陀、闸北区等工人聚居地。贫富隔离,可谓泾渭分明。

这一初始形态的隔离影响深远,至今仍在某种程度上决定了人们对市内各居住区域主观的认定及偏好。如果撇开经济收入、就业地点等客观条件制约,徐汇、长宁及市中心的静安、黄浦、卢湾始终是市民心目中的首选区域,并且居住区域的分化在住宅价格上得到验证,高档住宅集中地分布在这些区域。这种情结在20世纪二三十年代来上海的第一代移民及他们的第二代后裔中尤为明显。这种情结还突出表现在20世纪90年代的住房迁移中,在居民的第二次置业中出现了不同程度的从原来的居住地由北向南、由东向西的逐渐推移或蛙跳式的迁移。

黄怡(2001)曾对1999~2000年上海徐汇、普陀两区新建楼盘成交价格分布的频数、频率统计作过对照分析,徐汇区20个楼盘,最高和最低价格分别是9873元/m²、2819元/m²;普陀区14个楼盘,最高和最低价格分别是5435元/m²、2622元/m²。不同区间住宅价格分布的频数、频率显示,当时新建的高价位住宅大量地仍然分布在人们认知中的高档居住地段。

表7-4 1999—2000年上海市徐汇、普陀两区每平方米住宅价格分布频数、频率统计

	2千~3千元		3千~4千元		4千~5千元		5千~6千元		6千~7千元		7千~8千元		>8千元	
徐汇区	1	5%	3	15%	5	25%	3	15%	6	30%	1	5%	1	5%
普陀区	1	7%	7	50%	2	14%	4	28%	—		—		—	

由于城市产业结构的调整、中心城区土地价格的整体上涨、城市交通网络的全面改善、住宅质量与居住环境的普遍提升,原来"下只角"的普陀、闸北、杨浦等区90年代后期建造的新建住宅区从绝对居住条件上来说与同期中心区段的一般住宅区已差异不大,而由于历史人文环境所造成的居住定位的差异,起着更为重要的作用。例如,在市中心可以建造"豪宅"而且供不应求,在杨浦、闸北等区还没有开发商敢冒此风险,因为缺少与高档住宅相配套的重要城市设施和支撑这些设施的消费水平。

城市历史上的居住隔离会在新的居住隔离模式中延续,反过来,如果城市历史上没有出现过居住隔离,或者隔离的程度较轻,对于新的居住隔离影响会怎样?Rinus Deurloo和Sako Musterd的研究发现[26],阿姆斯特丹在19世纪没有明显分成富人、穷人区,这可能对今天阿姆斯特丹的隔离模式起到了缓冲作用。上海浦东的开发时间不长,但是目前的情况也可以验证阿姆斯特丹的研究结论。

在1990年浦东开发之前,上海市民是"宁要浦西一张床,不要浦东一间房"。但是随着浦东开发建设逐渐形成气候,浦江两岸交通联系的改善,浦东居住环境的宜人,市民们开始青睐浦东的住宅区。2001年之前,浦东的住宅建设基本遵循了重点发展沿江都市型、沿内环线生态型和内外环线之间经济型住宅区的思路。由于90年代以后建造的住宅区无论是建筑质量、居住标准还是住宅区环境整体较好,所以没有出现浦西那种新旧对峙、泾渭分明的居住隔离。进入21世纪以后,大型文化设施的兴建,黄浦江两岸的综合开发,世博会的选址,轨道交通的建设,以及众多外资企业及高新技术产业园区的集中,使得浦东的居住区位普遍具有特色。当然在滨江的小陆家嘴地带已形成了上海的顶级住宅区,围绕在世纪公园旁边的住宅区在市场定位上也普遍高于周边住宅区。可以说,到现阶段为止,市民意象中浦东的居住隔离远没有达到浦西"上只角"、"下只角"的差异程度。

本章参考文献

[1] 包宗华.住宅与房地产[M].北京:中国建筑工业出版社,2002:211,407.

[2] 蔡育天.沧桑:上海房地产150年[M].上海:上海教育出版社,1998:1,24.

[3] 孙施文.上海城市规划作用研究[J].城市规划汇刊,1997(2):39.

[4] 郭彦弘.工业生产及其历史演变对国际都市形态影响的理论分析[J].城市规划汇刊,2000(4):4-10.

[5] 董伟.国土资源部前副部长:中国地价房价一地鸡毛[N].中国青年报,2005-03-11.

[6] 罗新宇.上海地价2003年大幅攀升[N].国际金融报,2004-03-18(1).

[7] 姚凯.中国城市规划管理制度的革新:基于上海城市发展进程和城市规划管理制度的演进[D].上海:同济大学建筑城规学院,2003:103,262.

[8] 宋博通.从公共住房到租金优惠券:美国低收入阶层住房政策演化解析[J].城市规划汇刊,2002(4):67.

[9] CASTELLS M. Collective consumption and urban contradictions in advanced capitalism[M]∥LINDBERG L,et al. Stress and contradiction in modern capitalism. Lexington, Mass:Heath,1974.

[10] 叶剑平,范光耀.弱势群体的住房保障、管理与政策[EB/OL].[2003-01-20] http:www.china. org. cn/chinese/zhuanti/264849. htm.

[11] 李斌,孙玉波.一边空关 一边等待[N].新民晚报,2002-08-06(3).

[12] 王兴中.中国城市社会空间结构研究[M].北京:科学出版社,2000:147.

[13] 警示:上海房地产风险可能转变为银行信贷风险[EB/OL].[2005-01-27] http:∥news. xinhuanet. com/fortune/2005-01-27/content_2515535. html.

[14] 大批资金投资房产,上海楼市成为投资者的格斗场[EB/OL].[2005-04-15]http:∥house. focus. cn/newshtml100552. html.

[15] HUGHES E C. The growth of an institution:the Chicago real estate board[M]. Chicago:University of Chicago Press,1971:33-69.

[16] 顾朝林,甄峰,张京祥.集聚与扩散:城市空间结构新论[M].南京:东南大学出版社,2000:84.

[17] 张伟.海纳百川的奇观胜景[M]∥上海图书馆编.老上海风情录:(一)建筑寻梦卷.上海:上海文化出版社,1998:18-21.

[18] 陈策.风采百年话上海[M].上海:文汇出版社,1996:16.

［19］　上海通社编.上海研究资料［M］.上海：上海书店，1984.

［20］　罗小未.上海新天地：旧区改造的建筑历史、人文历史与开发模式的研究［M］.南京：东南大学出版社，2002.

［21］　谭其骧.序［M］∥邓明主编.上海百年掠影.上海：上海人民美术出版社，1993.

［22］　上海城市规划志编纂委员会.上海城市规划志［M］.上海：上海社会科学院出版社，1999.

［23］　吴贵芳.都市风情［M］∥邓明主编.上海百年掠影.上海：上海人民美术出版社，1993：165.

［24］　沙永杰.“西化”的历程：中日建筑近代化过程比较研究［M］.上海：上海科学技术出版社，2001：33.

［25］　沈华.上海里弄民居［M］.北京：中国建筑工业出版社，1993.

［26］　DEURLOO R，MUSTERD S. Residential profiles of Surinamese and Moroccans in Amsterdam［J］. Urban Studies，2001，38（3）：467-485.

第8章 居住隔离对城市社会发展的影响

　　K. Simonsen 认为"空间不仅是社会的物质环境,而且空间的差异性也会影响社会过程和社会生活,空间本身也成为社会和社会过程的一部分"[1,2]。居住空间是构成城市空间的最基本部分,居住隔离对城市社会的发展也必然会产生多方面的影响。本章将从城市居住空间资源分配的公平与效率关系着手,具体分析与居住隔离相关的社会公平问题与效率问题。

一、城市居住空间资源分配的效率与公平

　　在西方世界许多国家,城市中快速转变的居住模式激起了集中的反应,公众对于由城市居住空间资源的分配引起的不公平的讨论炽热化。在我国近期的一些大城市,类似的话题也成为舆论的焦点。

　　公平与效率,仿佛是一对永恒的矛盾。一方面要提高效率,另一方面又要做到公平分配。对于如何抉择,罗尔斯有一个清晰干脆的回答:把优先权交给平等。密尔顿·弗里德曼也有一个清晰干脆并且是一贯的回答:把优先权交给效率[3]。的确,经济学趋向于从效率角度提出一切行动的判断准则。阿瑟·奥肯则不肯作出决然的回答,他只说:"对平等是好的事物,对效率可能也是好的。20世纪60年代间种族差异的缩小,意味着黑人的工资或薪金有近五分之一的增加。"对于公平与效率的关系,有一个生动的比方,两者恰如一部自行车的前后轮,前轮是公平,职司导向功能;后轮是效率,职司动力功能[4]。

　　关于公平与效率的关系问题,不仅仅局限在经济学领域或是社会学领域,也是城市居住空间资源分配中无法回避的现实难题。

1. 市场经济体制必须面临的选择

　　早在20世纪70年代,在发达的资本主义国家,美国著名经济学者阿瑟·奥肯专门就平等与效率问题进行了深入的研究,在他的著作《平等与效率》里提出,美国的政治制度和社会制度提供了广泛的权利分配,然而其经济制度却建立在市场决定收入的基础上,由此产生了公民生活水平和物质福利上的悬殊差别。这种差别必须被作为刺激——奖励和惩罚,用来提高资源使用效率和巨大的不断增长的国民总产出的生产。平等权利和不平等收入的混合结果,造成了民主的政治原则和资本主义经济

原则之间的紧张关系。

奥肯把市场评价为一个权力分散和有效率的系统,它能够激励和引导人们努力生产,能够促进实践与发明。但是,他又认为平等本身就是一种价值,社会并非一个投入钱币就可以购买一切的巨型售货机。效率和经济平等两方面都可以靠对诸如职业上的种族和性别歧视、接近资本的障碍等机会不均等的攻击而得到促进,为缩小美国人生活水平的悬殊差别和消除违背民主原则的经济剥夺,可以采取累进税、对低收入阶层的转移支付、职业计划等等的手段。

但是,连奥肯本人也承认,经济平等这个概念,很难予以确定或衡量。即使它存在的话,也不可能被公认是完全的平等;但要公认是不平等却很容易。阿瑟·奥肯在衡量从阴郁的贫民窟到城郊上流住宅区这样一个短途行程间的经济差别时,认为"不啻是一次星际旅行",而且旅行者还要途经中产阶级占据的大片领地,后者的经济状况既不那么阴郁,也谈不上优越。

至于效率,奥肯认为购买效率的代价是收入和财富以及由此决定的社会地位和权力的不平等。这些不平等起源于财产(包括基本生产手段)私有制以及由市场决定的工资和薪金。

不过,从现今世界范围看,效率公平兼顾的思路似乎已成为西方一个占统治地位的思想,在既定制度下的"公平与效率兼顾"已成为主流政策的"潜意识",无论左翼政府上台,还是右翼政府上台,他们的政策都差不多。

我国现阶段社会发展遵循着"效率优先,兼顾公平"的原则。但是,是在第一次分配时强调效率,第二次分配时注意公平。崔之元批判了中国"自由主义经济学家"在大谈公平时的出发点,指出他们除了要给广大下岗职工基本生活保障之外,在制度安排(即一次分配)上只是要进一步推进私有化,通俗地说就是全面私有化,却不肯涉及制度安排和制度创新[5]。

2. 居住隔离涉及的公平与效率

城市居住空间资源的分配,也面临着公平与效率的抉择。在我国从计划经济体制向市场经济体制的转型中,一些大城市居住隔离的现象日益突显,在居住隔离现象的背后,是来自城市中低收入阶层的居住空间消费者深切的无力感,碍于经济能力及市场供应模式他们只能被动的选择隔离。

现阶段影响我国城市居住隔离公平与效率的问题集中反映在以下一些方面:

1) 现阶段大城市中心的旧区改造,完全按市场导向运作,在较多情形下,经济成为空间的唯一衡量角度。房地产飙涨封闭了中、低收入阶层拥有自宅的机会,并造成社会的不公平与不稳定[6]。

2) 土地市场与制度不健全。经济快速发展所带来的土地炒作、开发商的哄抬、投机主义与短视近利观念主导下的空间套利行为,相互影响,造成了我国大城市目前住宅价格偏高,住宅市场房价结构不合理的局面。

3) 现代空间决策权力完全掌握在社会精英阶层与富裕阶层手中。正如赖明茂所指出,一般民众成为弱势的居住空间使用者与消费者,在民生问题中最重要的居住空间购买问题上没有足够的发言权与规划设计参与的机会[6]。

所谓"安居乐业","安居"才能"乐业",如果任由住房市场对效率的追逐而再三再四的漠视社会公平,最终引发为住房政治,必然会损坏社会的良性运行,从而有可能产生不利于效率的后果。

那么,居住隔离的存在,在多少程度上有其合理性与必然性?又在何种程度上影响城市居民居住的公平权利?在何种程度上刺激或阻碍城市正常的运行效率?

二、与居住隔离伴生的社会议题

与居住隔离伴生的社会问题中,不公平是显而易见的。居住隔离造成社会分层结构的刚性化,但是一定程度的居住隔离也可能对社会起到一定的激励作用。

1. 居住隔离的社会激励效应

对于城市居住空间资源的分配,我国的住房制度经历了从计划经济体制下福利性质的平均化到市场经济体制下市场化的不平等的过程,认清其中各自的利弊有助于我们对此做出辩证的分析与客观的判断。

在计划经济模式下,土地实行无偿、无限期使用,住房实行实物分配和低租金政策,住房的商品属性和房地产的开发经营都不存在,政府统一包揽下住房建设,造成住房建得越多、维修补贴越多、包袱愈背愈重的恶性循环。就社会整体居住水平而言,住房困难户有增无减,各地住房供求矛盾突出;且住房的种类、形式单一,作为城市重要构成部分的居住空间功能与风貌单调。从经济学的角度来分析,这不能不说是社会平均定价原则下的一种效率损失。

80年代的住房商品化制度使得我国的住宅产业逐渐走上正轨,随着住宅产业的成熟,住宅市场产品分化是必然趋势。并且,由于市场的趋利特性,资金总是流向高档产品领域,造成市场上产品供应结构不合理。城市低收入阶层大规模地外迁,形成城市整体上的居住隔离。阿瑟·奥肯运用了一个比方(1977),电灯泡的发明对玻璃制造者和蜡烛制造者双方都是一个偶然事件,但市场把奖赏和惩罚强加到了他们头上。住宅商品化不能说是一个偶然事件,但它把城市中心的空间资源从低收入阶层抽出并引入高收入阶层,对社会空间是个重大的规划。将城市中心旧城更新中人口的演替简单地描述成人口结构的优化未必合适,但资源优化和资本集中的趋势却是明显的。在一定程度上,居住隔离在刺激疏导资源上发挥了基本的作用,并因而促进了经济效率。

此外,在居住隔离形成的同质性群体内部,可能会形成一定的相互激励作用。2000 年大连软件园开发股份有限公司向社会推出"软件知音"公寓特惠条款的特别公告,以知识、财富、收入来筛选客户,在一定程度上是对没有机会获得良好教育的人群的排斥。但是这种明显的隔离在社区内部却产生了意想不到的效果,入住其中的住户经常感受到来自邻里中其他成员在知识、学位方面的压力,更加注重知识的更新与学习的再投入。这种社区内部的压力反而促进并转化为阶层总体素质与间接的社会效率的提高。

2000 年 7 月,大连软件园开发股份有限公司向社会推出了"软件知音"公寓特惠条款的特别公告,凡是有意入住大连软件园和软件知音公寓的高科技人才、高学历人士及同等条件的教学科研人员,均可享受特惠政策。按学历、职称等具体分了四档:中国科学院院士和工程院院士,博士学位、双硕士学位及教授、研究员及同等资历者,硕士学位及副教授、副研究员及同等资历者,学士学位及讲师、工程师或同等资历者,优惠条件从五折至九五折不等。

---

2. 社会分层结构的刚性化

居住隔离对社会效率虽有一定的激励作用,但与其对社会效率的阻碍作用相抵消的程度如何,很难在经济上精确地测算出来。作为社会不平等的外在物质表现与空间体现,作为市民的社会经济地位的标签,城市居住隔离的存在会持续危害社会的公共意识。

(1) 阻碍了积极的社会群际交往

1977 年 12 月《马丘比丘宪章》[①]强调,人的相互作用与交往是城市存在的基本依据。"在人的交往中,宽容和谅解的精神是城市生活的首要因素,这一点应作为不同社会阶层选择居住区位置和设计的指南,而不要强行分区,这是同人类的尊严不相容的。"[7]

影响社会交往的因素有很多,在彼特·布劳的研究中,他将这些因素定义划分为两类参数,即类别参数和等级参数,作为结构参数的基本类型(见表 8-1)。空间地理位置也可能被当作一种会影响社会交往的参数,只不过它不具有类别参数的一些特点和等级参数的一些特点。人们会过多地与他们自己群体的其他成员发生交往,并且也会过多地与自己居住区域里的其他人发生交往。反之,地位距离妨碍交往,空间的自然距离也会妨碍社会交往。对住宅社区的研究揭示,各住宅之间的距离如果增

---

① 1977 年 12 月,一些世界知名城市规划设计学者聚集于秘鲁利马进行了学术讨论,并在马丘比丘山的古文化遗址签署了新的宪章——马丘比丘宪章。此宪章是继 1933 年雅典宪章之后对世界城市规划与设计有着深远影响的又一个文件。

加几码，就会减小结成朋友的可能性，这种情形在同质性社区里尤为突出。

表 8-1	结构参数的基本类型[8]14	
类别参数		等级参数
性别		教育
种族		收入
宗教		财富
种族联盟		声望
氏族		权力
职业		社会经济背景
工作地	.	年龄
住地		行政权威
产业		智力
婚姻状况		
政治联盟		
国籍		
语言		

　　这两类参数将两类社会位置作了区分：群体的成员资格和地位。人们所有影响其角色关系的特征或者被叫做群体成员资格，或者被叫做地位；如果用这些特征从范畴上来对人们进行分类，那么这些类别范畴就被定义为群体；当这些特征按级序对人们进行分类时，他们就被定义为地位。因此，群体和地位都作了广义的界定。"群体"这个术语并不限于初级群体（在初级群体中，所有成员之间有着直接的关系），而且还包括所有这样类型的人们，即他们共同具有某个影响他们的角色关系的属性，这一切显然使得内群体交往比外群体交往更为普遍和密切。这一标准明白无误地区别了群体和那些没有内在联系而胡乱凑合起来的随意团体，对于这些随意团体来说，内群体关系与外群体关系并没有什么差异。地位指的是人们所具有的所有显示等级差别的属性，这种差别不仅仅指与声望和权力有关的那些属性。例如，从这个术语的定义来看，年龄就是一种地位。

　　隔离是由居住地与一个或一个以上的参数的相关来定义的，它会抑制群际交往，并会抵消异质性对群际交往的积极作用。即使像上海这样的大城市，尽管社会的异质性很大，但是不同的群体在不同的地方工作和生活，这些群体的成员彼此接触的机会也很少。各群体之间的社会活动空间的隔离限制了异质性对群际交往的影响；而各群体或阶层的居住空间的隔离，包括在各社区之间、各邻里之间的隔离，促成了较高的同质化程度,进一步阻碍其成员之间的日常社会交往。

> 彼特·布劳关于隔离的一些概要[8]148:
>
> 1) 各群体或阶层在各社区之间的隔离或在一个社区里它们在各邻里之间的隔离度会阻碍其成员之间的社会交往。
>
> 2) 由一特定的类别参数所描述的各群体在不同地域之间的隔离会增加内群体交往对群际交往的优势。
>
> 3) 由一特定的等级参数所描述的各社会阶层之间的隔离则增加了地位距离对社会交往的抑制作用。
>
> 4) 群体间的空间隔离抵消了异质性对群际交往的积极影响。
>
> 5) 各社会阶层的空间隔离会增强不平等对不同阶层的人们的交往所产生的消极影响。
>
> 6) 隔离强化了相加强的参数对群际交往的消极影响。

张庭伟在讨论城市高速发展中的城市设计原则时曾对当前国内一些"设围墙、有门卫的'高级住宅区'"的设计提出质疑,认为这些住宅大院代替了过去的单位大院,新围墙代替了拆去的旧围墙,非本处居民的一般公众被隔离于那些有着"景观中心广场"的"高级公共空间之外"。其本质并非为了安全,而是部分开发商和住户不健康的高人一等的病态心理作祟。他从城市设计的社会性和公共性出发,提出了消除分割"上等人"和"普通人"藩篱的呼吁[9]。

(2) 强化了不平等的社会地位

城市中不同群体与阶层的居住隔离,造成了城市居住空间物质景观上的差异。社会的整体消费和投资日益向中上阶层的居住空间聚集,空间发展变得不均衡。社会的不平等地位通过固化的空间特征得以强化。

国内外的研究均表明,生活在相当拥挤的都市环境中的人们,如果已建立起良好的稳定的社会网络,那他们并不必然地对他们的邻里有较多不满意(见图8-1)。而处于最直接隔离状态的人们则易于产生不平等感(见图8-2)。新建的高收入住宅区紧邻着大片旧式住宅,仅以一面透空围墙相隔,高收入住宅区内绿化、硬质场地、儿童设施、地下停车库一应俱全,而围墙外,住宅低矮破旧、卫生实施简陋,居民们坐在家门口、狭窄的弄堂里闲聊,说着"房子太贵,住不起的"。这样的场景在城市里屡见不鲜,时时提醒着人们所处的不平等社会经济地位。

因此,马歇尔·萨林斯说:"贫困并不一定是意味着个人财产的缺乏,世界上最原始的人很少占有什么,但他们并不穷。贫困既不是东西少,也不仅仅是手段与结果之间的一种关系;更重要的是,它是人之间的一种关系。贫困是一种社会地位。"[10]73各社会阶层的居住空间隔离会增强不平等对不同阶层人们的消极影响,相对而言,低收入阶层或贫困阶层所受到的影响更大。

从我国建国以来大城市居民居住状况的纵向比较来看,结论是,所有的群体与阶

208

城市社会分层与居住隔离

图 8-1　物质环境的拥挤感被良好的邻里氛围缓解（图左照片：申硕濮摄）

层在居住条件上都有了显著的改善；从各阶层与群体的横向比较得出的结论是，他们的居住条件变化有着天壤之别。正如阿瑟·奥肯描述的，在 70 年代的美国，无力拥有住宅、汽车或外出度假，表现为对人们更大的剥夺，这些被剥削者感到大多数同胞正津津有味地瞧着他们。20 多年后今天的我国，大城市的社会现实表明，我们似乎正经历着当时美国社会的阶段。

图 8-2　不平等的社会地位通过鲜明的居住隔离得到强化

需要指出的是,在城市的圈层式隔离中,贫困阶层与低收入阶层的住宅区在城市边缘地区的分布,只意味着两种选择:一种是在住宅邻近地区就业机会数量的减少,另一种是在低收入中更高的比例用于支付交通。这一切使得他们所遭受的不平等更甚,并且这种不平等的社会地位通过居住隔离得以强化与稳定。

(3) 使得社会分层的结构刚性化

彼特·布劳将社会结构定义为由不同社会位置(人们就分布在它们上面)所组成的多维空间,人们的社会交往既提供了区别社会位置的标准,也展示了社会位置之间的联系,这些联系使得社会位置成为某个社会结构的组成要素。

彼特·布劳认为不管引起变化的条件是什么,在大多数结构变迁形式中,社会流动过程是一个基本要素。从广义上看,社会流动的定义包括人们在社会位置之间的所有流动,不仅包括职业流动和迁移,而且还包括宗教信仰的改变、结婚、收入的增加、失业以及政治联盟的变化。朝一个方向的过量流动会改变人们在各社会位置之间的分布,因此也会改变社会结构。

社会流动还涉及到人们从一个群体或阶层向另一个群体或阶层的转移。这些转移或流动的程度在相对方向上可能是相同的,不会引起人口分布的变化;或者是不一样的,因而会改变人口的分布。此外,与其他群体和阶层的交往推动和促进向这些群体和阶层的流动。

但是,不同群体与阶层的居住隔离却使这种社会流动变得困难,尤其对于低收入阶层与贫困阶层的居民来说是不利的。在不同群体与阶层的住宅区,物质环境、基础设施、服务设施、公共物品的供给的差异是一方面;而改善社会地位的机会是另一方面,包括接受教育的机会、就业机会和职业培训的机会。A. Case 和 L. Katz 研究了在波士顿内城中低收入邻里对生活在其中的年轻人结果的影响[11]。H. G. Overman 的研究表明邻里影响通过邻里平均收入、拥有职业资格的成人比例和邻里失业率来起作用[12]。信息条件的不对称,经济地位的悬殊,使得来自不同收入阶层住宅区的社会成员处于不平等的起跑线上。只有极少一部分来自低收入阶层的社会成员,在付出相当艰苦的努力后,才有可能改变自己的社会地位。

缪尔达尔在《国际不平等和外国援助的回顾》一文中认为[10]75,"不平等的社会结构"使得社会进步的每一点成果都被"掌握实际权力的上层集团所瓜分",而下层贫困阶层的"分裂又阻碍了他们为自己的共同利益而促进改革的努力"。同时,"政府越来越多地落入富人和权势人物掌握之中",权力与资本的双重控制,多少也是我国社会面临的现实写照,这使得原本不平等的社会结构将更加刚性化。

改革开放 20 多年来,我国城市居民的收入与财富差异日趋悬殊、社会阶层的分化加剧,造成了相当一部分群体对于我国政治、经济、社会改革的信念产生动摇,这对于我国社会结构的稳定来说是极为不利的。改革到了现在的进程,发展是不可逆的,如果国家与社会缺少了广泛的、自下而上的发展动力,不但今后的发展而且已经取得的成果都会受到难以预料的影响。

三、与居住隔离关联的效率议题

与居住隔离相关的效率问题,迄今尚未有确切的数量统计结果,非常重要的原因就是确实难以衡量与统计。从城市空间与市场资源的配置与利用来讲,居住隔离有其合理的一面。若是从"与机会不均等相联系的非效率"[3]相抵消来讲,综合结果的计算却又变得极其困难。

1. 资本市场集聚的效率

效率是完全市场经济社会里一切行动的判断准则。在市场机制下,利益引导资源从生产率较低的用途流向生产率较高的用途,生产者的动力在于用成本最小的方法生产出消费者所需要的产品。对任何个人来说,并不要求他估价什么是对社会或制度有利的;即便他仅仅是追求自己的经济自我利益,他也会自动地为社会福利服务[3]。汪丁丁将其归纳为人的创造能力(即企业家能力)总是倾向于流向价值最高的领域[13]。

在住房市场中,在从高端产品到低端产品的分布中,也就不难理解房产商的"二八定律"。在某种程度上,住房产品已变成像时装、手表、珠宝一样的个性化消费品,就彰显财富、收入与社会地位这个功能而言,它们在本质上没什么不同。汪丁丁认为[13],在极端的或纯粹的情形下,个性化消费导致市场对每一量身定制产品的需求非常小,但这一需求曲线下方的"消费者剩余"足够支付这一小量需求的生产费用。另一方面,用以提供个性化需求的主要生产手段将是人力资本而不再是物质资本,因为前者具有"灵活生产"的特征,后者具有"规模生产"的特征。理解了这一需求特征,就能完全理解 2004—2005 年上海房地产市场上出现的每平方米 10 万元的住宅仍受追捧的案例。

由于居住隔离,地域性同质化群体在追求住居生活空间品质上易于形成相似的目标,市场可以有效地配置资源,服务于不同层次的消费群体。根本地讲,隔离是一种经济效益的表现,有些经济学家甚至借用城市产业聚集经济的概念,把同类住户聚集的外部因素称为"社会聚集经济(economies of social agglomeration)"[14]。

但是一个领域里有效的配置可能会给另一领域带来不利的影响。2003 年之前,北京的房地产市场价格一直高居全国首位,这严重影响了企业在北京的经营成本,影响了投资软环境[15]。据调查,当时北京的竞争成本比上海高 15%,仅住房公积金一项,北京与上海则分别为每月 800 元和 270 元。2003 年之后,同样的困境转移到了上海的面前,包括住宅价格在内的过高的商务成本,造成外来投资持续流向了长三角中小城市。可见。资本市场的效率并不是一个绝对的概念,它也存在着增长的临界点。

2. 圈层式隔离的交通效率

城市交通产生于城市中不同土地使用之间相互联系的要求,因此,城市交通的量与质将直接与城市土地使用的量与质相关,所以麦克劳林(Mcloughlin,1968)认为"交通是用地的函数"[16]。

居住隔离,尤其是圈层式隔离中,中低收入阶层居住在远离市中心的最外圈,富裕阶层居住在内圈的市中心或外圈郊区的低密度住宅区。圈层的不断外延可能造成工作地点与居住地的不匹配,从而在好多方面影响城市运行的效率:① 增加了通勤距离,提高了城市居民、尤其是低收入阶层居民的交通成本;② 导致交通拥堵,延长了人们花费在交通上的时间,提高了交易成本;③ 私人交通的增加,也会提高全社会的环境成本。

当然,除了交通与时间效率外,对城市来说,居住隔离引起的城市延伸通常还会增加公共和个人的每户基础设施建设费用。

(1)高收入家庭时间成本的上升

大城市,尤其是人口超过千万的大城市,影响经济工作效率的主要障碍是道路交通阻塞。诺贝尔奖获得者加里·贝克尔 2000 年做过一个测算,全球每年因为拥堵造成的损失占到 2.5%。德国《明镜》周刊的两位记者在曼谷做了一个测算,曼谷的这一比例达到 3%[17]。时间的损耗也就意味着交易成本的上升。

中高收入阶层为避免道路阻塞而搬迁至郊区,但是对汽车的依赖程度显著增加。按照阿瑟·奥肯的观点,闲暇也是一种收入,那么对于高收入阶层来说,在交通上所花费的时间的增加,就意味着一定程度的收入的减少。

(2)低收入家庭交通成本的上升

城市外延的不断扩大,还造成了低收入居民工作生活地点的不匹配。因为土地价值规律的作用,在圈层式隔离中,低收入阶层的住房通常选址在城市边缘地区,尽管就业地点不再集中,但是随着行程增加,对被迫住在离工作地点非正常距离的低收入的家庭来说,更加依赖于公共交通,而公共交通是否支付得起成了一个重要的方面。

Ivan Turok 对南非公共交通与社区种族隔离之间关系的研究发现[18],两者之间有着强大的关联,而其他的因素都还在其次。以南非开普敦城(Cape Town)为例,开普敦的中央商务区和南翼、北翼,居住着开普敦大都市地区 30% 的人口,但是容纳了该地区全部就业岗位的 80% 以上,结果是居住地点与就业地点间日常人流的大规模移动。这种"空间的不匹配"问题在世界上其他地方难以找到,通勤距离不寻常的长,正常的社会模式被逆转了,因为穷人通常需要居住地点与工作地点更近。这主要是南非 20 世纪 60 年代种族隔离规划的结果,低收入群体与较高收入工人平均的工作旅程是大约 16km 与 13km。

政府给予交通的补贴维持着开普敦城城市的极化和不平衡,这对公共财政来说是极其昂贵的,因为政府在 2000 年花费大约相当于 4700 万英镑用于巴士和有轨交通,以保证交通出行对于被迫住在距工作地点非正常距离以内的工人来说是可以支付的。这笔开支的规模是用于新建住房数目的两倍(大约每年 2 亿兰特),补贴达到每年每个 Khayelitsha(城市地区)的通勤者 4500 兰特[①],许多穷人甚至不得不支付10% 以上的收入用于交通。这种交通出行模式和交通补贴带来了它们自身的问题,在繁忙的交通轴线上,小型巴士出租车和国营交通运输者争夺乘客和补贴的竞争密集,甚至引发暴力枪击事件,给乘客带来了极大的恐慌和不安定。结果,国家和地方政治家的注意力,以及官员和警察都穷于应付危机管理,而偏离了长期的政策解决办法。

南非的例子是一种比较极端的情形。但是,在我国的一些大城市,不断扩大的城市范围以及旧城改造和重大工程建设引起的居民动迁也带来了相似的矛盾。

从 2003 年起,上海连续 3 年每年开工 300 万 m² 中低价商品房,单价控制在3500 元人民币以下。位于外环线以外,除定向供应给市重大工程、旧区改造等城市建设动迁居民外,还面向中低收入家庭销售。首批 150 万 m² 中低价"四高"示范居住区于 2003 年 10 月开工,2004 年下半年起陆续上市,分布在宝山顾村、嘉定江桥、南汇周浦基地,一室一厅 50m²、二室一厅 70m²、三室一厅 90m² 面积的房型,分别占总量的 15%,60%,25%。由于三块住宅基地度达到了相当的规模,因此住宅区配套服务设施基本不会成问题。但是从与市区的联系来看,目前三块住宅基地都没有轨道交通到达,因此对于搬迁过去的居民来说,虽然解决了住宅问题,却同时带来了新的不方便(见图 8-3),不少家庭面临着孩子学校、自身就业岗位与居住地距离太远的矛盾。

上海城市人口布局优化方案的具体途径是,根据中心城内各区现状常住人口规模以及规划中心城人口的发展目标,城市人口疏解采取搭桥政策,依托轨道交通进行定向人口疏解,形成市域内若干城镇发展轴。中心城内各区现状城市人口疏解的主要方向及人口导入的重点依托城镇的情况具体见表 8-2。例如,中心城内黄浦区、卢湾区现状城市人口疏解的主要方向为浦东新区的外环线以外地区、闵行区浦江镇地区以及南汇、奉贤区的重点城镇地区。人口导入的重点依托城镇包括浦江镇、康桥—周浦地区、川沙镇等。对上海一些重大工程配套及旧区改造动迁的迁出地、迁入地进

---

① 兰特是南非货币单位,1 南非兰特≈1.255 元人民币。

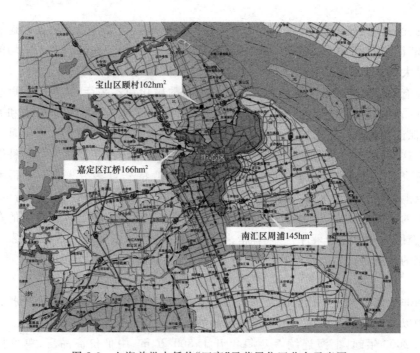

图 8-3　上海首批中低价"四高"示范居住区分布示意图

行比较分析发现,基本上是按照上述人口布局优化的方案来操作的(见表 8-3)。

表 8-2　　　　上海市中心城人口疏解的主要方向及人口导入的重点依托城镇

中心城各区	现状城市人口疏解的主要方向	人口导入的重点依托城镇
黄浦区、卢湾区	浦东新区的外环线以外地区、闵行区浦江镇地区以及南汇、奉贤区的重点城镇地区	浦江镇、康桥—周浦地区、川沙镇等
静安、徐汇、长宁	松江、闵行区的浦西地区	闵行新城、松江新城、泗泾镇等
普陀区	嘉定区	嘉定新城、南翔镇等
虹口、杨浦、闸北	宝山区外环线以外地区	宝山新城、罗店镇等

表 8-3　　　　　　　　　上海重大工程、旧区改造动迁流向

动迁项目	迁出地	迁入地	动迁时间
成都路高架动迁	市中心成都路	三林苑小区	1996
延中绿地	淮海路、重庆路、太平桥等地区	浦东新区齐河小区	1998
轨道交通 8 线站点动迁	沿途各地区	浦东新区利津路东陆新村五街坊	2003

　　从人口疏解的过程来看,梯度疏解可以满足居民留恋原居住地的心理需求,但是就城市整体而言可能造成不必要的资源浪费,即城市内环线以内的居民疏解到内环

线与外环线之间地区,内、外环线之间地区居民再疏解到外环线以外地区。而采取跳跃式的人口空间疏解模式,外环线以外地区人口导入的重点依托城镇与城市旧城改造地区的搭桥政策,结合产业空间布局的调整,在重点人口导入区域提供相应规模的就业岗位,并做到交通(轨道交通)与产业发展为先导[19]。

因此,除了落实住房以外,交通与就业岗位,以及生活配套设施,对于促进居民动迁来说是至为关键的。

即使依靠轨道交通,家庭可支配收入中交通成本也会大幅上升。以上海2005年9月15日之前轨道交通实施的票价机制为例,轨道交通里程分段计价,基准票价起乘里程6km,起价2元,进级里程按每段10、6、6km顺序计算,依段进级1元。也就是说,6km以内为2元,6～16km为3元,16km以上,按每6km增加1元计算。由于轨道交通线可通用的自动检售票系统的制式和技术标准,还未能实现"一票换乘",这样,如果两条线换乘前后的公里数合计在6km以内的,分两次买票合计票价为3元,而"一票换乘"的票价则为2元。如果居民居住地距工作地在6km以上,两端都是步行(不计公交巴士车费),这样每天上班的来回车费至少为6元,一周五个工作日,每月平均按22个工作日计,上班的交通费为132元,以上海中低收入阶层月工资1200元计,交通费用将近工资的9%,这是一个很重的负担。如果居住地距工作地在6km范围内且不需换乘,则月通勤交通费可降至88元,占月收入的7%。

而自2005年9月15日起,上海轨道交通客运票价进行了调整。基准票价调整为3元,每段进级1元;起乘里程6公里,之后进级里程统一定为10公里(见表8-4)。

表8-4   2005年上海轨道交通票价调整方案(9月15日起实施)

调整后的票价			票价增减(元)
乘距(公里)	间距(公里)	票价(元)	
0～6	0～6 6	3	+1
6～16	6～16 10	4	+1
16～26	16～22	5.	+1
	22～26 10	5	0
26～36	26～28	6	+1
	28～34 10	6	0
	34～36	6	-1
36～46	36～38	7	0
	38～40 10	7	0
	40～46	7	-1
46～56	46～52 10	8	-1
	52～56	8	-2

也就是说,在这次调价方案中,乘距在 22 公里以下的,票价最低涨幅也在 30％ 以上,而 2005 年上海职工平均月工资为 2235 元,比上年增长 9.9％。可见交通成本在工资收入中所占比例大幅上升。即使乘距在 28 公里以上的,票价保持不变或下降 1～2 元,而工资也上涨了,若以每天 12 元来回车费计,月交通开支占工资收入的比例已高达 11.8％。由于交通费用在一段时期内是相对稳定的,其占收入比值的大小取决于月收入水准。所以,对于低收入家庭来说,时间成本还不是最重要的,交通成本的上升对生活的影响更大。

虽然轨道交通票价方案体现了"递远递减"原则,有利于发挥轨道交通中长距离客运功能,与市中心人口逐步向外扩散的原则也相协调,但是对被迫住在城市外圈、离工作地点超过正常距离的住宅区的低收入群体和家庭来说,更要确保公共交通是支付得起的。

（3）低收入家庭就业机会的减少

随着低收入家庭向外的迁移,很大程度上意味着就业机会的减少。因为低收入人群所处的经济地位正是由于其在社会职业序列中所处的低端位置或其自身的低技能造成的。而越到城市郊区,同质化的低收入住宅区的集中布局,使得服务性的岗位需求大量减少。如果不能在产业空间布局的调整中获得新的岗位,则极有可能从低收入滑至失业的边缘。这与低收入家庭交通成本的上升有着潜在的关联,如果低收入阶层能够承受交通成本,尽管花费较长的时间,也可能不会放弃靠近市中心的服务岗位。

这里有一个具体情形完全相反但矛盾实质一样的例子[20],在法国动态城市基金会（IVM）"友好的城市"的长期研究计划中,第一个项目就是针对社会的弱势群体,研究城市机动性在社会改良中的作用。由于法国当前的城市扩张和城市功能转换,使得相当多的就业岗位散布在依赖小汽车交通的郊区。对于长期的失业者、刚毕业的年轻人或封闭在家而没有收入的家庭主妇等这些社会弱势阶层,往往由于缺乏必要的出行条件而很难找到工作。为此,从 2002 年 1 月开始,IVM 与巴黎大区北部的 12 个市镇一起合作,在该地区建立了一套服务于这些社会困难阶层的"应召公共交通"体系。这一公共交通系统每天通过一个计算机控制中心收集出行需求信息,而后根据不同的出行要求制定专门的交通路线和时间,由 7 位司机轮班每天为该地区的特殊阶层提供免费交通服务。对这一特殊形式的公交体系运行的长期观察与分析,可以研究城市机动性对社会困难群体重新融入社会生活的作用和影响。

本章参考文献

[1] SUMONSEN K. What kind of space in what kind of social theory? [J]. Progress in Human Geography,1996(20).

[2] 易峥,阎小培,周春山.中国城市社会空间结构研究的回顾与展望[J].城市规划汇刊,2003(1):21.

[3] 奥肯.平等与效率[M].王奔洲,等译.2版.北京:华夏出版社,1999:1,3,48,49,63,67,72,77,79,88.

[4] 汤玉奇,等.市场经济条件下的公平与效率:关于全面发展战略的理论思考[M].北京:党建读物出版社,1996.

[5] 崔之元.如何认识今日中国:"小康社会"解读[J].读书,2004(3):6-7.

[6] 赖明茂.住居生活空间营造的新视野[J].建筑情报,1998(8):25.

[7] 沈玉麟.外国城市建设史[M].北京:中国建筑工业出版社,1989:268.

[8] 布劳.不平等和异质性[M].王春光,谢圣赞,译.北京:中国社会科学出版社,1991.

[9] 张庭伟.城市高速发展中的城市设计问题:关于城市设计原则的讨论[J].城市规划汇刊,2001(3):5-10.

[10] 卢周来.穷人经济学[M].上海:上海文艺出版社,2002:73.

[11] CASE A,KATZ L. The company you keep: the effects of family and neighbourhood on disadvantaged youth[C]. Discussion Paper No. 3705 of National Bureau for Economic Reserch, 1991.

[12] OVERMAN H G. Neighbourhood effects in large and small neighbourhoods[J]. Urban Studies,2002,39(1):117-130.

[13] 汪丁丁.风的颜色[M].北京:社会科学文献出版社,2002:110,244,251.

[14] EVANS A W. The economics of residential location. Edinburgh: The Macmillan Press, 1973.

[15] 毛立军.北京高房价困住了外商[N].人民政协报,2002-11-29(A3).

[16] 孙施文.城市规划哲学[M].北京:中国建筑工业出版社,1997:118.

[17] 顾燕.全国23个省"上"汽车[N].扬子晚报,2003-11-10(B1).

[18] TUROK I. Persistent polarization post-apartheid? Progress towards urban integration in Cape Town[J]. Urban Studies,2001,38(13):2349-2377.

[19] 彭震伟,路建普.上海城市人口布局优化研究[J].城市规划汇刊,2002(2):21-26.

[20] 卓健.运动中的城市:城市规划研究的新视野:法国动态城市基金会及其城市机动性研究[J].城市规划汇刊,2004(1):89-90.

城市社会空间融合的理想与对策

第 9 章　社会融合与居住融合

一、社会融合——社会分层的改良目标

社会分层,作为人类社会客观存在的事实,还将继续长期存在下去。虽然社会不能够完全消灭阶层的差异,但是在对公平与平等的追求中,可以尽可能地接近这个理想。社会融合,可以视作削弱社会分层不良社会后果的一个渐进式的改良目标。

1. 社会融合与和谐社会

实现社会和谐,建设美好社会,始终是人类孜孜以求的一个社会理想。对于现阶段的中国社会而言,更有其特殊意义。我国现阶段提出的社会主义和谐社会的理念,被赋予了民主法治、公平正义、诚信友爱、充满活力、安定有序、人与自然和谐相处的内涵。其实,作为一个新的政治语言符号,"和谐社会"在社会学上的实质主要就是一种社会融合。

在和谐社会的内涵中,决定社会公平正义、安定有序的根本因素是社会财富资源的分配。社会阶层之间的分化所形成的财富资源、经济地位差别悬殊,不但给社会带来不安宁、不和谐,甚至是大危险。当下,我国社会正处于社会经济结构的深刻变革时期,社会各阶层、各团体根本利益出现了多元化格局,经济的快速发展严重冲击着社会公平与正义。因此,建立社会各阶层利益的整合机制,化解冲突,促进融合,成为对执政者能力的一个严峻考验。

中国共产党在第十六次代表大会中第一次把社会更加和谐作为一个重要目标明确提出来,十六届四中全会进一步提出了构建社会主义和谐社会的任务,并明确了构建社会主义和谐社会的主要内容。这反映了我国执政党对执政规律、执政能力、执政方略、执政方式的新认识。我国社会主义事业的总体布局,也更加明确地由社会主义经济建设、政治建设、文化建设三位一体发展为社会主义经济建设、政治建设、文化建设、社会建设四位一体。可见,社会建设,特别是削弱社会分层后果、促进社会融合的建设,已成为关系我国社会继续稳定发展的基础。

2. 社会融合的道德价值

早在 2500 年前,孔子曾说过:"丘也闻有国有家者,不患寡而患不均,不患贫而患不安。盖均无贫,和无寡,安无倾。"[1]"不患寡,患不均"的思想,作为我国社会历史与社会文化的传统精髓,在社会公共意识与观念中因袭了几千年,可谓长盛不衰。

改革开放以后,这种社会思想受到了挑战。资本主义价值观的泛滥,对于资本主义物质文明的片面理解,使其作为西方社会价值体系的全部,被中国社会顶礼膜拜并全盘接受。多数中国人的社会价值取向发生了根本的变化,人们的关注重心已经由过去的"国家—集体—个人"式的以"国"为本的心理关注顺序,转变为现在倒置的"个人—集体—国家"式的以"人"为本的心理关注顺序[2]。在社会主义市场经济的转型期,效率无疑获得了优先权,而大量的不平等却在这一前提下被认可。城市经济发展加速,社会阶层分化加剧,已在很大程度上造成了整体社会心态的失衡,目前社会已处于一种"黄灯运行"的预警状态。个体意识的觉醒,对社会民主来说当然是一定程度的进步;但是当这种社会价值取向不断利用制度的不完善,并突破道德准则的制约时,社会整体价值体系的架构趋于瓦解。我国社会目前正面临着这种状况,此种现象可以归结为文化危机,也可以说是道德危机。

因此,重塑社会融合的道德价值观念,构建多元价值体系与道德伦理,已成为当务之急。社会融合基建于社会的道德价值体系,每一个成熟和稳定的社会都有自己的核心价值观念,家庭和正规的教育再把这些核心价值灌输给后代,从而社会制度得以复制自身。经济学者汪丁丁提出未来社会的价值体系应该包括:① 宽容精神与价值多元;② 交往伦理与交往理性;③ 生活与信仰的自由;④ 超越"无意识进化"观念的人类的"有意识进化"观念[3]。这种价值体系的建立,尤其是价值多元与交往伦理,有利于为社会融合营造一个必需的道德氛围。

资本主义社会的社会融合,是建基于"天赋人权"的观念之上。它首先假设人生来就应享有各种权利并负有相等的义务,其中最重要的是幸福、自由、平等、博爱、一致的观念。这些观念在早期的西方哲学思想中得到反映。康德哲学中道德的最基本原则是,每个人都应该以人类作为其目的,这是一种责任①。社会就是要让每个人都各得其所,都能实现社会个体物质与精神上的追求。从资本主义社会普遍的实践来看,效率公平兼顾的思路已成为当代一个占统治地位的思想,"世界各国基本的统治哲学似乎都变成社会民主主义了"[4]。

总而言之,不管在什么样的经济体制下,社会发展的目标都是为了让人生活得更幸福而不是相反;我们现在的市场经济——也不能让人的价值成为市场经济的婢女。社会有责任经常地在效率和平等之间进行交易[5]。如果平等和效率双方都有价值,而且其中一方对另一方没有绝对的优先权,那么在它们冲突的方面,就应该达成妥

---

① 'On this principle a man is an end to himself as well as others, and it is not enough that he is not permitted to use either himself or others merely as means (which would imply that be might be indifferent to them), but it is in itself a duty of every man to make mankind in general his end.'——Immanuel Kant(1780) Preface of The Metaphysical Elements of Ethics, translated by Thomas Kingsmill Abbott, http://eserver.org/philosophy/ kant/metaphys-elements-of-ethics.txt

协。尤其是，那些允许经济不平等的社会决策，必须是公正的，是促进经济效率的。

对于我国社会来说，发展是硬道理，但这种发展本身必须以社会道德的存在为前提，特别是经济发展到一定时期，社会的道德价值必须体现出来。支撑我国"和谐社会"的理论架构之一必须是——建立在对道德调节社会利益冲突的依赖之上，而我们的道德是建立在民族优秀文化长期积淀基础上的。从这点上说，社会融合是社会理想也是理想社会的反映。遏制社会两极分化的趋势，促进社会融合，构建和谐社会，从而确保社会始终处于"绿灯运行"的稳定发展状态，已成为当前我国社会主义建设的重要目标。

3. 实现社会融合的政治愿望（political will）

社会是由有意识、有诉求的无数社会成员共同构成的，社会的发展是各方力量不断博弈并推动的结果。作为构成社会绝大多数的普通民众，也许根本缺少强大的话语权，但这并不意味着他们的声音可以被淹没。民意的发展有其自身的规律，这是不以任何政治力量或权力的意志为转移的，相反，政治愿望应该时时、处处体现民众的愿望。

社会公平、社会融合可以说是任何社会的民众最基本的愿望。即便是我们所看到的大多数成熟的资本主义市场社会，也是自由的市场制度与高度的社会保障体系并存，因为弱肉强食、优胜劣汰的市场竞争与维护自由与公益的努力同样是并存的。在各国政策制定者中，关于社会融合的政治需要，在原则上形成了广泛的一致。

近年来，我国中央政府对于社会公平与社会融合的政治愿望强烈的程度，可以说超过了建国以后的任何时期，因为诸如贫富差距悬殊、房价高涨、官员腐败等许多问题已转变上升成政治问题。而"政策行为随时准备或时刻能够左右社会结构"[6]。政策在很大程度上决定了一种导向，即"谁将成为穷人，谁将成为富人"，穷人和富人很大程度上是由经济政策创造和再创造的。政策失误将导向不平等，尔后产生社会结构的分化。因而，政治愿望在改变社会结构、促进融合的进程中的重要性就不言而喻了。

2003年11月中共十六届三中全会通过了《中共中央关于完善社会主义市场经济体制若干问题的决定》，其中规定："以共同富裕为目标"，"加大收入分配调节力度，重视解决部分社会成员收入差距过分扩大问题"，"扩大中等收入者比重"，"调节过高收入"以及"取缔非法收入"等等，都传递出政府将多头并举，抑制收入分配差距过大趋势的目标与决心。在现阶段，优先考虑低收入阶层，充分改善和提高低收入者的水平，有效调节高收入者的比例，扩大中等收入者的比例，使之成为社会的主流群体，是城市政府的主要努力目标，通过这些手段，来减缓财富收入差距继续扩大的趋势，进而遏制阶层分化的速度。

构建社会主义和谐社会,把提高构建社会主义和谐社会的能力作为加强我国执政党的执政能力建设的重要内容,强烈而鲜明地表达了执政党的政治愿望。可以说,在实现社会融合的目标中,政府的意愿,政治愿望,是第一位的,是决定性的。

4. 实现社会融合的制度能力(institutional capacity)

制度是在一定的历史条件下形成的政治、经济、文化等各方面的体系。能力指的是成功地完成某种活动所必需的个性心理特征,分为一般能力和特殊能力,前者指进行各种活动都必须具备的能力,后者指从事某些专业性活动所必需的能力。制度能力则是指在一定条件下要完成某种社会目标而要求政治、经济、文化各项体系必须具备的特征。

要真正实现社会融合的目标,政治意愿和制度能力缺一不可,并且制度能力是实现政治目标的根本保障。其重要性甚至可以这样理解,在一个成熟的法治社会中,对于管理者的要求并不太高,因为制度安排或者制度设计已经可以使社会在一条平稳的轨道上运行,制度的长期性、稳定性也使得社会可以在一种持久的状态下运行。

要实现社会融合,重点是从制度上来进行设计,消除贫困和不平等,提高低收入阶层和贫困阶层的社会经济地位,缩小与中高收入阶层的差距。这些制度包括政治、经济、社会、文化制度,涉及到就业、分配、社会保障、财政金融等一系列方面。由于制度具有长期性、纲领性的特征,具体的政策框架在适应形势、体现制度上就具有灵活性,政策框架可以分为两部分:

一是针对城市低收入阶层及贫困阶层的政策,是侧重于落实到具体个人的政策。通过社会干预——政府直接通过重新分配政策影响不平等,诸如退休计划、失业现金补贴和税收结构等社会保障政策、社会救助政策、住房补贴政策及其他各种基本权利的保护政策等。政府还需要为更多的人找到出路,通过选择某些包含不同提议的组合方案,如扩大正规教育、增加职业和人力培训项目,补贴雇主以提升工人等级或引导缩小高工资与低工资职业类别的差别等等,使他们登上从公平职业向好职业发展的阶梯。

二是针对城市低收入住宅区的政策,是针对局部地区发展的政策。例如,运用倾斜性的公共投资政策、财政金融政策、住房政策等,通过改善地区居住环境、增加服务设施、创造就业岗位、促进低收入阶层的社会参与能力,从而消除社会排斥、实现社会整合。

1) 公共投资政策。公共投资的角色是引导城市投资趋势,尽量减少私人投资者机会主义的开发与土地炒作。城市政府通过公共投资,结合对城市土地的宏观调控,直接干预城市空间的不平衡发展。

2) 财政金融政策。大量的证据表明,财政超级机构在地方住房市场的组织和许多"城市问题"中担当了重要角色。这是哈维(D. Harvey)通过对巴尔的摩(Baltimore)等城市的详细研究后得出的结论,他证明郊区发展和中心城衰退都与资本循环系统和财政供应相对难易程度直接相关[7]。而我国近年来大城市的房价飞涨、炒房成风主要也是过于宽松的金融信贷政策的结果,金融信贷政策过度支撑了开发商囤地囤房的能力,也支撑了购房者的支付能力,从而纵容了投机和囤积房地产的行为。

3) 公共住房政策。包括住房分配政策、住房融资政策、住房贷款政策等,对城市住宅开发、城市空间的布局进行间接调控。

如果说道德价值是架构我国和谐社会理论的一条重要支撑,那么制度是它的另一条有力支撑,具有法律效应的一系列制度是解决社会利益冲突,平息社会内部矛盾,避免出现两极分化,促进社会融合的根本保障。因此,对我国城市社会来说,要通过各项制度的不断建设与完善,来提高制度能力,促进社会融合的实现。

二、居住融合——居住隔离的缓冲途径

城市社会的融合,就是促使城市从趋于严格的、刚性的社会分层结构向松散化、塑性化的方向变迁的过程。在这个变迁过程中,向上的社会流动是一个基本要素,包括就业、职业流动、收入的增加等。通过朝上层等级方向的过量流动或转移,缩小人们在各社会位置之间的分布差异,或改善低收入阶层人口在社会位置上的分布,因此也使社会结构的公平性、合理性获得一定程度的改良。

然而,社会各部分的整合取决于其社会成员之间的实际交往,和不同群体、等级阶层的人们的广泛的群际交往,而不仅仅取决于共享价值或功能互赖,内群体纽带不利于规模大的、结构复杂的社会的整合[8]。居住融合,是让不同阶层的人群混合居住,各尽所能、各得其所而又和谐相处。显然,居住融合提供了有助于彼特·布劳所赞成的社会交往的物质空间环境。作为理想的交往空间与场所,混合居住区具有工作场所与城市公共休闲空间无可比拟的优势,没有工作场所的竞争氛围,居民交往的时间长,交往对象稳定,安全程度较高。并且,这对于低收入阶层与贫困阶层的居民来说也是有利的,可以维持良好的生活环境,避免信息上的隔绝。

居住融合的形式,主要是将中高收入阶层与低收入阶层居民和家庭混合居住在一个住宅区,还有就是在社会阶层差别不大的住宅区之间设立过渡地带,例如中等收入住宅区与中低收入住宅区临近布置,一方面充分提供社会交往的场所,创造社会交往机会;另一方面对低收入住宅区增加投资,提高物质设施和公共物品的供给水平,尤其是教育设施、就业服务机会,以缩小住宅区之间的绝对差异。

但是,居住混合不等于居住融合,居住融合的可能与否,还取决于人群之间差异的程度。如果将两个不同收入阶层的住宅区,形象地描述为两个水位不同的水库,一

旦打开水闸,则势必高水位的会降低,低水位的会上涨,直至两者的水位相同。这对低收入阶层住宅区来说是有利的,但是对于中等收入住宅区来说空间利益却损失了。如果先将低水位水库的水位提高到一定程度后,再打开水闸,则两者之间的落差减小,高水位水库的影响也会减少。这决定了居住融合是一种渐进式的不断缩小差距的过程。因此,导向居住融合的主要驱动力量就是,快速的经济发展和收入悬殊的减少——看起来很难实现,但是离开了这两个方面,任何政府驱动的规划也终究会无效。毕竟,居住融合起到的是一种缓冲居住隔离的作用,在一个两极分化的城市空间格局里,这样的居住融合根本无法实现。

关于居住融合的实践,欧美国家有较多这方面的探索,但是大多数都不很成功。这里介绍来自美国的两个实践,一个是邻里交往假设理论的应用,另一个是内含住宅项目。

1. 居住融合的探索之一——邻里交往假设的验证

关于邻里交往的文献很多,在美国则特别关注种族邻里交往问题,最突出的理论之一是邻里交往假设。通常,社会交往是指两个人之间(不管这两个人之间关系的性质如何)实际的直接互动。它可以再细分为偶然接触与相识,偶然交往可能仅仅是视觉接触,不保证口头交流;邻里交往则特指发生在居住邻里中的交往。

Keith R. Ihlanfeldt 和 Benjamin P. Scafidi 通过对来自多座城市关于都市不平等研究的数据的特征分析,提供了关于种族间邻里交往影响白人和黑人邻里种族偏向假设的证据。它表明,跨种族的邻里交往起到打破偏见、影响这些倾向的作用。因而,交往在降低都市地区常见的居住隔离的高程度方面具有潜力,可以产生稳定的种族融合的邻里。研究探讨了在邻里当中的种族间交往如何地影响白人和黑人的邻里种族偏向。

在邻里交往假设的验证中,验证的方法具有较多的启发性与借鉴性。而种族隔离的研究结果在我国城市社会的适用性较小,只有在研究当地人口与外来人口的隔离时具有某些借鉴意义。

(1)邻里交往假设的验证方法[9]

在 1992—1994 年,研究人员通过与亚特兰大、波士顿、底特律和洛杉矶四个大都市地区的家庭进行面对面的访谈,最终获得前三个地区的都市不平等研究(以下简称MCSUI,Multicity Study of Urban Inequality)数据。数据提供了回答者的人口统计特征、工作经历和种族观念,包括他们考虑邻里种族混合的偏向等信息。尽管这些组团的特定区位在 MCSUI 中没有得到反应,但是提供了每个街区的种族集团构成和其他一些特征。

为了评估邻里中非拉丁美洲裔白人的种族偏向,研究人员准备了一系列 5 张卡片，表示从全部白人邻里到8户黑人家庭和7户白人家庭居住的混合邻里的系列（见图9-1）。首先向每个白人回答者展示全部为白人住户的邻里（邻里A）卡片，同时要求他（她）想象住在这样一个邻里，然后要求回答者想象一户黑人家庭搬进了邻里。这时展示邻里B的卡片，即在邻里中有一户黑人家庭（和14户白人家庭），问他（她）若住在这样一个邻里中感受将如何，运用一个从"非常舒服"到"非常不舒服"分布的四点尺度。如果回答者表示会感到有些或很不舒服，包括较大数目黑人家庭的其他邻里的舒服等级将不再被要求。但是如果回答者申明他（她）将感到非常舒服或比较舒服，他（她）会被依次展示邻里C、D、E表示有越来越多黑人家庭的卡片，直到给出一个不舒服的反应，或直至第五张卡片。

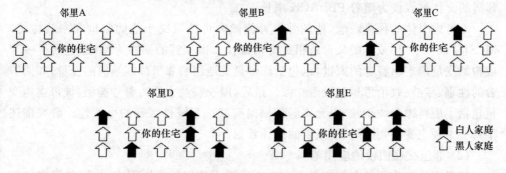

图9-1 用于白人回答者的MCSUI邻里图式

为了建立一个有次序的白人舒适或居住偏向指数（Residential Preference Index，RPI-W），每个回答者都形成了一个从1（即使只有一户黑人邻居也感到不舒服）至5（在图9-1所示的所有邻里中均感到舒服）的指标。这个指标在用来评估白人的顺序概率模型中作为从属的变量。

同时，MCSUI运用一套不同于要求白人回答的问题测定黑人的邻里种族偏见。每个黑人回答者被要求想象他（她）一直在寻找住房，已发现了一座不错的、他（她）能支付的住房。回答者被告知住房可能位于几个邻里，只是在种族构成上有差异。研究者给与一系列5张卡片（见图9-2）。要求回答者按从最多偏向到最少偏向的顺序排列5个邻里。

为了建立一个有序的黑人回答者对居住在黑人邻里中偏好的指标（RPI-B），每个回答者形成了一个从1（最偏向的邻里是1/15或3/15黑人的邻里）至4（最偏向的邻里是全部黑人）的评价。这个指标在用来评估黑人的顺序概率模型中作为非独立的变量。

用来评定种族间邻里交往的独立变量是在回答者的统计街区集团中黑人居民的数量除以在街区集团中黑人与白人居民数目之和（PBLACK）。白人回答者与黑

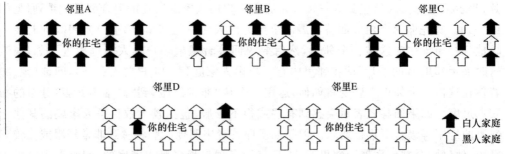

图 9-2　用于黑人回答者的 MCSUI 邻里图式

邻居的交往被假设为随着 PBLACK 增长。

不考虑个体的种族观念,他的邻里种族倾向可能取决于他的家世和宗族血统,MCSUI 以对于"你或你的父母或祖父母来自什么国家?"的回答为基础,包括了一套虚构的变量确定回答者的家世,也包括许多显著地影响邻里种族倾向的变量,如回答者的性别、年龄、政治思想和政治党派。最后,以亚特兰大作为参考类型,城市虚构变量包括了底特律和波士顿,以允许居住偏向有城市系统性区别的可能性。研究描述了每一个独立变量,并提供了概要的统计数据。

（2）邻里交往假设的应用范围

邻里交往的作用已在都市学者中产生了极大的兴趣。原因之一是,邻里交往可能提高个体对种族融合邻里的宽容或偏向;原因之二是,它有着重要的政策应用。政府提供补贴给种族变化的邻里,以提高他们的质量——例如,通过提升公共服务或增加住房维护。补贴必须的持续时间可能取决于邻里交往假设的有效性。如果补贴有效地阻止白人在短期内迁徙,产生的种族间邻里交往可能改变白人对邻里种族构成的偏向,从而有利于更多的融合。种族稳定的邻里因而可能最终没有永久补贴的需要。如果进入邻里的黑人与原来邻里的白人相比,属于相等或较高社会地位的话,必要的补贴数量将小得多,补贴持续时间也短得多。因而,政府可以有正当的理由,将补贴与禁止现存住房转变为低收入用途的规定相结合,诸如最大占用住房(maximum occupancy)或住房条件条例等。

随着这些居住融合计划规模上的扩大,充分地分散黑人以阻止白人迁徙可能变成一个难题。然而,如果邻里交往假设是有效的,倾斜点可能随着时间延续而向上推移,由于白人和最初的黑人进入者的互动,结果允许更多的黑人定居在给定的邻里。

另一项政策应用是,将低收入黑人从内城邻里迁移到白人郊区邻里的居住移动计划。研究的结论建议,当这些计划可能改变重新定位的黑人的邻里种族偏向的同时,他们不会影响现有白人居民的偏向。这样一来,为了保持在近期和远期白人不离开这个邻里,在白人郊区邻里中可能要求进入的黑人疏散分布。

随着在迅速发展的郊区劳动力短缺状况严重,给内城居民提供郊区工作的计划正变得更为寻常。如果工作地点融合提高了白人对黑人邻居的忍受力,邻里融合可能最终来到传统的完全是白人居住的地区。种族间邻里交往,是否可能更普遍地影响种族忍受力,而不仅仅是居住在更加融合社区的意愿,这是邻里交往假设为何如此重要的另一种可能性。

2. 居住融合的探索之二——内含住房的实践[10]

内含住房(Inclusionary Housing,简称 IH)和与之相关的内含区划(Inclusionary Zoning)经常被文献和实践者不确切地使用,用来描述在郊区和城区帮助可支付住房的开发的各种形式的指令费用和自发激励。Nico Calavita 和 Kenneth Grimes 在研究加利福尼亚的 IH 计划时,严格地把 IH 与加利福尼亚其他相关的政策作出区分,诸如联动费计划、州密度奖励计划、在再开发地区为低中收入住房的州指令筹备基金,和在海岸地区已废弃的内含住房计划等。

(1)加利福尼亚的住房危机

加利福尼亚的 IH 计划成长中最重要的因素是,自 1970 年以来,加利福尼亚发生了美国最严重的住房供给危机。直到 1970 年,加利福尼亚的住房成本与国家平均水平保持一致;但是在经历 70 年代初期的衰退后突然飙升;到 1992 年,加利福尼亚的平均二手住房价格大约是美国的 190%。在 1970—1993 年期间,整体出租水准上升了 436%,住房价格增长了 723%。在同一时期,平均家庭收入增长了 316%(加利福尼亚住房和社区开发部,1993)。

加利福尼亚住房成本的迅速增长,部分地归因于 70 年代和 80 年代沉重的移民迁入负担,住宅产业不能满足需求。限制增长措施也被指责为阻碍住房生产和增加住房成本的一个因素。限制增长措施是对以社区迅速生长和地区基础设施容量过度需求为特征的城市发展的一个通常的反应。作为美国成长最快的州之一,加利福尼亚已经比其他任何州建立了更多的限制增长措施。

在 1973—1998 年间的 25 年里,加利福尼亚的市场压力和大部分归因于 13 号提案规定的苛求相互加强,提升了住房成本。在七八十年代,向新的开发征收的开发费普遍地大幅增加,联邦基金的急剧下滑伴随着较高成本和提高的基础设施执行标准,迫使要求向开发商征收税费、开发影响费。在加利福尼亚,1978 年 13 号提案的实施限制了财产税收入,也许产生了加利福尼亚经历的最大的单一的基础设施赤字影响。结果,加利福尼亚的开发影响费在全国属于最高之列,1990 年全国的所有费用平均是 6413 美元,而开发商估计,在加利福尼亚的一些城市,一套新房的费用超过了 20000 美元。尽管全部的费用并不必然地转加给消费者,但是高费用通常意味着较高的住房成本。然而,如果没有这些费用,作为成长的结果,公共设施将面临短缺,社区的生活质量将下降。

依据部分研究者的观点,限制增长措施阻止了低收入和中等收入住房的供应,甚至可能导致它们的消失。然而,公共政策可以抵消这个结果,N. Calavita 和 K. Grimes 的研究分析中包括了与限制增长捆绑的一部分内含计划,限制增长措施的结果受城市其他政策的调节,包括要求新建项目包含中等价格住房 IH 条例。而且,90 年代初期,关于增长控制和住房生产之间联系的研究发现,有增长控制的城市并不比其他城市的发展速度慢。增长控制虽然也许增加了住房成本,但是间接地,如果开发数量受到威胁,控制规定的开发环境艰难,开发商也许更愿意在他们的项目中提供额外的令人适意的内容,以获得开发许可。

(2) 内含住房的目标

在加利福尼亚,指令性的 IH 要求通常合并在区划条例或住房要素中,能否获得建造许可,依据开发商同意提供可支付住房的具体情况而定。自愿的目标通常以总体规划中住房要素的特定目标为基础,并在公共政策中陈述。典型的情形是,要求开发商与公共官员谈判,但是不特别地要求他们提供可支付的住房。在加利福尼亚,一些内含计划仅仅依靠地方总体规划的住房要素中陈述的目标和政策的权威性来实现,这被认为和内含区划一样有效。因为一个细分地块(subdivision)必须与总体规划的政策一致,才能获得通过。如果住房要素包括内含要求,除非细分地块与要求条件的一致,否则不能通过。通过与住房要素中陈述的总体规划政策一致的细分地块许可,IH 计划的执行代表着同等有效和更具法律防范的机制。

IH 的主要目标,除了增加可支付住房的供应,就是促进经济的和人种的居住融合。IH 在新开发地区,为郊区的低收入家庭提供住房机会。“开放郊区”,作为抵制经济和种族不平衡的一个方法,为低收入家庭提供更好的工作和教育机会的通道,并帮助打破许多内城居民尤其是少数民族陷入的贫困循环,长期以来被认为是可以期望的。经济和社会的融合也有其他方面的规划受益。工人收入和住房价格的不匹配,尤其是在工作岗位过剩的城市里所暴露的,妨碍了就业与住房的平衡和自我调节,因而延长了通勤时间,恶化了交通和空气污染问题。在这个背景下,“公平分享住房计划”(也就是 IH)成为可以考虑的政策良方。

(3) 内含住房的争议

由于内含住房计划缺少政策支持,使得地方政府遭遇到开发可支付住房最棘手的障碍。其一,来自居民的反对。许多社区根深蒂固地反对低收入住宅在他们的领地内落户,这是人们熟知的 NIMBY[①] 态度。邻里的反对耽搁了低收入住宅的建造,

---

① NIMBY——Not in my backyard. 不要在我的后院。有点类似于我国的“各人自扫门前雪,哪管他人瓦上霜”的意味。

在开发过程中产生了不确定性,潜在地增加了低收入住房将不能建造的风险。但是,在一个 IH 计划下,可支付的住房和市场级别的住房通常同时建造和投入使用,所以没有预先存在的有组织的居民团体来反对低收入住房的建造。

其二,来自开发商的反对。在一个理想的层面上,开发商反对在生意上的更多的政府干涉。他们特别地提出,IH 引起的损失传递给了市场各级别住房的购买者或承租者,降低了中等收入购买者的住房可支付能力。然而,这样的一个假设是引起高度争议的。

这场争议的中心是"经济证据"的议题,亦即 IH 在开放商、市场各级别住房的购买者和土地所有者之间的经济结果的公平。经济学家指出,除了将成本传递给住房购买者和租赁者,还有两种其他的 IH 的可能结果。第一种,如果住房的需求是弹性的(即对价格的变化敏感),开发商不能将成本的增加传递给住房购买者或租赁者,所以不得不减少他们的利润;第二种,如果在一个 IH 计划成立时开发商不拥有土地,他们应该可以为一个较低的价格与土地所有者讨价还价。一种共识是最后大多数成本将返回给土地所有者。

反对 IH 的观点认为,IH 所有可能的结果代表不合理的和不公平的结果。支持 IH 的观点则加以反驳,土地价值的增加通常不是土地所有者努力的结果,而是公共投资和政府决策的结果,因而是"意外收获"。这种观点在欧洲国家被广泛接受,导致了消除土地开发中意外利润的计划的建立。尽管在美国"财产权"意识强得多,如果人们广泛认识到,是土地所有者而非购房者承担 IH 的成本,反对 IH 的论点很可能失去许多势力。也有观点提出,诸如经常作为 IH 计划的一部分,给予开发者的密度奖励和其他成本补偿的激励,并未阻止中等收入购房者的成本增加,取而代之的是,使得不劳而获的土地增值流向土地所有者。不过,这些争论都仅停留在理论上,需要经验研究来发现,是否像经济理论表明的,土地所有者确实承担了 IH 的大多数成本。这样的发现最后也许使得成本补偿争论少一点政治强迫,可以鼓励内含住房计划的接受。

(4) 内含住房的特征与启示

内含住房的实践主要在美国的新泽西和加利福尼亚取得了一定程度的成功。加利福尼亚最早采用 IH 计划,并且是政府自愿地采用,在 20 年中 IH 生产了 24 000 多套住房。加利福尼亚的内含住房体系可描述为分散的、灵活的、目的性强的、多样化的、复杂的,它反映了各个地方长时间的政治、经济和文化特征。

1) 计划的灵活性。为了减少对开发商的经济影响,内含住房计划通常允许场所内部费用(in-lieu fees)、基地外的住房单元(off-site units)和较少的舒适性。场所内部的有关条款是受到开发商特别赞赏的特许,因为很多开发商在建造低收入居民住宅都几乎没有经验,他们对于进入这个自己意识到有着高风险的、不熟悉的市场也缺乏积极性。然而,这些条款却削弱了内含居住所提供的融合的潜能。

2)长期的可支付性。被调查的项目中有65%要求强制执行至少30年的可支付性限制。但是维持在内含住房计划下建造的单元的可支付性有可能引起"转售控制(resale control)"方面的争论,因而也有四分之一的项目的可支付性限制少于30年。联邦补助项目的预付明确了长期的可支付性的重要。如果那些住房的可支付性可能很快失去的话,许多人不免会质疑:如此辛勤地工作来生产可支付的住房是否是一种明智之举。

3)目标人群。内含住房计划过多地强调了中等收入、首次买房者,而相对忽视为很低收入的家庭提供住房,其中的政治原因与经济原因兼而有之。由于缺乏有组织的压力,地方决策者通常更加偏好以中等收入群体为对象的住房计划,而不是以低收入群体为对象的租赁房。但是通常在社区压力下建立起来的住房信托基金,则成功地为低收入群体提供了住房。

4)计划的可变性。内含住房计划应对了地方的需求,也应对了区域和州的政治、经济状况的多变。内含住房的发展经历了三个时期,每个时期有其特定的方式。内含住房是在各种不同的因素中形成的,包括生活质量的威胁、供给危机以及呈增长态势的管理成本等。内含住房也随着思想的变化而变化。一个明确的政治上保守的转变在90年代显现出来,住房和社区发展部门将在生产住房方面的"政府约束"作为内含住房的特征。

20年中产生24 000多套低收入居住单元,极少的数量明显不能满足所有低收入家庭的住房需求。但是,无可否认,在IH计划下所建造的低收入住房的确代表了各方面取得的重大进步。内含住房的模式所产生的突破包括:① 通过集中和灵活的地方政策而不是通过不明显的、严格的国家政策来产生可支付住房;② 在原先不受限制的郊外社区上创建可支付住房,从而为社会和经济融合建立循序渐进的、分散的机会,并且促成相对如今公众所认为的更大程度的社会稳定;③ 在就业岗位过剩的城市中为低收入者提供住房的机会,提高就业居住的平衡和自足能力。

这些突破同时反映了规划师作为社会公平、理性的都市策略和综合规划(comprehensive planning)的倡导者所扮演的更加积极的角色。地方规划典型的不明确性和地方政府典型的复杂性无疑是"地方—区域—州"在住房要素上所表现出的特征。州的授权可以用不同的方式理解,这取决于规划者的价值观和态度。如果规划者把可支付住房看作一个重要的目标,那么他们将会强调遵守州住房要素法规的要求,并且会游说政策制定者,以影响他们的决定。

3. 居住融合探索与实践的小结

居住融合的实践在其他欧洲国家也取得一定进展。在荷兰,国家对住房的态度被认为是关键的,因而制定有"混合邻里目标(针对住房种类和人口)"。以创造混合邻里为目标的存量住宅区的物质重构,已成为荷兰目前城市更新政策最重要的项目。其基本理念是,均质的存量住房将以均质的邻里人口反映出来,这样的邻里对人口的社会和文化融合将存在消极的后果。国家政策假设的前提是,空间上的混合和社会的融合程度之间存在一个清晰的关系,因此,通过对国家占有非常大份额的公共住房的投入,来帮助实现混合邻里目标,从而进一步实现社会的融合。

在英国,混合居住通过法定规划得以保障,通过地块规划要点(planning brief)具体体现。法定规划作为开发控制与设计控制的策略依据,地块规划要点则包括了开发控制和设计控制的具体要求。在如图9-3所示基地上,混合居住通过两个途径体现:一是在基地布局上,多种类型的住宅共存,私人住宅在基地北部(临近一处庄园),廉租住宅在基地南部,临近既有的社会住宅;二是通过步行活动创造不同阶层居民交流机会,在交通组织上,两个住宅区的车辆交通互不相联,各自沿着相应一侧的城市道路设置车行通道;但是确保步行路径南北相通,并在步行路径的中部设置活动节点。混合居住的目的是为了创造邻里交往,如果被强制住在一起的居民相互之间不能形成任何有效的交流,那么对消除隔离来说也就毫无意义了。

图9-3 包括开发控制与设计控制
一体化要求的地块规划要点

(图片来源:唐子来等[11])

Katleen Peleman 认为[12],邻里环境影响个人在社会中融合的过程是复杂而模糊的。在邻里环境中对地方社区活动的更普遍的参与介入,总体上有利于社会融合。基于国外城市的上述理论与实践,对我国现阶段大城市的目标与措施不免生出一些质疑:

1) 在我国现阶段,城市大规模地建造中低收入住宅区,只能是一个权宜之计。从更长远的社会融合目标来看,这个措施的影响需要在理论上与实践上加以检验。

2) 我国城市土地利用制度从计划经济体制下的无偿使用,到市场经济体制下的土地公开拍卖,价格不设上限,价高者得,似乎是从一极走到了另一极。土地价值的增加更多是公共投资和政府决策的结果,但是因为我国的土地国有制,因此,土地所有者、获利者是统一的,都是地方政府。问题是,土地价值的增加、土地价格的上涨,只是造成了部分开发商的市场准入难度,并没有使任何参与开发的开发商的利益受损,相反,却变本加厉地转到住宅消费者身上,因此这种"土地利用阻力的空间行为本质"[13]到底是什么? 也许,我们的城市政府对"发展"(确切地说是经济发展,地方

GDP 指标以及由此决定的政绩）的渴求超乎一切之上，根本没有发现普通民众对于社会融合的渴求已是迫在眉睫。

三、社会空间融合——社会融合与居住融合的统一

阿瑟·奥肯曾说过，"社会虽然不能制止老天下雨，但可以生产雨伞"，借用这句话，社会虽然不能完全避免不平等与隔离的存在，但可以通过融合的手段来加以改善。基于社会公平的价值理念，当今世界政策中的融合目标是寻求城市空间的、社会的和经济的融合。

空间的融合意味着城市中物质形态的融合，最主要地是居住空间的融合；社会的融合要求市民在城市社会、文化生活中广泛平等的介入；经济的融合要求贫富差距的缩小，这来自于就业机会、收入分配、财富积累等方面的公平。在以上三方面中，空间的融合以经济的融合为基础，社会的融合以空间的融合为特征，而社会融合又是经济融合的前提。

面临着社会与经济的双重转型，我国的城市居住空间格局也正处在市场经济作用下的裂变与整合之中，这种过程是剧烈的、甚至是动荡的。在这个过程中，也许正义和平等消退了，必须经过漫长的艰苦跋涉，必须经过持久的自下而上和自上而下的努力，平等和融合才会重新出现。那么，使这个过程短些、社会平等多些，是完全必要也是可能的。社会空间融合既是根本的途径，也是长远的目标。

国外关于社会空间融合的实践，对于我国大城市现阶段的发展具有很好的参照性与指导意义，但是实现社会空间融合的途径是多样的，需要从我国城市社会发展的特定阶段、经济发展的特定水平、空间发展的特定模式去进行探索。正如联合国教科文组织在其《内源发展战略》中明确提出的："每个社会都应该根据本身的文化特征，根据自身的思想和行动结构，找出自己的发展类型和方式。有多少社会，就应有多少发展蓝图和发展模式。共同适用的统一发展模式是不存在的。"[14]

本章参考文献

[1] 论语正义·季氏.（汉）郑玄注,（清）刘宝楠注.上海：上海书店,1988：352.

[2] 喻国明.解构民意：一个舆论学者的实证研究.北京：华夏出版社,2001.

[3] 汪丁丁.风的颜色[M].北京：社会科学文献出版社,2002：11-12.

[4] 崔之元.如何认识今日中国："小康社会"解读[J].读书,2004(3)：6-7.

[5] 奥肯.平等与效率[M].王奔洲,等译.2 版.北京：华夏出版社,1999：86-87.

[6] ALCOCK P. Understanding poverty[M]. London：Macmillan Press, Ltd. , 1993：13.

[7] 孙施文.城市规划哲学[M].北京：中国建筑工业出版社,1997：207.

[8] 布劳.不平等和异质性[M].王春光,谢圣赞,译.北京：中国社会科学出版社,1991：3.

[9] IHLANFELDT K R,SCAFIDI B P. The neighbourhood contact hypothesis：evidence from the multicity study of urban inequality[J]. Urban Studies,2002,39(4)619-641.

[10] CALAVITA N,GRIMES K. Inclusionary housing in California：the experience of two decades[J]. Journal of the American Planning Association,1998,64(2)：150-169.

[11] 唐子来,付磊. 发达国家和地区的城市设计控制[J]. 城市规划汇刊,2002(6)：2.

[12] PELEMAN K. The impact of residential segregation on participation in association：the case of Moroccan women in Belgium[J]. Urban Studies,2002,39(4)：727-747.

[13] 王兴中. 中国城市社会空间结构研究[M].北京：科学出版社,2000:33,155.

[14] 康燕. 解读上海：1990—2000[M].上海：上海人民出版社,2001:210.

第10章　社会空间融合中城市规划的角色与地位

一、城市规划在社会空间融合中的作用与地位

城市规划在城市社会居住融合中的作用,首先取决于城市规划对城市社会分层与居住隔离问题的认识程度,这种认识既建立在对城市规划自身学科的理解基础之上,也建立在对城市规划作为一门社会实践的理解基础之上。

1. 从城市规划学科角度认识社会分层与居住隔离

城市规划,顾名思义,其研究对象是城市,它所涉及的宽泛范围几乎涵盖了城市现象和城市问题的各个方面。但是,作为一门学科,它必须有相对确定的并且范围明确的研究对象或作用对象。城市规划的对象是以城市土地使用为主要内容和基础的城市空间系统。这是根据城市规划自身形成和发展的历史,依据城市规划在以城市为研究对象的学科体系中的地位和作用而确定的。城市作为一个复杂、有机的社会实体,有着内在的组织结构和系统的运行过程,构成这个整体的各部分既不能独立存在,也不能相互取代。围绕着城市现象和城市问题,形成了以这些现象和问题为研究对象的学科群。一方面,城市规划研究的重点仍是城市空间与土地使用问题,另一方面,又要不断体现其他学科对城市进行研究的成果,在广阔的学科视野中方能更准确地把握城市空间系统的现象和问题。

社会分层属于社会人文学科的研究范畴,城市规划对其所作探讨也只是从城市规划视角,剖析它对于城市土地使用与物质空间形态的影响。居住隔离则直接反映出城市空间的问题,城市规划理应对此进行解释与加以解决。但是关键在于,在这个空间问题的背后,牵涉到城市权力分配、资源分配、社会结构等多重相互交织的关系。

因而,从城市规划学科的角度出发,理解城市规划在社会分层与居住隔离研究中的处境与地位,对于社会空间融合目标中城市规划的作用范围与作用能量,也就有了一个较为清醒的认识与预期。

2. 从城市规划的社会实践角度认识社会分层与居住隔离

城市规划作为一项社会实践,它所关注的焦点问题总是与时代、社会的主要矛盾症结相一致的,它是应着时代的节拍而运转的。这在以往的国外城市规划发展中得以验证。

在20世纪60年代中期,城市规划的重点是把规划作为一个高效率的、方便的机

体促进经济的发展，以产生一种相当协调的、能满足绝大部分人民要求的生活方式。看来，这种规划可能建立在下列舆论的基础上：对一个人有利就对全体人有利——或者至少是对大多数人有利。

在 70 年代中期，城市规划关心的是分配均等的问题，从城市规划执行的过程来看，并未能达到预期的效果。激进的规划人员往往认为规划对富人有利，却牺牲了穷人的利益；收益较多的是富裕阶层中的大多数（他们只是总人口的少数），而境况较差的大多数却收益不多。特别是 60 年代分散的、高度流动性的生活方式，是牺牲了那些经济收入较低而无法适应这种生活方式的人们的利益而得到发展的。这是由于私人汽车增加，但公共交通状况却没有及时改善而是变差了，并延长了上班、购物、上学和旅游的距离[1]。

在 80 年代，城市规划转向了信息技术对劳资重组的影响，在技术经济重构的过程中，职业结构朝向两极分化。收入的两极分化和社会阶层的分离导致并加速二元化城市的出现。劳资重组的影响不仅在国家、城市内部产生影响，而且跨越国界，对世界范围内的城市等级体系形成起重大作用。

至于我国的城市规划，在建国以后很长一段时间都是围绕着宏观经济建设而展开，甚至在很长的历史时期里，并无法律赋予的明确地位，直至 1993 年《城市规划法》的颁布。在目前的市场经济体制下，城市规划的整体作用与地位，影响到它在促进社会融合的进程中能走多远，能发挥多大作用。在宏观层次上，城市规划是国家对城市发展进行宏观调控的手段之一，也就是依据社会利益融合的原则，促进市场经济的运行，并对个体利益进行约束。城市规划以社会理性为依据，在社会资源的分配过程中，采取一系列的方法和行动来限制市场无限膨胀。

作为国家和城市政府干预诸多手段中的一部分，城市规划的权威作用主要来自两方面，一是政府行政权力；二是通过立法赋予的权力[2]61。后者使得城市规划具备技术政治（technocracy）对经济发展与管理在某种程度上的支配作用，前者使得城市规划方面的专业官僚（career bureaucrats）徘徊于职业信念与政府意志之间。

在城市经济高速发展、城市急剧扩张的阶段，一方面，城市规划即使尚未拥有"话语霸权"，应该说也已获得了相当的话语权力。"纸上画画、墙上挂挂"的历史整体来讲似乎已经过去。不仅如此，城市规划专家的意见往往受到其他学科专家的高度重视，例如政治学家、社会学家等等。另一方面，在社会空间融合的实践中，如果没有强烈的政治意愿与高度的制度能力保障，经常地屈服于市场与效率（有时甚至很难衡定是否效率不足）的淫威，社会空间融合的目标与实施都有可能仅仅停留于美好的蓝图阶段。

3. 城市规划在社会空间融合中的作用

在上述认识的基础上，对于城市规划在实现城市社会空间融合中的具体作用，可以归结为下列一些方面：① 运用综合的和协调的方法引导地区间的平衡发展，改善社会和空间的不平等；② 在低收入地区，重点提供公共设施以达到满足社会的基本需要（如公共住房、教育、医疗设施等）；③ 引导公共投资趋向，特别是在那些私人无意经营的地区（由于较少的回报率、社会获益和要求大量投资，如公共交通等基础设施，城市改造中的土地收购等）；④ 对一些项目进行资助以鼓励某些行动（如工业搬迁、城市再开发）；⑤ 保护城市再开发过程中低收入阶层和地方商业利益的损害等等。

二、各国城市规划在对付社会分层与居住隔离中的理论与实践

从城市规划的内部组成来分析，它是"一个多维的共时作用的结构"[2]123。城市规划的内容，可以有多种划分角度。通常地，一、按照空间范围，可划分为区域规划、市域规划、城区规划、社区规划；二、按照工作层次，可划分为战略规划、总体规划、详细规划和城市设计；三、按照工作内容，可划分为社会经济规划、土地使用规划、交通通讯规划、市政基础设施规划和政策规划等。这些规划相互之间多有交叉，其实很难简单地决裂开来，只是为了便于分析才作这样分类。而居住空间融合的目标则可以包含于这些规划的范围或贯穿于这些规划的过程。

在各国城市规划的实践过程中，有相当一部分努力在对付社会分层、社会排斥和居住隔离的领域取得了颇为显著的成就，以下简要介绍欧美的倡导规划、苏格兰的战略规划和北欧的后现代规划。倡导规划不属于前述任何一种规划分类方法，它更多的是一种规划观念，也是一种规划工作方法；后现代规划同样也只能划入一种规划思想。应该说，对付居住排斥、居住隔离作为一个目标，可以包含体现在按照空间范围、工作层次和规划内容分类方法划分的各类规划中。

1. 美国的"倡导规划"与公众参与运动

"倡导规划（Advocacy Planning）"的背景是 20 世纪六七十年代的美国，城市中发生了异常尖锐化、情绪化的"公众参与"浪潮。所谓"公众"，就是市民，可分两类：贫民区的黑人争取"黑人邻里的问题由黑人解决（Black people should solve black people's in black neighborhoods）"；白人中产阶级争取城市服务和设施。两者都有知识分子去为他们申张，这些要求也大多以邻里为出发点。

"倡导规划"一词起源于 Paul Davidoff 的规划选择理论（A Choice Theory of Planning）和"规划中的倡导性与多元主义（Advocacy and Pluralism in Planning）"的文献[3,4]。他认为，在多元化的社会，城市规划并不存在一个明确而完整的"公共利益"，只有不同的"特殊利益"。在美国，大部分的规划师在政府里工作，比较大的特殊利益（如开发商、环保、古建筑保护、商团等等）都有雇佣规划师，也有志愿规划师组织

为社区服务。规划工作者要公开表明自己的利益立场,表达不同的价值判断,并为不同的利益集团提供技术帮助。

公众参与运动与"倡导规划"是一对孪生兄弟,它们结合在一起,在一定程度上缓解了社会环境与空间结构的对抗和冲突,在城市规划中形成了一种自下而上的过程。然而,公众参与也有很多弊端,例如,时间周期长,人力、物力、财力耗费多,效率低,还有,有些决定对全市是好的,对个别地区则是坏的,参与无助于取舍。其中的弊端之一竟然是,以社区为中心的市民参与鼓励排他性的规划,尤其是富人区不接纳低收入市民的住房。可见,自下而上的办法也只是在各利益团体间获得一定的调解,完全的融合几乎不可能实现。

2. 苏格兰及美国、加拿大的战略规划

英国是世界上最早开展大都市地区战略规划研究与实践的国家之一,其战略规划机制主要体现在结构规划(structure planning)和战略规划指引(strategic planning guidance)两种类型上。近年来,反对社会排斥正越来越多地渗透在英国政府政策的所有方面,这也反映到了都市战略规划的制定中。

社会排斥并非一个纯粹的社会问题,因而"只有通过非物质形态干预解决排斥的办法才是有效的"的看法亦是站不住脚的。对社会排斥来说,存在着一个清晰的空间范围,土地使用分布对机会的准入以及随之而来的被排斥者全面参与社会的能力有着较为重要的影响。

苏格兰皇家城镇规划学院(Royal Town Planning Institute)曾进行过一项研究,作为制定一个全国规划框架过程的一部分。Keith Hayton 以此研究为基础,考察了苏格兰的都市战略土地使用规划处理社会排斥的方式[5]。他分析了 7 个战略规划(strategic plans),它们覆盖了苏格兰都市地区的绝大部分和排斥发生的主要地区。所有战略规划都遵照国家规划指引(National Planning Guidance),对照国家规划指引列出的准则,它们对付排斥的途径被分类和评估,通过评估,这些战略规划被分成三组:

1) 基本以市场为导向的战略规划,战略规划角色正被带到满足市场需求的位置。排斥没有直接地被提到,而是通过"滤进理论(trickle down)"来解决。

> 由下而上滤进(trickle down)。在住宅市场有过滤过程(filtering process),高收入家庭迁入高品质住宅,其住宅由中等收入家庭移入,而中等收入家庭住宅又有低收入家庭迁入,此种现象称为由下而上滤进;与此相反的过程是由上而下渗进(trickle up),低收入住宅区通过城市更新,居住环境改善,由中高收入家庭迁入。

2) 以住房为导向的规划,通过靠近蹩脚地区和棕地①(brownfield)地点的住房

---

① 棕地,指环境遭受污染的地区。

基地的分配来提出排斥。

3）基本上以排斥为导向的规划，在可使用的被排斥地区的特定区域，所有土地使用用途的开发基地的分配渗透进规划。这些规划中，在试图打破构成排斥基础并加强排斥的地理隔离（geographical apartheid）方面，战略规划被视作起到关键的作用。

关于战略规划的优势，加拿大规划师曾法龄认为[6]，战略规划是使行动周密和目标集中的有价值的方法，它以其特有的方法论和重要特征，区别于其他种类的规划：

1）集中研究经过选择的主要问题；

2）明确地考虑资源的可获得性；

3）估计实力与薄弱点；

4）考虑在组织或管辖权限以外发生的重要事态及变化；

5）是强调实际效果的行动指南。

战略规划是行动规划，它阐明如何达到目标和目的。战略规划的关键在于它是行动导向，而不是规划导向，重点是将稀有资源分配到关键事项。实施阶段是至关重要的，实施大体取决于制定战略规划的过程。如果这个过程顺利，便有相当广泛的舆论，诸如关键性问题是什么，外部环境如何影响未来社区等等。正是这些特点，决定了战略规划在解决社会排斥与居住隔离问题上具有现实的行动效率。

此外，在美国，Karen Umemoto 研究了表现为种族倾向的憎恨犯罪的都市种族冲突问题，并提出了适应邻里层面的种族暴力的特定问题的战略规划的进程[7]。

3. 北欧福利国家的后现代规划（Post-modern Planning）

后现代主义（post-modernism）是 20 世纪 60 年代兴起于西方的一股哲学、社会文化与艺术思潮，它的思想体系的内涵颇为丰富，但没有明确的含义界定。它的兴起有着复杂的社会原因，也有现代哲学的影响。现象学、存在主义、法兰克福学派、结构主义的关于科学技术决定一切的论述等，都对后现代主义的思潮产生了重要的影响。

后现代主义思想的主要特征是反基础主义、反总体性、反主体性、强调动态过程胜于静态结构。后现代主义宣扬的空间与视觉美学，包括非线性几何、不对称、反崇高、散点透视，乃至中国园林式"后现代空间"等。后现代主义思想对城市建筑与规划也颇有影响，除了在建筑领域的影响深远外，在 80 年代后期城市规划理论多元化的局面中亦引人注目，在 90 年代流行于北美、北欧。尽管如此，早在 80 年代初，西方思想界已开始了强大的对后现代主义的批判运动，现代主义与后现代主义的争论交锋，是八九十年代西方人文学科与社会学科的一个主题。

后现代主义针对城市空间的观点主要认为，城市是一个有多元空间、多元关系网络组成的、以人为参与主体的多要素复合空间。Leonie Sanderock 认为，城市中的多元文化和价值观等综合因素应在城市规划中考虑进来，并且更为行之有效[8]。M. J. Dear 认为现代城市主义强调的是理性，而后现代城市主义（post-modern urbanism）则强调意愿（intentionalities）。在后现代时期，城市整体出现异质性，不再存在单一的市民意愿和和具体意向，土地使用规划变得私人化，而需要寻找新的创造城市的方法。多元主义、少数化、杂交化确定了后现代的城市状况[9]。

后现代主义对于规划活动本身与规划过程也有一些看法。例如，梁鹤年认为[10]后现代主义学说主张没有客观的科技，它坚持一切科技都是政治性的，与权立绝对有关的。在政府内的规划工作者，既没有政治矛盾，也不能坚持技术，在这种"失重"的状态下，很多变成了"程序"专家，再也不作实质的规划了。这与第尔的"支持或反对后现代主义实际上就是一种政治活动，后现代主义是一种干预的战略"的看法是类似的。一些学者如 P. Healey 等，则借助于后现代主义思想的分析，来具体研究规划过程的沟通问题。

此外，关于"后现代性"和"后现代都市化"存在着在某种程度上令人迷惑的争论。Terje Wessel 划定了一个简单的分界[11]，他认为，后现代都市化包括多节点的结构、建筑风格的折衷地结合、功能混合、建成景观的循环、文脉的暗示和小规模的住房设计等。至于后现代空间是表面的、缺少品位的、人民党的，并被社会割裂的看法，被认为是一个通常的臆断。

但是，后现代主义也遭到了猛烈而充满敌对的批判。除了思想界哈贝马斯（Habermas）的《现代性：一项未完成的方案》（Modernity：An Unfinished Project）外，David Harvey 声称，后现代主义和场所问题绝大多数是一个占先的、象征形式和美学的享有特权阶层的关注[12,13]。

David Ley 和 Caroline Mills[14]通过对整体意义上的现代工程，尤其是现代城市的批判，还击了对后现代主义的批判，他们对加拿大都市的见解，大多数与 60 年代和 70 年代早期有关，他们认为，争取女权运动、环境论和其他社会运动在诸如高层公共住宅和高速公路建设等议题上对抗了现代主义。一个后现代的抵制策略，其核心价值包括公共参与、小规模开发和大多数人的人权。至于都市开发，形式和材料的复杂性出现在更新的旧邻里中和低层的各不相同的郊区。最终，可以将序列延伸至包括居住融合。

北欧福利国家将后现代主义规划思想付诸实践，在一个不同于以往的物质景观的创造中，它们扮演着领头雁角色。在瑞典，作为后现代规划的一个结果，不同社会背景的家庭被结构性地强制住在同一地区。当今不同政治努力的目标也都集中在防止社会分裂。特别是在繁荣的 60 代建造的许多高层的郊区，规划与政治都试图在此形成功能良好的邻里。

在挪威，Alan Murie 对社会极化的普遍意象提出了挑战，至于隔离和排斥的模式,他认为,某些地区正被合成一体,其他的地区正日益加剧的被剥夺[15]。尽管挪威行动者没有从根本上正视疏远、贫困、父权制(社会)、文化精英统治论或富豪统治,相反,他们提倡福利国家思想和激进哲学两者的重要性。但是在某些议题上,他们作了某些尝试以限制市场竞争的超然冷漠的(强调理性的)作用。这样,人们确实发现了平等的方面和在内城地区更新的地方适应。简要地说,许多更新活动由一个公共机构执行,由国家财政资助,以满足人民的需求为目标。

一些斯堪的纳维亚的研究表明,受到后现代影响的政治决策可能影响居住隔离。其中一个研究对 1975—1980 年间三个结构性相似的瑞典城市进行了比较[16]。意识到中央住房政策(central housing policy)决策旨在提高"所有权的中立性"(tenure neutrality),并伴随着一些结构性空置的集体经历,市政当局有两个主要行动机会:他们可以继续大规模的老工业主义者的建设,或者,他们可以选择"混合住宅"(mixed housing)的道路。宽泛地讲,一个城市有效地运行了"混合住宅"的新的政策纲领;一个选择了折衷办法;一个从"百万建造计划"①后的年代里几乎没有做出什么改革。运用几个指标,研究小组发现,"就建造模式而言,在住房政策和隔离间只是一个偶然的联系"。

> 瑞典在住宅政策方面,中央和地方有分工。中央负责制定总的方针和为住宅建造提供贷款;地方则具体负责住宅建造与改建的规划(包括住宅的质量要求、地段区划)、发放住宅及房租津贴以及负责建造和经营公共住宅等。

作为对现代主义的反叛,后现代主义在知性上的反理性主义,决定了它对现代城市规划的影响不可能是颠覆性的。但是,后现代主义规划反对权威、追求平等、倡导自由、亲近大众、关心社会的态度,对于消除城市社会分层与居住隔离来说,有着积极的政治意义和可能随之而来的程序合理性。

三、我国城市规划对社会分层与居住隔离的应对

综观国外城市规划在克服社会分层与居住隔离领域的探索与努力,我国的城市规划在肩负着建设城市、改造城市任务的同时,在应对社会分层与居住隔离问题上,当然应该有所作为,也能够有所作为。规划城市不但是规划物质的城市,还要规划社会的城市,规划师有责任、有义务为改造社会、促进社会进步而出力,这才是"标本兼治"。

从规划职业意识来讲,首先要确立规划师的价值判断;从规划内容来讲,必须注重微观层面理论与技术的研究,完善宏观层面引导决策的机制;从规划工作方法来讲,要发挥城市规划的协调作用。

---

① 在 1965—1974 年政府完成的建造 100 万套住房的计划。

1. 确立规划师的价值判断

关于规划师的立场与价值观问题的讨论,在 20 世纪 60 年代曾有过激烈的讨论,规划学界意识到城市规划本质上是一个充满价值判断、具有浓厚政治色彩的过程,与纯粹意义上的科学城市规划迥然不同。激进的城市规划学者甚至认为,既然城市规划是一个充满价值判断的政治过程,城市规划根本就不需要价值判断和平民不相上下的专门技术性人员。

规划师的职业特征要求他必须保持价值中立(value-free),规划师也曾经以为自己能够如此。但是,作为普通民众,规划师在实际生活中有着普通人的软弱与渴望,在城市空间中也一样有着利益的得与失;作为专业技术人员,规划师阵线内部又有着职业的细分(见图 10-1 规划师职业联盟),若是政府管理机构的官员与职员,他受其自身的经济利益、目标和行政隶属关系所驱动;作为设计研究机构的技术人员,他又可能受个人的思想理念、设计偏好所局限。总而言之,要保持客观的中立立场根本上是不可能的。

但是,规划师这个职业有其必须要求的基本价值取向。在现代社会中,规划师的重要职责之一就是,保障公众在现代空间决策中有足够的发言权,保障公众拥有平等的空

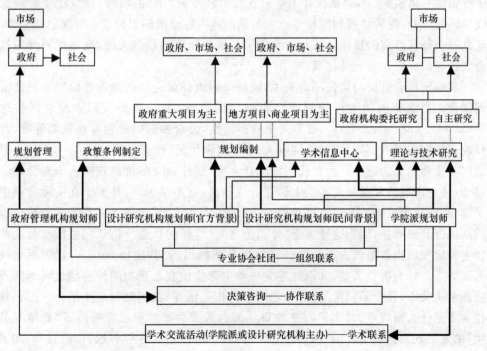

图 10-1 规划师职业联盟

间权利,避免空间歧视的出现。公众是由目标多元化为起点的个人组成的,其中的政治权力阶层的政治家、官员(所谓的政治精英)、资本集团的成员(所谓的财富精英),可以通过对社会施加实质性的影响,甚至是相互的勾结与合谋(所谓的精英结盟现象),以维护其整体利益;而贫困阶层与低收入阶层等处于弱势地位的普通社会成员,基本处于碎片化的无组织状态,依靠他们自身是完全无能为力的。作为技术精英,也是知识精英,规划师是公众的一部分,又必须跳出公众的圈子,他必须是平衡社会利益的砝码,是社会公平与价值的指示器,是社会的良心(这是知识分子的天责)。因此,城市规划除了促进城市经济发展之外,就是协调社会利益冲突,促进社会阶层融合,而在这一点上,我们的城市规划还远未达到。在相当程度上,规划对城市经济竞争力的作用被夸大了,而规划对社会公平的重要作用、规划的社会性一面却被忽略了。

对于职业价值取向的奠定,可以进一步上溯到规划师教育的环节。Leonie Sanderock 指出[17],在以职业为导向的规划师教育核心课程中存在着四种困境,即:将知识归结为一组可计量的技能;核心课程教学大纲的僵化,其主要目的是灌输国家规划的职业文化;缺少对意义、价值和精神问题的关注,这是过度依赖于实证的社会科学的结果;为职业身份划定硬性的边界的趋势,从而排除了真正的跨专业认识和实践。张庭伟也一再强调[18],规划教育不应只注重对技术或"手"的训练,也应注意对理念或"脑"的培养,使青年规划师从专业人员进而成为完全的知识分子。对规划师来说,这是一个极其崇高的目标。而对社会分层与居住隔离问题的关注,则是规划师的社会责任与职业良知的充分体现。

具体到社会分层与居住隔离来说,规划师的责任就是如何推动各阶层的居住空间融合。当前美国的主流规划界已提倡不同收入、不同族裔人们的混合居住区(mixed income community),尊重文化的多样性,公众参与以及包容性规划等等,都反映了规划在促进不同种族、不同收入、不同健康状况(残疾人和一般人)等不同人群之间交往理念上的进步。而在我国城市社会中,居住融合的价值判断尚未充分建立起来:住宅市场的利益导向本质上促进居住隔离,这不足为奇;甚至于在实际访谈中了解到,连我国城市的基层管理机构——街道的干部们,亦都竭力主张不同经济地位的居民分开来居住,因为这样易于"分而治之"。这样的社会价值认同氛围对社会的稳定持续发展当然是极为不利的。自然生态系统里的"共生(symbiosis)"关系也许可以为人类社会提供借鉴,并以此建立一种生存价值观。正如两种生物之间不同程度的利害关系,社会不同阶层、群体之间亦需相互依存、共同融洽地生活在一起。这也并不是什么新观点,其实早在芝加哥学派的人文生态学里已经提出了"竞争与共生"的发展观。这也是我国"和谐社会"的内涵中所传达的各尽所能、各得其所、和谐共处的意义所在。

> 共生,种间关系之一。泛指两个或两个以上有机体生活在一起的相互关系。一般指一种生物生活于另一种生物的体内或体外相互有利的关系。有些生物学家把共生概念作为凡生活在一起的两种生物之间不同程度利害的相互关系,也包括共栖和寄生[19]。

从国外城市规划界已经开展的行动来看,居住融合乃至社会融合是一件颇为艰难而且一直没有停止过争议的事,其最艰难之处在于融合的途径与接受的程度。这也引出了对于我国城市规划第二个方面的要求,即方法论的研究,主要是对于必要的微观层面理论与技术的研究。

2. 注重微观层面理论与技术的研究

城市规划微观层面的研究并不仅仅局限于对具体物质环境的分析与表达,它还包含了对各种专业,特别是社会科学领域问题的深入探究。Katleen Peleman 指出:"在规划领域,有一个丰富的为物质设施规划的传统,也有一个丰富的社会政策规划的传统。然而,存在着论述人际关系方面的规划文献和规划实践的缺乏。"[20]我国的城市规划也存在着类似的问题,虽然对于住宅区的人际交往一直以来进行着一些研究,但是在现阶段特定的市场经济导向下,对于不同类型住宅区内或不同类型住宅区之间的人际交往或邻里交往特征的研究尚未大量展开。

在市场经济导向下,住宅区的新趋向是地域性同质群体住居生活空间的形成,这就产生了 David Ley 所谓的"态度区域化"(Attitudes are regionalized)现象[14]。不同利益群体的住宅区中的邻里交往特征、邻里效应都需要我们去重新加以研究分析。

此外,一些旧区改造项目,或在特定历史阶段形成的商品住宅与单位出售公房混合的住宅区的邻里特征,亦需要调查分析。上海近年来在旧区改造中推行的"居民回搬"政策(虽然回迁比例并不高),在实践中碰到许多矛盾。因为居民购买商品房与回迁房的房价不一致,新购居民以高价获得,而回搬居民甚至仅以部分费用购得,并且这种差别还延续到入住后的物业管理费上,造成了小区居民不同程度的利益冲突,这是政策或规则制定者始料不及的。居民原地安置的住宅区从本质上说就是一种混合居住的模式,对此类住宅区中邻里交往、邻里管治(neighborhood governance)的研究有利于建立起我国城市居住融合的基本模式。

以此类住宅区的调查研究为基础,可以对居住融合展开理论上的探索。具体的内容包括:

1) 居住融合的主体——谁和谁的融合,哪些阶层之间的融合,这决定了摩擦成本的高低及较高阶层的接受程度。将富裕阶层、高收入阶层、中高收入阶层、中低收入阶层、低收入阶层、贫困阶层按照社会经济地位进行排序,确定混合居住中收入差异的合适范围。例如,按照一种通常的理解,相邻的阶层之间的融合应该较序列中断开的两个阶层之间的融合容易进行。不过这都需要建立在实证的研究基础之上。

2) 居住融合的范围与程度。在一个混合居住的住宅区里,配套服务设施、环境设施的标准似乎应该按照较高阶层的标准来制定,而且在住宅建筑外观上,应该没有明显的差异,这样不至于因为居住生活空间环境品质的下降或氛围的破坏,而失去对较高收入阶层的吸引力。

但是由于不同人群的生活方式与空间行为特征的差异,在公共开放空间与设施的使用中可能会存在很多潜在的矛盾与冲突。较低收入阶层的消费需求及消费能力层次相对较低,在商业、零售等服务设施中又该怎样体现。因此,融合的空间范围以及融合的程度需要兼顾社会心理和经济效益的多重要求。

3) 居住融合的管治。既然居住隔离的产生是缘于经济基础的差异,那么居住融合的实现亦取决于经济差异的缩减。就业、职业培训的机会是必需的。此外,要维持混合住宅区中较高收入阶层所需要的物业水准,势必出现较低收入阶层支付不起的状况,政府的补贴不可能对全社会普遍实行,而且这种补贴只能在住宅区运行的初期适当给予,最终还要依靠住宅区的自养。可以通过一些强制性制度的建立,例如超过一定面积标准和市场价格的住宅的业主必须支付较高的物业管理税费——正如市场上不同类型的汽车,其维修费率和保险费率不同一样——来弥补在住宅区后续维护上低收入阶层住户支付能力的不足。

上述的建议仅仅是建立在常识之上的推测与假设,这方面理论的探索仍然必须植根于对现状类型住宅区的详尽调查基础之上,或在新建住宅区中进行混合居住的局部试点,以检验居住融合的可行性。

此外,城市规划要继续担当好技术性角色。居住融合理论上的突破,在很大程度上取决于实证研究的开展与可能获得的成果。由于我国缺少在公共层面可以共享的、全面的、可信度高①的社会经济的人口统计数据,多数课题研究都是进行一些局部零星的调查,统计数据信息不能共享,因而重复的工作多,一个时点上的共时性调查多,历时性变迁过程的调查少,一定程度上造成人力、资金等社会资源的浪费。城市规划学科应该或与其他交叉的城市学科共同建立起有效的、动态的数据库,此举对于各学科理论的推进将是极为重要的。

3. 完善宏观层面引导决策的机制

城市政府作为城市规划的组织管理部门,动用政府资源开展城市规划,并以强制力量推行公共政策。规划政策是构成城市公共政策的一个重要组成部分,规划政策应当符合城市公共政策的总体要求。

---

① 城市新建住宅区空间领域相对封闭,居民私人意识加强,对于社会调查,被调查对象通常带有警惕和防卫心理,统计数据的准确性受到影响,特别是经济收入这类隐私问题,一般都很难获得可靠数据。所以统计的准确性受到影响,可信度降低。

但是政府——张庭伟[21]一针见血地指出——当权者很少仅根据规划师提出的分析进行决策。现实中更多的决策是当权者出于种种其他因素的考虑而作出的。对当权者来说,听从专家的意见来做决策,"从善如流",只是满足了他们"树立良好公众形象"的愿望。因此规划部门工作的特性是辅助决策,而不是决策本身,只是具有顾问机构的性质。

图10-2是城市规划参与政策制定的过程模式,按此过程中工作内容性质的不同及能动性的大小可分为四个阶段。

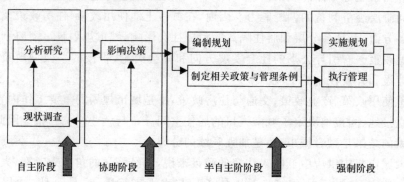

图 10-2　城市规划参与政策制定的过程模式

（1）自主阶段

在自主阶段,可以完成微观层面理论与技术的研究,这里不再细述。

（2）协助阶段

在协助阶段,由于政府的决策在很大程度上依赖于下属部门的信息,在这个向上的信息传导机制中,即使是较正确的信息的供给,规划师仍然可以进行"自利性筛选"（并非为个人私利,而是向处于社会弱势地位群体的利益倾斜）,来引导当权者或决策层对诸如隔离等社会问题的关注。事实上,在许多国家,隔离已结合了许多的政治关注,挪威奥斯陆的实践就是一个证明。

20 世纪 70 年代初期,两份政府报告（St. meld. 76 1971～1972 和 St. meld. 92 1974～1975)简要地触及了社会经济隔离的某些消极方面,诸如社会集团间相互作用的缺乏和住房市场上的空间制约。此后,在 1978 年,一个实证研究记录了令许多政治家感到惊讶的隔离程度。除此之外,随后的争论提出了对这个问题的相当谨慎的解决办法。但是,在 80 年代,关于隔离的话题被经济和制度关注的话题所代替。大概在 1990 年,一份政府报告（St. meld. 11 1990～1991)指出,在主要城市,社会集团的物质隔离是额外的公共支出的根本原因。这是一个既与前 10 年的经济理性主义,又与一个迅速增长的对社会融合、交流及自发行动的兴趣可和谐共存的信息。"隔离"这个词在挪威已结合了许多的政治关注[11]。

（3）半自主阶段

在半自主阶段，城市规划的工作内容是具体编制规划与制定相关政策与管理条例等。虽然在公共政策的基本价值取向中，社会公正、经济效益等都是基本标准，但是，这并不意味着每一项公共政策都能完整地、均衡地反映这些价值标准。例如，某些政策侧重于经济利益，而通过其他的公共政策来弥补社会公平要求。与城市规划密切相关的，或者说通过城市规划直接落实的这部分政策，具体地说，是集中在土地使用、空间、景观等方面的政策，城市规划既要促进城市整体经济效益的发展，又要强调对不同阶层经济利益的调配能力。因而，在城市土地使用政策、住房政策及空间政策的诸多方面，就社会分层和居住隔离的消极社会影响，城市规划政策需要制定长远的引导型政策——引导公平的社会发展方向和社会舆论，积极的手段型政策——运用城市建设和开发控制的手段。

土地使用政策、产业政策、交通与住房政策，都是城市规划的重要工作内容，这些政策都直接地、间接地决定了城市人口的居住空间分布与就业岗位分布。因此，城市规划政策的结果是融合城市，还是加强延续的分裂？

以大城市集中供应中低收入住房的政策来说，从经济学的角度来考察，大量兴建中低收入住宅，从城市社会的绝对居住条件与水平来衡量，这是一种"帕累托改进（Pareto Improvement）"，各阶层的既有利益格局没有触动，低收入与贫困阶层改善了居住状况，富裕阶层及高收入阶层保持了获得的好的区位。而混合居住模式通过调整居住空间利益格局形成新的制度均衡，其中的较高收入阶层会受到损害，因而是一种"非帕累托改进"。这种"非帕累托改进"会遭受到利益受损阶层的抵制，所以会增加社会摩擦成本及不安定的因素。这也是混合居住模式难以有效推行的原因。

但是，即便是在前一种"帕累托改进"的情形中，利益矛盾也是在不断积累的。在上海，主要由动迁推动的大量的低收入阶层的外迁形成了城市整体的圈层式隔离，并且从城市核心区中越晚动迁的居民被迫向越远的外围迁移，当被动迁居民获得的动迁补偿已不足以使他们获得预期的改善，原先的"帕累托改进"也变质成为一种"非帕累托改进"。这就不难理解缘何上海新一轮旧城改造难度增加。从这层意义上来说，在土地价格相对便宜的城市外围大规模建造中低收入住宅，虽然符合经济理性，却不利于城市社会空间的融合。

就城市人口分布政策来说，结合城市产业结构的调整、就业岗位的再分布，城市中心的人口密度得以降低，同时也面临着在城市中心谁留下、谁离开、谁又进来的问题。如果将上海现在的市场导向的住宅政策与城市优化人口结构和人口空间分布的战略联系起来，很容易给人带来一种空间框架内统计上的关联印象，即通过市场经济中的价格筛选机制，社会经济地位高的作为人口结构中的优质人口分布在城市的核心区，劳动力结构中知识、技能老化的或低素质的人口将分布到城市外围去。这不禁让人联想到大概 150 年前的巴黎,豪斯曼(Baron le Haussmann)完全重建了当时贫穷的内城,那个物质重建过程的社会空间结果众所周知:富人居住在中心,穷人被迫外移至市郊住宅区。恩格斯对此种行为作了扩展,总结出了"豪斯曼(Haussmann)主义"[22]。

此外,我国农村人口的城市化长期以来受到人为的限制,随着市场经济的深化发展,对于进入城市的农村人口的就业与住房市场应该纳入到城市整体的宏观政策范围之内,变消极被动应付到积极主动寻觅良策。

在半自主阶段,城市规划就是要制定以平衡公众利益为中心的城市公共政策,编制以平衡公众利益为中心的规划,这应是城市规划必须树立的指导思想。美国规划师协会宣称,"对物质环境的操作不可避免地影响社会、经济的负担和收益的分配,因此所有公共规划都具有强烈的社会福利的隐意"[23,24]。

(4)强制执行阶段

在强制执行阶段,规划要通过严格的法律程序约束政府的行为。政府和市场一样,有时也会失灵。政府的失灵在于急功近利,政治权力往往要通过资本的积聚与扩张来迅速改变城市在更大城市体系范围内的利益格局,而城市形象与综合实力的提升,很多时候并不必然地带来公众福利的改善,甚至于是以牺牲大部分公众的利益为代价的。纠正市场失灵和政府失灵,核心在于平衡公众利益,这就需要在规划实施与执行管理中严格依据一系列的城市公共政策,坚持规划的长期指导性作用,避免政府的短期行为,避免公众利益受到城市政治权力与资本的双重压制。

上述城市规划参与政策制定的过程模式,是一个几近封闭的模式,而在自主阶段、协助阶段以及半自主阶段,如果引入其他的力量,则规划发挥作用的格局与成效都会显著地改变。这也是接着要讨论的发挥城市规划的协调作用。

4. 发挥城市规划的协调作用

在对现阶段我国社会阶层的讨论中,我们已经看到了社会阶层的显著分化,不管具体如何划分,这些阶层所代表的社会经济利益的多元化是一个不争的事实。而关于"公众"所包括的多元社会利益主体,Leonie Sanderock 指出,必须解构"公众利益"和"社区",应当看到它们内部具有更多的异质性,如果仅仅从总体的角度去认识就会排除其中的差异[17]。2004 年我国宪法修正案中对于财产权的确立,以及 2005 年《物权法》草案的修改,进一步昭示着城市中多元利益主体的不可动摇性。

城市中有多种公众,有多元的利益主体,就必然产生多元的价值观与多元的文化。此外,90 年代以后,由于世界经济一体化、贸易全球化和信息技术网络化所带来的文化交融趋势日趋显著,强烈地冲击并深刻影响了城市传统的社会文化体系。在这种新的多元文化时代,规划也相应地要求一种新型的适应包容多元文化的能力。

与此同时，对于城市规划本质理性的实现已经发生了重要的认识转变，规划不再被视作一个僵硬的技术过程，而应该将工作重点放在交流沟通与达成共识上。这已在许多关于城市规划作用的研究中一再被强调[21,25]。城市规划部门不但要制定规划，规划师还需要协调城市规划的过程，在实践中促进实现符合各方利益的目标。规划师不需要作某一方的代言人，而是要建立多方参与的机制。这个机制犹如一台全波段的无线电，要保证所有频道与波段的声音都能以同样的音量被清晰地听到。规划师要学会倾听不同空间使用者的声音，协调土地开发中不同利益集团的利益。

尤其是对于社会中的贫困阶层与低收入阶层，对于城市发展中相对"无利"、"微利"项目的居民，对于常常面临着开发行为侵害的群体，城市规划要给与他们"说话"的机会，保障他们的合法权益。L. Sanderock 在为多元文化城市的规划中[17]，介绍了一些叛逆的实践(insurgent practices)，并提出了新的类型的规划，其中的一方面是，以基层民众(grassroots)和社区为基础的规划，为发展自下而上的纲领而工作，这些往往都是在地方机构之外开始的。这些规划师的作用就是要"授人以渔"而不是"鱼"，也就是帮助边缘社区去发现他们的声音，而不是为他们说话。这么做的总目标并不是要去编制一份被称为规划(plan)的文件，而是要形成一个政治过程，其中包括了规划、政策和行动纲要。这种类型的规划要求一种完全不同的方式，与社区的生活方式相融合的、一种新型的文化和政治、经济的基本能力。

城市规划更要具备和公众良好沟通的机制。规划应该最终体现的是公众权利，我国城市规划则面临着政府权利与公众权利的严重不对称的状况，公众尚未参与到规划决策和监督的过程中来。目前在形式上人民代表大会拥有对城市规划的最终裁决和监督执行的权力，但迄今人民代表大会这方面的作用尚未充分体现出来。那些失败的城市规划往往能够顺利地通过人大表决，这决不意味着公众拥护，而恰恰说明了公众参与程度低、知情程度低和民主机制出了问题。因此，规划师应该是组织者、咨询者，组织交流协商，以求共识；同时和相关方面沟通，听取意见，化解矛盾，帮助达成共识。在这层意义上说，国外的"倡导性规划"、联络行动启发的"联络式规划"都属于非强制型、协调型的城市规划[21]。

综上所述，能否充分地发挥城市规划的协调作用是衡量城市规划工作的重要方面。在这个过程中，城市规划从确立参与主体、政策目标以及工作方法等各个方面、各个环节，都可以体现公平、公正的精神；在这个过程中，城市规划不会直接改变社会分层，但是可以朝着促进居住融合、社会融合的方向不断推进。

本章参考文献

[1]　霍尔.世界大城市[M].中国科学院地理研究所,译.北京:中国建筑工业出版社,1982:150.

[2]　孙施文.城市规划哲学[M].北京:中国建筑工业出版社,1997.

[3]　DAVIDOFF P,REINER T. A choice theory of planning[J]. Journal of the American Institute of Planners,1962,28:103-131.

[4]　DAVIDOFF P. Advocacy and pluralism in planning[J]. Journal of the American Institute of Planners1965,31:544-555.

[5]　HAYTON K. The role of strategic planning in tackling social exclusion[C]. WPSC. Planning for Cities in the 21st Century:Opportunities and Challenges,2001:98.

[6]　曾法龄. 论战略规划[J]. 恩其,译. 国外城市规划,1992(1):19-24.

[7]　UMEMOTO K. Planning for peace:a strategic planning response to urban racial violence[C]. WPSC. Planning for Cities in the 21st Century:Opportunities and Challenges,2001:93.

[8]　方澜,于涛方,钱欣. 战后西方城市规划理论的流变[J]. 城市问题,2002(1):12-15.

[9]　孙施文. 后现代城市状况及其规划[J]. 城市规划汇刊,2001(4):76-78.

[10]　梁鹤年. 公众(市民)参与:北美的经验与教训[J]. 城市规划,1999(5):49-53.

[11]　WESSEL T. Social polarization and socioeconomic segregation in a welfare state:the case of Oslo[J]. Urban Studies,2000,37(11):1947-1967.

[12]　HARVEY D. The conditions of post-modernity[M]. Oxford:Blackwell,1990.

[13]　HARVEY D. From space to space and back again:reflections on the condition of post-modernity[M] // BIRD. Mapping the futures:local cultures,global change. London:Routledge,1993:3-29.

[14]　LEY D,MILLS C. Can there be a post-modernism of resistance in the urban landscape? [M] // KNOX P L. The restless urban landscape. Englewood Cliffs,NJ:Prentice-Hall, 1991:255-278.

[15]　MURIE A. Segregation,exclusion and housing in the divided city[M] // MUSTERD S, OSTENDORF W. Urban segregation and the welfare state. Inequality and exclusion in western cities. London:Routledge,1998:110-125.

[16]　DANERMARK B,JACOBSSON T. Local housing policy and residential segregation[J]. Scandinavian Housing and Planning Research,1989(6):245-256.

[17]　孙施文. 多元文化状况下的城市规划:L. Sandercock 的《Planning for Multicultural Cities》一书评介[J]. 城市规划汇刊,2002(4):74-77.

[18]　张庭伟. 知识·技能·价值观:美国规划师的职业教育标准[J]. 城市规划汇刊,2004 (2):6-7.

[19]　辞海编辑委员会. 辞海:上册[M]. 普及本. 上海:上海辞书出版社,1999:3516-3517.

[20]　PELEMAN K. The impact of residential segregation on participation in association:the case of Moroccan women in Belgium[J]. Urban Studies,2002,39(4):727-747.

[21]　张庭伟. 从"向权力讲授真理"到"参与决策权力":当前美国规划理论界的一个动向:"联络性规划"[J]. 城市规划,1999(6):33-34.

[22]　恩格斯. 英国工人阶级状况[M] // 马克思,恩格斯. 马克思恩格斯全集:第 2 卷. 北京:人民出版社,1982:292.

[23] GALLION A B, EISNER S. The urban pattern: city planning and design[M]. 5th ed. New York: Van Nostrand Reinhold, 1980.

[24] 吴缚龙. 利益制约:城市规划的社会过程[J]. 城市规划,1991(3):59.

[25] 朱文华,中国城市规划设计研究院"中国城市规划发展"课题组.1997—1998 年中国城市规划发展趋势[J].城市规划汇刊,1998(4):3-11.

结　论

一、研究目标的检验

在导论部分,通过一系列有着内在的逻辑关联且不断递进、层层深入的问题设定了研究目标,亦即:

1) 现阶段我国城市社会的阶层分化程度如何?

2) 社会分层是否必然导致居住隔离?

3) 居住隔离的模式、进程如何? 技术的判定与衡量手段有哪些?

4) 社会发展到何种程度时居住隔离产生并加剧,换言之,导致居住隔离的机制因素是什么?

5) 居住隔离对城市发展的影响如何?

6) 如何缓解、消除居住隔离? 在城市规划领域能够有何作为?

7) 以及大众能接受的隔离、混合程度?

全书正是遵循着以上线索逐步展开对社会分层与居住隔离问题的研究。通过第二部分我国城市社会分层的分析,可以得出大城市的社会分层已经形成的结论。虽然在社会学领域的多种分层方法不尽一样,但是至少达成共识的是,我国原来的以单位层化为特征的城市社会结构正逐渐解体,代之以新的社会阶层论(亦有观念认为正在形成中)。这个新的社会阶层论,主要是将从业性质与社会地位等级两方面结合来划分的。为了与居住隔离问题对应起来讨论,从经济地位划分的方法会比较有利,也就是将城市人群划分为富裕阶层、高收入阶层、中等收入阶层、低收入阶层与贫困阶层五个阶层。当然这并不是说,其他的社会因素就忽略了,而是因为在住宅私有化(土地仍是国有制)制度下,住宅市场很自然地会与城市居民的经济地位高度关联。这样保证了讨论社会分层与居住隔离(不同价值类型住宅区的隔离)在内在逻辑上的统一。这是因为,如果社会分层采用从业性质与社会地位等级来划分,而现阶段新建住宅区的类型却不是以这两点作为划分标准的:既不存在严格的同业住宅区类型,也不存在相同社会地位的要求;相反,在一个市场化的社会里,经济地位逐渐成为一个直接的标准,尽管它与从业性质有着密切的联系,与社会地位也存在着一定的相互转化的潜在可能。

城市的外来人口加剧了城市社会内部的社会分层。由于城市化进程加速带来的农村人口的大量涌入,由于经济全球化带来的境外人口的增加,主要地影响了社会阶层的贫富两极。后者在城市中树立了富裕阶层的生活空间品质标准,前者显著地扩大了城市低收入及贫困阶层的绝对人口数量及其在全部人口中的比例。前者在城市中同化和融合的障碍来自于贫困的经济条件,后者在城市中同化和融合的障碍则来自于文化差异,最终的结果都导致了在城市居住空间上的隔离。

在社会分层是否必然导致居住隔离的问题上,首先明确在社会分层—居住分层—居住隔离三者之间存在着一个相对复杂的动态关系。本书通过对占主导地位的两种观点的分析阐述得出:社会分层依然是居住隔离的一个必要条件,而非一个充分条件。在市场规律的作用下,住宅市场会提供由高到低不同层次、不同等级的住宅商品,不同消费能力或消费偏向的个体会选择不同的产品;同时,由于规模效应和聚集效应,具有相同消费水平与其他相关特征的人易于聚集形成一个群体,从而在城市中形成多种同质的住宅区。当这些住宅区在城市中表现为内部同质而外部相异时,居住隔离便产生了。

在第三部分通过对我国城市居住隔离的分析,包括居住隔离的模式、进程和程度,我们可以洞悉一种趋势:居住隔离在我国的大城市已经存在并有加剧的趋势。

居住隔离的模式虽然可以归纳为一些理想模型,如从芝加哥学派关于城市社会空间结构的同心圆模式、扇形模式、多核心模式三种衍生的隔离模式。但是城市的居住隔离形态是动态变化的,芝加哥学派总结出的传统的居住隔离模式在工业社会城市中获得了广泛的应用,而城市经济的发展和产业结构的变迁,带来了城市居住空间形态及居住隔离的新模式。书中对城市更新中的替代与隔离,以及城市扩张中的不均衡与隔离进行了分析研究。复苏的水道空间所产生的带状居住隔离,更多地是分散经济下的一种形态,对自然资源、人文历史的依赖甚于对单一市中心活动的依赖;围绕新兴的都市活动磁石的簇状居住隔离,似乎是多核心模式的一个注解,但这颗磁石不是传统意义上的 CBD 地区或是副中心和分区中心,而是一些新兴的产业,如"文化产业"或者说文化和商业相结合的一些基地,或者是自然或人工景观的吸引点。这些磁石可以"随意"地播撒在旧区或新区,在它们的周围能很快吸聚起高收入或中高收入的住宅区,形成簇状的居住隔离。以自然景观资源和与人文因素相结合为价值导向的居住观念打破了工业社会以与城市中心的距离与交通为导向的单一模式。这也是基于现代交通网络和信息网络技术高度发达的基础之上。但是,交通仍然是形成扇形居住隔离模式的重要因素。由于多数的城市扩张表现为圈层式的向外推进,因此传统的以城市中心为原点的地价规律仍然发挥作用,形成圈层式的隔离。至于镶嵌状的居住隔离,严格地说来,称之为一种状态更合适,因为无论是带状居住隔离、簇状居住隔离、位向居住隔离,还是扇形居住隔离,在较大的城市范围来看,均表现为一种异质的镶嵌形态。由于上述多种居住隔离模式的存在,使得圈层式隔离模式也日益变得不那么分明,以至于城市在多种理想的发展条件下,最终逐渐演化为镶嵌式居住隔离。

上述对居住隔离模式的研究基本是以上海城市居住空间为原型归纳概括出来的。这是因为,居住隔离在大城市表现得最为明显。就城市社会分层来说,大城市由于产业结构的演替而形成的社会结构分层最为彻底,社会等级体系最为复杂、完整;此外,在住宅商品化制度下,大城市的住宅消费需求量大,市场供应能力强;住宅产业化程度高,市场化特征明显,住宅产品更为细化,高、中、低端市场发育均很充分。因此,住宅区异质化程度高,隔离的可能性大。再者,由于大城市特定的城市性质与地位,可以吸引大量的外来人口,因而,由于社会经济因素、种族宗教因素等多因素引起的居住隔离形式在大城市均表现得较为全面。

同时,大城市,尤其是那些在世界城市等级体系中处于一定位置的大城市,更易于从隔离走向极化。全球城市以城市人口中尖锐的社会分裂为特征,社会极化被认为可能是在一个全球城市中特别显著的特征。对于我国现阶段大城市的社会分层与居住隔离,不能简单地将之归结为改革开放带来的结果,这不全面。必须将其置于更宽广的国际社会进程以及世界经济发展的总趋势中,具体地说,就是经济全球化与世界经济重组的背景中,才能深刻理解我国大城市社会分层与居住隔离的现象与实质。经济重构进程将产生增长的社会极化,这也将会以空间的语汇表现出来。一个极化的居住结构是在全球城市中成长和衰落的自然结果,这是像上海这样志在跻身世界城市之列的大城市必须引起警戒的,也从一个侧面诠释了“大城市目前的社会发展与城市建设全球化之间的内在联系”[1]。

居住隔离的进程也是通过对大都市上海的剖析来说明的。解放以后,我国城市居住空间发展可以分解为三个阶段,在第一阶段(1949—1979年),城市住房制度实行福利分配,相对于解放前的住房私有制来说,居住隔离程度大大消减。但是由于基础差异、单位差异、建设差异的存在,隔离仍在城市中蛰伏下来。在这一阶段,特别是在建国初期,城市区段和区位的概念并未被完全忽略,主要体现在城市土地使用的安排上,性质与级别较高的单位在城市土地使用上得到优先安排,其所属的社会经济地位较高的人群则居住在较好的地段。之所以当时人们(确切地说是大多数人)并不觉得不平等或隔离的存在,是因为建国初期的其他许多政策同时作用,减轻了不平等现象所造成的主观后果。虽然城市居住空间地段优劣的意象植根于人们的意识深处,但至少从当时的住房分配制度、社会舆论氛围上都没有明显地体现出来。在第二阶段(1980—1999年),80年代的商品房制度使得住房的商品特性得以逐渐发挥,居住空间与居住者的价值利益空间开始得到统一。1986年以后城市不平等上升,社会阶层趋于分化,城市中的居住隔离由潜伏状态重新转向显露态势。大城市外销房政策则揭开了城市居住隔离的序幕。在第三阶段(2000年至今),新的社会阶层已经形成,居住隔离亦呈现出加速趋势。因此,对城市居住空间来说,从消减蛰伏的隔离到重新显露的隔离,直至加剧的隔离趋势,必定是伴随着社会阶层的明显分化和社会财富差异的悬殊才会出现。

书中对居住隔离模式、隔离进程的研究基本是以对现象的描述性分析为主,而居住隔离程度的研究要求也需要借助于指标及数学方法的应用。书中主要介绍了国外居住隔离指标的形成、构成及不足之处。在国外的居住隔离研究中,大量的是与种族隔离相关的研究,相异指数、隔离指数是隔离指标中常规应用的两个指数。但是,在对于我国居住隔离程度方法的研究上,书中并未给出结论。如何在城市规划惯于、也长于空间分析的基础上,运用数学模型来进行分析,这也是在今后居住隔离研究中一个必须突破的技术。

在完成对大城市居住隔离特征的研究后,紧接着转入对导致居住隔离的内在机制因素的分析,详细阐述了住房政策与制度、土地供应制度、住房市场机制以及城市历史对居住隔离的影响。住房政策与制度的影响在隔离进程的研究中已作详细探析。我国土地使用制度的转变,使得城市土地从无偿、无期限使用转变为有偿、有期限的使用,并催化了土地市场的形成与发展。在市场经济条件下,城市土地的供应政策、供应方式、供应数量与区域分布,决定着城市土地资源在空间和时间上的配置方式与配置效率,并在很大程度上塑造和影响了城市的居住空间结构,土地的供应政策促进了居住隔离的形成,土地的供应方式、供应数量与区域分布直接决定了居住隔离的模式与进程。住房市场机制对居住隔离的影响,表现为市场主体分别从需求、供应和政策三方面,在不同程度上影响和决定着居住隔离的形成和发展。市场的利润最大化原则从住宅供应环节上促进居住隔离,居住空间消费者从需求和消费环节上选择居住隔离,市场过滤机制与政府调控从政策等环节影响居住隔离。一些国外经验表明,住宅市场的其他方面,如与土地资本、工业资本、商业资本、金融资本在内的资本流动相关联的机构以及公共机构是形成居住隔离的直接执行者,对居住隔离也起到相当的影响。此外,与理解城市中空间隔离模式相关的是城市自身发展的历史。一方面,历史上的居住隔离易于导向新的居住隔离;另一方面,历史上的居住隔离格局虽然会随着时间的流逝在空间上发生演变,但是仍会遵循着某些既定的轨迹,在新的居住隔离模式中延续、体现。总而言之,城市居住隔离是广泛的城市政治、经济和社会、文化进程的产物。

从居住隔离内部形成机制的分析,进一步拓展到对居住隔离产生的城市社会发展外部影响的探讨,主要从城市居住空间资源分配的公平与效率角度来剖析其正、负面影响。我国在从计划经济体制向市场经济体制的转型中,一些大城市居住隔离的现象日益凸显,在此现象的背后,是来自城市低收入阶层的居住空间消费者深切的无力感和被动的隔离选择。与居住隔离伴生的社会议题中,不公平是显而易见的。城市中不同阶层与群体的居住隔离,造成了城市居住空间物质景观上的差异。社会的整体消费和投资日益向中上阶层的居住空间聚集,城市空间发展不均衡。作为社会不平等的外在物质表现与空间体现,城市居住隔离的存在会持续危害社会的公共意识。它不但阻碍了积极的社会群际交往,还通过固化的空间特征强化了成员不平等的社会地位,最终使得社会分层的结构刚性化。但是在一定条件下、一定程度上居住隔离也可能对社会起到一定的激励作用。与居住隔离关联的效率议题中,正面的影响是通过资本市场的集聚提高了效率,具体讲,居住隔离形成的地域性同质化群体在追求住居生活空间品质上易于形成相似的目标,市场可以有效地配置资源,服务于不同层次的消费群体。在此,隔离是一种经济效益的表现。但是资本市场的效率并不是一个绝对的概念,它也存在着增长的临界点。居住隔离对城市效率的负面影响主要表现在圈层式居住隔离中,低收入阶层居住在远离市中心的最外圈,富裕阶层居住在内圈的市中心或外圈郊区的低密度住宅区,在多方面影响城市运行的效率:增加了通勤距离,提高了城市居民、尤其是低收入阶层居民的交通成本;减少了低收入阶层的就业机会;导致交通拥堵,延长了人们花费在交通上的时间,提高了交易成本;可能导致私人交通的增加,也会提高全社会的环境成本。但是,平等和效率两方面的平衡远非一个简单的二分式的判断,其后果是不确定的和有争议的。唯一可以肯定的,公平本身就是人类社会的一种重要价值。

第四部分讨论了促进社会融合、缓解消除居住隔离的意义与对策,以及城市规划在消除居住隔离、实现社会空间融合中的作用与地位。我国现阶段提出了社会主义和谐社会的理念,作为一个新的政治语言符号,"和谐社会"在社会学上的实质主要就是一种社会融合。为了消除社会分层与居住隔离给城市社会发展带来的负面影响,基于社会公平的价值理念,城市应该寻求空间的、社会的和经济的融合。社会融合与居住融合是消除社会分层与居住隔离、实现社会空间融合的目标与途径。虽然对于居住融合实践的合理性与成效在理论上一直存在争议,但是通过国外在居住融合方面进行的较多的探索与实践表明,这方面的努力始终不曾停止过,并且对于大众能接受的隔离、混合程度也进行了富有成效的探索。对于拥有社会主义国家制度与意识形态的我国来说,在居住隔离发展的关键时期,能否有效地遏制其加剧趋势是至关重要的。

在实现社会空间融合中,城市规划无论从学科角度出发,还是从社会实践角度出发,都应在社会空间融合中有所作为。书中总结了各国城市规划在对付社会分层与居住隔离中的理论与实践,包括美国的"倡导规划"与公众参与运动,苏格兰及美国、加拿大的战略规划,北欧福利国家的后现代规划等,这些包含了不同空间范围、工作层次和规划内容的城市规划形式与过程。

对于我国城市规划来说,对社会分层与居住隔离的应对,不在于频繁推出某几条具体的政策或条例,而必须从确立规划师的价值判断,注重微观层面理论与技术的研究,完善宏观层面引导决策的机制,发挥城市规划的协调作用等系统环节上着手,通过对城市土地与空间资源的长期管理调控,才能达到减缓居住隔离、促进社会融合的目标。

二、理论意义与现实意义的检验

书中在导论部分曾就该课题研究的理论意义与现实意义进行过分析,理论意义主要在于四个方面:

1) 在纷繁复杂的社会—空间结构中,透过社会分层与居住隔离现象与问题的社会与空间视角,在两者之间建立起一种分析纽带,并深入剖析两者之间的内在关联性,弥补我国在市场经济转型过程中,城市规划在城市社会学这一研究领域的空白。

2) 以经济地位作为现阶段我国城市社会阶层划分与住宅区价值类型划分的标准与依据,使得对于社会分层与居住隔离问题的研究取得分析研究中逻辑上的内在统一性,也较为符合当前我国城市社会的现实状况。

3) 构建社会分层与居住隔离的理论框架雏形,包括问题的提出、问题的分析直至解决问题的对策,并着力探究我国城市居住隔离的基本特征、内在形成机制和外部社会影响的分析体系。

4) 将已有的社会分层与居住隔离理论融为一体。借鉴西方学界对居住隔离问题的研究成果,并力求全面地介绍欧美国家居住隔离的背景与进程、居住隔离的社会与空间特点、居住隔离的社会影响,以及各国在遏制居住隔离工作中的努力与成效。

现实意义则可简要概括为三个方面:①提供社会评价工具;②提供决策参考;③提供规划技术层次理论。

应该说,本书在理论意义上基本达到了作者的初始目标设定,明确了研究对象的概念与内涵,廓清了主要的理论研究范围,建立了社会分层与居住隔离问题研究的初步理论框架,为今后此领域的研究提供了一个可供探讨、争议与充实之丰富之的理论平台。

相对而言,现实意义的三个目标则还没有完全达到,或者说程度有待加强。例如就提供社会评价工具而言,书中给出了观察问题的视点与视角,以及分析问题的思路,但是在进一步的社会分化与隔离程度上,书中尚未给出明确有效的技术判定模型。这也导致了在提供决策参考与规划技术层次理论方面的某些不确定性。虽然有丰富的规划实践案例介绍,但尚未形成基于我国城市居住隔离问题的经验实证体系。这也是今后该课题的主要研究方向与技术突破的重点。

三、今后的研究方向与重点的展望

确立今后研究方向与重点的一个重要前提就是,回顾与检验已经取得的成果和依然存在的不足,以及探究形成这一结果的原因,这对于指明今后研究的方向及促进研究的深入具有根本性和决定性的意义。

（1）关于研究的视点与视野

曹锦清在观察转型过程中的中国社会时,曾提出了运用不同"视点"与"视角"的问题[2]。其实,"视点"与"视角"的问题在各类研究中具有广泛的意义。观察我国现阶段城市的社会分层与居住隔离,可以有两个不同的"视点",每一个"视点"又可以有两个不同的"视角"。第一个视点的两个视角是:"从外向内看"与"从上往下看";第二个"视点"的两个"视角"是:"从内向外看"与"从下往上看"。所谓"外",就是西方城市规划学科、社会学科的理论与范畴。"从外向内看",就是通过"译语"来考察中国城市的社会分层与居住隔离现象与过程;所谓"内",就是我国城市现实的社会与空间状况,特别是各阶层人们的行为选择与观念意识。所谓"上",就是以社会精英为代表的拥有强大话语权的社会阶层;所谓"下",就是普通的城市社会民众。由于"视点"不同,"视野"也各异。但是要正确全面认识社会分层与居住隔离的现实状况,两个视点同样重要。

不难发现,本书较多地采取了"从外向内看"的认识角度,亦较多地出现了国际视野下的居住隔离分析。无论从研究者的自身角度来讲,还是从社会分层与居住隔离这个课题来讲,这都不奇怪。正如曹锦清所言,在"译语"中,"不仅有着令人兴奋的成套价值目标,也为我们提供各种认识工具"。尽管在适应国情与现状实况上需要一个不断剔除与剥离的过程,但是如果缺少这些"译语",我们会觉得一下子无从下手,甚至于无法发现社会现实。所以在埋头国内社会现状之前,广泛借鉴已有的方法,参考已经取得的成果,对于开展全面深入的研究是必不可少的。

而在今后的研究中,将实现"从外向内看"向"从内向外看"方法的重点的转移,同样,这也是将研究全面深入进行下去所必需的,并且是实现研究的现实意义之关键所在。

（2）关于经验实证

如果说在"从外向内看"的视点与视野下,建立起了社会分层与居住隔离的理论框架,那么,在"从内向外看"的视点与视野下,则将建立起社会分层与居住隔离的经验实证体系。

实证体系由"面"上的横向展开与"点"上的纵深分解共同构成。"面"上的研究,以现阶段共时性的调查为基础,对城市中的高收入住宅区（包括外籍人口住宅区）、中等收入住宅区、低收入住宅区（包括进城农民在内的低收入家庭居住）的分布覆盖形成整体上的认识,有利于在城市总体规划战略布局中制定政策,协调城市空间层面的权力与公平。面上研究的不利之处在于,对城市社会分层与隔离状况缺少长期稳定的观察与比较,大大降低了研究成果的解释力与适用范围。

"点"的解析,侧重于选择几类具有典型隔离特征或混合居住特征的住宅区进行现场调查。例如,城市中心区内 90 年代以来插建在 80 年代以前建成的住宅区中的混合居住的类型,90 年代建成至今、已有 7 年居住时间(依据通常假定的家庭生命周期 7 年而定)、在二级市场上开始频繁流动的住宅区,城市近郊区隔离与共生并存的相邻的高、低收入住宅区,以及一些特殊功能类型的住宅区,如居民构成发生了极大变化的高校职工住宅区,等等。通过对这些住宅区隔离或融合的方式、程度的实证调查,探索住宅区规划微观层次的理论与技术操作方法。

在进行实证研究时,离不开对居民的心理感受与认知评价的调查。一个城市有多少公民,就有多少观察者,就有多少评价的可能性。既然是评价,就必然存在着一定的价值前提。这也是实证研究的魅力之所在,研究者不可以将自身的价值观与评判标准强加于被调查者。只有在接近原真状态的基础上获得的结论也才是可信的。在"面"上的调查,是把城市区域而不是个人作为分析的单位;在"点"的调查中,个体的行为、认知特征则是综合分析的基础。

在大量实际案例调查的基础上,力求建立起分析模型,并对所得到的数学结论在现实条件下进行合乎逻辑的解释,同时检验修正理论实证的框架模型。

(3) 关于指标体系

城市居住隔离实证研究的结果,不仅要求能从城市的整体层面上进行描述,而且能从住宅区的微观层面上进行分析和阐述;并且,一套相对完整的指标体系的建立也是居住隔离实证研究趋于成熟的标志。

指标体系的建立,首先要有明确完整的概念框架,并依此指导具体指标和测量维度的选择。每一领域必须同时在客观维度和主观维度方面都有可测量的可能,并分别采用描述性(或客观性)指标与评价性(或主观性)指标表示[3]。居住隔离指标的研究包括证实其自身的有效性及对其作为隔离程度证据的数值规律的经验研究。

国外居住隔离研究中普遍采用的隔离指标体系与隔离指数,由于具体社会结构、社会价值观的不同,决定了我们不能照搬国外的指标体系,国外居住的隔离理论与实践并不能全盘适应中国的情况。事实上,在很大程度上,由种族因素引起的居住隔离是国外此类研究的重点,因而,以 O. D. Duncan 和 B. Duncan 等学者的隔离指数为代表的隔离指标体系烙有鲜明的种族中心论与西方中心论色彩,是以西方白人社会的价值体系为标准的。

我国城市中的居住隔离情况与此迥然不同,这也是在建立指标体系时必须加以注意的。同时,在建立我国城市的居住隔离指标体系的过程中,要考虑与国际学术界的指标体系的共容性、可比性和共识性。如果一套指标体系与国际学术界和国际社会的指标体系完全不兼容,那么,这样的指标体系的有效度是值得怀疑的。在对国外的居住隔离指标体系充分了解和研究的基础上,根据我国城市社会实际构成状况与空间实态,建立一套既符合国际学术界的常规又符合中国城市特点的科学的指标体系,是今后研究的重点目标之一。

(4) 关于政策措施

任何一项政策的制定应该包括三方面的问题:一是真实的情况是什么;二是决策的目标是什么;三是在既定目标下,应该采取什么样的手段。第一个问题必须通过经验实证研究来回答,第二个问题涉及政治与社会学的范畴,第三个问题则主要应该有专家来回答。在建立了社会分层与居住隔离研究的理论框架与经验实证体系的科学基础之上,在社会政策目标清晰坚定的前提下,行动措施的制定应该是一个自然而然的合乎逻辑的结果。

本章参考文献:

[1] 吴志强."全球化理论"提出的背景及其理论框架[J]. 城市规划汇刊,1998(2):1-6.

[2] 曹锦清. 黄河边的中国:一个学者对乡村社会的观察与思考[M]. 上海:上海文艺出版社,2000.

[3] 周长城. 全面小康:生活质量与测量:国际视野下的生活质量指标[M]. 北京:社会科学文献出版社,2003:74.

后 记

　　《城市社会分层与居住隔离》一书是在博士论文基础上整理完善而成。在论文所搭建的基本理论框架与所确立的初始研究思路的基础上,进一步结合理论探索与工作实践,对于城市社会分层尤其是居住隔离问题给予了密切、持续的关注。本书是对城市社会空间领域正在发生与即将发生的一系列现象与问题进行的独立思考与分析的一个总结。

　　作为一名城市规划者,我们无法回避的一个问题是,城市规划的立足点与出发点究竟何在? 究竟为谁规划? 有没有一个统一的"公众利益"? 现阶段的中国面临着日趋严重的城市社会不平等和城市空间不平衡现象,社会分层是我国当今社会舆论之热点,居住隔离已露端倪,并有加剧之趋势。因而,就建设和谐社会的目标而言,对于城市社会分层与居住隔离的研究,城市规划工作者责无旁贷,所谓建言立论,当利国利邦。

　　本书的出版凝聚了众多人的帮助与支持。

　　感谢同济大学建筑与城市规划学院院长吴志强教授,他不仅给予了书稿许多精辟的指点,还在百忙之中为本书作序。序言除了对本书的研究方法与研究特色进行了肯定与鼓励之外,而且在一个更高的层面上提出了拓宽研究视野以及在国际学界确立主流研究地位的问题。

　　感谢我的导师朱锡金教授和同济大学建筑与城市规划学院、城市规划系、城市设计理论与方法学科组以及住宅与社区发展团队的领导与同事们,许多观点的形成是在与他们长时间的学习交流与反复探讨中形成的。

　　最后,谨向所有给予本书热诚关注、帮助和支持的人们致以最诚挚的谢意!

黄 怡

2006 年 2 月

于上海 同济大学